d

Sibylle Mulot

Nachbarn

Roman

Diogenes

Umschlagillustration:
Camille Corot,
›Les maisons Canassud, Ville-d'Avray‹
(Ausschnitt)

Für Ronald

150/95/8/1
ISBN 3 257 06035 1

I. Teil

1

Das Städtchen Parisey liegt, umgeben von flimmernden Pappelhainen, in der Ebene bei den Kiesseen, die das Sonnenlicht in den Himmel zurückwerfen und starke Helligkeit verbreiten. Die Einwohner von Parisey, die Parisons und Parisonnes, haben mit den Parisern nichts gemeinsam, außer daß sie ebenfalls Französisch sprechen, aber es ist ein gesungenes und tief in der Kehle gedehntes Französisch. Viele von ihnen waren nie in Paris. Bei der Gartenarbeit tragen sie noch Holzschuhe und betrachten bei jeder Wetterlage aufmerksam die blaue Linie im Nordosten, die Vogesen. Dort kommt das Wetter her. Ein wechselhaftes Vorgebirgswetter, das zwei Dinge in großer Fülle beschert: entweder Regen oder Wind.

Man erreicht Parisey auf einer staubigen Landstraße, die schnurgerade zur Stadt hineinführt. Auf der anderen Seite schwingt sie sich in einem Bogen wieder hinaus und durchquert die ansteigende Ebene, um nach ein paar schönen Kurven und grünen Wäldern bei der Kurstadt Lataine anzukommen (im Sprachgemenge des Mittelalters hieß sie auch Latz). Lataine-les-Bains erfreute sich um die Jahrhundertwende als Thermalbad eines gewissen Rufes und schreibt sich selbst ein hohes Alter zu, wie eine wissenschaftlich fundierte Studie des Fremdenverkehrsamtes schon im Titel andeutet: »250 000 Jahre Bad Latz«. Diesen Ruhm und Glanz ihrer Nachbarstadt nehmen die Einwohner von Parisey aber gelassen hin, weil sie nicht in der Vergangenheit, sondern in der Zukunft leben. Sie lehnen jede Art von Glitzer und schönem Schein kategorisch ab und bleiben, was sie sind: eine an einem Verkehrsknotenpunkt gelegene wuselige und etwas häßliche Landstadt mit Hunderten von Geschäften und Dienstleistungsbetrieben, mit einer Handwerkskammer und einer Handelskammer und einer Herbstmesse. Ihr Wappen ist die Sonne im blauen Feld.

Licht und Schatten, Feuchtigkeit und Dürre liegen in dieser Landschaft eng beieinander. Manchmal führt die Straße mitten im Wald durch einen Sumpf, dann wieder ist rechts und links der Boden so trocken, daß schon ein leichter Windstoß glitzernden Staub aufwirbelt. Unzählige Teiche durchlöchern die Landschaft, kleine Bäche laufen kreuz und quer, alles scheint miteinander in Verbindung zu stehen, und in einem sumpfigen Rinnsal an der Stadtgrenze wurde nach der Eröffnung des Suezkanals im Jahr 1956 eine seltene Fischart mit verkümmerten Flügeln gefangen, die sonst nur im südchinesischen Meer vorkommt. Was an dieser Geschichte wahr ist, weiß niemand. Aber im Rathaus von Parisey hängt im Foyer ein großer Stahlstich dieser Fischart, in einer Glasvitrine davor ist dieser Fisch sogar zu sehen, nach allen Regeln der Kunst präpariert, ein schimmerndes glotzäugiges Monstrum mit geheimnisvollem Gesichtsausdruck, teils verschlagen, teils vergnügt – wie die Parisons selber, die niemals die Gelegenheit zu einem Witz oder einer Plagerei ungenutzt verstreichen lassen und sich seit Jahrhunderten besonders durch ihre phantasievollen Spitznamen und ihren Kinderreichtum auszeichnen.

Das Zentrum von Parisey liegt abseits der Straße. Durchreisende ahnen nichts davon. Dabei ist diese Ansammlung von Sehenswürdigkeiten, die merkwürdigerweise auch von den Einheimischen gemieden – oder sagen wir: selten besucht – wird, das eigentlich Interessante an der Stadt. Die launische Geschichte hat hier im Verein mit der Natur eine einzigartige Topographie geschaffen, und der in früheren Jahrhunderten so aktive Volksmund hat die entsprechenden Sagen und Legenden beigesteuert. Ja, wo beginnen? Vielleicht mit dem absoluten Zentrum, dem Nabel von Parisey, einem nassen und aufwallenden Zentrum, dem Quelltopf *Puits de Fonds.* Ein kreisrunder, scheinbar harmlos daliegender Weiher mit Knüppelgittern, im Schnittpunkt einer Straßenkreuzung.

Ein platanenbestandener Platz gibt diesem Weiher den rechten Rahmen, so daß man denken könnte, der Platz sei das eigentlich Wichtige, mit seinen dunkelgrünen Bänken und seiner Bahn für Boulespieler und dem bronzenen Denkmal des Generals de Gaulle – und der ruhige Tümpel sei eher etwas, das die Stadtplaner vergessen hätten zuzuschütten –, aber wer genau hinsieht, erkennt, daß der unscheinbare Weiher an einer Seite unaufhörlich klares Quellwasser nach oben befördert, das zunächst in einem halb unterirdischen barocken Becken stumm und gläsern aufquillt und dann unter der Straße hindurch nach Süden abfließt, nicht ohne auf der anderen Seite ein stattliches Waschhaus mit Säulen zu speisen. Schon nach zwanzig oder dreißig Metern – so lang ist das Waschhaus – fließt das Quellwasser als neugeborener Fluß breit unter den Holzlatten hinaus, verzweigt sich sofort, bildet die Grenze des schönen Parks hinter der Unterpräfektur, umarmt ein Haus auf einer Wieseninsel und verliert sich dann in einem Mischgebiet aus Wohnhäusern und kleinen Gewerbebetrieben, das langsam in die pappelbestandene Ebene hinauswächst.

Wieviel Liter der *Puits de Fonds* täglich aufwirft, ist schwer zu sagen. Es wechselt auch mit den Jahreszeiten. Fest steht nur, daß der Quelltopf einer jener unauslotbaren Kalksteintrichter ist, die wie das Wurzelloch eines inzwischen verschwundenen Baumriesen in die Erde führen und in Verbindung mit anderen, größeren Höhlen stehen, die sich Richtung Gebirge ziehen. Das Wasser ist eiskalt und frisch und hat eine schwärzliche Farbe. Unzählige Messungen und Färbungen haben ergeben, daß der Quelltopf auch die Flüsse der Umgebung anzuzapfen weiß, und die Sage behauptet, daß an seiner Stelle ursprünglich eine Mühle stand. Aber ein Müller, der letzte in einer langen Reihe, erwies sich als so hartherziger Vater, daß seine fromme Tochter Agnes keinen anderen Ausweg sah, als in einer bestimmten Nacht um ein furchtbares Gewitter zu bitten, das auch schnell herankam und wahrscheinlich damals wie heute um die Stadt Parisey ausweglos im Kreis herumzog, wobei der Blitzstrahl endlich Mühle samt Müller und Tochter in die Tiefe schmetterte und einen Krater aufriß, der sich rasch mit Wasser füllte.

Die Unterpräfektur, ein großes Schloß, das sich der letzte Fürstabt nach der Säkularisierung noch schnell hatte bauen lassen, hat heute holzgestützte Fensterrahmen. Hohe Bäume stehen hinter bröckelnden Terrassen, eine riesenhafte Freitreppe verdeckt das halbe Gebäude, und genau in der Mitte zieht sich ein senkrechter Riß vom Dach bis zum Keller, wobei sich der rechte Flügel ungefähr vierzig Zentimeter gegenüber dem linken abgesenkt hat. Eine in Parisey häufige Erscheinung, die auf eine Fülle von hartherzigen Vätern mit frommen Töchtern und Kalksteintrichtern schließen läßt und im Alltag mit zusätzlichen Holzkeilen oder Holzstufen bewältigt wird, ohne daß man sich groß Gedanken darüber macht.

Auf der anderen Seite dieses Feudalkomplexes – an die Unterpräfektur schließt sich die alte Abtei mit sämtlichen Neben- und Wirtschaftsgebäuden an, dazu ein zweites großes Schloß von Kleber und ein paar vornehme schiefergedeckte Bürgerhäuser –, auf der anderen Seite dieser nach Nordwesten und somit nach Paris weisenden Achse befindet sich das Gefängnis. Gelb, schmutzig und ziemlich niedrig liegt es da, aber durch die fensterlosen Mauern wenigstens unvergittert. Es macht aus sich selbst keinen Hehl und trägt oben im viereckigen Mittelgiebel weithin sichtbar die Aufschrift *Maison d'Arrêt*. Je nach Standort spiegelt auch dieser Nutzbau sich vollständig im schwarzblauen Weiher, weiße Schwäne ziehen mit segelnden Wolken drüber hin, und wenn die Sonne scheint, bekommt das

Ganze etwas Heißes, Trockenes, Mexikanisches. Man erwartet dann jeden Augenblick, daß die vier Daltons über die Mauer klettern, in eine bereitstehende Kutsche springen und davonrattern. Betrachtet man dieses kahle, schmucklose Bauwerk im spanischen Stil länger als einen Augenblick, so hört man förmlich das Trappeln von Hufen, Knallen von Peitschen, das Zischen von Lassos und wilde kehlige Rufe, und zu dieser Illusion trägt die Tatsache nicht wenig bei, daß der langjährige Bürgermeister von Parisey, der im Rathaus neben dem Justizpalast amtiert, eine starke Ähnlichkeit mit Lucky Luke aufweist – ein in Ehren ergrauter, knollennasiger Lucky Luke ohne Pistole und ohne Sombrero.

Die anstößige Kahlheit der Gefängnisfront verliert sich sofort, wenn man um die Ecke biegt und an der Längsseite entlanggeht. Die Platanenallee, die hier vom Weiher wegführt, ist vielleicht die vornehmste Wohnstraße in ganz Parisey. Die ungestutzten Platanen beschatten schöne Jugendstilvillen in verschnörkelten Gärten, über den Fenstern prunken schwere Friese, und die lasierten Ziegel verkünden, daß hier eine *Broderie d'Art* oder eine Textilmanufaktur ihren Sitz hatte. Diese Villen gehörten früher den reichen Fabrikanten aus dem Elsaß. Die Straße führt schnurgerade zum Bahnhof und zeigt in Richtung Südosten, wo die reichen Fabrikanten auch herkamen, um Parisey gegen Ende des letzten Jahrhunderts zu kurz dauerndem Wohlstand zu verhelfen. Das Elsaß war damals preußisch geworden, und die Elsässer Stoffweber, durch grotesk hohe Bismarck-Zölle plötzlich von ihrer französischen Kundschaft abgeschnitten, suchten sich einfach den nächstgelegenen französischen Standort und lieferten von dort aus an die alten Kunden – von Parisey nach Paris. Die Gegend begann aufzublühen. Heute sind die Fabriken geschlossen oder umgewandelt. Vom ehemaligen Wohlstand ist nicht viel übriggeblieben. Der Mittelstand kämpft ums Überleben, die Arbeiter fahren frühmorgens mit Bussen eine Stunde lang in die nächste Fabrik, junge Leute sind arbeitslos, und der Schein der Prosperität kommt hauptsächlich von außen – Kunden vom Land tragen ihr Geld in die Stadt, die Rekruten der Kaserne verspielen nachmittags ihren Sold in den vielen kleinen Kneipen und Cafés und können den Freitagmittag kaum erwarten, wenn der Zug sie nach Hause bringt oder für ein Wochenende in die drei Stunden entfernte Hauptstadt.

Dem Handwerk und Kleingewerbe geht es nicht schlecht. Höhepunkt ist die zweimal jährlich in der Mehrzweckhalle stattfindende Möbel- und Antiquitätenmesse, zu der die Händler aus weitem Umkreis anreisen. Immer neue alte Schätze werden zutage gefördert, besonders die Uhren und Schränke der Region sind berühmt, und merkwürdigerweise scheint das Reservoir dieser Kostbarkeiten niemals leer zu werden – ganz so, als wäre das vergangene Jahrhundert noch irgendwo an der Arbeit, unterirdisch und geheim, wo es niemand vermutet.

Der Fluß, der nach Süden fließt, die Schlösser, die Richtung Westen zeigen, die Villen, die nach Osten weisen – nun bleibt noch eine Richtung übrig, der Norden nämlich, und ganz natürlich zweigt auch hier eine Straße vom Quelltopf ab, gewissermaßen vom Nabel hinauf zum Herzen des großen Stadtkörpers. Breit und pompös verläuft sie zunächst, schlafft aber nach dem überdimensionalen Kriegerdenkmal ziemlich rasch ab und verkümmert zu einer ärmlichen Dorfstraße, die ihre bäuerliche Herkunft gar nicht verleugnet und geradewegs ins Gebirge zu führen scheint. Uralte windschiefe Bauernhöfe stehen zu beiden Seiten der Straße – möglicherweise hat die versunkene Mühle so ausgesehen –, aber auch die Kirche, dem heiligen Martin geweiht, steht hier sowie das Rathaus. Kirche und Staat behalten sich wachsam im Auge und wenden ihre Giebel der Hauptstraße zu, durch die der Reisende fährt oder geht, wobei er den Seitengassen wenig Aufmerksamkeit schenkt. Das Zentrum dieser Stadt bleibt ihm wie gesagt verborgen, er hält Parisey für eine Art Straßendorf mit vielen nützlichen Geschäften, Bäckereien, Fotogeschäften, Tabak- und Zeitungsläden, Cafés, Proviantläden, Haushaltswarengeschäften und Spielzeugläden. Es wird nicht viele Reisende geben, die in einem der drei Hotels in Parisey übernachten. Müssen sie unbedingt in der Gegend bleiben, fahren sie weiter nach Lataine-les-Bains und steigen dort in einem der ehemaligen Kurhotels ab.

In Parisey bleibt man auf diese Weise schön für sich. Es gibt nicht wenig Einwohner, die mit fünfzig Jahren noch niemals am Meer waren, geschweige denn eine Eisenbahn oder gar ein Flugzeug bestiegen haben. Die jungen Leute fahren mit ihren Autos durch die Wälder und ins nahe Gebirge. Manche verirren sich bis in die Schweiz, kommen aber meist schnell zurück. Der beliebteste Zeitvertreib am Sonntag ist Angeln, gefolgt von Pilzesuchen und Brennholzmachen. Am ersten Mai überreichen die Bewohner dieses gesunden, wenn auch etwas rückständigen Landstrichs sich große Büschel mit Maiglöckchen. Entweder selbstgepflückt, oder von einem der vielen Sonntags-Straßenhändler gekauft.

2

Was soll man von den Bewohnern, den freundlichen Parisons, sagen? Man kann sie am besten dadurch charakterisieren, daß sie nichts Charakteristisches haben. Ihre Biederkeit ist international. Sie sind gemischt. Sie stammen von überall her. Sie kommen teils aus den Vogesen, haben schwarze Haare und tiefblaue Augen, teils kommen sie aus der Schweiz, teils aus dem früheren Württemberg. Manche haben Sommersprossen und rote Haare und tragen Elsässer Namen wie Stiefvater, Kielwasser, Zimmerlin, Haefeli. Der von der Bevölkerung gesprochene Dialekt erinnert ans Englische. Festtage und Bräuche sind dem nahe gelegenen Lothringen entlehnt, ein Teil der Bevölkerung ist katholisch.

Der andere Teil nicht.

Es ist verwirrend zu sehen, wie die Linien kreuz und quer über die Erde laufen – wie Wasseradern, die ihre geheimnisvollen Kräfte in unterschiedlichen Weltanschauungen entfalten. Wenn Wasseradern Stimmungen oder Gesundheit beeinflussen können, dann auch Religion und Moral. Man hat versucht, einen lokalen Urtyp zu rekonstruieren, den Neandertaler der Vogesen, und kam auf ein fischäugiges blondes Monstrum, eine Art Waldschrat mit wenig vertrauenerweckenden Zügen und einem Korn Schwachsinn im Blick. Tatsächlich taucht ein solches Gesicht als Fratze immer wieder mal am Wegrand auf, grausam und mißgestaltet wie einst die Gallier in den Augen der Römer. Nun, es passiert auf der ganzen Welt wohl, daß man gerade dann, wenn man es am wenigsten vermutet, auf ein menschliches Wesen stößt, dem man lieber nicht im Dunkeln begegnet.

Wenn die Parisons aus der Geschichte etwas gelernt haben, dann dies: Es zeugt von Stil, eine Villa unter hohen Bäumen zu bewohnen, wie die Fabrikanten damals vor hundert Jahren in der Rue de la Prison. Jeder tut in diesem Punkt, was er kann, angefangen beim bescheidenen Jugendstilhaus unter Rotdornbüschen bis hin zum vierstöckigen Gespensterschloß mit Buchsbaumlabyrinth. Die meisten Einwohner leben allerdings in braunen Häusern und Katen mit windgeschützten kleinen Gärten und sind zufrieden – zufriedener als mancher in seiner großen Grünanlage. Aber vielleicht täuscht dies. Nicht alle Katenbewohner sind kommunistisch und alle Villenbewohner katholisch – nein, die Verteilung ist unübersichtlich, chaotisch und doch nach einem bestimmten Muster geordnet wie in einem Kaleidoskop.

Weil die meisten Leute vom Land in die Stadt gekommen sind, spielt die Sippschaft eine große Rolle. Die Verwandten versuchen, möglichst nahe zueinanderzurücken, und jagen dabei den Nichtverwandten Parzelle um Parzelle ab, bis ihr Ziel erreicht ist. Dies führt zu den sonderbarsten Überkreuzungen. Wegerechte liegen auf vielen Grundstücken, weil es sonst zu beschwerlich wäre, über all die abgetretenen Stückchen und Eckchen weiterhin zum nichtverkauften Hinterhaus zu gelangen, in dem noch ein Großvater wohnt, oder ein Pferd, oder beides.

Die jungen Leute heiraten spät und ziehen dann in die leeren Bauernhöfe ihrer Eltern im Gebirge. Es spart Geld und schafft Platz. Viele warten, bis es zum Heiraten zu spät ist. Nirgendwo gibt es so viele unverheiratete Kinder wie in dieser Gegend. Häufig sieht man Verbindungen, in denen die Frauen fünf oder zehn Jahre älter sind als ihre Männer. Manchmal will ein junges Paar nicht warten und verletzt mit seiner Hochzeit die Geschwisterfolge. Zum Trost bekommt der übergangene ältere Bruder oder die ältere Schwester vor dem Brauttanz ein Zicklein mit bunten Bändern.

Es soll Stadtteile in Parisey geben, in denen es moderner zugeht. Tatsächlich stehen an den äußersten Enden der Stadt ein paar Hochhäuser und Wohnanlagen. Dort hat man aber keinen Garten! Um den Garten dreht sich in Frühjahr, Sommer und Herbst alles. Die Bewohner größerer Villen machen da keine Ausnahme. Altmodische Gemüse werden angepflanzt: Porree, Mangold, Kohlrabi, Kartoffeln, Salat.

An Sommerabenden, wenn die Arbeit getan ist, liegt seidener Glanz über dem Land. Die Kinder sitzen in den Gärten und hören den Amseln zu, während die Sonne die umliegenden Giebel vergoldet. Eine seltsame Traurigkeit fliegt sie an, eine Traurigkeit, mit der sie nichts anfangen können und die schwer zu erklären ist.

Das Département ist arm und äußerst dünn besiedelt. Reich nur an Wäldern, Wolken, Wind. Das ewige Rascheln, das sichtbare Wispern der Bäume bläst den Menschen sonderbare Ideen ein, und diese Ideen stehen im Widerspruch zum kargen Leben in der Provinz, weil sie der Sehnsucht nach Verschwendung Ausdruck verleihen. Manchmal wird ein einzelner oder eine ganze Gemeinde von einer sonderbaren Idee ergriffen wie von einer ansteckenden Krankheit. Ein Möbelhändler aus Parisey verschuldete sich und sein Geschäft, weil er von einem Freizeitpark mit dem Namen *Paris 1900* träumte. Er kaufte im Süden der Stadt große sumpfige Stücke Land in einer Gegend, die bisher nur von Kanu- und Kajakfahrern und einigen Vogelkundlern geschätzt wurde, legte eine Flußinsel trocken und versuchte, dort eine kleine Stadt aufzubauen. Er sammelte alte Straßenlaternen, Busse und Metrowaggons aus dem echten Paris und veranstaltete auf seiner Baustelle schon im Frühstadium rauschende Kostümfeste, die den Bewohnern der umliegenden Dörfer viel Freude machten. Aber die Fundamente der verschiedenen Bauten (darunter ein nachgebautes *Moulin Rouge*) sackten weg, die Waggons begannen zu rosten, das Gras überwucherte die breiten Straßen und Plätze, die aus Geldmangel nicht asphaltiert worden waren, und das ganze Projekt mußte irgendwann aufgegeben werden. Der Möbelhändler ging in Konkurs.

Dieser Bankrott war in Parisey Tagesgespräch. Der Möbelhändler hatte in letzter Minute noch versucht, der Gemeinde sein Terrain mit den angefangenen Bauten zu verkaufen, aber die Stadt winkte ab. Zu fernab liege es, befand der Bürgermeister, und die notwendigen Investitionen und Unterhaltskosten konnten niemals durch Eintrittsgelder gedeckt werden. Der Möbelhändler sah sich daraufhin gezwungen, den Traum vom Paris der Jahrhundertwende irgendwo im heimatlichen Sumpf zu begraben.

Das heißt, er träumte weiter, aber er hörte auf zu bauen. Kurze Zeit später erfuhren alle, warum der Bürgermeister dem Möbelhändler nicht unter die Arme gegriffen hatte. Er hatte sich kulturell bereits anderweitig engagiert und einen anderen, glücklicheren Träumer unterstützt. Dieser hatte unter der Bedingung, ein eigenes Museum zu bekommen, der Stadt eine einzigartige Sammlung vermacht. Der Bürgermeister schrieb im Amtsblatt, man dürfe sich glücklich schätzen, eine so ungewöhnliche Sammlung quasi geschenkt zu bekommen, weshalb die Frage nach der geeigneten Räumlichkeit auch eher von untergeordneter Bedeutung sei. Was der Stadt Parisey da in den Schoß fiel, war die von einem phantasievollen Verrückten zusammengetragene, weltweit vollständigste Sammlung australischer Wurfhölzer – man nannte sie auch Bumerangs.

Kein Mensch in Parisey hatte je von einem Bumerangmuseum geträumt. Und doch war es eines Tages einfach da. Auf der Suche nach geeigneten Räumlichkeiten stieß der Bürgermeister auf das ehemalige Türkische Bad, das seit einiger Zeit geschlossen war, und griff zu. Damit verärgerte er gleich zwei Interessengruppen, die Vereinigung schreibender Frontkämpfer und die Archäologische Gesellschaft, die beide auf die Nutzung der Gründerzeitvilla mit Turm und Balkon spekuliert hatten.

Er verärgerte noch andere. Die sparsam denkenden Bürger fanden, es sei eine Verschwendung von Steuergeldern. Die Eltern musikalischer Kinder fanden, man hätte neue Instrumente für das Konservatorium kaufen können. Der Denkmalsverein für die Wiedererrichtung des Bronzedenkmals des berühmten Anatomen Desault fand, ein Bumerang passe nicht in die Geburtsstadt des begnadeten Chirurgen. Die katholische Bücherei und die Mobilen Sozialen Dienste standen dem Bumerang nicht grundsätzlich feindlich gegenüber, vorausgesetzt, man berücksichtigte ihre berechtigte Forderung nach neuen Räumlichkeiten.

Der Riß ging quer durch die Stadt. Der Verein für Ethnische Fragen empörte sich, als herauskam, die Sammlung umfasse nicht nur Wurfhölzer, sondern auch zwei in Wachs nachgebildete australische Ureinwohner, ausgestopfte Strauße und Präparate seltener Pflanzen. Die Handwerker freuten sich, denn das Gründerzeitgebäude war sehr verwahrlost und mußte gründlich renoviert werden. Der Giebelstein mit den gemeißelten Buchstaben *Bain Turque* wurde herausgenommen und durch den Stein *Musée du Boomerang* ersetzt.

Bei der Eröffnungsfeier erschienen alle Geladenen vollzählig. Die Nichtgeladenen schworen, nie einen Fuß in dieses Museum zu setzen, und die Geladenen dachten ähnlich darüber, denn nun hatten sie es ja schon gesehen. Es war durchaus eindrucksvoll aufgemacht. Ein tiefschwarzer Ureinwohner stand mit Blattröckchen und Speer links in der Eingangshalle unter Palmen, ein anderer wartete oben, mit einem Bumerang in der Hand. Hunderte von Bumerangs hingen in Vitrinen, unterlegt mit interessanten Abbildungen. In einem Glaskasten war ein Straußengelege nachgebildet. Der Möbelhändler umschlich es traurig, beäugte es von allen Seiten und dachte an die exakte Kopie des Pont-Neuf, die er für den Eingang zu seinem Freilicht-Paris vorgesehen hatte. Der Reporter des *Republikanischen Ostens* fotografierte ihn dabei.

Nach der Eröffnung wurde es sehr ruhig im Bumerangmuseum. Es führte eine beachtete und nicht sehr rentable Existenz. Der schöne Gründerzeitbau lag direkt neben dem Bahndamm, und so erzitterten die vielen hundert Bumerangs ein paarmal täglich leise in ihren Vitrinen. Der Bürgermeister unterließ es selten, im Amtsblatt auf das internationale Echo hinzuweisen, das seine Schöpfung hervorrief. Er zitierte dann gern aus dem Gästebuch oder aus einem lobenden Artikel der Exilfranzösischen Vereinigung in Neuseeland oder war überglücklich, daß der Chef einer angesehenen amerikanischen Zeitschrift ein Foto des Bumerangmuseums für sein Blatt anforderte. Die fragliche Zeitschrift beschäftigte sich ausschließlich mit Bumerangs und trug den Namen *Many happy Returns*. Die oppositionelle Linke ihrerseits publizierte einfach regelmäßig die Besucherzahlen und verknüpfte damit die Forderung, die teure Totgeburt lieber heute als morgen zu schließen.

Eine gewisse Aufregung entstand noch einmal an dem Tag, als die Hinweisschilder kamen. Schokoladenbraun wiesen sie mit weißer serifenloser Schrift auf das *Musée du Boomerang* hin und erhoben es damit in den Rang einer anerkannten Sehenswürdigkeit von Parisey. Die Leute fanden, der Schilderwald sei auch ohne dieses Schild schon viel zu groß und es sei eine Frechheit, den Bumerang in eine Reihe mit der Abtei aus dem 13. Jahrhundert und den Schlössern und der Kirche zu stellen. Aber ihr Protest nützte nichts, denn die übermannshohen Schilderzäune wiesen ja auch auf Stadtbücherei, Handelskammer, Handwerkskammer, Musikschule und Mehrzweckhalle hin und versperrten bereits die Einsicht an allen wichtigen Kreuzungen.

Die Höhepunkte des kulturellen und gesellschaftlichen Lebens waren die Feiertage. Nicht so sehr die allgemeinen Feiertage wie der 14. Juli oder der Tag des Waffenstillstands im Ersten Weltkrieg, nein, mehr die besonderen Feiertage, die nur in Parisey gefeiert wurden, zum Beispiel der 14. Juni.

Jawohl, der 14. Juni. An einem 14. Juni hatte General Charles de Gaulle die Stadt Parisey mit seinem Besuch beehrt. Das war schon über zwanzig Jahre her, und noch immer bewahrten die ehemaligen Kämpfer der *Armée Secrète* ihm ein fast religiöses Andenken. Jemand hatte den Besuch gefilmt und den Schmalfilm später auf Videokassetten übertragen. Jeder kannte den Ablauf auswendig, und die Feierlichkeiten am 14. Juni gerieten so zur genauen Nachahmung des denkwürdigen Tages selbst. Die Kämpfer waren zwar älter geworden, und statt des Generals war nur sein Denkmal unter den Platanen zu sehen. Aber die Stimmung war dieselbe. Dieselben Männer hielten dieselben Reden, jemand verlas die Ansprache, die der General gehalten hatte (es war für den mit dieser Aufgabe Betrauten eine große Ehre), Orden und Medaillen blinkten, die Unterpräfektur spiegelte sich im Wasser, die Girlanden schaukelten im Sommerwind, Frauen bekränzten das Denkmal mit Blumen, und die alten Kämpfer spürten denselben Schauder, den sie damals empfunden hatten, als ihnen die Stimme Frankreichs, die Stimme aus London über krächzende Radioempfänger Mut eingeflößt und sie zum Widerstand aufgerufen hatte.

Ein ähnlicher Tag war der 3. August. Das gleiche Klübchen begab sich, verstärkt durch die Geistlichkeit und den Bürgermeister des Nachbardorfes St-Sauveur, früh am Morgen per Auto in die Berge. Ein braunweißes Hinweisschild *Souvenir français* markierte den Einstieg in ein wildes Seitental. Die Autos quälten sich mühsam die steile Straße durch urwaldähnliches Dickicht hinauf. Das allerletzte Stück zwischen Parkplatz und Festplatz ging die Gesellschaft zu Fuß. Ein Steintisch war schon als Altar hergerichtet worden, und vor einer Gedenksäule an eine Schlacht in den letzten Kriegstagen im Jahr 1944 las der Pfarrer eine Feldmesse. Die Versammelten starrten über seine Schultern auf die kahlen Massive der beiden großen Ballons und auf eine See wogender Bergkuppen im Vorland.

Der höchste Feiertag für alle war das Fest Allerheiligen. Im ganzen Département schlossen Geschäfte, Restaurants und Tankstellen. Die Parisons, wo auch immer sie sich in der Welt gerade aufhielten, begaben sich unfehlbar an diesem Tag zu den Gräbern ihrer Angehörigen. Sie brachten neue Windlichter und neue weiße Marmortäfelchen mit, auf denen *Souvenir* stand oder *Le Temps passe, le Souvenir reste,* und legten sie auf die steinernen Gräber. Die Steine wurden gewaschen, die Buchstaben geradegerückt oder frisch versilbert, das herbstlich-kraftlose Unkraut an den Rändern herausgezogen, die Kirche besucht, gebetet, geschwatzt und schließlich bei den Verwandten gegessen. Wer keine Verwandten hatte, lud sich einen Nachbarn ein.

Wer keine Gräber auf dem Friedhof hatte, wurde von den anderen mitleidig angesehen. Man erwartete eigentlich, daß der Betreffende zu seinen abwesenden Gräbern hinfuhr – feierte man nicht überall auf der Welt Allerheiligen? Der Totenkult in Blumen- und Marmorgeschäften spielte das ganze Jahr über eine große Rolle. Im November war dann von *saison morte* keine Rede.

3

Auf der anderen Seite des Bahndamms, dem Bumerangmuseum genau gegenüber, stand ein Haus, das nirgendwo als Sehenswürdigkeit verzeichnet war: ein großes bäuerliches Wohnhaus mit einer breiten und etwas schiefen Brust. Das karg bemessene Walmdach sah aus wie eine nach hinten verrutschte Mönchsperücke. Auf der breiten Mauer bröckelte die dünne Putzschicht, und dieser Prozeß wurde durch die schweren Züge verstärkt, die immer daran vorbeirasten. Das Merkwürdige war, daß die abgesplitterten Teile eine ältere, hellere Putzschicht freilegten, und diese hatte durch einen wunderbaren Zufall die Form einer Weltkarte angenommen. Ein Fassadenmaler hätte sie nicht schöner malen können. Eierschalenfarbene Kontinente schwammen im hellgrauen Weltmeer, höchst ästhetisch, Ton in Ton. Pedanten hätten dies und das daran auszusetzen gehabt, Feuerland fehlte, auf der anderen Seite hatte Australien ein Horn zuviel, Skandinavien war durch ein Fenster mit Fensterläden verdeckt und so weiter, aber die weniger pedantischen Bürger freuten sich und redeten nicht darüber, denn auch in Parisey lief man Gefahr, daß eine Unregelmäßigkeit, kaum hatte man sie entdeckt und schön gefunden, schon wieder beseitigt wurde. Vom Besitzer des Hauses, der jeden Morgen in Skandinavien die Fensterläden aufschlug und mißmutig in die Welt guckte, war nichts zu befürchten. Aber der Bürgermeister konnte auf die Idee kommen, die Fassade auf Gemeindekosten rein weiß streichen zu lassen, damit das Bumerangmuseum in einer Umgebung stand, die seinem Weltruf angemessen war.

Hinter diesem Haus stieg parallel zum Bahndamm ein schmaler Waldrücken an, der Mont Chaste, der Keusche Berg. Seit den sechziger Jahren hieß er auch der Krankenhausberg, denn man hatte oben auf dem Hügel, ohne allzu viele Wunden ins Grün zu schlagen, das moderne Kreiskrankenhaus untergebracht. Die Parisons, die sonntags gern auf dem Mont Chaste spazierengingen, konnten dies weiterhin tun und dabei gleich ihre Besuche machen.

Etwas weiter stadtauswärts zweigte von der Hauptstraße eine Hauptstraße zweiter Ordnung ab, wenn man so will, die nicht nur in den Augen ihrer Anwohner etwas Besonderes war. Sie schwang sich mit einer leichten Krümmung von Parisey bis ins vier Kilometer entfernte St-Sauveur und glich an schönen Tagen vom Mont Chaste aus betrachtet einem glitzernden grauen Fluß, der in der Sonne durch Wiesen und Felder floß, baumbestanden, von Häusern und Gärten gesäumt. Eine Pferdeweide konnte man von oben ausmachen, Hecken, Wäscheleinen, Hinterwege, einen uralten kleinen Kiesteich, an dem ein Schwarzer Milan brütete.

Die Straße hieß Rue St-Sauveur und hatte den Spitznamen *Rue des deux Maires*, weil am einen Ende der Bürgermeister von Parisey wohnte – hinter einer hohen Thujahecke mit Gänsen auf kurzgeschnittenem Rasen –, am anderen Ende der Bürgermeister von St-Sauveur. Dies gab der Straße einen gewissen Rahmen. Als ehemalige

Landstraße war sie nur so breit, daß zwei Fuhrwerke aneinander vorbeikamen. Neuerdings hatte man von der Fahrbahn an beiden Seiten je einen Bürgersteig wegnehmen müssen, und die Fahrbahn war nun so schmal geworden, daß zwei Autos nicht mehr aneinander vorbeikamen.

Die Planung sah daher vor, die Rue St-Sauveur zur Einbahnstraße zu machen. Nur – in welche Richtung? Der Bürgermeister von St-Sauveur, ein vierschrötiger Mann namens Gibet, mußte häufig nach Parisey fahren. Es war klar, welche Richtung er favorisierte. Der Bürgermeister von Parisey wiederum, Monsieur Rouget, mußte öfter nach St-Sauveur fahren und stimmte für die andere Richtung. Es ging dabei nur ums Prestige, denn die jeweiligen Rückwege sorgten in beiden Fällen ja für ausgleichende Gerechtigkeit.

Die Gemeinden beobachteten diesen Wettkampf mit Spannung. Die Frauen murrten, weil die Bürgersteige rechts und links so schmal bemessen waren, daß kein Kinderwagen und nicht einmal ein Buggy darauf Platz hatte. Ein Rad schwebte immer in der Luft, und man war gezwungen, Kinder auf einer Straße entlang zu schieben, die sich aller Voraussicht nach in eine Rennbahn verwandeln würde, wenn sie erst einmal Einbahnstraße geworden war – egal in welcher Richtung.

Der vierschrötige Gibet und sein feinsinniger Kollege Rouget kämpften mit allen Tricks. Schließlich gewann der Bürgermeister von St-Sauveur mit der gewohnten Bauernschläue. Der verehrte Kollege Rouget, begann Gibet mit öligem Grinsen, wolle doch sicher nicht, daß Besucher von außerhalb, die extra wegen des Bumerangmuseums nach Parisey kämen, sich kurz vor dem Ziel in einem Gewirr von Abbiegungen verirrten und von ihrem ursprünglichen Vorhaben wieder abkamen. Das preisgekrönte Blumendorf St-Sauveur würde in diesem Fall übrigens gerne alles tun, um die verirrten Touristen gastfreundlich aufzunehmen. Das Argument war ein großer Erfolg. Selbst Rouget mußte lachen. Er war mit seinen eigenen Waffen geschlagen, der Gemeinderat beschloß die Sache, Gibet fuhr grinsend in seinem schwarzen Wagen als Sieger durch die Straße, Rouget nahm die Sache sportlich, die Frauen ärgerten sich weiterhin über das Elend mit den Trottoirs, auch männliche Fußgänger stellten fest, auf diesen Bürgersteigen könne man unmöglich zu zweit nebeneinander gehen, die Kinderfrauen schimpften auf die Autofahrer und umgekehrt. Schließlich fanden sich alle irgendwie damit ab. Die Straße wurde noch zweimal wegen Problemen in der Kanalisation aufgerissen, danach war sie das, was sie immer sein wollte: eine gehobene Wohnstraße mit niveauvollen Anliegern.

Die Bewohner der Rue des deux Maires fühlten sich tatsächlich als etwas Besonderes. Vielleicht waren sie es auch. Neben Bürgermeister Rouget wohnte der ehemalige Elektrizitätswerksdirektor Lorain, der im Widerstand eine wichtige Rolle gespielt hatte, gegenüber lebte in einem ganz und gar mit Glyzinien und Rotdorn überwachsenen Haus der gebrechliche Druckereibesitzer Delmont. Daneben hatte sich Lorain junior ein Haus gebaut, er war Transportunternehmer. Zwei Häuser weiter wohnte der Oberstaatsanwalt von Parisey, in den Augen der Alten ein noch »junger Mann« von Anfang vierzig, der sicher nicht in der Provinz alt werden wollte, und so weiter.

Auch die, die eigentlich nicht dazugehörten, wie zum Beispiel der Grabsteinmetz oder die Bewohnerinnen des Bauernhofes neben dem alten Lorain, teilten dieses Gefühl. Die Straße hatte etwas im positiven Sinn Verschmelzendes. Die Bewohner zogen alle am selben Strang, sie wollten Harmonie, Ruhe sicher, der Bürgermeister wollte seine Stadt ordentlich verwalten und kulturelle Akzente setzen, der alte Lorain wollte seine Memoiren schreiben, der junge Lorain, der jeden Morgen um vier Uhr aufstand, wollte nachmittags in Ruhe nachschlafen, und so fort.

Dies war der Stand der Dinge, als der alte Delmont starb.

Die beiden Frauen, die im Bauernhof neben dem alten Lorain wohnten, Mutter und Tochter, gerieten sofort in beträchtliche Aufregung.

»Müssen wir da hin?« fragte Judith Pasteur mit einer gewissen Ängstlichkeit ihre Tochter. »Müssen wir zu dieser Beerdigung?«

Judith Pasteur war fünfundsechzig Jahre alt und Witwe. Ihr Mann war vor über vierzig Jahren gestorben, in den letzten Kriegstagen, und die Nachbarn kannten Madame Pasteur gar nicht anders als ruhig und arbeitsam und allein. Sie trug über ihren Blusen eine Kittelschürze, die an manchen Tagen mehr ins Rosa spielte und an anderen Tagen mehr ins Beige, ein Phänomen, das sich dadurch erklärte, daß es mehrere Kittelschürzen gab, die durch verschiedene Wasch- und Bleichvorgänge eine leichte Differenzierung erfahren hatten.

Judith Pasteur war nicht groß, eher zierlich, aber diese Kittelschürzen und die Gartenarbeit, die sie den ganzen Sommer über mit der Präzision einer Maschine verrichtete, gaben ihr den Anschein von Viereckigkeit und Stärke, die sie gar nicht besaß. Die Nachbarskinder, die etwas älter waren als Judiths Kinder, hatten früher großen Respekt vor Madame Pasteur gehabt, für sie war es »die Frau, die immer schrie«. Sowie der Sommer kam und die Fenster offenstanden und die Luft seidig und transparent wurde, hörte man Judith Pasteur in ihrem kleinen weißen Haus schreien, vor allem morgens und mittags, dann gegen sieben Uhr abends und noch einmal um neun, also vor allem zu den Essenszeiten oder wenn die Schulkinder aus dem Haus und ins Bett mußten, und dies deutete darauf hin, daß die Kinder Pasteur, die jünger und wilder waren als die Nachkommenschaft Lorain, eben leider keinen Vater hatten, der erzieherisch hätte eingreifen können. Sie waren Gehorsam nicht gewohnt, und Judith hatte es abgelehnt, sich noch einmal zu verheiraten. Schlecht und recht erzog sie ihre kleine Sippe allein. Im Hause Lorain hieß es aber mit einer Prise Verächtlichkeit immer, die Nachbarn seien eben Bauern, und Bauern brüllten, während verfeinerte Menschen nicht brüllten, sondern höchstens die Augenbrauen hoben, worauf ihre Kinder und sonstigen Untertanen die ihrigen senkten und augenblicklich taten, was verlangt wurde.

Hätte man umgekehrt Renée oder ihre Geschwister gefragt, wer in der Nachbarschaft im Sommer zu schreien pflegte, hätte man sich über die Antwort sehr gewundert. Für sie war es nicht ihre eigene Mutter, die schrie, sondern im Gegenteil Madame Lorain, die von morgens bis abends herumbrüllte, und zwar, als alle noch ganz klein waren, und dann wieder mit unverminderter Kraft, als alle erwachsen waren. Madame Lorain schrie dann angeblich mit Lieferanten oder mit ahnungslos vor ihrem Grundstück parkenden Handwerkern oder mit Wildfremden oder mit ihren Gläubigern, die auf ihr Gebrüll sehr gut ansprachen und selten wiederkamen.

Ach, wie segensreich ist doch der Mechanismus der Verdrängung, der in beiden Fällen das Schlimme, nämlich das Geschrei der eigenen Mutter, wegzauberte und nur das Aufregende und Prickelnde, nämlich das Geschrei der Nachbarin, im Gedächtnis behielt. Nein, Judith Pasteur wurde von ihrer Tochter Renée nicht als gefährlich tobendes Wesen betrachtet, sondern als jemand, der vor Gefahren behütet werden mußte, und zwar vor den Gefahren der eigenen Naivität und Wunderlichkeit und Verbohrtheit, ja, Verbohrtheit.

»Natürlich müssen wir da hin«, sagte sie daher auf Judiths Frage nachsichtig und ein bißchen ungeduldig. »Er ist doch unser Nachbar. Nenn mir bitte einen Grund, warum wir nicht hingehen sollten.«

Judith schaute zweifelnd, wie es ihre Art war. Sie hatte an der Nasenwurzel ein paar tiefe Kerben wie Messerschnitte, das gab ihrem Gesicht etwas Eulenhaftes. Sie rollte das R, wie es im Département von Parisey nicht üblich war (sie stammte ursprünglich auch aus Savoyen), und hatte das Vorsichtig-Resignierte von Leuten, die wissen, daß sie recht haben, aber ihr Leben lang damit konfrontiert werden, daß die anderen das nicht merken.

»Gut, gut, gut«, wiegelte sie gleich wieder ab, »ich wollte damit auch nur sagen, wir gehen ja auch nicht am 3. August auf den Berg. Ich möchte es mir ersparen, verstehst du? Sie werden wieder diese Reden halten, und wir, wir müssen einerseits als gute Nachbarn hingehen, andrerseits habe ich nicht die geringste Lust, mir diese Reden und diese *Blicke* gefallen zu lassen.«

Nachbarschaft wurde in Parisey, wie man sieht, sehr ernst genommen. Gute Nachbarn kamen im Todesfall sogar ins Haus und hielten die Totenwache und kochten. So weit mußte Judith in diesem Fall nicht gehen, denn der alte Delmont hatte schräg gegenüber gewohnt, sozusagen in einer fremden Welt, er hinterließ niemanden, der versorgt werden mußte, außer einem Hund, einem Collie, und wer in diesem Fall eindeutig zuständig war, das waren die Lorains. Diese Dinge mußten nicht geklärt werden, sie waren bereits klar, aber das Begräbnis blieb für Judith eine heikle Angelegenheit. Die Pflicht trieb sie hin, und ihr Herz hielt sie zurück. So sah sie es selbst. Aber auch eine große Portion Zorn und Groll hielt sie zurück, namentlich gegen den Bürgermeister von St-Sauveur, Marcel Gibet, mit dem sie eine alte Rechnung offen hatte, wie sie es nannte. Es war nie geklärt worden, welche Rolle Gibet beim Tod ihres Mannes in den letzten Kriegstagen gespielt hatte, und Judith, die nicht begreifen konnte, daß andere Menschen nie mehr an diese Sache dachten, an die sie täglich und ausschließlich dachte, mied daher das ganze Klübchen, auch den alten Lorain bei offiziellen Anlässen, ohne daß sie bisher mit dieser Haltung in einen Konflikt geraten wäre.

»Ja«, sagte Renée in diesem Moment aufgebracht, »weil du diese Reden und Blicke immer auf dich beziehst, und auf mich mit dazu! Sie betreffen uns doch gar nicht! Ich weigere mich, dieses ganze Theater auf uns zu beziehen.«

»Es bezieht sich aber auf deinen Vater«, sagte Judith hartnäckig.

»Mein Gott, Maman – als ob alle ständig immer nur an einen jungen Mann namens René Pasteur vor vierzig Jahren denken! Die wissen nicht mal mehr, wer das war – oder gewesen ist.«

»Vor zweiundvierzig Jahren«, sagte Judith plötzlich fest. »Und weißt du, was? Ich gehe nicht zum Begräbnis. Nichts gegen Delmont, oh, nein, er gehörte einfach auch nur zu diesen Leuten, aber ich habe mir vorgenommen, nirgendwo hinzugehen, wo dieser Gibet... dieser... dieser Mörder von einem Bürgermeister seine scheinheiligen Reden hält, und er wird es dort tun, das ist gewiß.«

»Maman!« rief Renée entsetzt. »Gibet ist ein Gauner, das wissen wir alle, aber so etwas darfst du nicht sagen. Das ist gefährlich. Außerdem ist nicht mal bewiesen, ob er ein Mörder ist.«

»Wird er die Rede halten oder nicht?«

»Ja, das wird er zweifellos«, sagte Renée ungeduldig. »Du hast recht, es ist besser, ich gehe allein.«

Judith stand an Schlauheit dem von ihr geschmähten Gibet in nichts nach. Punkt eins war erledigt, und zwar zu ihrer Zufriedenheit. Jetzt ging sie zum Angriff über, betreffend Punkt zwei.

»Ich weiß eigentlich nicht recht, was *du* da zu suchen hast«, begann sie nach einer Weile unzufrieden. »Wir haben den alten Delmont doch überhaupt nicht gekannt. Er ist strenggenommen auch gar kein Nachbar, denn er wohnt schräg gegenüber. Hast du in den letzten Jahren auch nur ein einziges Wort mit ihm gewechselt?«

Renée schrie auf und sagte: »Maman, das ist jetzt wirklich unfair von dir. Ich kann es nicht leiden, wenn du so unfair bist. Delmont wechselte mit überhaupt niemand emmehr ein Wort, und du weißt ganz genau, warum. Und ich, ich habe ihn immer gegrüßt, wenn er frühmorgens mit dem Hund ausgegangen ist.«

»Ach ja, der Hund von seinem Sohn, der immer auf Reisen ist. Aber, um nur mal ein Beispiel zu nennen: Es wäre was ganz anderes, wenn... wenn sozusagen Lorain sterben würde. Unser direkter Nachbar! Er ist auch schon an die achtzig, nicht? Direkter geht es nicht mehr. Da müßten wir dann wirklich hin. Wir beide. Aber Delmont?«

Renée mußte lachen. Die Listigkeit ihrer Mutter drehte manchmal seltsame Pirouetten.

»Jetzt will ich dir mal was sagen. Du denkst natürlich, Lorain ist unsterblich«, sagte sie. »Und in gewisser Weise ist er das auch. Wenn er aber doch stirbt, dann würdest du zu ihm auch nicht hingehen. Das steht fest. Ich weiß noch nicht genau, wie du das anstellen würdest – ein Bein brechen, oder zum ersten Mal in deinem Leben verreisen, aber du würdest einen Grund finden, um nicht hingehen zu müssen.«

»Na schön«, sagte Judith, auf frischer Tat ertappt, es war ihr aber nicht unangenehm, »ich würde tatsächlich nicht zu seiner Beerdigung gehen. Übrigens war ich schon mal verreist. Mit den Zivilwitwen nach Epinal. Du erinnerst dich doch? Aber bei Lorain, da fände ich es selber wirklich schlimm, nicht hinzugehen, denn er ist der direkte Nachbar, und zu seinem direkten Nachbarn muß man hin.«

»Es geht jetzt aber um Delmont«, sagte Renée.

»Zu Delmont muß man nicht hin«, sagte Judith.

Sie ist stur wie ein Maultier, dachte Renée. Laut sagte sie: »Ich gehe trotzdem hin.«

»Jaja«, sagte Judith plötzlich müde. »Warum auch nicht. Geh nur. Dir haben sie ja nur den Vater umgebracht. Aber mir meinen Mann.«

Renée war immer leicht geniert, wenn ihre Mutter dieses sogenannte schwerste Geschütz auffuhr, und sie tat ihr dann leid. Aber, dachte sie, ich kann mir doch nicht immer und ewig mein Leben von ihr vorschreiben lassen. Der Mann, um den ihre Mutter so konsequent trauerte, war für die Geschwister Pasteur nur eine Fotografie, nicht einmal eine vage Erinnerung. Sie waren viel zu klein gewesen, als er starb. Renée war sogar noch im Mutterleib gewesen, und diesem Umstand schrieb sie immer die große Fremdheit zu, die sie bei allem empfand, was mit ihrem verstorbenen Vater zu tun hatte. Der Mann, um den sie selber trauerte, war durchaus noch lebendig. Es gab ihn wirklich, sie hatte ihn längere Zeit nicht gesehen, er würde sicher zur Beerdigung kommen – jedenfalls hoffte sie das –, denn es war der Sohn vom alten Delmont.

4

Am Tag von Delmonts Beerdigung zog Renée ein dunkles Kleid und einen Wintermantel an, obwohl die Sonne schon warm schien, stieg in ihr rotes Auto und fuhr quer durch die Stadt. Der Friedhof lag am anderen Ende von Parisey, Richtung Lataine-les-Bains. Renée hielt unterwegs beim Blumenhändler *Zum blühenden Holzschuh* und kaufte nach längerem Nachdenken ein Bukett, das in Gießharz eingegossen war. Es sah prächtig aus, wie ein Brocken Glas, der kostbare Blumen eingeschlossen hielt. Renée wußte, daß dieses Glas im Lauf der Zeit unter freiem Himmel gelb und rissig werden würde und so trüb, daß man die Stiefmütterchen und roten Rosen kaum noch erkennen konnte, aber im Augenblick war es ein schönes Objekt. Es lag gut in der Hand.

Durchs Fenster sah sie die schwarze Limousine von Gibet vorbeifahren, kurz darauf den holpernden 2 CV des alten Lorain. Sie lächelte. Es war eine Marotte des ehemaligen Elektrizitätswerksdirektors, in diesem Auto zu fahren, und etwas, das ihn eigentlich sympathisch machte. Dabei war es nur der Geiz. Man erzählte sich eine Menge Geschichten über die Sparsamkeit der Familie Lorain, an denen wahrscheinlich nicht so viel wahr war, außer der Tatsache, daß das Familienoberhaupt wie alle Mitarbeiter des Elektrizitätswerks den Strom auf Lebenszeit umsonst bezog, etwas, um das ihn jedermann glühend beneidete.

Als Renée klein gewesen war, war Lorain ein Mann von vierzig Jahren gewesen, und das war er immer für sie geblieben. Sein langsames Älterwerden hatte sie ebenso wenig bemerkt wie ihr eigenes. Renée zählte zu den Menschen, die im Kopf hinter ewig wachen Augen immer ein Kind bleiben. Ein lustiges oder trauriges Kind, ein sehr kluges Kind außerdem, aber niemals eine Erwachsene. Sie konnte sich nachmittagelang den Kopf darüber zerbrechen, wie andere es machten, daß sie so viel gesetzter wirkten. Aber diese lästige Eigenart – um so lästiger, je älter man wurde – sorgte womöglich dafür, daß sie mit einundvierzig Jahren noch immer ziemlich kindlich aussah, mager und drahtig, wie ein hübscher lockiger Junge.

Gibet zum Beispiel, der alte Gauner, war ein typischer Erwachsener. Ein vierschrötiger Mensch mit Hängebacken und humorlosen Augen. Er konnte Witze machen und grinsen, aber niemals lachen oder kichern. Renée kicherte, als sie sich Gibet beim Kichern vorstellte. Das war ein Ding der Unmöglichkeit, schade. Bei Lorain wußte sie es nicht so genau. Lorain war schwer zu fassen. Er hatte einerseits eine starke Autorität und strahlte etwas Einschüchterndes aus, wie ein sehr mächtiger Zwergenherrscher, andererseits hatte er einen skeptischen, fast resignierten Zug, und diese beiden Charaktereigenschaften wechselten ständig in ihm ab. Lorain mimte den Erwachsenen wie eine gut einstudierte Rolle, aber war er es auch? Das kluge Kind in ihm war sehr lebendig, und als drittes noch der fromme, ja frömmelnde Katholik.

Was für ein Unterschied zwischen den beiden, dachte sie. Gibet war damals im Widerstand Lorains Untergebener gewesen. Er war auch bedeutend jünger, dem Datum nach jedenfalls. Und heute machte er den erwachsenen Eindruck, fuhr in einer Staatskarosse herum, trug wahrscheinlich die Rede schon in der Tasche und behandelte den alten Lorain sehr von oben herab wie einen begabten, aber unzuverlässigen Schüler.

Beerdigungen haben höchst unterschiedlichen Charakter. Manche ähneln einem nostalgischen Volksfest, es fehlen nur noch Champagner und Musikkapelle. Andere sind von lähmender Traurigkeit, und wieder andere sind irgendwie neutral, wenn sich die Vor- und Nachteile des Todes nach einem langen, erschöpften Leben offenbar die Waage halten. Bei Delmont herrschte diese gedämpfte, neutrale Atmosphäre. Renée kam auf dem Friedhof an und merkte dies sofort. Sie entdeckte einige Bekannte, den Direktor ihrer Schule mit Frau, dann natürlich Lorain und seinen Sohn mit Frau, aber außer einem freundlich erwiderten Ferngruß ergab sich daraus nichts weiter. Delmont senior war fünfundachtzig geworden. Sein Sohn war nicht da, oder noch nicht da. Dies war sicher der Grund, warum sich der Anfang verzögerte. Der Sarg wartete schon in der kleinen Vorhalle, die Sonne brannte auf die polierten Grabsteine, die frischen Blumen fingen an zu welken, die Trauergäste schwitzten, nichts ging voran. Wie gut, daß ich eingegossene Blumen habe, dachte Renée.

»Hallo, Mademoiselle Pasteur«, rief eine Frau, die Renée vom Sehen kannte. Sie winkte und schob sich durch die wie angenagelt auf den Stufen stehenden Menschen zu ihr durch. Renée mußte nachdenken, wer das war. War es die Frau aus der Parallelstraße, die den Friseursalon aufgemacht hatte? Nein, Unsinn – es war ja die Pflegerin des alten Delmont.

»Ach je«, seufzte sie. »Was für ein trauriges Ende!« Sie machte eine bedeutsame Geste mit der Hand zu ihrem Kopf.

Renée kam nicht auf ihren Namen. »Wie geht's denn?« fragte sie unverbindlich.

»Gut, danke.«

»Und Ihrem Mann?«

»Grosmougin? Ach, der hat einen Bruch und muß operiert werden.«

»Madame Grosmougin, was wird denn nun aus dem Hund?«

Die Pflegerin war dankbar, daß Renée mit ihr redete.

»Ach, der Hund. Also, es ist nicht sicher, daß der Sohn von Monsieur Delmont überhaupt kommen kann. Am Telefon hat er gesagt...«

»Was, er kann nicht kommen?«

»Ich war genauso entsetzt wie Sie. Zur Beerdigung des eigenen Vaters nicht kommen. Aber er operiert ja in Kuba.«

»Das wußte ich gar nicht.«

»Ja, seit einem halben Jahr.«

»Aber er war doch vorher in den Kolonien... auf Martinique, meine ich.«

»Ja, dann wäre er längst schon da... Inlandflüge, wissen Sie. Aber aus Kuba... Jedenfalls sagte er, ich solle mich inzwischen um Sultan kümmern.«

»Bleibt der Hund denn bei Ihnen?«

»Na ja, ich sperre ihn eben ein.«

»Und was wird mit dem Haus?«

Madame Grosmougin hob abwehrend die Hände.

»Wer weiß… wahrscheinlich muß es verkauft werden. Oder vermietet. Aber in diesem Zustand mietet es keiner.«

Renée spürte eine Hand auf der Schulter und drehte sich um. Es war der alte Lorain.

»Renée«, sagte er.

»Monsieur Lorain«, sagte sie und schüttelte ihm die Hand.

»Du wunderst dich vielleicht, daß es nicht anfängt«, sagte er.

»Es sind noch nicht alle da?«

»Ja, wir warten noch auf André Delmont. Aber sie werden bald da sein.«

Wieso *sie*? dachte Renée.

Überall bildeten sich kleine Gruppen. Renée sah, wie die Bürgermeister Rouget und Gibet die Köpfe zusammensteckten. Lorain wechselte ein paar Worte mit Madame Grosmougin. Der Friedhofsangestellte sah sorgenvoll auf seine Uhr. Jemand ging und holte sich einen Regenschirm aus dem Auto, den er dann als Sonnenschirm aufspannte. Diese gute Idee fand viele Nachahmer. Renée fand es ungehörig. Sie ging langsam zwischen den Gräbern hindurch, die sie so gut kannte. An Allerheiligen kamen sie hierher, um das Grab der Großeltern Pasteur zu schmücken, die in den sechziger Jahren kurz hintereinander gestorben waren. Renée hatte ihre Großeltern gerne gemocht, auch wenn sie ständig in einer Aura von Trauer und Müdigkeit gelebt hatten. Diese Trauer hing natürlich wieder mit dem ungeklärten Tod des jungen René Pasteur zusammen, der ihr einziger Sohn und Hoferbe gewesen war. Alles endete immer da. Alle Jahre wieder wurden sie unsanft auf diese Unregelmäßigkeit hingestoßen, darauf, daß einer der Ihren nicht dabei war. Judith hatte zwar ihren Mann irgendwann nach dem Krieg für tot erklären lassen und auch beantragt, seinen Namen und sein vermutliches Todesdatum auf den Grabstein der Familie Pasteur zu setzen, aber die Friedhofsverwaltung hatte sich vehement und erfolgreich dagegen gewehrt. Es verstieß nämlich gegen die Bestimmungen. Renée fand diese Bestimmungen grausam.

Sie spazierte ganz allein zwischen den Gräbern hindurch und besuchte ihre Lieblinge. Sie hatte geheimnisvolle Lieblinge mit besonderen Namen. Manche verblüfften durch ihre Berufe. Und einer, der älteste Mann Frankreichs, wie sie ihn nannte, wurde von ihr regelmäßig besucht. Geboren war er im Jahr römisch sechs, gestorben im Jahr 1876. Sie überlegte, wie dies auf Menschen wirkte, die nicht wußten, daß man während der Französischen Revolution die römische Zählung vom Jahr eins an eingeführt hatte. Für diese Menschen mußte Abel Simonin, Installateurmeister und Kaminkehrer, der älteste Mensch der Welt sein, eintausendachthundertundsiebzig Jahre alt. Der reinste Methusalem.

Sie schaute auf ihre Uhr und sah, daß man eine halbe

Stunde über die Zeit war. Draußen wartete irgendwo schon der nächste auf seine feierliche Bestattung. André Delmont war nicht erschienen, und sie dachte, daß dies bestimmt nicht seine Schuld war, sondern höhere Gewalt. Sie kannte ihn von früher. Er war immer ein zuverlässiger Junge gewesen, bis auf seinen ausgeprägten Fluchtreflex. Wie sehr hatte sie damals bedauert, daß es ihren Landsleuten so leicht gemacht wurde zu fliehen. Man nahm ein Flugzeug, flog um die halbe Welt ohne größere verwaltungstechnische oder sprachliche Probleme und saß dann dort – in einem gehörigen Sicherheitsabstand mit Zeitverschiebung, sogar Jahreszeitverschiebung. In Parisey hatte immer die Geschichte von einer schrecklichen Mutter die Runde gemacht (man wußte nicht genau, was an ihr so schrecklich war, ihre Dominanz und Rechthaberei wahrscheinlich), deren drei Kinder unmittelbar nach der Berufsausbildung in drei Himmelsrichtungen davongezogen waren, wie im Märchen, der eine zur Ile de Réunion neben Madagaskar, der zweite in die Karibik nach Martinique und die dritte nach Neukaledonien in der Nähe von Australien.

Mit André verhielt es sich anders, er war zunächst nur bis Paris geflohen, drei Stunden von Parisey entfernt, und er floh nicht etwa vor der Dominanz seines Vaters, sondern vor dessen Lebenskummer, einer schleichenden Aushöhlung von körperlicher und geistiger Gesundheit, dem Dachau-Trauma, wie sie es nannten. Wenn man jemanden nicht trösten kann, muß man fort, dachte Renée. Dann hat es einfach keinen Sinn. Jeder hatte das verstanden, nur Judith, ihre eigene Mutter, hatte alle möglichen anderen Beweggründe dahinter gesucht und hatte immer gesagt: »Siehst du? Er ist zu feige, um seinem Vater die Tochter eines *Collabo* als Schwiegertochter zu präsentieren!«

Renée dachte an die endlosen Diskussionen an Küchentischen – bei ihr im alten Bauernhaus oder bei Judith im kleinen Ausgedingehaus. »Nein, Maman, das ist es nicht. Es ist seine eigene Geschichte, die Geschichte seines Vaters, die so schrecklich ist. Du bist ja blind. Du kannst das Leid der anderen überhaupt nicht mehr erkennen und siehst nur dein eigenes. Zufällig geht es hier mal nicht darum.«

»Du kannst mir erzählen, was du willst – wenn dein Vater ein anerkannter Toter gewesen wäre, *mort pour la France*, dann hättet ihr schon längst geheiratet und ein Haus und drei Kinder.«

Dies waren Gedanken, die nicht gerade weh taten, aber auch nicht besonders angenehm waren. Wieso hatte sie es vor ein paar Jahren nicht übers Herz gebracht, nach Paris zu ziehen? Sie hätten dort ein eigenes Leben führen können, abseits der Eltern und der alten Geschichten. Warum wollte sie ihre Mutter nicht verlassen? Hatte André sie vielleicht nicht dringlich genug gebeten? Hatte sie selbst den Verdacht, er verüble ihr die Abstammung von einem… Nicht-Widerstandskämpfer, um es einmal objektiv auszudrücken? Blieb von dem Gift, das Judith Tag für Tag in ihr Ohr träufelte, etwas hängen? Und warum blieb sie dann bei dieser Mutter? Das alles wußte Renée nicht. Vielleicht war es ihr guter Arbeitsplatz gewesen, der sie gefesselt hatte. Aber vielleicht auch etwas anderes.

In die Trauergemeinde mit den Sonnenschirmen kam

jetzt Bewegung. Die Schirme wurden zugeklappt, der Zug formierte sich, vorneweg eilte der Friedhofsangestellte, und André war entweder angekommen, oder die Sache ließ sich nicht länger aufschieben. Renée holte die Blumen aus ihrer Tasche. Stiefmütterchen und rote Rosen. Sehr symbolisch. Man tut immer etwas Symbolisches in solchen Momenten, dachte sie. Das ist die Funktion von Grabkitsch oder Hochzeitskitsch oder sonstigem Kitsch.

André war nirgends zu sehen. Gibet hielt die Hauptrede und ging mit seiner Öligkeit allen auf die Nerven. Er entwarf noch einmal das Lebensbild des teuren Verstorbenen. Ein vorbildlicher Bürger, Steuerzahler und Drucker, mit einer gutgehenden Druckerei (in der zum Beispiel das Amtsblatt erschien, also eine sichere Sache), und dann doch der Mut zum Risiko im entscheidenden Moment, wie durch ein Wunder, als Frankreich ganz tief am Boden lag. Jawohl, solche Wunder passierten. Natürlich nicht von ungefähr. Und nun flocht Gibet in das Lebensbild huldvoll die Ikone einer idealen Männerfreundschaft. Da war der Widerstandskämpfer der ersten Stunde – Lorain – und sein Drucker, eben André Delmont. Unter Lebensgefahr hatte der Widerstandskämpfer den Text geschrieben und Delmont das Flugblatt gedruckt. Gibets öliger Bariton umspülte die Versammelten. Die meisten dachten in diesem Augenblick, daß Gibet höchstpersönlich diese Lebensgefahr für Lorain und Delmont dargestellt hatte, denn damals war er noch Gendarm gewesen, bevor er erst sehr viel später zum Widerstand fand.

Renée stand da und bewunderte aus ganzem Herzen die

Chuzpe dieses Gauners, für den sie aus unerfindlichen Gründen eine Schwäche hatte. Wie er dasteht!, dachte sie entzückt. Man könnte meinen, er glaubt an das, was er sagt. Er glaubt wahrscheinlich wirklich dran. Und das ist doch das eigentliche Geheimnis. Wie machen die das nur? Sie hatte oft Gelegenheit, Gibet zu studieren, denn als Bürgermeister von St-Sauveur war er zuständig für die kommunale Einrichtung, in der Renée arbeitete, das weithin berühmte Berufsbildungsinstitut für Schwererziehbare, St-Sauveur.

Oh, rief Gibet gerade mit vibrierender Stimme, wie wunderbar gut und glatt ging das alles! Aus dem ersten Flugblatt erwuchs eine kleine Zeitung, nicht groß, aber auf den Inhalt kam es ja an, gerade in Zeiten der Zensur, nicht wahr?, und diese Zeitung, die viermal hintereinander erscheinen konnte, nahm kein Blatt vor den Mund, nein. Ein vierfacher Triumph über den schmutzigen Besatzer, den Boche. Daran, daß dies möglich war, konnte man sehen, daß alle wohlmeinenden Kräfte damals zusammenarbeiteten. Unter einer Decke steckten. Am selben Strang zogen.

Renée wußte, was die meisten Anwesenden jetzt dachten. Es war dasselbe, das sie auch dachte, nämlich daß Gibet schlicht und einfach nicht herausgefunden hatte, wer der Drucker gewesen war, denn Delmont hatte vorsichtshalber ein Papier benützt, das fünfundzwanzig Jahre in seinem Lager gelegen hatte, an das sich kein Informant mehr erinnern konnte, und eine Drucktype, die seit über zehn Jahren außer Gebrauch war.

Aber kurz vor dem Ziel, erhob Gibet drohend die

Stimme, kurz vor dem Ziel kam der Moment, da ein nichtswürdiger Verräter – er spuckte das Wort förmlich aus – die fruchtbare Zusammenarbeit zwischen den Widerstandskämpfern und ihrem Drucker beendete. Delmont wurde denunziert. Damit begann Delmonts Martyrium. Der Feind ergriff ihn, folterte ihn, was Delmont schweigend durchstand, und schickte ihn nach Dachau. Den Rest kennen Sie alle, hielt Gibet der schweigenden Versammlung vor. An Körper und Seele gebrochen, war Delmont viele Monate später zurückgekehrt. Ohne irgend jemanden verraten zu haben.

»Er war ein mutiger Drucker«, rief Gibet mit erhobenen Händen, »und ein leidenschaftlicher Patriot.« Hier klatschte die Trauergemeinde spontan Beifall. Renée dachte, daß dies ein würdiger und passender Grabspruch sei, selbst wenn er aus dem Mund von Gibet kam.

Aber so etwas konnte von ihrer Familie nur sie selbst würdigen, niemand sonst.

5

Während die sterbliche Hülle des alten Delmont ins Grab gesenkt und die geschliffene Granitplatte verschraubt wurde, während die Trauergäste nacheinander ihre Täfelchen und Emailplättchen und Keramikkränze und Blumen auf die sanfte Wölbung stellten, machte in der Stadt schon das Gerücht die Runde, André, der Sohn des alten Delmont, sei a) zu spät gekommen und habe sich b) eine Frau aus Kuba mitgebracht. Dieses Gerücht lief, eilte und trippelte mit der Geschwindigkeit eines radfahrenden Postboten durch die Rue St-Sauveur und kam auch bei Judith an, noch bevor die Beerdigung offiziell beendet war.

»Was!« sagte Judith zum Gerücht und ließ ihre Matratze im Stich, an der sie an diesem Nachmittag im Anbau ihres Häuschens arbeitete, »er kam also zu spät! Ein Sohn, der zur Beerdigung des Vaters zu spät kommt!« Dies war der angenehme, der skandalöse Teil der Botschaft. Der andere Teil gefiel ihr weniger. »Er hat sich also von dort was mitgebracht! Jaja, die Männer heute. Sie machen es sich bequem, finden Sie nicht? Eine moderne Form der Sklaverei!« Das Gerücht nickte eifrig, wobei es aber wissend lächelte. Judith fühlte sich bemüßigt zu erklären: »Und ich sage noch zu meiner Tochter: ›Warum willst du überhaupt hingehen? Delmont war strenggenommen kein richtiger Nachbar von uns.‹ Aber Renée hat diese soziale Marotte, wissen Sie? Sie will überall Gutes tun. Ich kann es ihr nicht ausreden.« Das Gerücht nickte eifrig mit dem Kopf und fragte ganz beiläufig: »Waren die zwei nicht mal verlobt?« Dabei spitzte es seine enormen Lippen.

»Verlobt?« Judiths Stimme wurde etwas schrill. »Nein, verlobt waren sie nicht. Er wollte, aber sie nicht. Sie wissen ja, sein armer Vater…« Sie fuhr sich mit der Hand ein paarmal vor der Stirn auf und ab.

Das Gerücht war ein ausgesprochen hartnäckiger Kunde. Es fragte immer weiter: »Aber jetzt, wo er tot ist? Jetzt wäre es doch möglich gewesen?«

»Ich bitte Sie!« sagte Judith so würdevoll wie möglich. »Man badet doch nicht zweimal im selben Fluß.« Das hatte sie neulich irgendwo gehört. Es erschien ihr eine eindrucksvolle Formulierung.

»Jaja«, sagte das Gerücht abschließend maliziös, »wir alle werden nicht jünger.«

Voller Wut kehrte Judith in den kleinen garagenartigen Anbau zurück und stürzte sich auf den unförmigen Stoffsack, der auf der Arbeitsplatte lag und darauf wartete, mit einer Ahle an bestimmten Stellen durchbohrt zu werden.

Sie mißbilligte jetzt doppelt, daß Renée zur Beerdigung gegangen war.

Siehst du wohl!, sagte sie anklagend zur nicht anwesenden Tochter. Aus Kuba! Da kannst du mal sehen, was für einen Charakter diese Leute haben. Nämlich keinen! Sie schwimmen immer nur mit dem Strom! Jetzt, wo sein Alter gestorben ist, hätte er tatsächlich auf niemanden mehr Rücksicht nehmen müssen. Er hätte dich zumindest noch einmal fragen können, oder nicht? Bevor er mit seiner zigarrendrehenden Carmen hier aufkreuzt. Aber nein. Herr Sohn hatten es eilig, Herr Sohn wollten nicht länger warten! Sie hob den Matratzensack mit dem überraschend kräftigen linken Arm hoch, bohrte die Ahle mit der rechten Hand durch die Stoff- und Wolleschichten, zog den Baumwollzwirn, der an einer weißen Rosette hing, nach unten, bis er auf der Oberseite durch den starken Zug eine Kuhle in den Sack machte.

Jaja, so sind sie!, dachte sie schwitzend, während sie den Faden auf der Unterseite durch eine zweite Rosette bohrte, diese fest andrückte und den Faden wieder nach oben führte. Verknoten, fertig.

Sie wischte sich die Stirn und dachte: Woher sollte André übrigens wissen, daß sein Vater jetzt sterben würde. *Das* hätte sie dem Gerücht antworten müssen, aber so etwas fiel einem leider immer zu spät ein.

Im Anbau mit dem großen Glasfenster summten die Fliegen. Ein paar verstaubte Geranien standen auf dem Fensterbrett, aber sie schauten nach der Schattenseite. In einem Wandregal lagen zwei Stoffballen mit unterschiedlichem Streifenmuster. Ahlen in verschiedenen Größen hingen an der Wand, aber die Arbeitsplatte füllte den ganzen Anbau so sehr aus, daß die Schafwolle, die wie ein Haufen Werg oder Roßhaar aussah, entweder im Hausflur liegen mußte oder bei schönem Wetter draußen auf dem Kies.

Judith visierte den nächsten Matratzenpunkt an, der mit Tintenstift auf dem Stoff markiert war. Sie dachte an René Pasteur, diesen schönen jungen Mann, der ihr in dem

Hotel in Savoyen, wo sie als Stubenmädchen arbeitete, den Kopf verdreht hatte. Das Ganze war wie ein Märchen gewesen. Ein schöner, blondlockiger junger Mann, dem die Welt gehörte, hatte sich für sie interessiert. Er war Judith erschienen wie ein Halbgott, aber das Wunderbare war, daß dieser Halbgott in ihr eine Göttin erblickt hatte und ihr dies auch viele Male gesagt hatte. Es ist wahr, dachte Judith, ich war damals mit achtzehn oder neunzehn direkt eine Schönheit. Man sieht es auf den Fotografien. Wie ein Filmstar, eine dunkle pikante Kirschenschönheit. Wir waren so übermütig damals, und dabei stand der Krieg vor der Tür. Aber es ist wohl etwas dran an dem Spruch: Entweder gleich oder gar nicht. Ein Kind hilft ja dabei. Dieses lange Zögern und Ausprobieren und Zweifeln heutzutage, das führt zu nichts. Es führt buchstäblich ins Nichts. Die Leute leben ein paar Jahre miteinander, und dann – nichts. Jeder nimmt seinen Hausrat auf den Rücken, und man geht wieder auseinander. Was für einen Sinn hat es auch, ein Haus zu bauen, wenn man keine Kinder hat. Nein, es war gut so, wie wir es gemacht haben.

Ächzend zog Judith den nächsten Faden durch und verknotete ihn. Dabei fiel ihr ein, daß sie etwas Entscheidendes vergessen hatte. Das war die Zeit gewesen, als sie, im Hotel in Savoyen sitzend, nicht wußte, ob der schöne, blondlockige René überhaupt je zurückkommen würde oder nicht. Und sie war schwanger. Ah, das war sehr unheimlich gewesen. Ja, ein unheimlicher Moment. Aber dann kam er zurück. Zärtlich, voller Versprechungen und überschwenglich. Judith strich lächelnd mit der Hand über die zwei Vertiefungen, die dem dicken, unförmigen

Sack schon so etwas wie Matratzenstruktur gaben. Zwei Sterne im Matratzensternbild waren schon genäht. Es war jedesmal wieder spektakulär, wie aus einem platten gestreiften Stück Stoff und einem wilden Haufen Wolle etwas so Schönes wie eine gegliederte Matratze wurde. Die Randwülste zu nähen war nicht einmal so schwierig, nur langsam und zeitraubend. Nein, das eigentliche Abenteuer war die Unterteilung des Hauptstücks mit Rosette und Faden, und dies erforderte Judiths ganze Kraft. Für eine Weile vergaß sie das Gerücht und andere unliebsame Gedanken. Sie stemmte, zog, fixierte, zog, so lange, bis sie das Sternbild fertig hatte.

Judith und Renée wohnten wohl auf demselben Grundstück, aber in verschiedenen Häusern, weil sie es im Alltag nicht miteinander aushielten. Dies gestanden sie offen ein, mit dem Freimut, der temperamentvollen Menschen oft eigen ist. Nein, nein, sagten sie übereinstimmend, das würde gar nicht gehen. Wir würden uns nur die Schädel einschlagen, und außerdem ist es auch gar nicht nötig. Renée bewohnte das Erdgeschoß des alten Bauernhauses (der erste Stock war für ihre Geschwister reserviert, wenn sie je auf Besuch kamen), und ihre Mutter saß in einem etwas kleineren Haus vorne an der Straße mit schönen Blumen vor dem Küchenfenster und dem kleinen Anbau. Im Winter sahen sich Mutter und Tochter manchmal kaum. Aber im Frühling und im Sommer arbeitete Judith trotz ihrer fünfundsechzig Jahre noch jeden Tag im Garten, und dort trafen sich die beiden abends, wenn Judith ihre Gemüsebeete harkte oder ihre Hasen fütterte und

Renée versuchte, mit der Sense oder dem Rasenmäher durch das hohe Gras zu kommen. Dann schwatzten sie miteinander in Kittelschürze und Trainingsanzug, neben ihrer Arbeit, und das war meist sehr entspannend.

Am Tag der Beerdigung, das Gerücht war längst weitergelaufen, hatte vielleicht auch manchen übersprungen, kam Renée abends im Trainingsanzug in den Garten und durchwühlte ihren kleinen Schuppen nach einer Gießkanne. Die abgeblühten Primeln hingen schlaff in den Beeten wie kränklicher Salat und brauchten unbedingt Wasser. Der Tag war sehr heiß gewesen, die Vogesen lagen blau und unschuldig am Horizont, ein Gewitter war nicht angesagt und leider auch nicht zu erwarten.

Judith, die gerade eine Reihe Maispflanzen gesetzt hatte, schaute aus den Augenwinkeln zu Renée hinüber, wischte sich dann die erdigen Hände ab und ging mit sorgfältig verborgener Neugier zu ihrer Tochter hinüber.

»Hast du sie gesehen?« fragte sie harmlos.

»Ich habe viele Leute gesehen«, antwortete Renée, »es war eine sehr würdige Feier.«

»Nein, ich meine *ihn*, André, den Sohn!«

»Gesehen schon«, sagte Renée, »aber erst beim Hinausgehen. Stell dir vor, er hat es nicht geschafft! Er hat die Beerdigung seines Vaters versäumt.«

»Ist er denn allein gekommen?«

Renée stutzte und dachte: Da stimmt etwas nicht. Lorain sagte auch *sie*. Sie werden schon kommen.

»Wieso, hast du etwas gehört?«

»Na, und ob ich was gehört habe«, legte Judith los. »War sie denn nicht dabei? Er hat sich doch eine mitgebracht. Aus Kuba! Hast du denn nicht mit ihm gesprochen?«

»Ach, weißt du, es ging so schnell… Ich habe ihm nur kondoliert, in einer langen Reihe. Er sah gut aus. Ganz braun und mager.«

»Und diese Dame war nicht dabei?«

»Warum sollte sie denn dabeisein?«

»Aber man hat sie doch am Bahnhof gesehen!«

Renée mußte lachen. Der Bahnhof von Parisey war eine heikle Stelle. Er lag etwas außerhalb vom Zentrum und war von allen Seiten voll einsehbar, eine Art Präsentierteller. »Soso«, sagte sie, »man hat sie also am Bahnhof gesehen.«

»Das weiß ich aus zuverlässiger Quelle«, sagte Judith.

»Ich glaube dir. Aber sie war nicht dabei.«

»Wo hat er sie dann gelassen?«

»Vielleicht hat sie sich hingelegt.«

»Hingelegt?«

»Ja. Dodo! Müde von der Reise.«

Judith runzelte ihre Nasenwurzel und sagte: »Hör mal, ich bin keine Idiotin.«

»Nein, das bist du nicht. Nur manchmal benimmst du dich so.«

Judith war leicht irritiert. Renée hielt sich seit einiger Zeit nicht mehr an die alten Gesprächsmuster und war überhaupt anders. Warum, wußte Judith nicht. Der größte Teil von Renées Leben spielte sich ja in St-Sauveur ab, und von dort hörte sie nur das wenigste.

»Also gut«, sagte sie schließlich vorsichtig. »Wen hast du noch gesehen?«

»Oh, viele... und alle waren sehr freundlich zu mir, wenn du das meinst.«

»Gibet hat natürlich die Predigt gehalten.«

»Ja, er hat sehr schön gepredigt.«

»Und Lorain? Hat er auch was gesagt?«

»Nein, die Zeit war zu knapp. Aber Lorain hat mich sehr freundlich begrüßt und mir die Hand gegeben. Und seine Schwiegertochter, du weißt doch, Yvonne – die hatte ihren schwarzen Pelz an und ist praktisch in der Sonne zerflossen. Sie konnte einem leid tun. Überhaupt, es war ja so heiß, und wir mußten so lange warten – gut, daß du nicht mitgekommen bist. Dich hätte der Schlag getroffen.«

»Ich hab statt dessen die neue Matratze angefangen. – Wie lange, glaubst du, bleibt André jetzt hier?«

»Keine Ahnung. Ich weiß es nicht.«

»Hat er denn nichts gesagt, als du ihm kondoliert hast?«

»Doch, doch. Er ist ja nicht stumm.«

»Was denn?«

»Er sagte: ›Du hast dich überhaupt nicht verändert‹ - wenn du es genau wissen willst.«

»So? Findet er das?« Judith schien erfreut darüber, sogar geschmeichelt. Renée dachte: Ich muß sie irgendwie ablenken, sonst nervt sie mich zwei Wochen lang mit André.

»Hör mal, Maman«, sagte sie, »Madame Grosmougin hat mir eine tolle Geschichte erzählt. Willst du sie hören?«

»Madame Grosmougin – mit den sechs Kindern?«

»Ja. Sie hat Delmont gepflegt, und sie putzt. Sie putzt auch bei Lorain und kommt viel herum.«

»So?«

»Hör zu. Du kennst doch Alice Niquet?«

»Die Lehrerin an der Ecke?«

»Ja. Sie läßt sich in diesem Jahr vorzeitig pensionieren. Und weißt du, was sie vorhat?«

»Was wird sie schon vorhaben? Eine Weltreise.«

»Nein, keine Weltreise. Sie will gegen Gibet prozessieren.«

Judith blieb buchstäblich der Mund offen.

»Was! Wegen ihrer Eltern damals?«

»Ja. Es scheint, daß sie jetzt genügend Beweise dafür hat, daß Gibet ihre Eltern damals nicht aus politischen Gründen umgebracht hat.«

»Ach! Aber... aber die Amnestie...«

»Die Amnestie war nur politisch, Maman, sie würde in diesem Fall nicht gelten.«

Judith stand da wie vom Donner gerührt, halb entzückt und halb ungläubig. Daß eine sich so was traut!, dachte sie träumerisch. Renée, die diesen Effekt vorhergesehen hatte, weidete sich an dem Schauspiel. Dann füllte sie die Gießkanne mit dem Schlauch und ging zu ihren Primeln.

Um die Brisanz dieser Mitteilung zu würdigen, muß man wissen, daß die Angehörigen jener Verräter, die bei den Säuberungen im letzten Krieg umgekommen waren, seit Jahrzehnten ein Schattendasein führten. Sie waren gesellschaftlich nicht akzeptiert, ausgeschlossen. Ein ganzer Rattenschwanz von Feier- und Gedenktagen war nicht für sie. Sie hatten keine Interessenvertretung, und sie bekamen natürlich auch keine Rente. Man stelle sich vor:

Interessenverband Angehöriger von Verrätern! Nein, das ging natürlich nicht. Ihre nächsten Angehörigen hatten sich bedauerlicherweise als charakterlich so minderwertig erwiesen, daß man sie leider hatte umbringen müssen. Sie waren schlechte Patrioten gewesen, schlechte Menschen, schlechte Kameraden oder schlechte Nachbarn. Ihr schwacher Charakter hatte sie dazu verführt, mit den Wölfen zu heulen, und hätte man ihnen oder ihresgleichen das Schicksal des Landes überlassen, wäre man heute eine Sklavenprovinz des Unmenschen. Nein, mit den ehemaligen Kollaborateuren kannte man keine Gnade. Sie waren verachtet und geächtet. Von den Angehörigen nahm man an, daß sie entweder ähnlich dachten oder ähnliche Anlagen hatten, jedenfalls aber einen unberechtigten Groll im Herzen hegten gegen die Guten, die schließlich das Spiel doch gewonnen hatten. Man hielt sich daher am besten von ihnen fern. Gut war gut, schlecht war schlecht, und eine Berufung dagegen war unmöglich.

Zufällig gab es einige, die wie Judith der Ansicht waren, der ermordete Ehemann oder Bruder oder Vater sei gar kein Verräter gewesen. Man habe ihn entweder irrtümlich umgebracht oder aus Gründen, die noch nicht ans Tageslicht gekommen waren und die man herausfinden mußte. Judith hatte in den siebziger Jahren einmal um eine Witwenrente prozessiert. Schließlich war ihr Mann in den letzten Kriegstagen als Folge von Kriegshandlungen gestorben, also hatte sie Anrecht auf eine Witwenrente, fand sie. Sie bekam nach einem Musterprozeß nichts und blieb Zivilwitwe. Genau wie Mademoiselle Niquet, die Lehrerin, Zivilwaise.

Judith kehrte langsam wieder in die Gegenwart zurück und erkundigte sich:

»Also, sie will ihn verklagen?«

Renée ging mit der Gießkanne auf und ab und sagte: »Soll ich deinen Mais angießen?«

»Ja, wenn du willst... Aber woher hat sie denn die Beweise?«

»Madame Grosmougin sagte, sie hat einen neuen Zeugen gefunden.«

»Oh... das ist natürlich eine heikle Sache. Wird er auch nicht wieder umfallen?«

»Keine Ahnung. Frag Madame Grosmougin, oder am besten Alice Niquet selber.«

Judith drehte sich halb auf ihrer Hacke um und schaute an Renée vorbei zum Haus ihres Nachbarn Lorain.

»Ich denke immer, daß er noch etwas weiß«, sagte sie und zeigte mit dem Kinn auf das schlanke weiße Haus, eigentlich schon fast ein Schlößchen mit rotem Dach und Veranda.

»Lorain, meinst du? Maman, du bist wirklich naiv. Lorain war der oberste Chef. Glaubst du, er war überall? Er kümmerte sich um die Waffenlieferungen und die Verbindung nach London und die Fallschirmabwürfe und solche Sachen. Ein Wald ist groß und undurchsichtig. Wie oft muß ich es dir noch sagen? Gegen Kriegsende gab es unzählige Maquis, und jedes machte, was es wollte! Du denkst immer, wenn jemand der Chef ist, dann ist er allwissend und überall dabei. Das ist aber nicht so. Um einen Mann totzuschlagen, braucht es im Grunde nur zwei andere, entschuldige, wenn ich das mal so brutal sage. Wo willst du die heute ausfindig machen, oder die drei oder vier, die es getan haben? Womöglich waren es ganz niedrige Dienstgrade, oder überhaupt nur ein paar marodierende Kerle. Sie sitzen bestimmt irgendwo, aber du wirst es nie herauskriegen, nie, und Lorain weiß mit Sicherheit auch nicht mehr, und diese Kerle schweigen. Bei Alice liegt der Fall anders. Da hat Gibet von Anfang an die volle Verantwortung übernommen. Er behauptete, ihre Eltern wären Verräter gewesen; er hat einmal nach dem Krieg sogar vor Zeugen gesagt, wenn sie – also Alice, die Tochter – nicht zufällig an diesem Tag mit dem Fahrrad weggewesen wäre, hätte er sie mit gefangen und mit hingerichtet. Das kannst du doch nicht vergleichen. Ich habe es dir auch nur erzählt, damit du mal mit ihr redest, mehr nicht.«

Judith stand da und dachte nach.

So was Blödes, überlegte Renée, was tu ich da, den Teufel mit dem Beelzebub austreiben. Jetzt redet sie nicht mehr über André, aber sie setzt sich womöglich komische Sachen in den Kopf.

»Weißt du, wer mich auch begrüßt hat?« lenkte sie ab. »Die Frau vom Staatsanwalt. Sie war sehr freundlich. Sie sagte, ihr Mann hätte die ganze Zeit mit Alkoholdelikten zu tun. In Parisey gibt es siebenunddreißig Kneipen, hast du das gewußt?«

»Nein«, sagte Judith träumerisch.

»Übrigens – den Prozeß mit dem Wildschwein hat ihr Mann verloren.«

»Ja«, sagte Judith abwesend.

»Du weißt doch, Gnognotte, das zahme Wildschwein«, drängelte Renée.

»Das zahme Wildschwein.«

»Peinliche Sache! Erst zwingt die Gemeinde den Staatsanwalt, den Besitzer der Wildsau anzuzeigen, weil sie angeblich eine öffentliche Gefahr darstellt. Dann kommt die gesamte Presse Frankreichs angereist, um das Tier zu fotografieren, und es liegt immer nur in der Ecke und grinst und grunzt. Dann ist die Gemeinde mächtig stolz auf ihr Maskottchen und attackiert den unmenschlichen Staatsanwalt. Und dann wird das Tierhaltungsgesetz geändert. Alles wegen Gnognotte! Die Frau vom Staatsanwalt lachte, aber sie sagte, sie wären doch recht unglücklich, denn ihr Mann wäre durch die Schuld der Gemeinde für alle Zeiten abgestempelt als der Staatsanwalt, dem wir die *Lex Gnognotte* verdanken.«

»Ach ja«, sagte Judith. »Ich habe die Bilder in *Paris Match* gesehen. Also, die Sau darf bei ihrem Herrn im Garten bleiben?«

»Er muß nur einen Maschendraht setzen.«

So schwatzten sie eine Zeitlang weiter, während die Sonne langsam hinter den Mont Chaste rollte.

Auf einmal wurde es kühl. In der schattigsten Ecke, da, wo Judiths Grundstück an die Garage von Lorain grenzte, wuchs ein großer alter Kirschbaum und um seinen Stamm herum ein Hexenring von wilden Narzissen. Die verschrumpelten Blüten schimmerten plötzlich im hohen Gras.

»Deine Narzissen haben dieses Jahr aber schön geblüht«, sagte Renée.

»Ja, diesmal waren sie besonders schön«, sagte Judith stolz. »Und weißt du, ich tu nichts anderes, als jedes Jahr die Samen drumherum zu streuen. Auch wenn du sagst, daß es nichts nützt.«

»Maman, Narzissen haben Zwiebeln. Aber streu nur deine Samen. Schaden kann es jedenfalls nichts.«

Eine Zeitlang schauten die beiden in Gedanken versunken auf den alten Kirschbaum. Nach einer Weile sagte Judith: »Und wenn wir es auch versuchen?«

»Was denn?«

»Gibet verklagen.«

»Du bist ja verrückt.«

»Wenn Mademoiselle Niquet das kann... Man könnte doch eine Sammelklage machen. Oder gibt es so etwas nicht?«

Renée war nicht begeistert von diesem Vorschlag. Und ich selber, dachte sie, setze ihr noch diesen Floh ins Ohr! Wie dumm von mir. Ich hätte besser geschwiegen. Sie schüttelte den Kopf.

Für Renée war ihr Vater nichts weiter als eine Schwarzweißfotografie, ein großer Kummer ihrer Mutter und ein Problem für sie selbst und ihre Geschwister. Er war abstrakt. Gibet dagegen war real. Mit Gibet hatte sie die ganze Zeit zu tun, denn das Institut zur beruflichen Bildung von Schwererziehbaren in St-Sauveur war seine Einrichtung. Es war Gibet immer gelungen, dank seiner Beziehungen genügend Geld für das Institut zusammenzukratzen, er war ein ausgesprochen fähiger Dienstherr, fand Renée. »Nein, nein, das lassen wir lieber bleiben«, sagte sie laut. »Hast du eigentlich die Hasen schon gefüttert? Soll ich morgen hinter dem Haus Heu machen? Was meinst du? He! Maman! Was ist denn los?«

»Nichts«, sagte Judith. »Nur der Gedanke... der Gedanke gefällt mir so gut. Gibet verklagen. Das mit der Rente damals hat mir dein Bruder eingeredet. Weil er nicht wollte, daß ich bis an mein Lebensende Matratzen machen muß. Aber damals ging es um Geld, und heute, heute ginge es um so etwas wie Gerechtigkeit. Wirklich, ich...«

»Du würdest nur einen Haufen Geld verlieren, Maman. Wer soll die Prozeßkosten zahlen? Du kennst ja nicht einmal einen Rechtsanwalt. Bitte, nimm die Sache doch nicht so ernst, sonst mache ich mir Vorwürfe. Ich hätte dir gar nichts davon erzählen sollen.«

»Doch, doch...«, protestierte Judith. »Ich tu's ja nicht, aber ich habe etwas zum Drandenken, verstehst du?«

6

Renée verstand. Sie verstand sogar sehr gut. Sie wühlte an diesem Abend in einem lederbezogenen Schmuckkästchen. Sie fand alle ihre Kinderschmuckstücke wieder, einen Silberring mit Koralle, ein Herz mit einem R, eine Brosche mit zerbrochenen farbigen Glassteinen aus Florenz, ein paar Briefe und Fotos. Auf dem Boden lag eine große Schwarzweißfotografie. Sie zeigte einen weichen jungen Mann mit hellem Haar und dunklen Augen. Es war das einzige Porträtfoto ihres Vaters und stammte vom Hochzeitsbild. Judith hatte ihren Mann nach seinem Tod herausvergrößern lassen und Postkarten davon gemacht.

Renée betrachtete ihn neugierig.

Er sah aus wie einer der Helden in den Schwarzweißfilmen der fünfziger Jahre, mit denen Lebensart, Beherztheit und französischer Esprit auf der Welt verbreitet wurden. Aber dieser junge Mann war kein Held gewesen, und er hatte auch die fünfziger Jahre nicht erlebt. Er war ein Antiheld. Oder gar kein Held. Ein schöner junger Mann von der falschen Seite.

Renée betrachtete das Bild ihres Vaters mit einer gewissen mütterlichen Rührung. Es gab verschiedene Möglichkeiten.

Erstens: Ein schöner junger Luchs ging in eine Fuchsfalle. Man konnte dem armen Tier keinen Vorwurf machen. Die Falle stand plötzlich da. Weder war er besonders leichtsinnig noch besonders dumm gewesen – einfach Pech. Ein Zufall.

Gab es solche Zufälle?

Zweite Möglichkeit: Jemand hatte es auf die schöne junge Frau des René Pasteur abgesehen und räumte ihn deshalb aus dem Weg. Diese Möglichkeit wurde von Judith vehement bestritten, und zwar zu Recht. Da war niemand, der es auf sie abgesehen hatte. Sie hätte dies merken müssen. Solche Hypothesen waren romanhaft, dämlich, Filmkitsch.

Dritte Möglichkeit: Ein Mißverständnis. Ein fahrlässiges, aus Verschulden der Résistance.

Vierte Möglichkeit: Der schöne junge René Pasteur, erlebnishungrig, draufgängerisch und auch ein bißchen renommiersüchtig, kollaborierte wirklich. Diese Möglichkeit gefiel Renée gar nicht. Sie war bereit, auch hierfür noch Entschuldigungen zu finden. Sie hatte bei ihrer Arbeit festgestellt, daß Außenseiter der Gesellschaft manchmal geradezu krankhaft fremdenfreundlich reagierten – zum Ausgleich vielleicht und aus Sehnsucht nach Erlösung. Mehr ein seelisches Problem als ein charakterliches.

Fünfte Möglichkeit: Er war ein ganz gewöhnlicher Verräter, aus Bosheit und aus materiellen Gründen, und diese Möglichkeit lehnte Renée kategorisch ab.

Obwohl…

Habe ich was von ihm?, dachte sie manchmal unruhig. Warum hänge ich so an meiner Arbeit? Warum gerade die Schwererziehbaren und Gauner? Warum hänge ich tatsächlich so an meinen Schwererziehbaren? Warum verstehe ich sie so gut?

André Delmont zum Beispiel war Arzt geworden, dachte sie. Weil sein Vater krank war. Demnach wäre ich Sozialpädagogin geworden, weil mein Vater ein Gauner war. Das ist, was uns verbindet und was uns gleichzeitig trennt. War es so?

Was habe ich von ihm?

Diese Frage beschäftigte sie den ganzen Abend.

Judith im anderen Haus verbrachte eine ausgesprochen schlechte Nacht. Sie quälte sich wieder einmal herum, nicht zum ersten Mal seit vierzig Jahren, und wahrscheinlich auch nicht zum letzten Mal. Alles war frisch wie am ersten Tag. Manche Erinnerungen wollten überhaupt nie verblassen, und sie wußte nicht, ob das eine Strafe war oder ein Geschenk. Ihre Erinnerungen begannen stets mit der sonderbaren Wanderung, die sie mit ihrem zukünftigen Schwiegervater machte, von einem Département in das andere, auf Schleichwegen durch den Jura. Frankreich im Hochsommer, die zwanzigjährige Judith hochschwanger, Frankreich besetzt und ohne Passierschein nicht passierbar und ihr Schwiegervater, der die Sache in die Hand genommen hatte und sie sicher zu ihrem Verlobten brachte, hierher, in die Rue St-Sauveur, in den Bauernhof der Pasteurs.

Damals stand das Ausgedingehaus, in dem sie jetzt ihre Matratzen nähte, noch nicht. Damals hatte auch Lorains Haus auf dem hinteren Teil des Pasteurschen Grundstücks noch nicht gestanden. Judith erinnerte sich gut an das Hin und Her: Sollen wir verkaufen oder nicht, das Geld können wir gut gebrauchen, aber dann bekommen wir einen *Nachbarn*, wer ist dieser Lorain eigentlich – die Sache hatte sich hingezogen, Judith hatte geheiratet, ihr erstes Kind bekommen, ein Jahr später schon das zweite, und die Schwiegereltern hatten Lorain schließlich ein Stück Land verkauft, als Investition für die Zukunft.

Und damit fing das Unglück an. Judith konnte den Gedanken niemals ganz verscheuchen, daß der Nachbar an diesem Unglück schuld war. Einfach so. Nicht, als ob er gezielt irgend etwas Böses getan hätte. Aber es wäre besser gewesen, man wäre für sich geblieben.

Und wie glücklich waren wir in dieser Zeit, dachte Judith traurig. Es war Krieg, das ist wahr, aber von diesem Krieg haben wir nichts bemerkt. Wir waren zu verliebt, René und ich.

Judith lag in ihrem kleinen Schlafzimmer und wurde von einer Bilderflut gepeinigt. René, wie er die beiden Babys hätschelte. Es waren ein Junge und ein Mädchen, wie sich das gehörte. René war tagsüber auf den Feldern, Arbeit gab es genug, nebenher der große Gemüsegarten, sie versorgten sich selbst und andere mit dazu, Judith wurde zum dritten Mal schwanger, aller guten Dinge sind drei, danach hören wir auf, witzelten sie, es kam das vierte Jahr der Besatzung, aber mit den Besatzern ging es schlecht, es war nur eine Frage der Zeit, wann sie von den Engländern und Amerikanern und den eigenen Soldaten aus dem Land getrieben wurden.

Lorain hatte mittlerweile sein Haus gebaut, ein schönes, teures, solides Steinhaus, mitten im Krieg, das er aber nicht bewohnte, der Ärmste, denn er war in den Widerstand gegangen, untergetaucht, seine Frau hatte ebenfalls kleine Kinder und saß mit ihnen irgendwo in den Wäldern, in seinem fertigen Haus wurden manchmal deutsche Soldaten einquartiert, von denen man nicht viel merkte.

Im Juni bewegte sich Judiths Baby schon kräftig, die Alliierten waren zur Freude aller guten Franzosen in der Normandie gelandet. Judiths Mann René hatte immer wieder mit dem Gedanken gespielt, auch in den Widerstand zu gehen, aber er wurde auf dem Hof gebraucht, sie selbst riet ihm ab, aus Ängstlichkeit, aus Selbstsucht, sie wollte ihn bei sich haben, und nach der Landung der Alliierten dachten sie beide, daß es nicht mehr nötig sei.

Alles wäre anders gekommen, wenn ich ihn hätte gehen lassen, dachte Judith. Sie quälte sich eine Weile herum. Und wie immer erleichterte sie nur der Gedanke, daß René in den letzten Monaten auch im Widerstand hätte umkommen können, vom Feind erschossen, von einem Geschütz zerrissen, als Geisel füsiliert – Möglichkeiten konnte man sich genügend ausdenken.

Was in diesen letzten Augusttagen kurz vor der Befreiung wirklich passiert war, wußte sie bis heute nicht. René war zum Heuwenden auf ein Feld gegangen. Er nahm einen Gehilfen mit, und dieser Gehilfe kam mittags nach Hause und erzählte, René sei mit zwei Männern mitgegangen, gegen elf Uhr, und hätte gesagt: Ich bin gleich wieder zurück. Die Männer waren Franzosen, und der Gehilfe hatte einen von ihnen erkannt, einen Maquisard aus einem der Nachbardörfer.

René war freiwillig mitgegangen, und trotzdem wußte Judith in dieser Sekunde, daß alles verloren war. Zu häufig war ihr von diesem Ablauf berichtet worden: Zwei oder drei Maquisards kamen einen Mann oder eine Frau holen, und diese Frau oder dieser Mann tauchten nicht wieder auf. In manchen Fällen hatten die Maquisards von den Familien der Entführten Geld erpreßt, und Judith und ihre Schwiegereltern beschlossen, für alle Fälle Bargeld bereitzulegen. Anfangs dachten die Angehörigen oft noch, die Verschwundenen würden vielleicht in Gefangenenlagern festgehalten. Aber es sprach sich bald herum: Das Maquis machte keine Gefangenen. Alle Mitgenommenen wurden innerhalb weniger Stunden oder Tage liquidiert.

Niemand kam, um Geld zu fordern. Eine Woche später überreichte man Judith ein Flugblatt der Widerstandsgruppe, die René abgeholt hatte. Darauf befand sich eine Liste mit den Sabotageakten und Liquidationen der letzten Tage. Und dort stand, unter anderem: Liquidiert: Verräter René Pasteur, aus Parisey.

Warum? Judith grübelte bis heute. Sie wollte nicht mehr an die Wochen und Monate danach denken. Ihr Mann war der einzige Sohn seiner Eltern gewesen. Aus der dunklen Wolke hob sich nur ein Ereignis hervor: die Geburt ihres dritten Kindes im Frühherbst. Ein Mädchen – Renée.

Alles, was sie hinterher unternommen hatte – sie war allen Hinweisen gefolgt, hatte verschiedene Maquisards zur Rede gestellt –, führte letztlich zu nichts, oder nur bis zur Widerstandsgruppe von Gibet. Dort endete die Spur. Ihr Mann war an jenem Augusttag dort oben in den Bergen umgebracht worden, die sie von ihrem Garten aus sah, unschuldige, dunstige blaue Berge, im Winter zartlila, im Frühjahr hellgrün, wollig wie junge Schafe – und sie wußte den Todestag, aber nicht *wie* und vor allem nicht *wo*. Gibet hatte alles frech geleugnet; falls Verräter liquidiert worden waren, dann nur auf Befehl seines Vorgesetzten, auf Befehl von Charles Lorain – warum wandte sie sich nicht an ihn? War er denn nicht sogar ihr Nachbar?

Aber Judith hatte Lorain nie gefragt. In der bewußten Zeit war er nicht da. Die französische Militärverwaltung hatte sich seines Hauses bemächtigt – einfach weil vorher deutsche Soldaten drin gewohnt hatten und weil die Behörde dachte, es sei ein für militärbürokratische Zwecke sehr geeigneter Bau. Lorain mußte schließlich prozessieren, um sein eigenes Haus wiederzubekommen – und als er endlich einzog, war die kleine Renée schon zwei Jahre alt, die Zeit war drübergegangen, und Judith hatte aufgehört zu glauben, einer der Halbgötter des Widerstands würde ihr jemals Rede und Antwort stehen über den Tod ihres Mannes.

Er lag irgendwo da oben in den Wäldern verscharrt. Gestorben einen Tag nach ihrem vierundzwanzigsten Geburtstag, wenige Wochen vor der Geburt seines dritten Kindes. Er war selbst neunundzwanzig Jahre alt geworden.

Judith hatte mit ihren drei Kindern das neue weiße Haus an der Straße bezogen, gebaut mit Lorains Geld. Die Schwiegereltern hatten es ursprünglich für sich gebaut, René und Judith hätten den Hof übernehmen sollen, aber daraus wurde nichts. Müde und im Innersten geknickt, werkelten ihre Schwiegereltern weiter, während Judith die Hoffnung nicht aufgab, wenigstens etwas über das Grab ihres Mannes herauszufinden, ihn vielleicht umbetten zu lassen, damit die Familie an Allerheiligen ein Grab zu schmücken hatte. Nicht wenigen Angehörigen von Verrätern war dies vergönnt gewesen, die Wälder rund um Gibets Widerstandsnest waren voll von Erschlagenen, die nach und nach von Angehörigen wieder ausgegraben wurden oder von Pilzesammlern entdeckt. Aber René Pasteurs Leiche war nie dabei.

Schließlich waren ihre Schwiegereltern in den sechziger Jahren gestorben, ihre Kinder waren damals schon groß. Nur Renée war noch in der Ausbildung. Judith mußte nichts verkaufen und nichts beleihen. Die Tiere hatten sie nach und nach aufgegeben, in dem Maß, wie die Schwiegereltern älter wurden. Judith blieb in ihrem weißen Haus und überließ ihren Kindern das Bauernhaus. Sie mußte nur noch für ihren eigenen Unterhalt sorgen und ließ sich von einem alten Mann in der Stadt zeigen, wie man Matratzen machte. Ihr Groll nahm nicht ab, aber sie hatte gelernt, ihn zu verstecken. Als ihre Schwiegereltern tot waren, gab es keinen mehr, der sich an ihren Mann erinnerte. Selbst ihr ältester Sohn, damals drei Jahre alt, wußte nichts mehr, gar nichts. Vorübergehend flackerte ihr Wunsch wieder auf zu beweisen, daß René kein Verräter gewesen war. Sie hatte in den siebziger Jahren einen Rentenprozeß angestrengt, und zu ihrem nicht geringen Erstaunen hatte man in diesem Prozeß Akten aus den fünfziger Jahren ausgegraben, in denen zwei Kriminalkommissare dokumentiert hatten, was ihre Recherchen zu den Verschwundenen und Liquidierten ergeben hatten. Judith wußte von diesen Recherchen nichts, offenbar waren sie auf Betreiben anderer Angehöriger von sogenannten Verrätern zustande gekommen. Sie bekam Akteneinsicht und las die Papiere so gierig wie nie zuvor ein Buch. Allein diese Lektüre entschädigte sie für den ganzen aussichtslosen Prozeß. Die Akten waren wie Lichtpünktchen auf einem großen dunklen Feld. Unparteiisch oder vielleicht sogar ein wenig voreingenommen für die Angehörigen der Verschwundenen hatten da zwei Männer aus einem anderen Département versucht, hinter die Geheimnisse der Maquisards zu kommen. Sie hatten die einzelnen Fälle hin- und hergewendet und eine Menge unbequemer Fragen gestellt. Die meisten Maquisards hatten sich auf die Amnestie berufen und ihre Aussage verweigert, aber ab und zu war ein winziges Bröckchen einer erregenden Wahrheit ans Licht gekommen, oder vielleicht einer neuen Verleumdung, wer konnte das nach so vielen Jahren überhaupt noch sagen, und Judith erfuhr ein paar spannende Details, zum Beispiel, daß Gibet lange Zeit Gendarm gewesen war und daß er nach dem Krieg als neugewählter Bürgermeister dem Pfarrer von St-Sauveur alle Obstbäume absägen ließ, um den alten Herrn zu zwingen, das Lothringer Kreuz mit farbigen Ziegeln in die Haube des Kirchturms einzulegen.

Judith konnte sich an dieser Stelle eines albernen Kicherns nie erwehren, die Vorstellung war zu komisch. Warum hatte sich der Pfarrer gegen ein Kreuz in seinem zerschossenen Kirchturm gewehrt? Gibet hatte ihm großzügige Wiederaufbaugelder bewilligt, aber eben nur unter dieser Bedingung. Ein Pfarrer, der kein Kreuz wollte – Stoff für eine Zeitungsgeschichte. Aber Judith konnte diesen Pfarrer letztlich verstehen. Das Lothringer

Kreuz war seit dem letzten Krieg nicht einfach ein beliebiges Doppelkreuz. Es war ein politisches Zeichen geworden, das offizielle Symbol des Maquis. Es war unter anderem auf unzählige Todesurteile gestempelt worden, wahrscheinlich auch auf das von ihrem Mann René.

Ferner hatte Judith erfahren, daß Gibet in den letzten Kriegstagen voller Vorausblick den alten Bürgermeister von St-Sauveur in die Luft gesprengt hatte, weil er sich selber für diesen Posten ausersehen hatte. Ungenannte Zeugen hatten ausgesagt, Gibets Leute hätten Minen sowohl vor die Haustür des alten Bürgermeisters gelegt als auch auf sein Feld. Die vor der Haustür explodierte, ohne daß Menschen zu Schaden kamen, die auf dem Feld zerriß nur sein pflügendes Pferd. Es hatte aber genügt, um den alten Bürgermeister zur Abdankung zur veranlassen. Er hieß Lorain, vielleicht ein Verwandter von ihrem Nachbarn, wer weiß. Von René Pasteur fand sich in diesen Akten keine Spur. In einigen Fällen hatten die kryptischen Aussagen der ungenannten Zeugen dazu geführt, daß die Polizisten Leichen finden konnten. Man hatte die Kadaver untersucht und herausgefunden, daß nur die wenigsten füsiliert worden waren, die meisten waren mit der Axt erschlagen oder sonstwie zu Tode geknüppelt worden. Die Kommissare hatten sogar einen der Henker von Gibets Gruppe aufgestöbert, einen halbirren Berufslosen mit dem Spitznamen »Kommis«, der ihnen völlig ungerührt einige Details seiner Arbeit beschrieben hatte. Judiths Erinnerungen glitten immer sehr schnell über diesen Punkt hinweg, wobei einige Sätze in ihrem Kopf mit Widerhaken verankert waren, etwa: *Die Schüsse hätte man ja mei-*

lenweit gehört oder *Ich weiß nicht, was unser Kommis in dieser Zeit für eine Arbeit im Maquis zu tun hatte, aber seine Hosen waren immer voller Blut* – die Aussage einer Schwester des Halbirren.

Die Recherchen hatten zwar manche Todesumstände aufgeklärt, führten aber nirgendwo zu einer Anklage. Man konnte nichts beweisen, Zeugen machten klar, daß sie ihre Aussagen niemals öffentlich wiederholen würden, und so weiter und so fort. Judith verlor ihren Rentenprozeß, fühlte sich aber nicht mehr ganz so einsam wie zuvor. Sie dachte: René und ich könnten jetzt dreißig Jahre miteinander verheiratet sein. Vierzig. Fünfundvierzig. Aber der Schmerz wurde milder, das ließ sich nicht leugnen. Und noch etwas lernte sie als Privileg schätzen: Ihr Schmerz war ein purer, sauberer Schmerz. Sie war niemals gedemütigt worden, vertrieben, kahlgeschoren, bespuckt oder beschimpft – nicht einmal verdächtigt. Das Ganze blieb ein Rätsel und war vielleicht nichts anderes als ein tragisches Mißverständnis.

Zur selben Zeit im Bauernhaus entdeckte Renée im Badezimmer den ersten Sonnenbrand im Jahr. Sie schaute aufmerksam in den Spiegel und sah ein mageres sommersprossiges Gesicht mit einem langen feuerroten Streifen auf der Nase. Die Wangen hatten auch etwas abgekriegt, nur die Stirn unter den dunklen Locken war weiß.

Friedhöfe, dachte Renée. Niemals Bäume auf den Friedhöfen, niemals Schatten. Sie kannte Bilder von englischen Friedhöfen, die wie Parks aussahen oder kleine Wälder, und hätte etwas darum gegeben, in Parisey nicht diesen kahlen Steingarten, sondern einen Waldfriedhof zur Verfügung zu haben. Woher doch die Angst der Südländer vor den Bäumen, dachte sie. Hatten sie etwa Angst, die Wurzeln könnten die Gräber anheben? Die Särge durchbohren? Oder konnte der Geist der Toten in die Blätter fahren und giftige Früchte auf die Trauergemeinde streuen? Irgendein Aberglaube steckt sicher dahinter. Außerdem sind die Friedhöfe hierzulande regelmäßig zu klein, ich weiß nicht, warum, Platz ist doch genug da? Warum pferchen sie ihre Toten so eng zusammen?

Sie band sich die Haare zurück und studierte ihr Gesicht. Ihre Mutter hatte ihr einmal erzählt, daß sie bei der Geburt ausgesehen habe wie ein putziger kleiner Clown, mit schwarzen Haaren, hochroten Bäckchen und einigen Kratzern von ihren eigenen langgewachsenen Fingernägeln. Renée hatte braungrüne Augen und war sonst sehr hübsch. Sie schmierte ihre Nase ein und hatte plötzlich den Impuls, ihr Gesicht mit dem ihres Vaters zu vergleichen. Sie holte die Fotografie und hielt sie neben sich. In den Spiegel.

Ihr Vater sah ganz anders aus als sonst. Das heißt, seine Fotografie sah im Spiegel anders aus als in Wirklichkeit. Gilt das auch für mein Spiegelbild?, fragte sich Renée. Sehe ich in Wirklichkeit anders aus? Linkisch? Komisch? Häßlich? Sie schielte im Spiegel zum Abbild ihres Vaters. Dann kam sie auf die Idee, die Fotografie nicht in den Spiegel, sondern vor den Spiegel, neben ihr Spiegelbild, zu halten. So ließ es sich besser vergleichen. Da war tatsächlich eine Ähnlichkeit. Man hatte ihr immer gesagt, sie wäre nach der Großmutter geraten, einer mageren Frau mit braunen Locken, die abends die Milch an die Nachbarn verkaufte. Aber Renée sah, daß ihre eigenen Augen wie die ihres Vaters geschnitten waren. Das Haar war ganz anders, auch das Kinn. Sie hatte ein spitzes, ihr Vater hatte ein weiches, rundes Kinn mit Grübchen. Zum wiederholten Mal kam ihr der Gedanke, daß etwas von dem großen Unbekannten, der angeblich ihr Vater war, auch in ihr stecken könnte. Diese Idee verwirrte sie und machte sie nachdenklich. Sie hatte eigentlich nichts vermißt. Im Gegenteil, sogar ohne Vater war es ihr manchmal vorgekommen, als wäre etwas zuviel gewesen. Sie hatte immer gedacht, wie angenehm es sein mußte, wenn man schon keinen richtigen Vater hatte, dann überhaupt nicht zu wissen, von wem man abstammte. Freiheit. Neuschnee. Ein unbeschriebenes Blatt.

Sie schnitt sich ein paar Gesichter. Sie war ein Clown. Vielleicht fühlte sie sich deshalb bei ihren Schwererziehbaren so wohl. Die waren beschriebene Blätter, mit zum Teil langen Vorstrafen. Nur sie selbst hatte überhaupt kein Sündenregister. Sie arbeitete hart und setzte ihren Ehrgeiz in die Resozialisierung der schweren Jungs, ein Ding der Unmöglichkeit, und jede andere Arbeit hätte sie höchstwahrscheinlich nach kurzer Zeit gelangweilt.

Die Beerdigung heute hatte ihr nicht nur den ersten Sonnenbrand des Jahres eingetragen – den merkte sie sich immer, er hatte etwas Zärtliches nach den langen Wintern –, sondern auch eine sonderbare Stimmung. Als rinne eine Sanduhr unwiderruflich aus, als setze sie jemand unter Druck. Aber wer? Wem wollte sie etwas beweisen?

Sie betrachtete ihre Vergangenheit manchmal mit dem

Blick, den man wohlgefällig auf einem herrlichen Gletscher ruhen läßt und denkt: Ah, wie kalt! Wie rein! Wie blau. Sie hatte eigentlich alle Männer oder Burschen, die jemals etwas von ihr gewollt hatten, relativ schnell zum Teufel geschickt. Hochmütig, wie ihre Umgebung fand. Nur bei André Delmont hatte es länger gedauert, das mußte sie zugeben. Ja, mit ihm hatte sie ein regelrechtes Verhältnis gehabt, so nannte man das wohl. Er war ein netter, ernsthafter Junge gewesen – war es heute noch –, mit einem ausgeprägten sozialen Engagement. Das hatte ihr gefallen.

Aber... konnte man denn davon ausgehen, daß so etwas ewig dauern würde? Nein, das konnte man nicht. Eines Tages hatte sie das Verhältnis beendet. Oh, nein, sie wollte ihm nichts unterstellen. Er hatte ihr zum Abschied gesagt: »Schade. Ich hätte gern Kinder gehabt. Mir bedeutet das etwas, weißt du. Bei dir liegt der Fall vielleicht anders. Deine Geschwister sind verheiratet und haben schon ein halbes Dutzend. Wahrscheinlich gehen sie dir sogar auf die Nerven. Aber ich, ich bin der einzige.« Dann war er zuerst aus der Stadt und dann aus ihrem Leben verschwunden.

Renée warf das Foto in das Kästchen zurück und ging ins Bett. André Delmont. Schattenloser Friedhof. Sie war jetzt einundvierzig Jahre, hatte keine materiellen Sorgen und arbeitete gern.

»Ich möchte ihn wohl gerne wiedersehen«, flüsterte sie, bevor sie einschlief.

7

Leider hatte Parisey in gastronomischer Hinsicht einen katastrophalen Ruf. In besagten Kneipen wurde nur Flüssiges serviert. Bestand ein lästiger und in der Regel ortsfremder Gast auf fester Nahrung, wurde ihm in allen siebenunddreißig Kneipen gewissermaßen unisono ein Stockbrot mit Schinken und Salatblatt serviert, mit Ausnahme des Café National, wo man an manchen Tagen auch eine Omelette bekam. Parisey verfügte ferner über zwei Pizzerien, die abwechselnd gepfändet wurden, weil die Parisons wenig Pizza aßen, und über ein halbes Dutzend anspruchsvolle, ja ehrgeizige Restaurants, in denen so langsam serviert wurde, daß man sich dreimal überlegte, ob man dorthin gehen sollte oder nicht, zumal die mit Ehrgeiz gekochten Gerichte sehr oft nicht so gerieten, wie sich Koch und Gäste das eigentlich vorgestellt hatten. Ach, der Ehrgeiz! Wie oft steht er nicht einfachem Genuß im Weg! Jemand, der in Parisey ein Snack-Restaurant für die ganze Familie mit halbwegs vernünftigen Öffnungszeiten aufgemacht hätte, hätte sich unfehlbar eine goldene Nase verdient.

Die gastronomische Misere und in geringerem Maß auch die Zuckerkrankheit des alten Lorain – ein ganz leichter Alterszucker – waren daran schuld, daß der Leichenschmaus nicht im Restaurant begangen wurde, sondern bei Lorain zu Hause. Seine Schwiegertochter wollte kochen, außerdem bestellte man ein oder zwei Gänge beim Traiteur, und dies alles sollte dem von weit her angereisten Sohn die Sorge um die Organisation abnehmen.

André Delmont war dafür sehr dankbar. Er bat darum, die Feier im allerkleinsten Kreis abzuhalten – mit dem Hinweis auf die strenge Zurückgezogenheit, in der sein Vater all die vielen Jahre gelebt hatte.

»Damit meint er, daß seine kubanische Freundin so schüchtern ist«, sagte Yvonne zu ihrem Mann, dem sogenannten jungen Lorain. »Sie hat sich ja nicht einmal auf den Friedhof gewagt.«

Eingeladen wurden demnach nur Bürgermeister Rouget, der mit Bedauern absagte, Bürgermeister Gibet, der erfreut zusagte, Yvonne und ihr Mann Christophe, André Delmont und seine Freundin, und dann beratschlagte man lange, ob Madame Grosmougin nicht anstandshalber auch eingeladen werden müßte.

»Natürlich, warum denn nicht?« sagte der alte Lorain erstaunt. »Sie ist die einzige, die ihm noch etwas über seinen Vater erzählen kann. Über die letzte Zeit, meine ich.«

Madame Grosmougin wurde telefonisch eingeladen und war über diese Ehre ebenso erfreut wie erschrocken. Sie erzählte es rasch überall herum, bevor sie zurückrief und mit dem Hinweis auf den kranken Grosmougin und ihre vielen Kinder absagte.

Yvonne besorgte Spargel, spanischer Import. Sie hatte an diesem Nachmittag Lust, viele unkonventionelle Dinge zu tun. Angefangen damit, daß man keinen richtigen Leichenschmaus abhielt, sondern ein regelrechtes kleines Diner gab, über den ungewöhnlichen Gast aus Kuba bis hin zum prominenten Gibet war alles irgendwie aufregend. Yvonne war immer dankbar, wenn ihre langweilige Routine zwischen Krankenhaus und Familie unterbrochen wurde. Apropos Familie:

»Was machen wir mit Daniel?«

Das war ihr dreizehnjähriger Sohn.

Lorain hatte seinen Enkel immer für einen ausgesprochen lästigen Knaben gehalten, seit der ihm einmal einen größeren Betrag aus dem Portemonnaie genommen hatte, aber das hatte sich in letzter Zeit gegeben. Daniel klaute nicht mehr, schwieg meistens und durfte kommen.

Yvonne fing an zu zählen. Sie waren zwei Paare, nein, drei – es war durchaus nicht abwegig, den alten Lorain und Gibet als drittes Paar zu rechnen. Der Tisch mußte nicht ausgezogen werden. In Lorains Salon stand ein solider Eichentisch vor einem soliden Eichenbüfett unter einem soliden Kronleuchter. Christophe, der eine Flasche Curaçao mitgebracht hatte – Champagner paßte nicht zur Beerdigung –, wurde in den Keller geschickt, um nach dem Wein zu sehen.

Er stolperte dort unten im Dunkeln herum, denn meist waren ein paar von den altmodischen Bajonettlampen kaputt, und rief die Kellertreppe hinauf:

»Rot oder Weiß?«

»Weiß natürlich!« schrie Yvonne zurück. »Nimm die Taschenlampe!«

Daraufhin legte sich das Gerumpel, und Christophe kam nach einiger Zeit mit ein paar verstaubten Flaschen zurück.

»War Gibet eigentlich schon einmal hier?« fragte

Yvonne ihren Schwiegervater, während sie Spargel schälte. »Ich meine, kennt er das Haus?«

Lorain saß auf einem Küchenstuhl in nachdenklicher Stimmung. Der Tod seines Freundes ging ihm nahe, auch wenn der Freund soviel älter gewesen war, und gebrechlich und hinfällig, auch wenn sie sich schon lange nicht mehr getroffen und gesprochen hatten.

»Gibet?« wiederholte er. »Na, vom Vorbeifahren sicher.«

»Es wäre dir lieber gewesen, wenn Rouget statt seiner zugesagt hätte?«

»Oh, ja, bedeutend lieber«, sagte Lorain, spontan ertappt. »Rouget ist ein Ehrenmann. Er ist zwar nicht unsere Generation, aber man kann sich sehr gut mit ihm unterhalten. Na ja, er hat ein paar sonderbare Ideen, nimm nur das Bumerangmuseum, aber er kann wenigstens darüber lachen, nicht wahr, und in Lataine-les-Bains haben sie ein Esperantomuseum, warum soll Parisey dann nicht ein Bumerangmuseum haben. Nein, Rouget ist in Ordnung. Er ist ein feiner Mensch.«

Yvonne freute sich, daß ihr Schwiegervater so gesprächig war.

»Rouget hat das Pfarrhaus vor dem Verkauf bewahrt, wußtest du das?« fragte sie.

»Ja, er tut viel für die Kirche, obwohl er nicht praktiziert. Deshalb...«

Es klingelte. Lorain erhob sich mühsam. Der Traiteur brachte die Vorspeisen.

Yvonne sagte erschrocken: »Ich dachte, da kommen sie schon.«

Danach mußte Christophe den Tisch decken, und sein Vater wurde von Yvonne angewiesen, Messer und Gabel jeweils schön geradezurücken.

Als erstes kam Gibet. Der Kies knirschte, das schwarze Auto rollte aus, Gibet entstieg ihm in seiner ganzen Fülle und kam langsam die Freitreppe herauf. Er war ein breiter, viereckiger Mensch mit viereckigem Gesicht, seine Backen hingen traurig herunter, ähnlich wie bei gutmütigen Boxerhunden, aber Gibet war überhaupt nicht traurig, er war laut und lärmend, und die dunklen Augen unter seinem kahlen Schädel schauten außerordentlich lauernd in die Welt.

»Ah, guten Abend, mein Alter«, rief er, als er den zierlichen Lorain auf dem oberen Absatz entdeckte. Er umarmte ihn und küßte ihn zweimal, während er über Lorains Schulter in die kleine Halle blickte.

»Schön hast du's hier, gemütlich, solide«, lautete sein Urteil.

Er ließ seinen Mantel in Yvonnes ausgestreckte Arme fallen und sagte: »Eiche. Eiche ist immer das beste. Mein lieber Mann, das ganze Treppenhaus ist aus Eiche. Sehr hübsch. Das hast du dir damals im Krieg gebaut, nicht wahr?«

Lorains blaue Augen nahmen einen absolut undurchdringlichen Ausdruck an.

»Komm doch herein«, sagte er förmlich.

»Und wo ist sie?« wollte Gibet wissen.

»Wer?«

»Die Schönheitstänzerin.«

»Du meinst...«

»...die Freundin von unserem André!«

»Ist sie eine Tänzerin?« fragte Daniel.

Der alte Lorain sagte: »Nur ein kleiner Scherz von unserem lieben Gibet.«

»Aber was ist sie dann wirklich?«

»Sei doch nicht so neugierig!«

Gibet ließ sich auf einem zierlichen Louis-seize-Sofa nieder, das er zur Hälfte ausfüllte, und sagte: »Ich kannte mal eine spanische Tänzerin, die war vielleicht ein lustiger Teufel. Junge, Junge. Nicht hier in Parisey, auch nicht in St-Sauveur, du liebe Güte. Nein, das war in Besançon...«

Zu Yvonnes Erstaunen leckte sich Gibet ein paarmal die Lippen, legte die Hände auf die Knie und beugte sich vor zum andächtig lauschenden Daniel.

»Wer was vom Leben haben will, muß in die Stadt, mein Junge. Heute gehen ja alle nach Paris. Wie hat es André gemacht? Er ging erst nach Paris, von dort nach Kuba, und jetzt hat er sich was Hübsches mitgebracht. Will ich doch hoffen.«

Dann fiel sein Blick auf Christophe, und er murmelte: »Na ja. Es gibt natürlich auch Aufgaben und Pflichten, die einen hier halten können.«

»Wollen Sie ein Schlückchen Curaçao, Monsieur Gibet?« fragte Yvonne höflich.

»Meine Tante ist in Paris«, sagte Daniel und starrte Gibet unentwegt an.

»Wie – die kleine Sylvie? Die kenne ich noch von dort oben«, sagte Gibet und machte eine Bewegung Richtung Gebirge, »von den Wäldern. Was macht sie in Paris?«

»Sie ist im Kulturministerium«, sagte Lorain. »Mir scheint, du bist nicht mehr recht auf dem laufenden.«

»Ich höre nur, was man mir erzählt«, sagte Gibet und setzte zu einem Schmollmund an, der ihm dann doch nicht der Mühe wert schien. »Na ja, meine Söhne sind sehr gut untergebracht. Einer bei der Zeitung, der andere in einem Planungsbüro. Sie sind noch jung, haben eine Karriere vor sich. Will ich doch hoffen.«

Yvonne ging in die Küche, und das Gespräch stockte.

Als es wieder klingelte, war alles auf dem Tisch. Yvonne hatte die Senfsoße in eine gewaltige Sauciere ihrer verstorbenen Schwiegermutter gefüllt und sogar die silberne Haube gefunden, die sie über die Porzellanplatte mit den Spargeln stülpte. Gibet riß unentwegt Witze und war bester Dinge.

»Spargel. Harntreibend. Na, da werden wir heute nacht alle rennen. An so ein Essen denkt man lange. Aber es putzt durch, es putzt durch.«

André betrat den Salon mit einer zierlichen blonden Frau, die vor Aufregung ganz grün im Gesicht war.

»Na so was«, staunte Gibet. »Ich dachte, alle Kubanerinnen sind schwarz.«

»Dies ist Melanie«, sagte André, und Gibet fügte hinzu: »Sie heißen wie bei uns.«

Gibet bekam den Ehrenplatz am oberen Tischende und Yvonne als Tischdame, »weil ihr doch nicht verwandt und verschwägert seid«, wie Lorain stichelte. An Gibets andere Seite hatte man Christophe gesetzt, und Gibet war darüber gar nicht erfreut. Er hatte ihn von Geburt an für einen Langweiler gehalten, für einen bescheidenen Menschen, sagen wir mal, und mußte jedesmal lächeln, wenn ihm auf einer Liste oder im Telefonbuch der Name »Lorain Christophe, Transportunternehmer« entgegenblickte. Pah, Unternehmer! Christophe hatte einen einzigen Lastwagen aus dem Fuhrpark seiner Mutter behalten, den fuhr er nun selbst und holte zweimal täglich die Post aus der Département-Hauptstadt. Gibet durfte gar nicht daran denken, was er aus der Sache gemacht hätte. Ein bürgerlicher Absteiger, sagte man wohl. Nicht sein Kaliber. Und deshalb schaute Gibet den ganzen Abend stur an Christophe vorbei auf das blonde Wesen, das zwischen Christophe und dem alten Lorain saß und einen erfreulichen Anblick bot. Natürlich, der alte Lorain hatte sich die hübsche Tischdame gekrallt. Er saß ihm genau gegenüber am andern Ende des Tisches und warf ihm manchmal einen unbestimmten Blick zu. André saß auf Lorains anderer Seite neben Yvonne, und dazwischen hatte man Daniel geklemmt. Der Ärmste konnte sich kaum rühren. Als das blonde Wesen auch noch seinen Mund öffnete und ein durchaus verständliches Französisch zu reden begann, beneidete Gibet Lorain um jedes Wort.

»Wo haben Sie eigentlich Madame Gibet gelassen?« begann Yvonne eine rauschende Unterhaltung.

Gibet verdrehte die Augen zum Kronleuchter.

Es wurde noch ausgesprochen gemütlich. Lorain und André unterhielten sich halblaut über das Haus.

»Er hat nichts mehr machen lassen, wissen Sie«, sagte André. »Keine Reparaturen, nichts, und der Garten ist ganz verwildert. Zum Glück sieht man es nicht hinter der hohen Mauer. Aber innen ist alles eine einzige kompakte Buschmasse. Ein Paradies für Vögel. Aber ich weiß nicht, was ich tun soll. Ich habe genau eine Woche Zeit. Am besten, ich gebe es einem Makler. Er soll es vermieten, wenn es geht, oder sonst verkaufen. Ich möchte in dieser Woche die Papiere meines Vaters durchsehen. Obwohl ich auch nicht weiß, was ich damit tun soll.«

Auf der anderen Seite erzählte Christophe etwas, das er gut erzählen konnte, nämlich die Geschichte seiner Geburt.

»Ich bin nämlich ein Bissextiler«, sagte er, worauf das blonde Mädchen unter ihrer hellbraunen Haut heftig errötete.

»Was ist denn das?« fragte sie neugierig. Vor Christophe hatte sie keine Angst, das war nicht schwer zu erkennen.

»Wir Bissextilen«, sagte Christophe, »haben nur alle vier Jahre Geburtstag, denn wir sind an einem Schalttag in einem Schaltjahr geboren.«

»Ach so!« kicherte Melanie und hielt sich die Hand vor den Mund.

Yvonne brachte den Nachtisch, eine große Schale Mousse-au-Chocolat, und das erweckte wiederum in Gibet eine ganz bestimmte Assoziation.

»Sie sind doch Tänzerin?« rief er quer über den Tisch.

Christophe stupste Melanie und wies sie auf Gibet hin.

»Sie sind doch Tänzerin?« wiederholte er.

»Tänzerin? Eigentlich nicht. Am Wochenende tanze ich, das ist wahr...«, begann Melanie.

»Ich kannte mal eine Tänzerin«, frohlockte Gibet, »die hatte eine ganz tolle Nummer. Schönheitstanz, sagte man früher, heute heißt es natürlich Striptease.« Er dehnte das Wort wie früher die Fotografen ihr *cheese*. »Und ganz zum Schluß rollte man eine Muschel auf die Bühne, so eine kleine Badewanne, verstehen Sie, die war gefüllt mit Schokoladenpudding. Mit Pudding, haha! Und die Tänzerin setzte sich nackt in die Wanne und fing an, sich einzuseifen. Mit dem braunen Zeug. Sie wurde dadurch ganz schwarz. Es war eine absolute Publikumsnummer.«

»Aber Monsieur Gibet!« rief Yvonne. »Hier sitzt ein Kind!«

»Daniel? Der ist doch kein Kind mehr, was, mein Junge? Ich wollte nur sagen, es war eine wunderbare Nummer. Das Publikum jubelte und schrie und klatschte, als die Tänzerin mit ihrer Wanne hinausgerollt wurde, denn jeder dachte natürlich, schade um den schönen Pudding.«

Gibet leckte sich seufzend die Lippen und sagte: »Ich glaube, sie sang auch. Sie hieß Conchita.«

Melanie betrachtete ihn neugierig wie einen Tanzbären.

»Aber dafür müßte man jeden Abend sehr viel Schokoladenpudding kochen«, sagte sie. »Das würde bei uns nicht gehen.«

Lorain schoß seinem ehemaligen Mitstreiter einen zornigen Blick zu.

»Mademoiselle Melanie ist Krankenschwester, im selben Krankenhaus wie André«, sagte er schneidend.

Yvonne stieß einen kleinen Schrei aus. »Dann sind wir ja Kolleginnen«, rief sie.

Der Spargel oder möglicherweise auch der Wein zeigte Wirkung. Gibet entschuldigte sich und wurde von Christophe die Treppe hinaufgewiesen.

»Oben links«, sagte Christophe zuvorkommend.

Lorain und André standen auf. Sie flüsterten fast.

»Ich könnte Ihnen die Papiere geben?« sagte André.

»Ja, ich bin gerade dabei, alles zu katalogisieren. Ich habe mir extra eine Hängeregistratur angeschafft. Nach meinem Tod geht das Ganze an das Widerstandsarchiv.«

»Ach, das wäre eine große Erleichterung für mich. Ich weiß nicht, ob mein Vater jemals selbst etwas aufgeschrieben hat, aber auf jeden Fall hat er alles aufgehoben – jeden Fetzen Papier.«

Gibet kam langsam und schwer die Treppe herunter und sah die ganze Versammlung in der Halle stehen. Er wies auf das bunte Glasfenster im Treppenhaus, das in der Dämmerung schwach nachglühte.

»Also, das ist das famose Lothringer Kreuz«, sagte er.

Die kleine Gruppe unten wandte die Köpfe. In Parisey waren bunte Glasfenster seit vielen Jahrzehnten sehr beliebt. Jeder Wintergarten hatte bunte Scheiben, jeder Erker, jeder Windfang. Es waren eigentlich häßliche stumpfe Gläser mit einem hohen Anteil von Blau und einer albernen Eigenstruktur – Blümchen oder Streifchen oder Sternchen. Lorain war es gelungen, aus diesem Material etwas Schönes zu machen, ein blaues Doppelkreuz auf weißem Grund. In den Ecken des schmalen hohen Fensters glühten vier rote Rosetten.

»Blau-weiß-rot«, sagte Melanie und lächelte.

»Und ich dachte immer, du hättest ein *richtiges* Lothringer Kreuz einbauen lassen«, rief Gibet von oben, »so hast du es doch erzählt? Und der verdammte Boche mußte jeden Tag dran vorbei, als er dein Haus beschlagnahmt hatte. Aber das ist ja mehr ein Teppichmuster! Das haben die gar nicht erkannt. Da sollten Sie mal mein Ding sehen, Señorita! Mein Kreuz hat die richtigen Proportionen, haha! Und an prominenter Stelle! Auf dem Kirchturm nämlich. Dieses Ding hier hat viel zu kurze Ärmchen.«

»Was ist ein Lothringer Kreuz?« fragte Melanie verwundert.

Gibet breitete auf dem Treppenabsatz die Arme aus. »Ein Doppelkreuz«, sagte er. »Mit soo langen Unterarmen. Kommen Sie sich's doch anschauen, morgen früh, bei mir im Dorf.«

»Es war das Symbol des Widerstands«, sagte André. »Ein Anti-Hakenkreuz, könnte man sagen, oder nicht?«

»Ah, jetzt sehe ich es«, rief Melanie. »Ein Kreuz mit zwei Querbalken übereinander. Ja, das ist schön.«

Lorain räusperte sich und war ganz blaß.

»Es ist richtig«, begann er, »daß unser Freund Gibet ein schönes großes Hakenkreuz hat einlegen lassen – in die Haube des Kirchturms, meine ich. Es leuchtet sehr schön in der Sonne. Er hat allerdings erst zwei Jahre nach Kriegsende damit begonnen. Und dieses unscheinbare kleine Lothringer Kreuz hier stammt aus dem Jahr 1943.«

»Wieso denn Hakenkreuz?« sagte Gibet verblüfft.

Christophe und Yvonne riefen wie aus einem Mund: »Doppelkreuz, Doppelkreuz!«

»Wieso, was hab ich denn gesagt?« sagte Lorain.

»Du hast dich nur versprochen«, sagte Yvonne.

André lachte und sagte: »Bei allem Respekt... Aber zum Schluß sieht man überall Kreuze. Mein armer Vater trank grundsätzlich keinen St-Emilion, weil ihn das Kreuz auf dem Etikett immer an das Eiserne Kreuz der Deutschen erinnerte. Dagegen war er allergisch. Nein, ich finde die Amulette in der Karibik viel schöner. Das Kreuz hat uns zweitausend Jahre Elend gebracht.«

Lorain und Gibet schwiegen und musterten sich.

Schließlich wandte sich Lorain ab und sagte: »Kommen Sie, André. Ich zeige Ihnen noch das Archiv.«

Wenn Yvonne später an die Ereignisse zurückdachte, sagte sie regelmäßig zu Christophe: »Das Essen an dem Abend war mir gut gelungen, fandest du nicht? Aber an diesem Abend hat alles angefangen.«

Und Christophe blieb nichts anderes übrig, als mit dem Kopf zu nicken und zu sagen: »Jaja, meine Liebe. Du hast recht.«

8

Alle, die den alten Lorain kannten, fanden, daß er sich nach Delmonts Tod in kurzer Zeit stark veränderte. Es war eine merkwürdige Wandlung. Kein Verfall, im Gegenteil, eher eine Verjüngung.

Lorain war ein milder, friedfertiger Pensionär gewesen. Jetzt fuhr er wie ein Wilder in seinem 2 CV durch die Gegend. Hierhin, dorthin, ins Gemeindearchiv, in die Stadtbücherei und über Land. Die Leute in der Straße hatten ihn immer besonders umgänglich gefunden, im Gegensatz zur seligen Madame Lorain, die im Gedächtnis der Straße als strampelnde, kreischende Furie fortlebte. Umgänglich blieb Lorain auch, aber er hatte etwas Ungeduldiges bekommen, seine Augen wurden wieder dunkel, keine Greisenaugen mehr, sein Gesicht bekam jugendliche Konturen, und seine Schwiegertochter dachte, daß es mit seiner Arbeit zusammenhinge, mit der Arbeit am Archiv oder mit den Papieren des verstorbenen Freundes.

Dies ging ein paar Tage, ohne daß sich irgend jemand Sorgen gemacht hätte. Am Nachmittag des 5. Mai 1986 beendete der alte Lorain einen langen Brief, legte die Feder weg, schnappte nach Luft und fiel in eine Agonie. Das letzte, was er mitnahm, war ein Glas mit Maiglöckchen. Er stieß es um und versuchte, das Wasser mit den Lippen aufzufangen. Einen Augenblick lang erschien ihm die Welt wie eine Kugel aus Licht und Stengeln.

Kurze Zeit später quietschte das Gartentor. Yvonne kam vom Krankenhaus herunter, umrundete das Haus auf dem schmalen Kiesweg, stieg die Treppe hinauf und schloß die Haustür auf.

»Ich bin da!« rief sie in der kleinen Halle.

Keine Antwort.

Ein Vorgefühl beschlich sie. Der alte Lorain empfing sie sonst jeden Nachmittag in der Küche und ging dann mit ihr in sein Arbeitszimmer. Aber vielleicht schlief er.

Yvonne hängte ihre Jacke an die Garderobe und ging durch die Küche.

Als sie ihren Schwiegervater vor dem Schreibtisch liegen sah, erschrak sie. Sie öffnete ihre schwarze Tasche und holte Zuckerlösung heraus. Dann füllte sie ihre Spritze mit Insulin und dachte: Ich muß doch jeden Tag etwas früher kommen. Alterszucker ist unberechenbar. Er muß ins Krankenhaus und gründlich untersucht werden.

Sie griff mit der einen Hand nach seinem Puls und angelte mit der anderen ein flaches Kissen vom Sofa, das sie ihm in den Nacken schob. Er ist noch ganz warm, dachte sie und betrachtete mit Rührung seine Hände, die weich und rosig waren. Im Handballen der linken Hand saß eine kleine Falte. Dort war er als Kind von einem Hund gezwickt worden. Sein Blick stellte sich beim Versuch, diesen längst vergessenen kleinen Pudel wieder vor Augen zu holen, immer auf »ferne Vergangenheit« ein, und Yvonne mußte jedesmal, wenn sie es sah, darüber nachdenken, wie mühelos ein Hundebiß im Handballen eines Menschen die Zeit überdauerte. Ein achtzigjähriger kleiner Biß, der erst mit seinem Herrn vergehen würde.

Lorain tat einen stolpernden Atemzug. Yvonne tastete wieder nach seinem Puls. Gebannt starrte sie ihm ins Gesicht. Lorain hatte feines schwarzgraues Haar, das glatt über seinem Kopf lag, mit einem gezackten Haaransatz über der Stirn. Jetzt fiel es leicht auseinander. Seine Kopfhaut war braun. Das Grübchen im Kinn entsprach der Falte in der Hand, wußte Yvonne plötzlich. Erstaunlich, wie genau man einen Menschen betrachtet, wenn man will, daß er wieder zu sich kommt.

Sie nahm seine Hand. Nach einiger Zeit spürte sie einen Gegendruck. Als sie ihm wieder ins Gesicht sah, merkte sie, daß er die Augen offen hatte. Er sah sie dankbar an und versuchte ein Lächeln.

»Wir müssen dich ins Krankenhaus bringen«, sagte sie. »Irgend etwas stimmt mit deinem Blutzucker nicht. Hast du etwas anderes gegessen als sonst? Dich aufgeregt?«

Lorain schaute sie an und schüttelte den Kopf.

»Es kommt leider immer wieder vor«, sagte Yvonne und schaute auf ihre Armbanduhr. »Ich war heute bestimmt nicht später dran als sonst. Am besten rufe ich den Krankenwagen.«

Lorain protestierte.

»Es geht mir wieder gut«, sagte er. »Stell dir vor, ich wollte das Maiglöckchenwasser trinken. Ich hatte nur Durst, sonst nichts.«

Er blieb ruhig liegen, während Yvonne sich mühsam aus der Hocke aufrichtete.

»Ach Gott«, seufzte sie. »Ich bin auch nicht mehr die Jüngste. Mein Bein ist eingeschlafen. In unserm Alter straft Gott schnell.«

Sie hielt sich am Schreibtisch fest und sah den Brief.

»Liebe Renée«, las sie, »ich bin am Ende meines Lebens zu dem Schluß gekommen, daß du ein Anrecht darauf hast, zu erfahren...«

Die Schrift ihres Schwiegervaters war gestochen scharf, eine Schönschrift. Nur im Ansatz zeigten sich Verwacklungen.

Lorain hustete unten am Schreibtisch. Yvonne drehte gehorsam den Kopf.

»Bis zu meinem eigenen Auto würde ich es schon schaffen«, sagte er. »Aber du fährst ja nicht, das habe ich ganz vergessen.«

Yvonne ging zum Telefontisch neben dem Fernseher.

»Dann ein Taxi«, entschied sie. »Zu zweit bringen wir dich gut die Treppe hinunter. Kein Problem.«

Sie wählte und sah sich im Zimmer um. Lorain versuchte bereits, sich aufzurichten. Er lehnte sich an die unteren Schubladen seines Empireschreibtisches und strich sich die Haare glatt. Das ganze Arbeitszimmer war mit gestreiften glänzenden Möbelchen vollgestellt. Es war dies der Geschmack von Renée gewesen, Lorains Frau, die vor fünf Jahren gestorben war. Sie liebte Louis-seize. Der Fernseher stand darin wie ein grober schwarzer Fremdkörper. Das Telefon paßte auch nicht dazu, selbst die gerahmte Fotografie von General Charles de Gaulle war zu modern. Der Wandsafe war dezent mit Tapete überklebt und fiel nur auf, weil anstelle des Schlosses ein häßliches Loch klaffte, wie mit dem Schneidbrenner ausgefräst. Lorain hatte tatsächlich nach dem Tod seiner Frau die Safeschlüssel verlegt und nicht mehr wiedergefunden.

Und jetzt schreibt er ihr einen Brief, dachte Yvonne. Das ist doch merkwürdig. Am Grab riefen die Hinterbliebenen ihren Verstorbenen oft nach: »Ich komme bald!« Das war verständlich. Aber daß jemand seiner Frau einen Brief ins Jenseits schrieb und eine Art Beichte ankündigte... Er mußte schon recht verwirrt gewesen sein, als er das tat, überlegte Yvonne.

»Taxi Poiret? Eine Krankenfahrt.«

Auf dem Weg ins Krankenhaus dachte sie: Ich muß Madame Grosmougin anrufen, daß sie heute abend nicht zu kommen braucht. Ich hätte das gleich tun sollen, dumm von mir. Macht nichts. Ich gehe nachher noch einmal vorbei.

Es war eigenartig, gleich nach Dienstschluß wieder ins Krankenhaus zurückzukommen. Lorain hielt die Augen geschlossen und sah müde aus. Yvonne bezahlte, der Taxifahrer führte den zierlichen alten Herrn in die Notaufnahme.

»Ein kalter Mai«, sagte er. Als Lorain nicht reagierte, fügte er aufmunternd hinzu: »Aber morgen soll es wieder warm werden.«

Später ging Yvonne zu Fuß noch einmal den Mont Chaste hinunter. Das Gartentor quietschte wieder wie ein altes Segelschiff. Yvonne versuchte sich zu erinnern, was sie vorher dabei gedacht hatte. Daß die Hecke geschnitten werden mußte. Daß der Kies feucht war, mit lehmiger Erde vermischt, eine Gefahr für hohe Absätze. Daß der Rasen anfing, über seine Ränder hinauszuwuchern.

Sie schloß die Tür wieder auf, ging hinein und rief: »Madame Grosmougin?«

Am Garderobenständer hing keine Jacke. War die Putzfrau heute abend nicht gekommen? Manchmal gab ihr Lorain einfach frei. Vielleicht war sie auch, nachdem sie das Haus leer gefunden hatte, wieder weggegangen.

Yvonne sah sich im Garderobenspiegel und fand, daß sie nicht gut aussah. Die Wimperntusche reizte ihre Augen. Der Mund zog trotz des frischen roten Lacks schon wieder Falten. Und die drahtigen blonden Locken, steil in die Höhe gebürstet, zeigten Neigung auseinanderzufallen. Yvonne tat sich leid. Wie werde ich in fünf oder zehn Jahren aussehen, dachte sie. Sie ging nach Hause.

Auf dem Glastisch lagen ein paar Autozeitschriften. Der Fernseher lief, und Daniel starrte gelangweilt auf zappelnde Männchen.

Yvonne legte ein bestrumpftes Bein auf die Fotografie eines Sportwagens und lehnte sich zurück. Das knallrote Ledersofa hatte sie noch jeden Abend aufgemuntert, sowohl farblich als auch hinsichtlich seiner Konsistenz. Es war geradezu speckig weich und sehr, sehr rot. Die Zimmerpalme daneben war grün, die beleuchteten Eckvitrinen schimmerten milde (»Blond«, dachte sie), die vielen kleinen Oldtimer darin zeugten von Christophes Hausfleiß und von seiner Geduld (»Am liebsten wäre ich Silberschmied geworden«, sagte er oft), nein, hier in dieser Ecke ihres Hauses war die Welt in Ordnung und sogar angenehm.

»Daniel, bitte stell den Ton ab«, sagte sie, legte den Kopf auf die voluminöse Rücklehne und schloß die Augen.

Daniel war in diesem Zimmer gleich zweimal vorhanden. Einmal als lachendes Baby am Strand. Dann als gelangweilter Junge mit denselben drahtigen blonden Locken, denselben hellblauen Augen wie Yvonne. Seine Haut war auffallend weiß.

Christophe kam mit einem Tablett.

»Und dann war da noch dieser Brief«, sagte Yvonne und versuchte sich zu besinnen. *»Liebe Renée! Ich bin zu dem Schluß gekommen, daß du ein Anrecht darauf hast, zu erfahren...* Oder so ähnlich. Es war ein ziemlich langer Brief. Er lag auf dem Schreibtisch.«

»Liebe Renée?« wiederholte Christophe ungläubig. »Wieso schreibt er denn an seine Nachbarin?«

»Nachbarin?«

»Na, an Renée – an Mademoiselle Pasteur!«

»Ach so? Komisch, ich dachte, der Brief sei an... an deine Mutter!«

»An meine Mutter? Wie kommst du denn auf die Idee? Sie ist doch seit fünf Jahren tot!«

Christophe setzte das Tablett mit den Tassen ab und schaute verwirrt. Yvonne war ihrerseits verwirrt.

»Das weiß ich ja, aber ich... ich dachte, er schreibt einen Brief an... in den Himmel. So, wie wir früher an den Weihnachtsmann geschrieben haben.«

»Wo war dieser Brief?«

»Er lag auf seinem Schreibtisch. Ich habe nur die ersten Zeilen überflogen. Es gab soviel anderes zu tun.«

»Vielleicht sollte ich mal nachschauen. Der Brief könnte an eine lebende Renée gerichtet sein. Oder... oder was meinst du?«

Christophe zögerte. Endlich ging er aus dem Haus. Yvonne rief im Krankenhaus an, um zu hören, wie es Lorain ging. Es ging ihm gut, er schlief. Danach trank sie ihren Espresso, räumte in der Küche auf und schaute aus dem Küchenfenster die dämmrige Straße hinunter. Man konnte Lorains Haus in der Ferne schimmern sehen. Es stand schlank und weiß vor den dunklen Fichten. Vierundzwanzig Vogesenfichten in einer Reihe, von Lorain selbst im Krieg gepflanzt, vor mehr als vierzig Jahren – Baumriesen.

Yvonne konnte sehen, wie die Lichter in Lorains Haus angingen, eins nach dem andern. Christophe hielt nichts von Dunkelheit, er hatte es gerne hell. Andererseits war er sparsam, er machte sie auch alle brav wieder aus.

Die Dämmerung ist eigentlich das schönste, dachte Yvonne. Durch ein paar frühlingshafte Birken sah sie in der Ferne Licht in Lorains Arbeitszimmer. Die Stores waren gerafft, das Fenster glitzerte. Leider war dieser Augenblick immer nur so kurz. Die Fledermäuse zickzackten jetzt um die Häuser, stumm und äußerst aktiv. Yvonne hatte früher oft gedacht, daß in einem solchen Augenblick etwas geschehen müsse, aber sie hatte akzeptiert, daß außer ein paar vorbeifliegenden Krähen oder den freundlichen Zurufen der Nachbarn nichts geschah.

»Daniel!« rief sie und steckte den Kopf ins Wohnzimmer. »Hast du deine Hausaufgaben gemacht? Deine Schulmappe gepackt? Willst du ein Bad?«

Als das Telefon klingelte, wußte sie, daß es Christophes Schwester Sylvie aus Paris war.

»Du merkst doch immer, wenn etwas mit ihm los ist«,

sagte sie. »Vater und Tochter. Ihr seid euch ähnlich. Er ist im Krankenhaus. Soll Christophe dich später zurückrufen?«

Sylvie war das älteste von Lorains Kindern, dunkelhaarig, energisch. Nein, sie mußte nicht zurückgerufen werden, vielleicht morgen. Sie sah immer mit milder Verachtung auf Christophe herab, weil Christophe in ihren Augen nicht weiter gekommen war als der Knabe von sechs oder acht Jahren, der auf der langen Mauer vor dem Haus seinen kleinen Lastwagen hin und her schob.

Irgendwann kam Christophe lautlos und schmal ins Haus zurück. Wie ein abgelassener Teich im Park.

»Wo soll der Brief an Renée gelegen haben?« fragte er.

»Auf dem Schreibtisch natürlich«, sagte Yvonne erstaunt.

»Unter dem Schreibtisch war eine Pfütze«, sagte er.

»Das waren die Maiglöckchen.«

»Ah, die Maiglöckchen.«

»Übrigens, Sylvie hat angerufen.«

»Was hat sie gesagt?«

»Daß heute Amtsblattag ist.«

»Ach...! Ja.«

»Also, wo ist der Brief?«

»Ich weiß nicht.« Christophe zuckte mit den Achseln. »Ich habe auf allen Tischen gesucht. Ich habe keinen Brief gesehen.«

»Er muß im Arbeitszimmer liegen! Wir sind ja alle zusammen weggegangen. Dein Vater, ich und der Taxifahrer. Niemand hat den Brief angerührt.«

»Und Sylvie meinte, er hat sich über das Amtsblatt aufgeregt?«

»Na ja, es sollte ein Witz sein. *Denkt dran, heute erscheint das Amtsblatt. Dann sieht er wieder, wer alles befördert ist.*«

»Willst du, daß ich noch einmal hingehe und das Amtsblatt hole?«

»Nein, laß nur... morgen. Morgen ist auch noch ein Tag.«

»Ich wünschte«, sagte Christophe düster, »Sylvie würde zur Abwechslung mal von Paris kommen und sich um all diese Dinge kümmern. Das Haus, der Garten...«

»Ach, das kann sie doch nicht.«

Daniel kam und teilte in sparsamen pantomimischen Gebärden mit, daß er beabsichtige, ein Bad zu nehmen.

Christophe nahm die Zeitschrift mit dem Foto des grünen kleinen Sportwagens.

»Irgend etwas hat ihn ganz aus der Fassung gebracht«, sagte er nachdenklich.

9

Der Brief knisterte in Madame Grosmougins Tasche, als sie sich zu einem Abendspaziergang entschloß. Abendspaziergänger waren in der Rue St-Sauveur etwas sehr Seltenes, abgesehen von den jungen Leuten, die im Frühjahr und Sommer gern am Gartenzaun standen und schwatzten, bevor sie mit ihren frisierten Mopeds oder Autos auf und davon rasten. Es war so spät, daß kein Mensch mehr auf der Straße war. Der Mond schien in die Gärten. Die Hunde schliefen in den Häusern oder in Hütten. Madame Grosmougin fühlte nach, ob sie den Brief wirklich hatte, denn sie wollte ihn seiner Adressatin zustellen, nachdem sie ihn selbst mit wachsender Spannung in Lorains Haus gelesen hatte. Das Kuvert mit der Anschrift »Mademoiselle Renée Pasteur« hatte unter dem Blatt gelegen. Sie hatte es gewissermaßen nur zusammenfalten und in den Umschlag stecken müssen. Mein Gott, dachte sie, als sie die Straße entlangging, so viele Worte – und all das nur, um den alten Gibet anzuschwärzen. Ich glaube nicht, daß Renée darüber erfreut sein wird. Ihre Mutter wohl – für Judith wäre dies der Brief ihres Lebens. Aber an Judith schreibt er natürlich nicht. Vor Judith hat er Angst.

Einen verrückten Augenblick lang kam ihr die Idee, den Brief nicht bei Renée, sondern bei Judith abzugeben. Aber die Furcht vor unabsehbaren Verwicklungen hielt sie zurück.

Es war ein schöner Abend, eigentlich schon eine schöne Nacht. Die Häuser und Gärten bekamen ein Eigenleben. Der Mond schien in die Krähennester auf dem Mont Chaste und sorgte dafür, daß die jungen Krähen ab und zu leise vor sich hin riefen.

Madame Grosmougin kam an einem Haus vorbei, das seine Verdoppelung einem Lotteriegewinn verdankte. Hier hatte die Bonbonfrau Boffy gewohnt, die vor dem Krieg ein Los in der Blumenlotterie gewonnen hatte. Mit dem Geld kaufte sie das Häuschen, das sie bisher gemietet hatte. Weil es so klein war, ließ sie es einfach verdoppeln. Also zwei Giebelchen, zwei Windfänge, zwei Freitreppchen, zwei Erkerchen mit bunten Glasfenstern, in denen man sich kaum umdrehen konnte. Madame Boffy behängte ihr Doppelhaus mit tönernen Holzschuhen und Hufeisen und war glücklich.

Madame Grosmougin versank in Nachdenken, oder in etwas, das sie dafür hielt, es war ein Gedankenflug, ein wilder Ritt durch eine magische Welt, der ihr nur gelang, wenn sie zu Fuß ging. Wenn sie zu Fuß ging, war sie allein. Sonst nie. Sie vertiefte sich in das Problem, warum man bei manchen Gegenständen oder bei manchen Stellen auf einer Tapete an bestimmte Personen denken mußte, immer wieder und ohne vernünftigen Zusammenhang. Sie hatte lange darüber nachgegrübelt, warum sie zum Beispiel sowohl beim Anblick eines Schäferhundes als auch bei dem eines Fünf-Franc-Stücks an ihre Mutter denken mußte. Ihre Mutter hatte nie etwas mit Schäferhunden zu tun gehabt, und mit Fünf-Franc-Stücken auch nicht öfter als mit Ein-, Zwei- oder Zehn-Franc-Stücken. Dasselbe galt für Madame Boffy und die Erdnuß in der Schale, obwohl Madame Boffy nicht die geringste Ähnlichkeit mit einer strohigen gelben Erdnuß hatte, sondern im Gegenteil bis ins Alter rosig und frisch gewesen war, mit schwarzen Haaren und einem seidenen Schultertuch. Madame Grosmougin hätte schwören können, daß die Ähnlichkeit optisch war. Irgend etwas im Bogen der Fünf oder in der Mittelkerbe der Erdnuß entsprach einem Gesichtszug oder einem Körperzug der Personen, an die man denken mußte. Neulich hatte ihr ältester Sohn ihr erzählt, daß er beim Abbrechen einer Textzeile auf dem Monitor zwanghaft immer wieder an eine Tante denken mußte und sich dies nicht erklären konnte. Woher kam das? Und spürten die betreffenden Personen etwa, daß man häufig an sie dachte, aber nicht um ihrer selbst willen, sondern beim Anblick von Schäferhunden, Geldstücken, Erdnüssen, Textzeilen?

Ohne es zu merken, ging Madame Grosmougin den vertrauten Weg zum Haus von André Delmont. Sie merkte es erst, als sie davorstand und das gespenstisch weiße Schild leuchten sah: *Zu verkaufen*. Der Rotdorn war inzwischen verblüht, aber die Glyzinien wucherten nach wie vor, als wollten sie die Sträucher hinter den Mauern erwürgen, Blüte an Blüte, Dolde an Dolde, die Ranken fest um die Äste gewickelt. Die Pflegerin des alten Delmont hatte gehört, der Duft der Glyzinien sei giftig. Es war ein ausgesprochenes Glyzinienjahr. Alle paar Jahre quollen die Mauern und Sträucher in Parisey von den lila Blüten dieser Kletterpflanze über, und in den Straßen hing ein intensiver Duft nach Parfüm.

Sie sah zu den dunklen Fenstern hoch. Der Makler wollte offenbar ordentlich an dem Haus verdienen und suchte nicht erst lange nach einem Mieter.

Der alte Delmont war anders gewesen als Lorain. Ein Grübler. Sie sah das dreieckige Gesicht vor sich, mit der viel zu schweren Brille. Delmont hatte ausgesehen wie Pergament, ohne jeden körperlichen Charme, zerknittert, zergrübelt, trocken.

Kurz vor seinem Tod hatte er plötzlich angefangen zu sprechen, während sie Wäsche legte oder am Herd irgend etwas rührte.

»Jetzt«, hatte er beispielsweise gesagt, »erscheint mir das Leben nichts mehr wert, wo ich bald sterbe. Warum wollte ich damals unbedingt überleben?«

»Monsieur!« hatte sie gerufen. »Da war Ihre Frau! Und Ihr Sohn! Sie wollten zu Ihrer Familie zurück! Von einem Menschen kann man nicht erwarten, daß er sich freiwillig aufgibt.«

»Aber was habe ich in diesen vierzig Jahren eigentlich getan?« fragte sich Delmont eher verwundert. »All diese Zeit ist weg. Ich erinnere mich nur an das *Lager*.«

Ein andermal saß er am Tisch und schaute nach unten.

»Ich habe auch kollaboriert«, sagte er.

Madame Grosmougin hielt den Atem an und dachte: Er ist verrückt geworden. Die Einsamkeit macht ihn verrückt und mürbe.

»Ich habe auch kollaboriert, jawohl. Ich mußte einen Mitgefangenen schlagen, und ich habe es getan.«

Als Madame Grosmougin sich umdrehte, sah sie, daß Delmont weinte.

»Aber Sie haben nicht getötet!« sagte Madame Grosmougin empört. »Diese Unmenschen haben Sie gezwungen. In meinen Augen ist das eine läßliche Sünde.«

In diesem Moment fiel ihr ein, daß Delmont gar nicht katholisch war. Lorain war katholisch, aber Delmont glaubte an nichts.

»Sünde«, sagte Delmont. »Ich weiß nicht, ob es Sünde war. Aber es war eine feige Tat. Und schmutzig.«

Madame Grosmougin konnte dies kaum mit ansehen. Das nächste Mal holte sie ihre Bibel aus der Tasche. »Monsieur, ich habe nachgelesen. In den Zehn Geboten steht nichts davon. Es gibt kein *Du sollst nicht schlagen*. Im Gegenteil! Hier steht eine ganze Spalte voll mit Regeln, für den Fall, daß geschlagen wird. Der liebe Gott ist nicht dumm. Er ging davon aus, daß immer geschlagen wird.«

Delmont schaute sie ungläubig an, und sie hielt ihm die Stelle unter die Nase. *Wenn ein Mann seinen Knecht oder seine Magd schlägt mit einem Stabe...*

Delmont strich andächtig über das dünne Papier.

»Eine schöne Bodoni,« sagte er.

Madame Grosmougin lächelte und machte auf derselben Straßenseite kehrt, um die Gänse des Bürgermeisters nicht zu reizen. Der Tod des alten Delmont war nicht sanft gewesen. Er hatte wildes Zeug gerufen und sich gewehrt. Warum starben die Menschen doch nicht im Schlaf! Das war schlecht eingerichtet. Sie überlegte, wie sie am liebsten sterben würde. Umringt von ihren sechs Kindern, von ihrem Mann und den zahlreichen Nachbarn – oder doch mehr in Ruhe, sie konnte sich nicht entscheiden.

Hinter Lorains Haus wechselte sie die Straßenseite und ging an dem langen Grundstück vorbei. Renées Bauernhaus sah im Mondlicht ganz anders aus als sonst. Die Blumen blühten schwarz, die Spitzenstreifen hinter den Fenstern sahen aus wie Haifischzähne. Madame Grosmougin blieb am Torpfosten stehen und bemühte sich, Licht im alten Haus zu erkennen. Es war aber alles dunkel. Der Mond beschien den Vorgarten, der angelegt war wie ein Park – mit einer Baumgruppe aus Tannen und Lärchen und drei Birken und einem umgedrehten Wurzelstock. An der Wäscheleine hing ein vergessenes Handtuch, die drei Gartenstühle waren an den Tisch gelehnt.

Ist sie heute abend gar nicht da?, überlegte Madame Grosmougin. Renée übernachtete öfter in St-Sauveur.

In diesem Fall stecke ich ihr den Brief in den Briefkasten. Auch gut. Erfahren werde ich es sowieso. Ich erfahre immer alles. Trotzdem, schade, ich hätte gerne ihr Gesicht gesehen.

Der hölzerne Briefkasten mit dem ausgesägten Herzen hing efeuumrankt am Zaun. Wahrscheinlich ein Geschenk ihrer Schwererziehbaren. Madame Grosmougin näherte sich und sah ein graues Pappschild daneben hängen.

»An den Dieb!« stand darauf, in Renées Handschrift.

Madame Grosmougin erschrak fast zu Tode.

»Warnung!« stand darunter. »Man hat Sie gesehen!« Der Handschrift nach zu schließen, war Renée sehr wütend gewesen, als sie den Text abfaßte.

Die pummelige kleine Person legte ächzend eine Hand aufs Herz.

»Es sind Zeugen vorhanden«, fuhr der Text unbarmherzig fort. »Man wird von einer Anzeige absehen, wenn Sie bis morgen abend meine Kröte zurückbringen.«

Meine Kröte? Ah! Eine Riesenerleichterung ergriff Madame Grosmougin. Sie steckte den Brief rasch in den Kasten und ging ein Stück zurück, um nachzusehen. Wie alle Parisons besaß auch Renée eine kleine Sammlung kitschiger Steinfiguren. Die Straße der zwei Bürgermeister tat sich in dieser Hinsicht besonders hervor. Der Staatsanwalt besaß zum Beispiel einen weißen Esel mit Packtaschen und eine Schnecke. Lorain besaß eine Madonna-in-der-Grotte-von-Lourdes-Statue und einen Hirsch, Bürgermeister Rouget besaß einen Storch. Delmont hatte keine Steinfiguren, oder sie waren von seinem Garten verschlungen worden. Renée hatte eine unmäßig dicke Steinkröte, die sie sehr liebte, und zwei Pilze.

Es gab steinerne Donald-Duck-Figuren und steinerne Vögel, auch Putten und Zwerge, aber die waren nicht so beliebt. Von diesen Steinfiguren verschwanden immer wieder einige mysteriös im Schutz der Dunkelheit. Sämtliche Anwohner waren fest davon überzeugt, daß die Fahrenden sie klauten, meist kampierten sie zur fraglichen Zeit auch gerade im Gewerbegebiet.

Madame Grosmougin hatte sich dabei allerdings immer gefragt, was ausgerechnet die Fahrenden mit den schweren kitschigen Steinfiguren anfangen sollten. Sie waren wie Renées Kröte von Algen und Flechten überwachsen und hatten einen sentimentalen Wert nur für die Besitzer.

Die Kröte saß nicht zwischen den zwei Pilzen, die die Diebe offenbar verschmäht hatten. Steinfiguren kamen niemals zurück. Man mußte in diesem Fall in die Fabrik fahren, die ein paar Kilometer vor Parisey an der Ausfallstraße lag, und sich neue kaufen.

10

Renée ging den langen Flur zum Lehrerzimmer hinunter. Sie hatte gut geschlafen. Es gab Nächte in diesem Internat, die waren katastrophal, sie erwachte gerädert und ihrem Pensionierungswunsch um vieles nähergerückt. Andere, wie diese, waren vollkommen ruhig und erholsam. Die Sonne schien zaghaft in den Park. Das Schwererziehbaren-Institut war in einem kleinen Schloß untergebracht, ein paar hundert Meter abseits der Straße hinter einem sumpfigen Teich.

Renée hatte von André geträumt. Das war weiter nicht verwunderlich. Hier in der Nähe hatten sie sich kennengelernt. Sie versuchte, die Traumstimmung zurückzuholen. André hatte zu ihr gesagt: Wenn du mich sehen willst, mußt du kommen. Und Renée hatte gesagt: Warum verschiebst du deinen Flug nicht? Etwas Ungeduldiges schwang dabei mit, etwas, das sie gut kannte.

Als Kinder hatten sie sich übersehen. Delmonts Haus hatte den Eingang zur Hauptstraße hin, André fuhr selten durch die Rue St-Sauveur. Er war auch genau die paar Jahre älter, die dafür sorgten, daß sie sich nirgendwo begegneten, weder im Kindergarten noch in der Grundschule, noch danach. Renée erinnerte sich gut an die Kinder Lorain, die bösen Nachbarskinder, aber André hatte sie erst getroffen, als sie schon in St-Sauveur arbeitete. Es war in einer Mittagspause an einem heißen Sommertag gewesen. Sie fuhr ohne besonderen Grund, nur so aus Spaß, zum alten Römerlager, das in der Hitze brütete. Es war ein stattliches Castrum, die Straßenpflasterung noch vollständig erhalten, und man konnte darin spazierengehen wie in einem Ruinenpark.

Dort war man meistens ganz allein.

Deshalb fuhr sie ab und zu dorthin, und es störte sie an diesem Tag, daß ein anderes Auto vor der Mauer auf der Landstraße parkte. Sie ging hinein und fand an ihrem Lieblingsplatz einen Mann, der ein Buch über die Etrusker las.

Die Stille an einem solchen Sommertag, die Bienen, die Dornenranken, das dürre Gras – das ließ sich schwer vergessen. André hatte ihr ohne weitere Umstände die Straßenachsen erklärt, Decumanus, Cardo, die Himmelsrichtungen, was es bedeutete, der Erde ein Koordinatensystem aufzudrücken, und dann hatten sie sich gestritten, ob ein Zauber erklärbar sei oder nicht.

Am Ende des langen Flurs öffnete sich die Tür des Lehrerzimmers, und Gibet trat heraus.

Ah, Minotaurus, dachte Renée aufgeräumt. Das Ungeheuer, das ab und zu Tribut fordert. Was will er diesmal?

Gibet kam händereibend auf sie zu und begrüßte sie nachdrücklich:

»Mademoiselle Pasteur! Meine Verehrung!«

Dabei dachte er: Jung ist sie nicht mehr. Aber sie sieht nicht schlecht aus. Noch knackig. Sie hat etwas Hüpfendes, Mädchenhaftes.

Es fehlte nicht viel, und Gibet hätte ihr herzhaft auf den

Hintern gehauen. Aber er beherrschte sich und gab ihr statt dessen die Hand.

»Monsieur Gibet! Welche Ehre! Und so früh am Morgen!«

Dieser Gauner wird demnächst siebzig, dachte Renée, und ist noch immer munter wie ein Fisch im Wasser. Sie wußte, daß Gibet sich gerne als Eiche, Mastbaum, Fels oder Eckstein feiern ließ, um welche sich die preisgekrönten Blumen von St-Sauveur rankten. Und sie fand, daß seine Lebenskraft in der Tat ganz ungewöhnlich sei, eigentlich anziehend.

Während sie sich beide mit einem gewissen Wohlgefallen betrachteten, fiel Renée plötzlich das Krähenschießen ein, das wie jedes Jahr im Mai in vollem Gange war.

»Hören Sie, Monsieur Gibet«, sagte sie. »Ist es eigentlich nötig, daß man jedes Jahr die jungen Krähen aus den Nestern schießt, und das eine ganze Woche lang? Ich sehe den Sinn nicht ein. Krähen sind keine Schädlinge. Im Gegenteil, sie vertilgen Schädlinge.«

Gibet betrachtete Renée von oben bis unten.

»Keine Schädlinge… jaja. Aber sie vermehren sich zu stark, meine Liebe. Der Abschuß der Altvögel wurde ja leider verboten. Wissen Sie, wie alt so ein Tier wird?«

»Oh, ja«, sagte Renée. »An die siebzig, achtzig Jahre. Und sie haben ein gutes Gedächtnis.«

»Gut. Und jedes Jahr machen sie mindestens zwei Junge. Natürliche Feinde haben sie nicht mehr…«

»Weil man den Habicht ausgerottet hat…«

»Wo kämen wir also hin, wenn wir die Jungen nicht jährlich im Frühjahr dezimieren würden?«

Er spreizte sämtliche Finger an seinen Pratzen und hob sie in die Höhe.

»Aber wenn Sie sie derart gründlich dezimieren, wissen Sie, was dann passiert?« fragte Renée. »Dann brüten die noch einmal, und zwar im Herbst.«

Gibet betrachtete sie überrascht. Er hatte sentimentale Argumente erwartet.

»Reden Sie jetzt vom Mont Chaste?« fragte er. »Da haben wir folgendes überlegt: Man müßte die alten Bäume kappen, sie bis auf Feuerwehrleiterlänge absägen, und dann jedes Jahr im Frühjahr die Nester zerstören. Dies zwei, drei Jahre lang, dann kriegen wir sie weg. Im Moment liegen die Nester so hoch, daß man nicht drankommt.«

»Aber«, sagte Renée entsetzt, »die Krähen stören doch keinen. Jedenfalls mich nicht.«

»Und das Geschrei?«

»Ihr normales Geschrei stört überhaupt nicht. Nur wenn geschossen wird, dann sind sie tagelang unruhig und rufen ihre toten Jungen.«

Also doch sentimental, dachte Gibet.

»Na ja, das Ganze geht vom Krankenhaus aus. Ich habe damit überhaupt nichts zu tun«, sagte er galant. »Der Direktor beantragt jedes Jahr beim Präfekten die Krähenjagd, und der beauftragt die Jäger von der Forstverwaltung.«

»Jäger?« sagte Renée geringschätzig. »Schöne Jagd. Auf Wehrlose. Ich würde es eher ein Abschlachten nennen.«

»Ah, sagen Sie das nicht unseren Jägern!«

»Das hab ich ihnen schon gesagt. Jedes Jahr im Mai dasselbe. Ich weiß, daß alles legal ist und von oberster Stelle angeordnet, aber deshalb habe ich sozusagen privat eine Methode entwickelt, um die Jäger zu verjagen.«

Gibets Wohlwollen schwand ein wenig.

»Die tun auch nur ihre Arbeit.«

»Ja, und ich nenne diese Arbeit beim Namen. Das vermiest sie ihnen. Ein Jäger hat mir letztes Jahr gesagt, wie sehr er sich schon auf seine Versetzung freut, und der diesjährige sagte, er würde viel lieber im Büro sitzen und Schreibmaschine schreiben. Sie finden es selbst eine schmutzige Arbeit, und ich helfe ihnen dabei.«

Na warte, wenn ich dich mal kriege, dachte Gibet.

»Ich sage denen einfach,« – Renée ließ jedes Wort lustvoll aus dem Mund fallen – »was ihr macht, ist keine Jagd, sondern Abschlachten, und wenn ihr es auf Befehl tut, dann ist es eben Abschlachten auf Befehl! Die Jäger mögen gar nicht, wenn man so zu ihnen redet. Komisch, nicht? Meist gehen sie dann weg.«

»Das gereicht Ihnen ja sehr zur Ehre«, sagte Gibet sarkastisch, »aber irgendwie erinnern Sie mich an die Tierschützer, die selber gerne Steak essen. *Sie* profitieren auch davon, daß wir in der Natur für Ordnung sorgen.«

Heuchler, dachte Renée.

Hysterische Glucke, dachte Gibet.

Nachdem sie sich dergestalt ausgesprochen hatten, lächelten sie sich wieder freundlich zu.

»Wenn Sie sonst mal ein Problem haben, kommen Sie jederzeit zu mir«, sagte Gibet wohlwollend.

»Oh«, sagte Renée mit Wärme. »Dies zu wissen ist für mich sehr beruhigend.«

Schlange, dachte Gibet munter, als er das Gebäude verließ.

»Reptil«, murmelte Renée und ging ins Lehrerzimmer.

»Was wollte der alte Gibet? Ich habe ihn gerade rausgehen sehen.«

»Weiß ich nicht«, sagte ein verschlafener Kollege, gähnte und hielt sich an seiner Kaffeetasse fest. »Er hat eine halbe Stunde mit dem Direktor geredet. Ach so, ja, es geht um die Gedenkfeier am 3. August. Er will, daß die Schule geschlossen auf den Berg fährt.«

»Was?« schrie Renée. »Warum? Es ist doch kein rundes Jubiläum? Und wir waren doch noch nie dabei!«

Sie schaute auf den Kalender. »Und auch noch ein Sonntag! Nein, das kann er nicht von mir verlangen. Ich werde meine Schicht so legen, daß ich an diesem Tag Urlaub habe.«

»Nun reg dich doch nicht so auf«, sagte der Kollege. »Betrachte es als Wandertag.«

»Ganz im Gegenteil«, sagte Renée. »Ich werde meinen Jahresurlaub nehmen, und zwar am 1. August!«

»Ach ja, der Direktor wollte dich sprechen«, gähnte der Kollege. »Mein Gott, heute nacht haben meine Schüler die ganze Zeit randaliert. Ich möchte am liebsten ins Bett.«

Renée rannte in das Zimmer des Direktors, der darüber erschrak. Hinterhältiges Luder, dachte sie, aber sie meinte Gibet.

»Was sind denn das für neue Methoden?« fragte sie empört. »Sind wir vielleicht Claqueure für einen gewissen Bürgermeister und seine großartige Feier auf dem Widerstandsberg?«

»Mademoiselle Pasteur!« rief der Direktor, ein nicht unflexibel wirkender Mittvierziger.

»Jetzt will ich Ihnen mal was sagen«, sagte Renée, »ich sehe nicht ein, warum ich mit meinen Schwererziehbaren den 42. Jahrestag irgendeiner Schlacht mitfeiern soll, bei der bekanntlich durch die Schuld der Maquisards fünf Bauern getötet und ein ganzes Bergdorf in Schutt und Asche gelegt wurde.«

»Mademoiselle Pasteur!« schrie der Direktor gequält. »Wo haben Sie das her?«

»Das habe ich natürlich nicht aus der Lokalpresse. Unsere Zeitungen sind nicht in der Lage, einen Reporter zu den Überlebenden zu schicken.«

»Ich habe Sie rufen lassen«, sagte der Direktor würdevoll, »wegen einer… ganz anderen Sache.«

»Ach so?«

»Die Geschäftsleute.«

»Die Geschäftsleute?«

»Die Geschäftsleute von St-Sauveur haben sich wieder beim Bürgermeister beschwert. Unsere Schüler klauen. Klauen schamlos wie die Raben.«

Renée versuchte, sich an den letzten Ladendiebstahl zu erinnern.

»Aber das habe ich doch geregelt«, sagte sie verblüfft. »War denn seither schon wieder etwas?«

»Geregelt?«

»Gestern früh, im Autozubehörladen.«

»Aber Sie tun ja gerade, als wäre damit alles wieder gut! Unser Feind ist die Kriminalität!«

»Warum attackieren Sie dann mich?«

»Weil es dem Ruf unserer Schule schadet, wenn die Schüler in die Läden gehen und klauen.«

»Mein Gott, ein Fühlermaß! Camille hat ein Fühlermaß gestohlen, für seine Ausbildung! Er ist ein begeisterter Mechaniker. Er hätte ja auch eine Pornokassette stehlen können.«

»Nicht im Autozubehörladen.«

»Nein, da natürlich nicht.«

»Und Sie sind wieder hingefahren und haben die gestohlene Ware für ihn bezahlt.«

»Ja. Es kostete soviel wie eine Packung Zigaretten. Wirklich ...«

»Es geht ums Prinzip.«

»Natürlich. Es geht ums Prinzip.«

»Im übrigen«, fing der Direktor nach einer Weile wieder an, »stiehlt er dann das nächste Mal einen Mikrometer. Oder einen teuren Chip. Alles für die Ausbildung.«

Renée verdrehte die Augen.

»Das weiß ich ja«, sagte sie. »Nur – Camille wollte das Ding kaufen. Aber er hatte sein Taschengeld hier liegenlassen. Er wollte nicht eine ganze Woche warten, bis er wieder Ausgang hatte. Er hätte das Geld schon hingebracht.«

»Das sagt *er*. Glauben Sie das?«

»Ja.«

»Na schön. Warum lassen die doch zufällig immer ihr Taschengeld hier liegen. Aber etwas anderes. Die Feier am 3. August, also die diesjährige Feier, soll etwas Besonderes werden. Unser Bürgermeister wird siebzig, und ich glaube – er machte so eine Andeutung –, er erwartet eine besondere Auszeichnung. Es wäre schön, wenn man etwas einstudieren könnte. Ein Lied oder so. Irgend etwas Feierliches, dem Anlaß Angemessenes.«

Einstudieren will ich es gern, dachte Renée. Aufführen nicht.

»Es wird ein schöner Tag«, sagte der Direktor und schaute durch sein Fenster auf den sumpfigen Weiher und den Parkplatz daneben. Die externen Lehrer stiegen aus ihren Autos.

Noch vier Stunden, dachte Renée, dann habe ich frei.

»Minotaurus«, sagte sie plötzlich, »war doch ein Tier, nicht?«

»Das war ein wilder Stier, ein Ungeheuer – warum?«

»Und die Sage berichtet, daß die Athener jedes Jahr einen Tribut zahlen mußten, sieben Söhne und sieben Töchter?«

»Das ist richtig.«

»Also, die Menschen mußten jedes Jahr ein paar von ihren Kindern opfern, für ein grausames Tier?«

»Worauf wollen Sie hinaus?«

»Darauf, daß es in Wirklichkeit genau umgekehrt ist. Jedes Jahr dezimieren Menschen die Tiere. Auf der Jagd, beim Angeln, beim Krähenschießen. Da schießen sie gezielt einen Teil von den Tierkindern ab. Aber erzählt wird es anders herum. Das böse grausame Tier gegen die hilflosen armen Menschen. Als Kind hab ich diese Lügen sogar geglaubt.«

»Ah! Wenn das das Problem ist… Es gibt so viele andere Fabeln, in denen Menschen Menschen abschlachten.«

»Das ist wahr«, sagte Renée. »Mir fiel nur auf… je extremer die Wahrheit verdreht wird, desto glaubhafter wird die Lüge. Das ist doch komisch, oder nicht? Man kann jede Spur perfekt damit verwischen.«

Der Direktor nahm seine Jacke vom Stuhl.

»Es wird Zeit für den Unterricht.«

»O ja, noch etwas... meinen Urlaub, kann ich ihn dieses Jahr im August nehmen?«

»Natürlich... Tragen Sie sich gelegentlich ins Heft ein.«

Vier Stunden später fuhr Renée durch die Gegend. Ein wenig ziellos, aber nicht planlos. Sie vermied Parisey, Lataine und das Römerlager und fuhr mit dem roten Auto durch die Pappel- und Birkenwäldchen rund um die Kiesseen. *Baden verboten*, stand überall an den bröckelnden Ufern. Das milchigblaue Wasser war auch nicht besonders einladend. Ab und zu saßen Angler auf zierlich gekreuzten Feldstühlchen und hielten ihre Schnüre ins Wasser.

Renée holperte auf Erdpisten und Kieswegen herum, bog ab und zu in eine Asphaltstraße ein, auf der ihr ein schwerbeladener Lastwagen entgegenkam, fuhr an kilometerlangen Förderbändern vorbei, die in regelmäßigen Abständen von wackligen hölzernen Türmen unterbrochen wurden, an denen die meisten Latten fehlten. Eine Mondlandschaft war das. Aber nicht unschön, fand Renée. Vor allem zu ihrer Geistesverfassung passend. Tiefe Krater wechselten mit zerklüfteten Sandhalden und Kiesbergen. Wie ein verstaubter Traum tauchte ab und zu ein Kieswerk oder ein Zementwerk an ihrer Seite auf – graue Visionen, unwirklich. In der Ferne sah sie die Heidelandschaft des Truppenübungsplatzes, dahinter die blauen Zacken der Berge.

Was soll ich tun, dachte sie. Sie hatte Andrés Traumsatz im Ohr: Wenn du mich sehen willst, mußt du kommen. Jetzt! Oder so ähnlich.

Aber sie konnte es nicht tun. Ihr Stolz war viel zu groß. Angestrengt schaute sie durch die Frontscheibe auf die unebene Piste. Sie war froh, daß Staubwolken sie einhüllten und fette Pfützen unter ihren Rädern schmatzten. Der Schlamm klatschte auf die Seitenbleche. So hab ich wenigstens nachher was zu putzen, dachte sie grimmig.

Jedesmal, wenn sie ihren Stolz endlich überwunden hatte – damals schon und heute wieder –, verlangte sie ihrerseits von André irgendein Opfer, ein Ding der Unmöglichkeit, etwas Absurdes, gerade so, als wolle sie ganz sichergehen, daß er... ja, was? Sich nicht über sie lustig machte? Sie ernst nahm, respektierte, fürchtete? Sie nicht als kleine Verräterstochter behandelte und bequem in die Tasche steckte? Immer dieses Mißtrauen! Auch heute wieder. Der Traum hatte es ihr gezeigt: Ich komme nur, wenn du deinen Flug verschiebst. Also wieder eine Bedingung. Und eine lästige dazu.

So war das die ganze Zeit gegangen. Hin – her, hin – her. Nicht gleich von Anfang an, aber Anfänge waren ja immer leicht und scheinbar unbelastet. Ich kann so gut verstehen, daß er sich jemand Unbedarftes holt, dachte Renée – vorausgesetzt, dieses Mädchen ist wirklich unbedarft (Warum sollte sie eigentlich unbedarft sein, überlegte sie dann zwischen Klammern, das ist wieder nur unser typischer Hochmut gegenüber den Entwicklungsländern.)

Nun, jedenfalls jemanden, der von unserem nationalen Mief nicht belastet ist und höchstens seine eigenen Probleme hat, die uns nicht weh tun. Dabei darf ich ihn eigentlich nicht stören.

Andererseits... warum fahre ich nicht einfach vorbei und sage: Hallo, wie geht's, nett, euch zu sehen, kommt mal vorbei und trinkt einen Kaffee bei mir? Ja, das ist mir natürlich wieder zu wenig, scheint mir. Offenbar will ich noch irgend etwas aus ihm herauspressen, eine Endabrechnung, ein Eingeständnis von seiner Seite – Renée, ich habe alles falsch gemacht, laß uns noch einmal von vorne anfangen, hier, hier in Parisey, damit alle sehen, daß ich dich niemals verachtet habe und niemals davon ausging, du seist weniger wert als ich.

Renée legte den falschen Gang ein, worauf der Motor aufjaulte. Sie schimpfte sich selbst eine Idiotin, wendete den Wagen und fuhr Richtung Stadt.

Einmal muß doch Schluß sein, dachte sie. Schluß, aus, vorbei. Ich habe kein Recht, ihn zu stören, er mich allerdings auch nicht. Aber das tut er auch nicht. Er hält sich zurück, war ganz förmlich. Obwohl, dieser eine Blick auf dem Friedhof... Wie soll man Blicke interpretieren? Woher kann man wissen, daß das, was man aus ihnen herausliest, auch darin geschrieben steht?

Ich möchte neu anfangen, dachte sie gequält. Ich bin einundvierzig. Über die Hälfte meines Lebens ist vorbei. In ein paar Tagen ist André wieder für lange Zeit verschwunden, vielleicht für immer, ich könnte frei sein. Das wäre die letzte Chance. Ich schreibe ihm diese Gedanken einfach auf ein Blatt Papier und ziehe einen Strich drunter.

Ohne es zu merken, fuhr sie schon durch die Straße der zwei Bürgermeister. Einen Strich!, wiederholte sie ganz euphorisch. Ich mache Schluß, mache einen Schnitt, ziehe einen Strich. Ich selbst habe es ja in der Hand, ich ganz allein. Sie bremste vor ihrer Einfahrt und warf einen Blick in den Garten. An den Dieb! Die Vergangenheit ist tot. Ebenso wenig, wie der mir meine Kröte zurückbringt, gibt mir jemand die verlorene Zeit zurück. Ich selber beginne im Jahr römisch eins, mal sehen, wie alt ich noch werde!

Mit Schwung fuhr sie die kurze Auffahrt bis zu ihrem Haus hinauf und parkte neben der leeren Hundehütte.

Dann ging sie die paar Schritte zurück zum Briefkasten. Sie holte die Post heraus. Es waren zwei Rechnungen und zwei Briefe. Der eine Brief war unfrankiert und in einer altmodischen Handschrift an sie adressiert. Jemand hatte ihn persönlich eingeworfen. Der andere Brief in einem blaßgelben Kuvert war von André.

11

Lorain war schon den zweiten Tag im Krankenhaus. Yvonne nutzte die Gelegenheit zu einem Frühjahrsputz in seinem Haus. Christophe war mitgekommen, aber er nieste und prustete. Seit ein paar Jahren hatte er im Frühjahr Heuschnupfen oder eine Hausstauballergie oder etwas Ähnliches.

»Ehrlich gesagt, sehe ich nicht ein, warum wir Madame Grosmougin für diese zwei Tage bezahlen sollen«, begann Yvonne, während sie Lorains Bett überzog. »Sie putzt nicht gründlich, und außerdem hat sie überall herumerzählt, daß er nur noch mit der Axt unterm Bett schläft.«

»Und?« fragte Christophe. »Stimmt das?«

Yvonne schaute unter das Bett.

»Ich kann nichts sehen«, sagte sie.

Christophe kniete an der anderen Seite nieder und schaute drunter.

»All diese Pappschachteln«, murmelte er. »Was hebt er bloß darin auf?«

»Die Vergangenheit«, scherzte Yvonne. »Liebesbriefe.« Sie strich das Bett glatt und öffnete das Fenster.

»In den Wäldern muß es jetzt herrlich sein«, sagte sie sehnsüchtig. »Früher sind wir oft mit dem Fahrrad gefahren, weißt du noch?«

»Wenn da eine Axt ist, klemmt sie irgendwo zwischen

den Pappschachteln«, sagte Christophe. »Ich könnte natürlich versuchen... mit dem Besen...«

Er angelte sich den Besen, drehte ihn um und fuhr mit dem Stiel flach über die Kartons.

»So wirst du deine Allergie bestimmt nicht los«, sagte Yvonne. »Geh lieber an die frische Luft.«

»Ich weiß allmählich nicht mehr, wo ich bleiben soll«, beschwerte sich Christophe. »Wenn ich nach draußen gehe, ist es genauso schlimm, oder sogar schlimmer, solange die Pollen fliegen.«

»Dann setz dich in sein Arbeitszimmer. Dort hab ich schon geputzt und staubgesaugt.«

Christophe ging gehorsam nach unten. Die Eichenholztreppe glänzte, durch das bunte Glasfenster kam ein mattgrüner Schein. Lorains Arbeitszimmer war ein sonniger Raum, mit Fenstern übereck nach Südosten. Groß war es nicht, aber angenehm. Vor dem östlichen Fenster stand ein Sofa, auf dem Christophes Mutter zum Schluß viel gelegen hatte, im Jahr vor ihrem Tod hatte sie dort sogar geschlafen. Sie konnte von hier aus den Briefträger an der Einfahrt vorbeifahren sehen, sie sah ihre Rosenhecke und die große Gebirgskiefer, die sommers und winters ein Rasenstück beschattete und mit Zapfen bewarf.

Christophe erkannte an den frischgeputzten Scheiben schon wieder die ersten Körnchen – Pollen. Sie waren mikroskopisch klein, hatten aber in seinen Augen die Dimension von Glasmurmeln angenommen und wuchsen immer weiter. In der Morgensonne konnte er sehen, daß die Kiefer, die wie ein dunkler Riesenweihnachtsbaum auf dem Rasen stand, bei jedem Windhauch gelbe Fähnchen aus ihren Kerzen sandte, kleine Stoßgebete, Weihrauchschwaden einer alten Naturreligion, aber Christophe starrte nur durch die Scheibe und dachte erbittert: Dort drüben steht er, an den Scheiben klebt er – mein Feind. Anfangs hatte er noch Vitamintabletten geschluckt, als er seinen Heuschnupfen für Erkältung hielt, aber die Pillen nützten nichts, und er setzte sie wieder ab.

Noch vor wenigen Jahren hatte seine Mutter hier oft gelegen, sein Vater im Sessel gegenüber gesessen und die Zeitung gelesen. Leider sah man aus dem Fenster ganz genau, wer gerade sein Auto für einen Augenblick oder eine Viertelstunde in der breiten Einfahrt abstellte. Das hatte seine Mutter immer fürchterlich aufgebracht, es war der Nachteil dieses Plätzchens gewesen. Obwohl ihre Lastwagen schon lange nicht mehr aus- und einfuhren, obwohl niemand mehr mit seinem Auto die Familie Lorain blockierte, war sie jedesmal so schnell hinausgerannt, wie ihre Hüften sie noch trugen, und hatte vor dem siebzig Meter entfernten Portal einen Krawall aufgeführt, den man vom Haus aus pantomimisch wahrnehmen konnte. Öffnete man das Fenster, konnte man ihn allerdings auch hören.

Christophe dachte darüber nach, warum die fremden Autos seine Mutter so geärgert hatten. Er selber war ein großer Autonarr, aber die Familie zerfiel bei diesem Thema in zwei Teile. Der alte Lorain und Sylvie verstanden überhaupt nichts von Autos und verachteten sie deshalb. Eine Ausnahme machten die beiden nur bei dem nach Christophes Meinung höchst kitschigen, sentimentalen 2 CV, der so primitiv war, daß Sylvie einmal ohne weitere Vorkenntnisse mutterseelenallein im Massif Central mit Erfolg die Benzinpumpe repariert hatte, eine automechanische Sternstunde auf der Landstraße, freilich eine erzwungene. Er selbst und seine Mutter liebten Autos und wußten alles drüber. Bei ihm ging es mehr in Richtung Oldtimer und Sportwagen, bei ihr war es die handfeste Leidenschaft für große Transporter, für Lastwagen und Möbelwagen.

Natürlich konnte er diese Passion gut verstehen. Die Lastwagen waren wie gute Arbeitspferdchen gewesen, die geackert und geschleppt hatten und den ganzen Krieg hindurch gefahren waren – mit Holzvergaser.

Lorain war damals noch nicht viel mehr gewesen als ein junger Ingenieur, der die Gegend elektrifizierte und Strommasten und Leitungen bis in die hintersten Vogesentäler vorschob. Von seinem Geld allein hätten sie schwerlich das schöne Haus bauen können, in dem Christophe nun saß, weil Yvonne oben putzte und weil er irgend etwas suchen mußte, was ihm aber momentan entfallen war. Nein, es waren die Autos gewesen, die seiner Mutter und der ganzen Familie das Überleben gesichert hatten. Sie hatten dafür gesorgt, daß das Haus solide gebaut wurde, *wie für die Ewigkeit*, sagten sie immer scherzhaft, und die Autos hatten die Familie damals in den Wäldern ernährt und sicher noch mehr Menschen dazu. Transporte brauchte man immer, Transporte waren die krisensicherste Unternehmung, Transporte gab es schon bei den alten Ägyptern, und sie warfen immer etwas ab, sogar dann, wenn man selbst untergetaucht war. Christophe fand die Verachtung des schöngeistigen Teils der

Familie für das Auto als Transportmittel sehr unangebracht.

Aber was suchte er eigentlich? Yvonne hatte ihm doch einen Auftrag gegeben. Gute Frage! Er dachte eine Zeitlang darüber nach, es wollte ihm nicht einfallen. Manchmal wußte der Körper es besser als der Kopf. Er stand auf und ging durchs Zimmer hinaus auf den Flur, marschierte dort zweimal auf und ab und kam anschließend ganz konzentriert und aufmerksam wieder herein. Sein Körper lenkte ihn zum Zeitungsständer. Ah, das war es! Er suchte die Ausgabe des Amtsblattes, die sein Vater kurz vor der Krankheit noch gelesen hatte.

Er zog den kleinen Stapel heraus und entdeckte eine Nummer von Anfang Mai, ordentlich zusammengefaltet. Das Amtsblatt kam immer mit der Post. Sein Vater holte ihn mittags aus dem Briefkasten und las es sofort. Das waren so seine Gewohnheiten.

Christophe konnte sich nichts Langweiligeres vorstellen als die Lektüre des Amtsblattes. Nun ja, jedem das Seine. Gehorsam, aber ungeübt überflog er sämtliche Gesetzesnovellen. Was für ein Zeug! Yvonne, die sich in ihren Schwiegervater immer so gut einfühlen konnte, hatte behauptet, es sei eine vitale Aufregung gewesen, »eine Kränkung vielleicht«, die ihn so aus der Fassung gebracht hatte, bis in seinen Stoffwechsel hinein.

War vielleicht einer seiner alten Freunde gestorben? Christophe schaute hinten bei den Todesanzeigen nach. *Hatte* sein Vater überhaupt noch Freunde in Paris, oder waren die alle schon tot? Christophe hing wieder seinen Gedanken nach. Kaum war sein Vater ein paar Tage aus dem Haus, wurde seine, Christophes, Kindheit springlebendig.

Als Christophe sechs Jahre alt gewesen war, schrieb sein Vater an einem Buch mit dem sonderbaren Titel »Kriegstagebuch«. Die ganze Familie hatte Korrektur lesen dürfen, und wer einen Fehler fand, bekam zehn Centimes. Natürlich heimste Sylvie die meisten Geldstücke ein, sie war damals schon zehn Jahre und sehr ehrgeizig. Christophe erinnerte sich noch gut an die euphorische Stimmung, die damals, 1946 oder so, im ganzen Haus geherrscht hatte. Alles hatte etwas Sonntägliches, war blank und großartig, verheißungsvoll und schön.

Sie waren sich so unendlich wichtig vorgekommen, die Familie Lorain in Parisey. Wie zur Bestätigung entdeckte Sylvie im neuen Schulatlas, der gerade herausgekommen war, eine topographische Karte von ihrer kleinen Stadt.

»Maman! Maman! Wir sind im Weltatlas!« Die Eltern hatten es zunächst nicht glauben wollen. Was! Von zehntausend französischen Kleinstädten ausgerechnet Parisey im Großen Atlas? Mit einem eigenen Stadtplan? Genau wie Paris? Um den Meßblatt-Maßstab zu illustrieren? »Aber dann müßte unser Haus ja drauf sein!« Christophe erinnerte sich nicht mehr, wer zuerst auf die Idee gekommen war. Wahrscheinlich seine Mutter. Alles war möglich, alles deutete darauf hin, daß die Familie Lorain eine auserwählte Familie war. Seine Eltern hatten alles richtig gemacht, der Krieg war gewonnen, sie waren *gut* gewesen, und deshalb ging es ihnen jetzt entsprechend gut. Dies war der große Zusammenhang.

Sylvie war mit einer Stecknadel angekommen, um das

Lorainsche Haus auf der ersten Seite des Großen Atlas zu durchstechen, damit man es leichter finden konnte – man mußte die Seite dann nur gegen das Licht halten. Tatsächlich hatten sie die nahe Bahnlinie auf der Karte gefunden, dann den Mont Chaste, ohne Krankenhaus natürlich, das kam ja erst später, dann die Hauptstraße mit den Kasernen, davon abzweigend die Rue St-Sauveur, kein Zweifel, alles war vollständig eingetragen mit vielen schwarzen Blöckchen, und an der fraglichen Stelle in der Rue St-Sauveur stand, etwas zurückgesetzt von der Straße, ein schwarzes Blöckchen, das Sylvie ohne weiteres anpiekste, obwohl es möglicherweise nicht ihr Haus war, sondern das Bauernhaus der Pasteurs. – Und es war das Bauernhaus der Pasteurs.

Topographische Karten, so belehrte ihr Vater sie zu ihrer herben Enttäuschung, hatten meist ein gewisses Alter. Deshalb sei ihr schönes neues, erst drei Jahre altes Haus noch gar nicht drauf. Wohl das alte Bauernhaus daneben, das schon so lange stand. Zum Beweis führte er an, daß auch das Ausgedingehäuschen der Pasteurs nicht zu sehen war – schade! Da war man fast im Atlas, und dann waren es doch die Nachbarn. Christophe und seine Eltern waren nicht abgeneigt gewesen, ihr Haus einfach mit Bleistift dazuzumalen, aber Sylvie schmollte und ärgerte sich, denn mit einem Bleistiftblöckchen konnte sie in der Klasse nicht angeben. »Diese blöden Pasteurs!« rief sie mißvergnügt. »Und es waren auch noch *Collabos*! Man sollte sie aus dem Atlas streichen!«

Christophe lächelte, als er an diese kleinen Aufregungen dachte, die sich ihm so ins Gehirn gebrannt hatten.

Seither war genaugenommen alles nur schlechter geworden. Langsam und schleichend, aber sicher. Oder etwa nicht? Die Stimmung. Die Zuversicht. Das Selbstvertrauen. Christophe nieste zweimal, daß ihm fast das Gehirn wegflog, und grübelte.

Er nahm das Amtsblatt wieder vor und las die Ernennungen. Er schnüffelte an der Druckerschwärze, die nur noch schwach duftete, und überlegte, ob seine Allergie vielleicht von Druckerschwärze verstärkt wurde. Dann starrte er eine Zeitlang halbblind nach draußen, bis er seine Augen wieder einigermaßen öffnen konnte. Es war Unsinn, auf eine einzelne Gebirgskiefer im Garten böse zu sein, wenn der Wind gleichzeitig Milliarden anderer Pollen aus den Bergen herunterfegte, so daß das ganze Land mit dicken gelben Lagen bedeckt wurde, die Hersteller von Mikrochips an Alpträumen litten, die Menschen ständig die Frontscheiben ihrer Autos abwischten und schweres Bronchialasthma bekamen. Vielleicht war sein Vater überhaupt nur wegen der Pollen kollabiert. Alte Menschen hatten ein geschwächtes Abwehrsystem, und wenn er selbst mit sechsundvierzig schon solche Schwierigkeiten hatte, warum sein Vater dann nicht mit zweiundachtzig.

Vorgeschlagen für das Kreuz der Ehrenlegion, las Christophe nun, *Amoureux, Guillaume, ehem. Capitaine, Chef de Section, geboren 1910... Berton, Pierre, ehem. Lieutenant, Sous-Chef, geboren 1912... Casarès, Jean-Claude, ehem. Médecin-Colonel, geboren 1908...*

Christophe hob unwillkürlich den Kopf. Sein Vater war auch Capitaine und Chef de Section gewesen. Ein

Dienstgrad, auf den man als Junge stolz war. Daniel war heute noch stolz darauf, und dabei war er nur der Enkel. Wo bewahrte sein Vater eigentlich die Orden auf? Das erschien ihm plötzlich eine wichtige Frage. Etwa acht- bis zehnmal pro Jahr sah Christophe seinen Vater in vollem Ornat, es gab so viele Gedenktage zu feiern, aber wo waren die Orden, wenn er sie nicht anhatte?

Er betrachtete Lorains Schreibtisch. In der verschlossenen Schublade? Oder im nicht mehr verschließbaren Wandsafe? Oder oben im Wäscheschrank?

Christophe stand auf und vertrat sich die Beine. Yvonne war mit dem Schlafzimmer fertig und kam ihm auf der Treppe entgegen.

»Hier, ich habe die Axt gefunden«, sagte sie lächelnd. Sie öffnete ihre Hand. Darin lag ein Schweizer Messer.

»In seinem Nachttisch. Da siehst du mal, wie die Leute übertreiben. Sie reden von einer Axt und meinen in Wirklichkeit eine Nagelfeile.«

»Was willst du damit machen?«

»Ich bringe es ihm ins Krankenhaus. Er schält doch so gerne Äpfel.«

»Hör mal, weißt du eigentlich, wo er seine Orden aufhebt? Das Kreuz der Ehrenlegion und so?«

»Das Kreuz der Ehrenlegion? Das hat er nicht. Er hat die Kriegsmedaille und die Widerstandsmedaille – und die Tapferkeitsmedaille. Aber das Kreuz der Ehrenlegion? Das ist sehr begehrt. Nicht jeder kriegt es, o nein.«

»Ach«, sagte Christophe, »komisch.«

»Was ist komisch?«

»Ich dachte, er hätte es. Aber wenn er es nicht hat, dann

hat er sich vielleicht geärgert, daß er es nicht bekommen hat. Vorgestern meine ich.«

»Wieso? Stand es denn zur Debatte?«

Christophe hielt ihr das Amtsblatt hin.

Yvonne überflog die Liste. »Kein Lorain dabei, nein. Aber glaubst du, daß er es erwartet hat? Dafür muß man doch vorgeschlagen sein. Das weiß man dann schon im voraus.«

Yvonne las die Liste noch einmal und schrie auf.

»Was ist los? Was hast du?«

»Hier«, rief sie. »Du hast etwas übersehen! Da steht: *Kreuz der Ehrenlegion, militärische Abteilung: Gibet, Marcel, ehemaliger Sous-Lieutenant, geboren 1916...* ausgerechnet der! Ausgerechnet Gibet!«

»Sein Untergebener.«

»Ja. Sein Untergebener! Der bei allen Feierlichkeiten breitbeinig und mit vorgeschobener Unterlippe in der ersten Reihe steht! Der hier noch den Großen Max gespielt hat, bei unserem Essen für Delmont, weißt du noch? *Das echte Lothringer Kreuz, Señorita, habe ich! Dies ist nur ein Teppichmuster!* – Das ist ja allerhand. Unser ehrenwerter Bürgermeister von St-Sauveur soll also das Kreuz bekommen.«

»Und mein Vater nicht.«

»Nein.«

»Also, das hat ihn gewurmt«, sagte Christophe. »Daß Gibet das Ding bekommt.«

»Gewurmt?«

»Geärgert.«

»Geärgert?«

»Verletzt...«

»Aber – an wen hat er daraufhin diesen Brief geschrieben, und warum?«

»Ach, der Brief – das hast du vielleicht nur geträumt, Yvonne. Er selbst wußte ja nichts mehr davon!«

»Das passiert nach dem Koma ziemlich häufig. Man erinnert sich gerade an das, was man unmittelbar vorher getan hat, nicht mehr.«

»Was willst du tun? Mit ihm drüber reden?«

»Ich weiß es nicht. Es könnte ihm weh tun. Ich denke, ich werde abwarten. Vielleicht kommt er selber drauf zu sprechen. Sonst nicht.«

»Ausgerechnet dieser Prolet«, murmelte Christophe. »Als er hier war, hat er es natürlich schon gewußt. Du sagst doch, daß die Vorgeschlagenen es vorher wissen.«

»Natürlich.«

»Aber sie wissen nicht, wer außer ihnen noch vorgeschlagen wird.«

»Nein, vermutlich nicht. Bis es im Amtsblatt steht.«

»Dann wollte Gibet vielleicht herausfinden, ob mein Vater es auch bekommt. Er hat ihn mit dem Glasfenster provoziert und dann gemerkt, nein, da ist nichts zu befürchten.«

»Wieso mit dem Glasfenster?«

»Na ja... das Kreuz, diese alte Kreuzgeschichte...«

Christophe wurde plötzlich feuerrot.

»Du hast doch selbst gesagt, daß das Muster kein richtiges Lothringer Kreuz sei.«

Komisch, dachte er, warum werde ich dabei immer

noch rot. Bei den albernsten Sachen wird man rot, obwohl man ihnen keine Bedeutung mehr beimißt.

»Und weißt du was«, fuhr er unbehaglich fort, »ich glaube, diese ganze Szene hab ich schon einmal erlebt. Ich erinnere mich jetzt. Es war in den fünfziger Jahren, kurz nach dem Krieg. Gibet kam ein einziges Mal zu uns nach Hause. Ich dachte, aha, jetzt werden sich die alten Kämpfer gleich in die Arme sinken und sich küssen. Und dann merkte ich, daß sie sich spinnefeind waren. Gibet stand hier unten in der Halle, schaute hinauf und machte einen Witz über das Glasfenster.«

Er warf einen raschen Blick ins Treppenhaus.

»Er sagte: ›Tja, mein Lieber, komm mal bei uns an der Kirche vorbei, dann merkst du, wie so ein Ding aussehen muß.‹ Und mein Vater sagte hinterher zu mir: ›Weißt du, dieser Gibet... Er ist ja nur ein Gauner, und ein Atheist dazu, aber damals – damals waren wir froh über jeden Überläufer.‹«

Yvonne schaute Christophe bestürzt an.

»Also, dann ging es zwischen den beiden die ganze Zeit um dieses... dieses unselige Kreuz! Wer hat das größere, bessere... Und der Kampf war bisher unentschieden. Gibet hatte das größere, aber erst nach dem Krieg... Dein Vater hatte das gefährlichere, aber letztlich verharmlost zu einem Muster... Und jetzt...«

Die beiden sahen sich an.

Jetzt hat Gibet gewonnen, dachten sie beide. Und: Manchmal sind die Verbündeten die schlimmsten Feinde. Sie erinnern an die eigenen Schwächen.

Nach einer Weile riß Yvonne Christophe das Amtsblatt wieder aus der Hand, das er an sich genommen hatte.

»Wann wird es verliehen?« fragte sie.

»Verliehen? Ich denke, es ist schon verliehen.«

»Nein, die Betreffenden sind nur nominiert. Vorgeschlagen! Verliehen wird es meist bei einer kleinen Feier.« Sie fuhr mit dem Finger die Spalte hinunter.

»Aha! Hier. Verliehen wird es – du liebe Zeit! *Im Rahmen der Gedenkfeier zum 3. August auf dem Mont de Terny.* Bei Gibets Feier also. Auf dem Berg.«

»Eigentlich war das mal die Feier meines Vaters«, sagte Christophe eifersüchtig. »Er war immerhin der Chef dieses Maquis.«

»Drei Monate noch«, überlegte Yvonne. »Was könnte man in der Zwischenzeit tun?«

»Hör mal«, begann Christophe wieder. »Bist du ganz sicher, daß er dieses Dingsbums nicht schon in seiner Sammlung hat?«

»Da bin ich ganz sicher.«

»Könnte er es in der Zwischenzeit noch bekommen?«

»Nein.«

»Und warum nicht?«

»Wer sollte ihn vorschlagen? Er kennt doch kaum noch Leute in Paris. Seine Freunde sind längst tot. Gibet natürlich, der ist politisch aktiv, zehn Jahre jünger, gerissen, skrupellos – der hat sich das selbst zu verdanken, glaub mir. Dein Vater würde so etwas nie tun.«

Christophe sah das ein.

»Die Vorstellung, daß Gibet am 3. August bei der Feier mit dem Ding auf der Brust herumstolziert... vor allen

Leuten ... vor der Presse ...« Yvonne schüttelte sich. »Daß er deinem Vater gönnerhaft die Hand drückt ... ›Na, Alter, haben sie dich in Paris wieder übergangen? Wie alt bist du jetzt? Achtzig? Na, da hast du noch Zeit ...‹«

»Dieses dumme Kreuz«, murmelte Christophe. Für ihn gehörten Orden zum Kitschkosmos. Nicht für die beiden alten Herren.

Yvonne und Christophe betrachteten das altmodische hohe Glasfenster im Treppenhaus. Es war aus weißen Mattglasquadraten aufgebaut, durch die ein grünlicher Schein fiel. Die Bäume dahinter sah man nicht, konnte sie nur ahnen. In der Mitte glühte tiefblau das Doppelkreuz. Es war ein magisches Blau. Marienblau, hatte Christophe einmal gehört. In den Ecken leuchteten vier blaurote Rosetten. Zusammen ergab dies die Farben der Trikolore.

»Er hat es im dritten Besatzungsjahr einbauen lassen«, sagte Christophe. »Die Nationalfarben waren damals nicht verboten. Aber zusammen mit dem offiziellen Zeichen des Widerstands ... Lange Zeit dachte ich, er habe für dieses Symbol Kopf und Kragen riskiert. Und dann kam Gibet und sagte: ›Es hat zu kurze Ärmchen.‹«

Yvonne sagte: »Sie sind gar nicht zu kurz. Sie sind nur gleich lang. Für ein echtes Lothringer Kreuz müßten die unteren Arme eben etwas länger sein als die oberen.«

»Das hab ich mir auch überlegt.« Christophe lachte wieder. »Stell dir vor, ich hab damals sogar heimlich ausgemessen, ob der Glaser, den mein Vater beschäftigte, rein technisch die unteren Arme hätte verlängern können. Es ist ja insgesamt nicht viel Platz da. Ein schmales hohes Fenster. Und weißt du, ich bin zu dem Schluß gekommen, durch die Asymmetrie wäre der ganze ästhetische Eindruck zerstört worden. Es hätte unharmonisch ausgesehen, und ich war mit meinem Vater wieder sehr zufrieden.«

»Dein Vater war schließlich nicht allein auf der Welt. Deine Mutter hing mit drin, und ihr, die Kinder...«

Die beiden gingen wieder in Lorains Schlafzimmer, als könnten sie dort die Lösung der Probleme finden.

Yvonne schaute aus dem Fenster.

»Eigentlich häßlich, das Bauernhaus«, sagte sie. »Die Fensterläden sind ganz verrostet. Es müßte mal gestrichen werden. Und Mademoiselle Pasteur im roten Trainingsanzug. Sie versucht, das hohe Gras zu mähen. Mein Gott, was für eine Energie!«

Christophe stellte sich ans Fenster.

»Mein Vater und ich hatten denselben Blick«, sagte er. »Mein Kinderzimmer war hier nebenan. Wir konnten sehen, wenn Judith Pasteur ihre Wäsche aufhängte oder die Hasen fütterte oder Heu machte. Schau mal, mit dem Elektromäher kommt Renée kaum durchs hohe Gras. Sie hüpft wie ein Springteufelchen. Ja, an den Außenanstrich denken diese Leute immer zuletzt. Zuerst kommt die Dachreparatur, und dann ist meist kein Geld mehr übrig.«

»Hattest du eigentlich mal was mit Mademoiselle Pasteur?« fragte Yvonne kühl. »Schließlich wart ihr ja Nachbarskinder!«

Christophe seufzte.

»Ach, weißt du, Nachbarn... Im Grund hab ich sie immer nur von hier oben gesehen. Wie ein Püppchen, ein kleines Spielzeug. Dort unten sieht man sich gar nicht, da ist die lange Mauer, auch wenn sie nicht besonders hoch ist. Das einzige, was mich mit ihr mal verbunden hat in der Zeit, da man anfängt, sich für das andere Geschlecht zu interessieren...«

»Ja?« sagte Yvonne aufmunternd.

Christophe seufzte wieder.

»Es ist zu blöd, wenn ich dir das erzähle...«

»Nur zu.«

»Also, die Lastwagen meiner Mutter... Sie kamen von der Straße auf unser Grundstück, bogen hier an der Hausecke ab und fuhren den langen Kiesweg hinunter bis dort zur Garage. Die Garage war gleichzeitig Werkstatt. Sie fuhren ziemlich häufig hin und her, damals bekam das Haus die feinen Haarrisse, vom Dach bis zum Keller, aber eine andere Zufahrt gab es nicht, und alles vibrierte. Na, wenn ich dann so auf meinem Bett lag und meine Autozeitschriften las, und das Haus fing an zu brummen und zu vibrieren und die Fensterscheiben klirrten, dann stellte ich mir vor, daß sie im Bauernhaus ebenfalls auf einer Couch lag und dasselbe Vibrieren spürte, wie ein kleines Erdbeben, nur eine Sekunde später. Und das war schon alles.«

Yvonne lächelte ein bißchen säuerlich und zog die Schultern hoch.

»Ich friere!« sagte sie, »ehrlich gesagt, ist es hier ohne Heizung noch immer sehr kalt, und die Sonne ist aus diesem Zimmer weg.«

Christophe öffnete beim Hinausgehen die Tür neben dem Schlafzimmer seines Vaters.

»Hier habe ich immer gut geschlafen. Dort steht mein

altes Kinderbett. Glaubst du, es nützt was, das Bett zu Hause in dieselbe Himmelsrichtung zu drehen?«

»Nützt was wogegen?«

Christophe zuckte mit den Achseln.

»Gegen alles«, sagte er.

12

Die Küche in Judiths Haus war nicht groß, aber sie wirkte geräumig. Ein Fenster ging auf die Straße. In der Mitte des quadratischen Raumes stand ein runder Tisch, um den man anders als im dunklen Salon sogar herumgehen konnte. Hier bereitete Judith jeden Abend *La Soupe*, wie man in Parisey sagte. Wobei Soupe nicht Suppe bedeutete, sondern Mahlzeit. Der mit Nachdruck geäußerte Wunsch Mahlzeit! entsprach in Parisey dem Zuruf *Bonne Soupe!* – und nur in der Familie Lorain wünschte man sich *Bon Appétit*. Bei ihnen kam Soupe nicht vor, denn eigentlich war es doch ein ordinärer Ausdruck.

In Judiths Küche spielte La Soupe an diesem Abend eine untergeordnete Rolle. Die Teller waren beiseite geschoben, aus den Tiefen ihres Hochzeitsbüfetts hatte Judith eine Lesebrille hervorgeholt, und auf dem Tisch zwischen Mutter und Tochter lag ein handschriftlicher Brief. Judith hatte sehr gute Augen; die Lesebrille war eine Respektsbezeugung gegenüber Gedrucktem und Geschriebenem, sie setzte sie auch auf, wenn das Gemeindeblatt kam oder wenn sie ins Kochbuch schaute.

Die Diskussion war ausgesprochen animiert. Man konnte sagen, beide Damen gingen abwechselnd hoch wie eine *Soupe au lait*, die bekanntlich leicht überkocht.

»Und ich sage dir«, rief Judith, »er hat es die ganze Zeit gewußt. Vierzig Jahre lang hat er etwas von Renés Tod gewußt, und du wirst sehen, am Ende ist er selber noch der Mörder.«

»Und ich sage dir«, rief ihre Tochter erregt, »wenn er beichten wollte, dann würde er es bei einem Priester tun. Er hat erst nach seiner Pensionierung überhaupt angefangen, sich damit zu beschäftigen, *seit fünfzehn Jahren,* steht hier, und er hat jetzt etwas herausgefunden, was er mir mitteilen will.«

Sie hielt einen kurzen Moment inne, weil sie ihrer Mutter eine schwierige und gleichzeitig banale Beweisführung vorlegen wollte. Warum sollte mir Lorain heute dringend etwas mitteilen wollen, was er schon früher wußte? Oder umgekehrt: Wenn er etwas schon immer gewußt hat, warum sollte er es mir jetzt erst sagen?

»Dafür müßte er einen besonderen Grund haben«, folgerte Renée. »Aber vielleicht den, daß er bald stirbt.«

Judith hatte derweil nachgerechnet und herausgefunden, daß es stimmte. Jawohl, Lorain war vor fünfzehn Jahren pensioniert worden. »Aber das beweist gar nichts.«

Der Brief, der die beiden so beschäftigte, hatte folgenden Wortlaut:

Parisey, den 5. Mai 1986

Liebe Renée,

ich bin am Ende meines Lebens zu dem Schluß gekommen, daß du ein Anrecht darauf hast, zu erfahren, welch unglückselige Verkettungen zum Tod deines Vaters in den letzten Kriegstagen geführt haben, die ich von Herzen bedauere. Ich möchte betonen, daß dieser Entschluß nicht der Laune eines Augenblicks entspricht, sondern reiflich erwogen wurde. Ich beschäftige mich nicht erst seit heute mit den Geschehnissen von damals. Seit vielen Jahren, genauer gesagt seit etwa fünfzehn Jahren, bin ich dabei, den Ereignissen von damals nachzugehen, um ein möglichst vollständiges Bild der Zeit und ihrer menschlichen Akteure zu gewinnen. Dies ist keine leichte Aufgabe. In der Abgeschiedenheit meines Hauses, oder sagen wir ruhig: in der Einsamkeit meines jetzigen Lebens habe ich mich natürlich befragt, warum ich es tue.

Während wir handeln, sind wir blind. Damals, als mein Gewissen und meine Gesinnung mich zwangen, in den Untergrund zu gehen und eine aktive Rolle im Widerstand zu spielen, war ich jung. Nicht mehr ganz jung – jung mit Erfahrung. Ich schmeichle mir nicht, wenn ich sage, daß ich für meine Feinde ein gefährlicher Gegner war, der alle Voraussetzungen mitbrachte, die man brauchte. Energie, jugendliche Entschlossenheit, genaueste Orts- und Menschenkenntnis, Erfahrung. Ich habe immer nach bestem Gewissen gehandelt, auf der Basis einer bürgerlichen Moral, die mir nie verlorengegangen ist; dennoch muß ich heute sagen, wie ich eingangs schon erwähnte: Wir waren blind.

Einerseits tasteten wir uns – wie jeder Mensch – durch den Tunnel der unvorhersehbaren Zeit voran. In diesem Sinn ist jeder Mensch in seiner unmittelbaren Gegenwart blind und kommt erst nachträglich dazu zu sehen. Andererseits war die besondere

Situation dazu angetan, daß wir, scheinbar unabhängig agierend, doch auf eine nachdrückliche Art von anderen ›Fadenziehern‹ abhängig waren – sowohl auf unserer eigenen Seite als auf der Seite des Feindes –, die oft genug diktierten, was wir später als unabänderliche, unüberwindliche Hindernisse und Gegenkräfte zu spüren bekamen. Wir waren also nur ein kleines Zahnrad in einem großen Mechanismus, unser Horizont war der eines kleinen Zahnrads, und unsere Befugnisse waren im Gegensatz dazu die – eines Gottes.

Es ist dieser grausame Gegensatz, der mich in vierzig Jahren Frieden ununterbrochen gequält hat. Zunächst unterschwellig, überdeckt von der Arbeit und der Sorge ums tägliche Brot, um die Familie. In letzter Zeit brach der Konflikt immer offener aus. Zehn Monate meines Lebens waren es nur, die ich als Chef eines relativ großen Maquis in den Wäldern verbracht habe. Sieg, Ruhm, Auszeichnungen und Ansehen schienen die unmittelbare Belohnung dafür zu sein, aber in Wirklichkeit hat sich das Gewicht dieser Bürde als schwerer erwiesen. Sie drückt mich, und ich muß versuchen, sie abzuarbeiten.

Wenn ich vorhin sagte, daß wir die Befugnisse eines Gottes und die Sehschärfe eines Schwachsichtigen hatten, dann meine ich damit nicht, daß wir uns in unseren Entscheidungen immer getäuscht hätten. Ich habe mich sehr genau geprüft und kann heute sagen, die Menschenleben, die ich auslöschen mußte, um größeres Unheil zu verhindern, waren nicht leichtfertig geopfert. Getäuscht habe ich mich allenfalls in der Wahl meiner engeren Mitarbeiter. Darin sehe ich heute den größten Fehler, den ich zu meinem unendlichen Bedauern nicht mehr rückgängig machen kann.

Kernpunkt meiner Arbeit, die ich dir gerne zugänglich machen möchte, ist eine möglichst genaue Dokumentation aller Todesfälle, die auf unser Konto gehen, auf das Konto der Widerstandsgruppe Vogesen Süd. Ich weiß, daß ich mich damit außerhalb meiner eigenen gesellschaftlichen Gruppe stelle, die ihr Augenmerk bisher ausschließlich und allein auf die Toten richtete, die sie selbst zu beklagen hatte. Diese Einseitigkeit indessen will ich nicht länger mittragen. Ich bin bei meinen Recherchen auch auf den Fall deines Vaters, René Pasteur, gestoßen, der nicht in meine Zuständigkeit fiel, sondern in die des damaligen Unterleutnants Marcel Gibet, der in den letzten Kriegswochen zu meinem Leidwesen angefangen hatte, auf eigene Faust zu operieren. Formell war Gibet mir noch unterstellt, faktisch tat er in dieser Zeit mit einer Gruppe von Kumpanen, was er wollte. Es ist für dich kein Trost, aber dein Vater gehört wohl zu einer größeren Zahl von Opfern, die unter mysteriösen Umständen und wahrscheinlich nicht aus politischen Gründen zu Tode gekommen ist.

Ich kann nicht sagen, daß ich alle Umstände dieses Todes schon erfaßt hätte. Aber das, was ich bisher herausgefunden habe, kann und will ich nicht länger geheimhalten. Ich würde dich daher bitten, mich möglichst bald zu besuchen, an einem Sonn- oder Feiertag vielleicht, denn das, was wir zu besprechen haben, wird seine Zeit brauchen.

Mit herzlichem Gruß und besten Wünschen verbleibe ich

Dein Nachbar
Charles Lorain

Judith sah hinter ihrer Brille aus wie eine Eule. Beim wiederholten Lesen hatte sie etwas entdeckt, das sie nicht für sich behalten konnte.

»Er lädt dich ein«, sagte sie zu ihrer Tochter. »Es ist eine richtige Einladung, wie sagt man – offiziell, und auch noch an einem Sonntag.«

Renée antwortete nicht.

»Du gehst natürlich hin«, sagte Judith. »Nein, du fährst! Du fährst die lange Auffahrt hinauf und parkst *offiziell* vor der Freitreppe.«

»Das tu ich natürlich nicht«, sagte Renée. »Jeder kennt hier mein rotes Auto.«

»Na und? Lorain hat dich eingeladen, also fährst du vor.«

»Maman, das ist doch krasser Unsinn! Willst du wirklich, daß alle in der Straße darüber reden? Ja, du willst das natürlich, für dich ist es ein Triumph, aber ich, ich will lieber alles herausfinden. Ob dir das paßt oder nicht, ich werde mich hintenherum zu ihm ins Haus schleichen, wenn alle in den Häusern sind und essen.«

Ah! Es war ein schwerer Schlag für Judith. Sie weigerte sich einzusehen, daß Renée vielleicht recht hatte.

»Hör mal«, sagte Renée, »wir wollen doch herausfinden, wo sie ihn verscharrt haben. Wie kann ich das tun, wenn alle von vornherein gewarnt sind!« Und sie lenkte ihre Mutter auf ein anderes Problemgebiet, auf die immer wieder fesselnde Frage des Was-bringe-ich-ihm-mit.

Judiths Küchenfenster ging zur Straße hinaus und verdunkelte sich manchmal, wenn Menschen an die Scheibe klopften. Kurz nachdem es geklopft hatte, klingelte es auch. Renée öffnete und ließ Madame Grosmougin herein. Die kleine Dame mit den schwarzen Haaren und den wie Gras wachsenden Wimpern blieb in der Küchentür stehen, lächelte, faltete die Hände vor ihrem Bauch und sagte:

»Ich sammle für den Basar der Guten Werke.«

»Guten Abend«, sagte Judith. »Deswegen warst du doch heute früh schon mal hier.«

»Ja«, sagte Madame Grosmougin gedehnt, »bei dir! Aber Renée war noch nicht zu Hause, und da dachte ich...«

»Ich habe nichts«, sagte Renée schroff. »Und meine Kröte hat man mir auch gestohlen.«

Madame Grosmougin lachte. »Die hätte ich sowieso nicht mitgenommen. Viel zu schwer. Apropos: Hat sich der Dieb gemeldet?«

»Nein«, sagte Renée. »Ich wußte das schon im voraus. Aber manchmal tut man etwas, das sinnlos ist.«

»Bei dem Basar dachte ich eher an etwas Gebasteltes... von den Schwererziehbaren vielleicht.«

»Im Moment habe ich nichts.«

Sie will mich loswerden, dachte Madame Grosmougin. Das ist klar und deutlich.

»Lorain hat uns einen Brief geschrieben«, warf Judith in diesem Moment ein und wurde von ihrer Tochter mit einem strafenden Blick bedacht.

»Soso«, sagte Madame Grosmougin. »Das ist aber interessant.« Nach kurzem Nachdenken kam sie zu dem Schluß, daß man wohl etwas mehr Neugier von ihr erwarten durfte, und sie fragte interessiert: »Ach ja? Worum geht es denn?«

»Um nichts«, sagte Renée wegwerfend. »Er hat uns einfach mal eingeladen. Als guter Nachbar.«

»Er weiß was von früher«, sagte Judith. »Renée geht natürlich hin.«

Da sagte die kleine Dame: »Aber Lorain liegt doch im Krankenhaus. Habt ihr davon nichts gehört?«

»Wieso? Warum?« riefen die beiden Damen Pasteur. »Ist es was Ernstes? Was hat er?«

»Er wird uns doch jetzt nicht wegsterben?« fragte Judith ängstlich. Eigentlich liebte sie Krankheiten. Sie sprach immer im Flüsterton von ihnen. Das war der Respekt, den sie der Medizinwelt bezeugte.

»Seine Schwiegertochter hat ihn gefunden«, gab Madame Grosmougin Auskunft. »Er lag im Zuckerkoma und war schon ganz blau.«

»Bei Zuckerkoma wird man doch nicht blau!« widersprach Renée.

»Doch, sie hat ihn gefunden und dachte zuerst, er wäre vergiftet. Weil er ganz blau war.«

»Was – die Schwiegertochter hat Ihnen das selbst erzählt?«

»Nein«, sagte Madame Grosmougin würdevoll. »So was spricht sich herum.«

»Man muß ihm nur Zucker geben«, warf Judith ein. »Dann kommt er sofort zu sich.«

»Das hat sie ja getan. Und dann hat ihn der Taxifahrer ins Krankenhaus gebracht.«

»Wann war denn das?« fragte Renée plötzlich.

»Gestern nachmittag oder gestern abend.«

Aha, dachte sie. Dann hat er vorher noch den Brief bei mir eingeworfen, denn es war keine Briefmarke drauf. Und als er zurückkam, wurde ihm schlecht.

»Kann man ihn im Krankenhaus besuchen?« wollte Judith wissen.

»Aber Mutter!« sagte Renée. »Wir haben doch kaum Kontakt mit Lorain.«

»Du schon«, widersprach Judith. »Du hast ihn doch neulich sogar auf der Beerdigung von Delmont getroffen. War er da schon krank?«

»Er sah nicht krank aus«, sagte Renée. »Aber es ist eigentlich auch keine Krankheit. Man stellt die Patienten im Krankenhaus neu ein, und sie bekommen mehr Insulin als vorher. Spritzt er sich selbst?«

»Nein, das macht Yvonne. Sie ist ja Krankenschwester.«

»Und wenn sie ihn nicht gefunden hätte?« wollte Judith wissen.

»Na, dann hätte ich ihn wohl gefunden«, sagte Madame Grosmougin. »Ich putze dort und wasche die Wäsche. Man kann einen so alten Mann nicht mehr allein lassen.«

Während der ganzen Zeit lag der Brief auf dem Tisch, und Madame Grosmougin stand in der Tür. Endlich besann sich Judith auf ihre Pflichten. Sie nahm die Lesebrille ab und fragte: »Trinkst du mit uns einen kleinen Kaffee?«

Das nahm der Gast dankend an. Der Brief verschwand im Büfett, kleine Tassen kamen auf den Tisch, das übrige Geschirr wurde weggeräumt, und alle hingen ihren Gedanken nach.

Mein Gott, wenn er jetzt wegsterben sollte, so kurz vor dem Ziel, dachte Judith, das wäre eine Gemeinheit. Endlich packt der Alte mal aus, warum, das wissen die Götter, der Brief ist in diesem Punkt so... gewunden, aber egal, Hauptsache, er will auspacken – und schon bricht er zusammen und stirbt. Vielleicht will ihn jemand aus dem Weg räumen? Jemand hat von der Sache Wind bekommen, und schon passieren merkwürdige Dinge? Madame Grosmougin hat ja selber gesagt, sie dachten, er wäre vergiftet. Judith verfolgte diesen Gedanken und kam bei Renées rotem Auto heraus. Mein Gott, sie hat recht, dachte sie reuevoll. Wenn jemand sieht, daß sie bei ihm ist... die Tochter des Toten... Renée glaubt, daß sie immer recht hat, und manchmal ist sie wirklich klüger als ich. Das ist das Alter.

Madame Grosmougins Gedanken waren deutlich anderer Natur. Sie kreisten darum, daß ihr Mann nicht nur einen Bruch hatte, sondern auch an Leukämie erkrankt war und daß sie eigentlich heimgehen müßte, um La Soupe zu bereiten. Aber bei Judith in der Küche war es so gemütlich. Sie wäre gern direkt auf den Punkt gekommen und hätte mit Renée ein bißchen über Gibet geschwatzt.

Stimmte es, daß der Bürgermeister von St-Sauveur am letzten Gedenktag die Musik angehalten hatte, als man am Haus eines ehemaligen Mitkämpfers vorbeimarschierte, mit dem er sich zerstritten hatte? Mitten im Stück? So daß die Musikkapelle wie im Film verstummte, weitermarschierte und danach mitten im Takt wieder einsetzte? Das Verbrechen des Mitkämpfers hatte darin bestanden, daß er herumerzählt hatte, Gibet sei erst nach dem D-Day zum Widerstand gestoßen, weil dann klar war, welche Seite gewinnen würde. Seine Tapferkeitsmedaille habe er für eine Verletzung bekommen, die er sich selbst beigebracht habe, einen Steckschuß im Fuß. Die angehaltene Musik war möglicherweise nur ein Zeichen, der Auftakt für Schlimmeres, und Madame Grosmougin fand solche Auseinandersetzungen immer ausgesprochen spannend, vor allem, wenn sie selbst nicht betroffen war.

Renée dachte an einen blaßgelben Umschlag, den Brief, der nicht auf dem Küchentisch lag. *Ich habe nichts vergessen*, stand darin, *aber ich weiß wie üblich nicht, wie ich dir einen Vorschlag machen soll, ohne daß du gekränkt, verletzt und beleidigt reagierst.* Sehr viel mehr stand eigentlich nicht darin, nur, daß Melanie nach Paris vorausgefahren sei, und daß er, wenn es recht wäre, heute abend bei ihr vorbeikommen würde. *So um halb zehn,* stand da, und *Herzliche Grüße, Dein André.*

Madame Grosmougin sah den *Republikanischen Osten* auf einem Stuhl liegen und sagte: »Übrigens! Meine Tochter hat mich aus der Schweiz angerufen. Sie sagt, dort darf man keine Pilze mehr sammeln, und die auf der Jagd geschossenen Tiere werden verbrannt.«

»Wegen der Strahlenwolke?«

»Ja. Man bekommt davon Krebs.«

»Aber in der Zeitung steht, die Wolken kamen nicht bis Frankreich. Sie blieben am Schwarzwald hängen. Es weht immer Westwind.«

Madame Grosmougin war stolz auf ihre Tochter, die Saisonarbeit in der Schweiz machte.

»Dort tragen sie sogar die Erde ab«, fügte sie bescheiden hinzu. »Und tauschen den Sand in den Sandkästen aus. Und das Gartengemüse darf man nicht essen.«

Judith fing an zu lachen. »Das sollten sie hier mal befehlen. Im Gartenland die Erde abtragen. Die Wolken kamen doch gar nicht bis hierher. Und selbst wenn – ein bißchen Regen, und alles ist wieder weg.«

»Die Spätfolgen«, sagte Madame Grosmougin, »die Spätfolgen! Großer Gott, ich muß gehen.«

Sie stand auf, bedankte sich für den Kaffee, küßte Judith zweimal auf die Wangen und ging.

»Was machen wir jetzt mit Lorain?« fragte Judith, als sie weg war.

»Nichts, gar nichts«, sagte Renée achselzuckend. »Warten, bis er wieder zurück ist.«

»Glaubst du an diese Radioaktivität?«

»Nein«, sagte Renée, »erst wenn all dein Gemüse größer wird als sonst. Andere Spätfolgen werden wir nicht mehr erleben.«

13

Renée dachte an diesem Abend die ganze Zeit an Lorain. Sie verließ Judiths Haus durch den Hintereingang und ging in den dunklen Garten. Es war ein milder und geradezu unheimlich schöner Maiabend. Die Sterne funkelten, und der Himmel glitzerte voller Staub. Die Bäume blühten schäumend. Renées Garten war nicht viel mehr als ein wildes Grasland, außer dem parkartigen Vorgarten, den ein alter Mann betreute und in dem nicht ein einziges Unkraut wuchs. Renée fand immer, das Ensemble mit den Tannen und Lärchen, dem seidigen Rasen und den umgedrehten Baumstämmen erinnere an eine Alm. Die leere Hundehütte hatte genau wie der Briefkasten ein ausgesägtes Herz, daneben stand eine Wasserkanne, in der jetzt Blumen wuchsen.

Arme Fifi! Genauso regelmäßig, wie die Steinfiguren nachts verschwanden, wurden in dieser Straße auch in wiederkehrenden Abständen alle Hunde vergiftet. Nicht von Zigeunern, da war sich die Anwohnerschaft ganz sicher, sondern von einem geheimnisvollen Verrückten, der auf diese Weise das nächtliche Gebell im Umkreis abstellen wollte. Selbstverständlich wurden die vergifteten und heiß betrauerten Hunde sofort durch neue ersetzt, denn was wäre Frankreich, was wäre Parisey ohne seine Hunde, das Gebell hob wieder an, nur leicht verjüngt.

Renée hatte die vergiftete Fifi gefunden, als sie noch

lebte. Das Tier war schon kalt und steif, nur die Augen bewegten sich noch und schauten sie an. In solchen Augenblicken hatte Renée Mordgelüste. Wäre der Schuldige in diesem Augenblick zur Einfahrt hereingekommen, hätte sie ihn angesprungen und mit Schwung erwürgt. Aber Schuldige zeigen sich nie, und weil sie so selten zu Hause war, beschloß sie nach Fifis Tod, auf einen Hund zu verzichten.

Renée setzte sich auf die nächtliche Terrasse. Sie wollte André kommen sehen, sich nicht im Haus überraschen lassen, und dachte die ganze Zeit an Lorain. Der Besuch von Madame Grosmougin hatte sie verwirrt. Die Mitteilung, daß man Lorain ins Krankenhaus gebracht hatte, wirkte wie die Fortsetzung zu den verschwundenen Steinfiguren, den vergifteten Hunden und den abgeschossenen Krähen. Es waren diese sinnlosen Tribute, und in Renées schläfrigem Gehirn verband sich das alles mit Gibet, dem Minotaurus, der breitbeinig auf dem Festplatz oben auf dem Berg stand, mit ostentativ gefalteten Händen und kalten, abschätzenden Augen.

Es mußte eine Zeit gegeben haben, in der sie auf dem Nachbargrundstück gespielt hatte. Und nicht nur dort – auch auf dem angrenzenden Mont Chaste. Sie erinnerte sich, wie sie mit den Lorain-Kindern auf dem efeuüberwachsenen schattigen Hügel stundenlang herumgeklettert war, auf der Suche nach dem *Opferstein*, von dem es hieß, er sei heidnisch und stünde am Ausgangspunkt der Geschichte. Sie war mit Sylvie und Christophe durch das Wäldchen gestreift, aber sie hatten den Stein nie gefunden, nur tote Krähen und halbe Schlangen und einmal ein totes

Eichhörnchen mit grauem Fell. Sylvie wußte schon, wie der Stein aussah, er hatte in der Mitte eine Vertiefung und eine Abflußrinne, er glänzte wie Speckstein, und wenn man hineinsah, erkannte man einen dunkelroten Schimmer. Sylvie war die treibende Kraft gewesen, meist jedenfalls, und Renée folgte ihr voller Bewunderung. Wenn es je so etwas wie Gefolgschaft gegeben hat, dann war es mein Verhältnis zu Sylvie, dachte Renée. Sylvie wußte alles, konnte alles, hatte alles in Zeitschriften gelesen oder gehört. Sylvie war mutig, schnell, kaum zu bremsen, verachtete Gott und die Welt und langweilte sich oft bis zur Tobsucht. Ihre Reaktionen waren nie vorhersehbar, das gab ihr große Macht über Menschen. Sie hatte etwas Tellurisches, überlegte Renée, blaue Augen, schwarze Haare wie der alte Lorain, dieselbe matte Gesichtsfarbe, Asche und Erde, darunter die aufwallende Lava. Immer ernst, und die Augen wie tiefe Trichter, einsaugend, bodenlos. Christophe hatte das nicht, Christophe war ein heimliches Kind, wie man in Parisey sagte, verschlossen, vermauert, gar nicht ganz da, eben ein Bissextiler. Geboren am Schalttag. Man konnte ihn unter keinen Umständen wachrütteln, und Renée dachte manchmal, daß er nur alle vier Jahre in der Schaltnacht aufwachte und heimlich durch die Gegend flog, zu irgendeinem Brunnen oder Berg, wo die Steine anfingen zu reden und ihm Anweisungen gaben für die nächsten vier Jahre Schlafwandeln.

Sie schaute auf die Armbanduhr. Halb zehn.

Sie bildeten bald eine Mannschaft, streiften über den Mont Chaste, entdeckten die eisernen Ringe an den Bäumen, in denen früher die Schaukeln hingen, einen morschen weißen Holzpavillon. Sie waren auf der Suche nach einem Feind, das heißt, Sylvie suchte diesen Feind, sie wollte sich beweisen, sie suchte ihn sehnsüchtig und hartnäckig, sogar unter dem hölzernen Tanzboden des Pavillons. Sie verabredeten Paßwörter und Alarmzeichen, für den Fall, daß er käme, und Renée dachte: Den Feind gibt's doch gar nicht. Er kommt nie.

Was hatte Lorain mit dem Ganzen zu tun? Nicht so viel. Er war der Herr des Grundstücks und Vater der beiden Kinder. Man sprach von ihm mit Respekt. Immer »Lorain«. Niemals ein Zusatz, oder vertraulich gar nur der Vorname. Erst in den letzten Jahren war Lorain allmählich »der alte Lorain« geworden, und Renée überlegte, womit dies zusammenhing. Ganz sicher nicht mit dem Alter. Von Gibet würde man auch in zehn oder zwanzig Jahren niemals »der alte Gibet« sagen. Das schien ihr ganz unmöglich.

Mit seinem Vornamen hatte es auch eine Bewandtnis. Lorain hieß Charles, ein Königsname, ebenso würdig wie Louis oder François. Das L, Buchstabe der letzten Könige, war sein Symbol. Erst hatte er der Familie Pasteur ein L-förmiges Grundstück abgekauft, dann im Schnittpunkt des großen L ein L-förmiges Haus gebaut, und in dem L-förmigen Haus saß er schließlich selber – Lorain. Die Vorstellung, daß er dort nicht mehr saß, war ungefähr so, wie wenn man aus einem System von Schachteln plötzlich den Inhalt entfernt hätte, das Kernstück.

Renée konnte sich nicht erinnern, daß sie jemals *im* Haus der Familie gewesen wäre. Man hatte sie nie hereingebeten, auch nicht nach einem langen Spielnachmittag im

Garten. Jetzt, wo sie zum ersten Mal eingeladen wurde, drohte das Haus zu verwaisen.

Aber warum war ich eigentlich niemals drin, grübelte sie. Weil ihr eigenes Haus so nah war, daß sie bei Regen oder Hunger oder Dunkelheit sofort nach Hause konnte? Ja, das war sicher der Grund gewesen. Das mußte er gewesen sein.

Sie schaute wieder auf die Uhr. Eine Minute nach halb zehn. Jetzt wird er gleich kommen. André war immer pünktlich gewesen. Aber niemals überpünktlich.

Nein, nicht überpünktlich, und sie gehörte zu den Leuten, die übelnahmen, wenn andere nicht fünf Minuten vorher, sondern eine Minute nachher kamen.

Der Nachtwind fuhr in Lorains alten Quittenbaum und löste zwei der aufgestickten Blütenblätter. Sie schwebten schiffschaukelnd zu Boden. Die Blätter bewegten sich seufzend. Dieser Quittenbaum war der Kletterbaum gewesen. Er breitete seine Äste aus wie begehbare Wege, Astgabeln waren bequeme Sitze für Kinder, und Sylvie hatte sich irgendwo oben mit drei aufgehängten Taschentüchern ein Baumzelt gebastelt. Renée erinnerte sich plötzlich an einen Spätsommertag in ihrer Kindheit unter diesem Quittenbaum. Sylvie und Christophe hatten auf dem Querast gesessen und den Mont Chaste fixiert, der sich hinter einer dichten Wand aus Holundersträuchern, Ahornbäumchen und Akazienbüschen versteckte. Sie hatten Renée über die Mauer klettern sehen, sich aber wieder abgewandt. Offenbar gab es im Wald etwas Interessantes zu sehen. Renée hatte sich vorsichtig genähert.

»Was spielt ihr?« fragte sie.

Schweigen. Sylvie stieß Christophe mit dem Ellbogen an. Schließlich sagte sie zu Renée, über die Schulter: »Wir spielen nicht! Spielen ist was für Babys. Wir sind hier in einer Mission.«

»Schon lange?« Renée wußte bei Gott nicht, was eine Mission war, nur, daß sie sich gerade vorher noch sehr erwachsen gefühlt hatte und jetzt nicht mehr.

»Aufklärung«, sagte Sylvie. »Der Feind sitzt dort. Er wird uns wahrscheinlich angreifen.«

Aha, der Feind. Sylvie suchte noch immer ihren Feind.

»Dieser Feind ist sehr gefährlich«, rief Sylvie erregt. »Wenn er angreift, müssen wir sofort zurückschlagen.«

»Ich sehe keinen Feind«, sagte Renée. Trotzdem kniff sie die Augen zusammen und starrte in die angegebene Richtung. Man konnte nie wissen. Die grüne Wand war absolut undurchdringlich. *Wenn* dort ein Feind saß, dann hatte er jedenfalls Mühe, aus dem Wald heraus in ihre Richtung durchzubrechen.

»Ihr sitzt da auf dem Ast wie zwei Eulen«, rief sie.

»Red nicht so blöd, hilf uns lieber«, sagte Sylvie.

»Ja«, echote Christophe. »Hilf uns lieber.«

»Wie denn?« Renée zeigte Hilfsbereitschaft. Der Gedanke, gebraucht zu werden, wärmte sie angenehm.

»Du mußt den Baumstamm sichern«, befahl Sylvie. »Nein, bleib unten, komm nicht herauf, wir sind schon zu zweit. Leg dich flach neben den Stamm, aber halt! Zuerst mußt du Munition sammeln.«

Renée begeisterte sich langsam, angesteckt von Sylvie. Sie glaubte schon hie und da, die böse blitzenden Augen des Feinds im Gebüsch zu erkennen.

»Nimm, was du willst. Kiesel, oder die kleinen grünen Quitten, die da herumliegen, und leg sie neben dich.«

Renée tat es. Es waren sehr harte kleine Geschosse.

»Und Kopf runter! Wenn ich den Feind sehe, rufe ich *Jetzt!* Dann hebst du den Arm und wirfst mit aller Kraft ins Gebüsch.«

Renée tat, wie Sylvie befahl. Schade, daß sie nicht neben den beiden oben auf dem Baum sitzen konnte. Das wäre schöner gewesen.

»Hast du etwa Angst da unten?« rief Sylvie.

»Nein!« schrie Renée und dachte: Wenn der Feind wirklich kommt, packt er mich als erste.

»Hab keine Angst, du wirst schon sehen. Oh, da ist er! Ich habe einen feindlichen Arm gesehen. Jetzt! *Jetzt!*«

Renée warf sich flach auf den Boden, griff nach einer Quitte und warf sie ins gegenüberliegende Gebüsch. Sie hörte nichts. Wahrscheinlich zu kurz geworfen.

Sehr bald kam es zu einer richtigen Schlacht. Christophe rutschte auf dem Ast hin und her, Sylvie ließ Quitten und Kiesel von oben ins Gebüsch zischen und heizte die Stimmung mit ihren Kommandos an, Renée warf gehorsam immer wieder im Liegen, wobei sie sich fast den Arm ausrenkte. Dann hatte sie keine Munition mehr.

»Du kannst neue sammeln«, rief Sylvie, »ich signalisiere eine Feuerpause.« In dieser Feuerpause geschah wunderbarerweise nichts. Renée erinnerte sich, daß sie den beiden auf dem Baum je eine Handvoll abgefallener Quitten und Kiesel hinaufreichen mußte. Gehorsam legte sie sich wieder auf Posten. Sylvie gab die Kommandos. Die Schlacht ging weiter.

Plötzlich oben ein Schmerzensschrei.

»Au«, jammerte Sylvie, »er hat zurückgeschossen! Ich bin getroffen!«

Renée sah kurz hoch.

»Kopf runter!« befahl Sylvie. »Weitermachen, dort ist er! Ich sehe ihn ganz deutlich!«

Renée sah immer noch nichts, gar nichts.

»Au, au!«, schrie jetzt auch Christophe. Danach bekam Renée einen schmerzhaften Schlag auf die Schulter und einen an den Kopf.

Sie war maßlos erstaunt. Den Feind gab es wirklich. Er schoß zurück! Er traf sogar! Das Ganze war keine Einbildung.

Auf Renées Körper platzte eine Serie von schmerzhaften Treffern. Sie wartete einen Schuß ab und rollte auf die Seite. Hilfesuchend schaute sie zu den Verbündeten nach oben und sah direkt über sich in das haßerfüllte Gesicht von Sylvie. Die kauerte auf dem Ast wie eine Spinne. Ein Arm war schon gehoben, um neue Steine nach unten zu schleudern. Die Bewegung war nicht mehr zu bremsen, der Kiesel traf Renée voll ins Gesicht.

Renée auf dem Gartenstuhl seufzte, als sie an diesen Augenblick dachte.

Eine Zeitlang hatten sie sich angestarrt, dann hatte Sylvie angefangen zu kichern und Renée zu weinen.

»Warum tut ihr das?« wollte sie unter Tränen wissen.

»Weil du die Tochter eines Verräters bist«, sagte Sylvie.

Plötzlich waren Schuhe vor Renée gestanden, braune Lederschuhe mit dünnen runden Schnürsenkeln. Renée erkannte Lorain an der Stimme.

»Du entschuldigst dich sofort!« sagte der zu seiner Tochter.

»Aber...«

»Kein Aber. Du entschuldigst dich.«

Sylvie murrte und sagte: »Entschuldige.«

Renée sah eine ausgestreckte Hand auf sich zukommen, eine rosige weiche Hand. Um sie herum war alles kahl. Sie sah die Erde, ein paar Blätter, ein paar bizarr geformte Äste auf dem Gras, Lorains Hand, die ihr aufhelfen wollte, die kleine halbrunde Falte darin, sie spürte, wie warm und weich die Hand war, und dachte: Er sagt nicht, daß mein Vater kein Verräter war.

Sie war trotz ihres Kummers verblüfft, daß jemand – Sylvie – sie so hassen konnte. Warum nur? Sie war, kaum auf den Beinen, schleunigst geflohen. Hinterher hatte sie Gewissensbisse gehabt, weil sie mit ihrer Flucht vielleicht den brüskiert hatte, der es gut mit ihr meinte und Sympathien gezeigt hatte – Lorain.

Ach ja! Und heute saß Sylvie in Paris, und Christophe saß noch hier und hatte das Transportunternehmen seiner Mutter übernommen, und sie saß auch hier und wartete auf jemanden, der gerade die Einfahrt heraufkam, sie hörte Schritte auf dem Kies, auf ihrer Armbanduhr war es zwei Minuten nach halb zehn, *so um halb zehn* wollte André kommen, er ging langsam Richtung Haustür, sah sie nicht auf dem Gartenstuhl sitzen und drehte sich erst um, als sie ihn anrief.

»André«, sagte sie und stand auf, ohne ihn zu begrüßen. »Glaubst du, daß mein Vater ein Verräter war?«

Später dachte Renée manchmal: Wenn er in dieser Sekunde geschaltet hätte und nicht der gute, alte, ehrliche André gewesen wäre und schnell gesagt hätte: Nein, ich glaube es nicht, dein Vater war kein Verräter, laß uns nie wieder davon reden, dann wäre alles...

Aber André schaltete nicht, seine Antwort war erschrocken, in erster Linie erschrocken, aber auch behutsam und ehrlich, wie Gift.

»Das weiß ich nicht, Renée. Woher soll ich das wissen? Aber selbst wenn er ein Verräter gewesen wäre, es ist mir egal, was berührt uns das, sag mir doch, was berührt es uns?«

Renée sah ihn tief erstaunt an.

»Das wäre dir egal? Gerade dir? Dein Vater ist das Opfer eines Verräters geworden und hat sogar unter der Folter niemanden verraten... und dir wäre das egal? Oh, vielleicht gerade deshalb. Wie großzügig von dir.«

»Renée!« rief André. Es klang gequält. Sie standen sich im Finstern gegenüber. Der runde Gartentisch schimmerte unter ihnen wie Phosphor.

»Ich komme gerade an, wir haben uns wer weiß wie lange nicht gesehen, und was tust du? Noch bevor wir uns umarmt haben, noch vor dem Begrüßungskuß beschimpfst du mich schon wieder!«

»Weil... weil ich dachte, ich würde beleidigt. Oder mein Vater. Ich hatte gerade eine unangenehme Erinnerung. Entschuldige. Das Ganze ist irgendwie unerträglich. Bitte, laß uns ins Haus gehen.«

Im Hausflur angekommen, drehte Renée sich um.

»André, ich habe mich entschlossen. Bitte entschuldige. Aber mir geht seit Tagen nichts anderes im Kopf herum.

Ich kann keine Begrüßungsküsse geben, ich muß es einfach herausfinden. Früher dachte ich, es wäre egal. Aber es ist nicht egal. Geh nur schon in die Küche. Warte.«

Sie holte ihren Schmuckkasten und stellte ihn auf den Küchentisch.

»Hier, ich will dir was zeigen. Das ist mein Vater. Beziehungsweise, was von ihm übrig ist. Die Fotografie meines Vaters. Sieht so ein Verräter aus?«

»Das hast du mir nie gezeigt«, sagte André.

»Nein, weil ich dachte, daß es egal ist.«

»Er sieht… wie soll ich das sagen, damit du nicht wieder… Ich sage mal einfach, er sieht nett aus.«

»Nett?«

»Lieb. Wie alt war er damals? Auf diesem Bild ist er noch ganz weich. Ernsthaft und nachdenklich.«

»Bei der Hochzeit war er fünfundzwanzig. Vier Jahre später hatte er schon zweieinhalb Kinder, als er starb. Es war sicher nicht einfach, ihn um die Ecke zu bringen. Junge Leute haben viel Lebenskraft, sagt man. Sie wehren sich, strampeln. Hängen zäh am Leben, die Biester.«

»Ihr habt dieselben Augen.«

»Also, was ich sagen wollte… Ich will es jetzt wirklich wissen. Ob er ein Verräter war. Weißt du irgend etwas? Hat dein Vater dir jemals etwas gesagt? Hat er Aufzeichnungen hinterlassen? Ich will wissen, was damals los war.«

»Jetzt, nach über vierzig Jahren?«

»Hast du je etwas über René Pasteur gehört oder nicht?«

»Nein, niemals! Aber als wir uns äh… verliebten, habe

ich eigentlich schon nicht mehr mit meinem Vater geredet. Papiere... ja, die Papiere habe ich alle Lorain gegeben, leider. Ich konnte ja nicht ahnen, daß du...«

»Lorain will mir helfen. Lorain hat mir einen Brief geschrieben. Ach, der liegt in der Küche bei meiner Mutter. Egal. Er schreibt, er habe einiges über den Tod meines Vaters herausgefunden, und das will er mir sagen. Er glaubt, es ist ein unglücklicher Zufall. Und die Schuld von Gibet. Weißt du, wie es ihm geht?«

»Wem – Gibet?«

»Nein, natürlich nicht. Ihm! Lorain. Er liegt noch im Krankenhaus.«

»Ja, das hat mir Yvonne erzählt. Nicht schlecht, glaube ich. Er kommt bald wieder nach Hause.«

»Früher dachte ich immer, meine Mutter sei altmodisch, wenn sie unbedingt das Grab finden wollte. Das Grab hat mich nie interessiert, ehrlich gesagt, aber jetzt will ich wissen, was er für ein Mensch war. *Verräter*. Was ist eigentlich ein Verräter? Ich weiß das gar nicht. Und was die anderen für Menschen waren, falls er unschuldig war.«

André spielte mit der Fotografie.

»Und weißt du, was sie mir in der Schule hinterhergerufen haben?« fragte Renée aufgebracht. »*Sale Boche!* Immer wieder. Aber nicht alle. Ich will nicht ungerecht sein.«

André legte die Fotografie auf den Tisch. »Das hast du mir auch nie erzählt.«

»Damals kannten wir uns noch gar nicht. Es gab eine Lehrerin, die diese Beschimpfungen streng verfolgte. Rate mal, wer? Mademoiselle Lorain, die Schwester von Lorain – die Direktorin. Sie war gerecht. Sie gab den anderen enorme Strafarbeiten, aber das haben die wieder an mir ausgelassen. Auf dem Heimweg nach der Schule.«

André war hinter Renées Stuhl getreten. »Armes Mädchen«, sagte er und legte ihr die Hand auf die Schulter.

Renée wandte sich halb um.

»André! Bleib hier und spiel Detektiv mit mir. Oder kannst du das nicht?«

André starrte in den Lichtkreis auf dem Tisch. Die Fotografie lag darin wie das Reklamefoto eines Schwarzweißfilms.

»Ich muß zurück ins Krankenhaus. Nach Havanna. Ich habe keine Vertretung geregelt.«

Renée dachte: Ich bin froh, daß er nicht von seiner Freundin anfängt.

Laut sagte sie: »Und Melanie? Warum ist sie heute nicht mitgekommen?«

»Ach, die wollte heimlich nach Paris, ein paar Exilkubaner besuchen. *Verräter*, verstehst du?«

Er lachte und verstärkte den Druck auf ihrer Schulter. Renée griff mit der Linken nach dieser Hand, so schwungvoll, daß beide Hände abrutschten und hinunterglitten, auf ihre Brust.

»Fahr hin und komm wieder zurück«, sagte Renée.

»Ich werde sehen, was sich machen läßt«, sagte André und zog seine Hand zurück.

14

Der französische Muttertag fiel in diesem Jahr auf den 25. Mai. In Parisey war eine deutlich erhöhte Kommunikationstätigkeit festzustellen, wie überhaupt in ganz Frankreich – Mutterland und Übersee. Kärtchen wurden geschrieben und an Blumensträuße geheftet, Kinder malten in Schönschrift ihre Glückwunschkarten, versicherten Maman schriftlich und mündlich ihrer Liebe, schickten Telegramme, die beim Öffnen leise Musik spielten, riefen an, bemühten Boten oder fuhren selbst zum Konditor, um die bestellten Torten abzuholen. Renée hatte auf dem Rücksitz ihres Autos eine Torte liegen mit der Zuckergußaufschrift: *Für Judith, Mutter der Mütter!*

Aber weil dieser Tag ein Sonntag war und die Väter ihre Ruhe hatten, wurde auch mancher Brief geschrieben oder konzipiert, abgetippt, in den Umschlag gesteckt, in den Briefkasten geworfen, am Montag früh abgeholt, sortiert, gestempelt und weiterbefördert. In den Lastwagen mit dem gelben Streifen und der Aufschrift *La Poste* wurden diese Briefe zur nächsten größeren Stadt befördert. Gut, daß Fahrer niemals wissen, was sie transportieren, es würde ihre Gedanken von der Landstraße ablenken.

Am Nachmittag des 26. Mai verließen zwei besondere Briefe das Hauptpostamt im selben Sack und wurden in den Transporter von Christophe Lorain verladen.

Parisey, den 25. Mai 1986

Charles Lorain alias
»Capitaine CHARLO«
Ex-Chef der Widerstandsgruppe Südvogesen
Träger der Tapferkeitsmedaille
Kriegsmedaille
Widerstandsmedaille
7 bis, rue St-Sauveur
Parisey

An den Herrn
Innenminister

Exzellenz,

In meiner Eigenschaft als ehemaliger Chef der Widerstandsgruppe Südvogesen lege ich hiermit formell Protest ein gegen die Ernennung von Herrn MARCEL GIBET, Bürgermeister in St-Sauveur, zum Ritter des Kreuzes der Ehrenlegion, militärische Abteilung.

Herr GIBET war bis zum 20. Februar 1944 Gendarm der Vichy-Regierung und wurde am 7. Juni 1944 in das Maquis Mont de Terny aufgenommen, wo er zunächst den Posten eines Gruppenführers, später den eines Adjutanten bekleidete.

Dieser Mann hat sich im August 1944 beklagenswerten Exzessen hingegeben, insbesondere Hinrichtungen von Zivilisten – wenig vorbildlich und ohne Urteil –, die der Kollaboration verdächtigt wurden und deren zum Teil scheußlich verstümmelte Leichen unter kriminalpolizeilicher Aufsicht nach dem Krieg exhumiert wurden.

Vor dem Militärgericht in L., wo ich seinerzeit als Zeuge aussagen mußte, habe ich schweren Herzens alle seine Taten gedeckt, um die Ehre der RESISTANCE nicht zu verraten.

Ich finde es unzulässig, mit diesem hohen Orden einen Mann zu ehren, der sich durch seine Handlungen selbst befleckt hat und in der Öffentlichkeit das Ansehen derjenigen Organisation beschädigt hat, der ich als oberster Chef vorgestanden habe.

Ich verlange darüber hinaus eine Untersuchung, die die vollständige Klärung der politischen und privaten Hintergründe zum Ziele hat.

Im Interesse unserer Toten, im Interesse der Ehre unseres Landes bedanke ich mich im voraus für Ihre Bemühungen und darf Sie, Exzellenz, meiner aufrichtigen Verehrung versichern.

Charles Lorain
Stempel der Widerstandsgruppe
Vogesen Süd (Doppelkreuz)

Diesen Brief also fuhr Christophe Lorain nichtsahnend in seinem Lastwagen Richtung Provinzhauptstadt. Aber auch dieses andere Briefchen war dabei, in Gibets gestochener Kanzleihandschrift.

St-Sauveur, den 25. Mai 1986

Marcel Gibet
alias »Unterleutnant MAGI«
Adjutant der Widerstandsgruppe Südvogesen
Träger der Tapferkeitsmedaille
Designierter Ritter des Kreuzes
der Ehrenlegion, militärische Abteilung

An Herrn
General Albert Kroepf

Mon Général,

gestatten Sie, daß ich Ihnen meinen aufrichtig empfundenen Dank dafür übermittle, daß Sie die Patenschaft bei der Verleihung des Kreuzes der Ehrenlegion am 3. August auf dem Mont de Terny übernehmen wollen. Das Kreuz der Ehrenlegion gerade aus Ihren Händen zu empfangen bereitet mir aufrichtigste Freude und erweist gleichzeitig meiner Gemeinde eine hohe Ehre. Ich darf sagen, der Rahmen dieser Verleihung wird aus begründetem Anlaß besonders feierlich gestaltet werden. Ihre Teilnahme zugesagt haben bereits der Herr Abgeordnete unseres Département, mehrere Landräte, sämtliche Bürgermeister der Region, der Herr Unterpräfekt aus Parisey, das Erste Dragonerregiment aus Parisey, Schulen, Gymnasien, Vereine sowie eine Abordnung der Ordensverleihungskommission aus Paris. Ich kann mit Stolz darauf hinweisen, daß die Unterstützung, die mir auf breiter Ebene zuteil wurde, diese Feier zu einem Ereignis allerersten Ranges machen wird. Ich darf mich bei Ihnen auch im Namen meiner Mitstreiter und Untergebenen bedanken, die, unter uns gesagt, natürlich auch ihr Recht auf ein Fädchen dieses Bandes haben, das mir verliehen wird.

Mit vorzüglicher Hochachtung verbleibe ich
Marcel Gibet,
Bürgermeister
und Ratsherr

In der Provinzhauptstadt verschwand der Sack in einem Postwaggon in der Eisenbahn. Die beiden Briefe reisten nun zusammen durch weites grünes Land und tiefe Wälder Richtung Paris, aber nicht lange. Sehr bald wurde der Postsack geöffnet und die einzelnen Briefe in verschiedene Fächer eines Regals geschoben – je nach Arrondissement und weiterer Bestimmung. Lorains Brief flog in das eine Fach, Gibets Brief in ein anderes, und schließlich flog noch ein Briefchen mit weiblicher Handschrift und dem Poststempel von Parisey in ein drittes. Hierin teilte Mademoiselle Niquet der sehr verehrten Ernennungskommission der Ehrenlegion mit, daß sie beabsichtige, einen Prozeß gegen Marcel Gibet anzustrengen, und zwar wegen übler Nachrede und Beleidigung des Andenkens von Toten. »Daß Monsieur Gibet meine Eltern Pierre und Alice Niquet im August 1944 ohne Kriegsrat und Urteil ermordet hat (ihre scheußlich verstümmelten Leichen wurden nach dem Krieg unter kriminalpolizeilicher Aufsicht in der Nähe seiner Behausung, der sogenannten Vogelmühle bei St-Sauveur, im Walde ausgegraben) – dafür, meine Herren, kann er nicht mehr zur Rechenschaft gezogen werden, da er unter die Generalamnestie fällt, auch ist gewöhnlicher Mord inzwischen verjährt. Da er aber fortfährt, mich, die Tochter der von ihm ermordeten Menschen, zu verunglimpfen und meine Eltern weiterhin ohne jeden Beweis als Kollaborateure zu bezeichnen, verlange ich eine gerichtliche Klärung.« Die Briefschreiberin verblieb dann mit vorzüglicher Hochachtung in der Hoffnung, der Ernennungskommission eine wichtige Information nicht vorenthalten zu haben, etc. etc. – Mademoiselle Alice Niquet, Lehrerin in Parisey.

Sonst noch etwas Interessantes? Der Postsack aus Parisey war fast leer. Man näherte sich der nächsten Station, bei der die Schiebetür des Waggons aufgerissen werden würde und neue Säcke mit Schwung hereinfliegen würden. Hier, noch eine offene Postkarte.

»Liebe Tante Sylvie«, stand da in einer Schülerhandschrift. »Alles Gute zum Muttertag! Wir haben Yvonne einen Gartengrill geschenkt. Großvater geht es wieder gut. Wann kommst du uns besuchen? Viele Grüße, Dein Daniel.«

Einen Moment lang wurde die Postkarte hochgehoben, umgedreht, die Unterpräfektur von Parisey spiegelte sich im Weiher, ein weißer Schwan zog mitten durchs Bild, in der Ferne erkannte man ein Denkmal unter Platanen, dann verschwand auch dieses Poststück im dazugehörigen Fach, und der leere Sack flog in die Ecke.

»Chaumont, Chaumont«, kam es aus dem Lautsprecher. »Zwei Minuten Aufenthalt.«

Hoch über allen Wäldern, Flußläufen und Wasserscheiden flog ein Luftpostbrief aus Parisey erst nach Paris, dann nach Kuba. Es war der enthusiastischste von allen, typisch Renée, und begann mit »Oh, André! Wenn Du wüßtest, was ich alles erfahren habe! Ich war bei Lorain, der mich sehr freundlich empfangen hat. Wo soll ich anfangen? Ich kaufte in der Früh auf dem Markt einen Blumenstrauß. Judith meinte, ich solle auch Vogesenbonbons mitnehmen. Sie hat natürlich nicht an seinen Zucker gedacht. Vielleicht wollte sie ihn aber auch umbringen! Das Bild, das ich bisher von Gibet hatte, kommt übrigens einigermaßen ins Wanken. Lorain hat mir alles in großer Offenheit erzählt. Er macht einen sehr aufrichtigen Eindruck…«

Er endete mit »Nächstes Mal hoffentlich noch mehr… Viele Grüße auch an Melanie – Deine Renée Pasteur, Ex-Verräterstochter.«

II. Teil

15

Es wird nun Zeit, auf den Wappenspruch unsres tapferen Parisey hinzuweisen. Die Sonne im blauen Feld wurde bereits erwähnt – eine dieser Sonnen, die genausogut eine Quelle sein könnte, mit einem Gesicht in der Mitte und einem Strahlenkranz drumherum. Über Sonne oder Quelle schwebt eine Mauerkrone mit drei Zinnen – Parisey war hundert Jahre Freie Reichsstadt, bevor es französisch wurde –, und über dieser luftigen Befestigung wölbt sich ein Band mit der Aufschrift: »Undique nos tuere«.

Was heißt dies? Was lernt man in der Schule? Das eigenartige an solchen Wappensprüchen ist ja, daß ganze Fuhrparks von Gemeindefahrzeugen in unserem Jahrhundert mit Kiesladungen, Gartenwerkzeugen oder Reparaturmannschaften durch die Stadt fahren und auf beiden Türen eine Buchstabenkombination tragen, die ohne Nachhilfe niemand mehr versteht: Undique nos tuere! Undique nos tuere!

Viele erinnern sich von früher, daß »nos« uns heißt und »undique« überall, von allen Seiten. Aber »tuere«? *Töte* uns von allen Seiten? Wohl kaum. Im Gymnasium Desault, benannt nach dem berühmten Anatomen, lernte man, daß *tueri* ein sogenanntes Deponentium sei, ein Verb mit passiver Form, aber aktiver Bedeutung, im Leiden aktiv, gewissermaßen, oder aktiv leidend, und daß es drei Bedeutungen habe: Beachtung schenken, ernähren, beschützen. *Tuere* war die Befehlsform im Singular, so daß die Stadt also auf allen Urkunden, Schildern, Gemeindefahrzeugen, Formularen, Jubiläumsbildbänden und so weiter förmlich darum zu flehen schien: Beachte uns von *allen* Seiten! Ernähre uns von allen Seiten! Beschütze uns von allen Seiten!

Die erste Aufforderung richtete sich, wenn man so will, an die Welt, die zweite mehr an das Umland, das jeden Dienstag morgen in die Stadt einrückte, Markttag hielt und auf diese Weise Parisey tatsächlich von allen Seiten ernährte. Die dritte aber ging direkt nach oben, an den jeweiligen Schutzpatron, der das schutzlos in der Ebene gelegene Parisey mit Garantien oder Soldaten zu schützen versuchte – mit wechselndem Erfolg. Diese Bedeutung war die wichtigste, sie wurde von den Schülern gelernt, sie wurde in Reden und Ansprachen bemüht, sie schien sehr gut zur bewegten Geschichte der kleinen Stadt zu passen, die unglücklicherweise zwischen zwei mächtigen Ländern in einem Streifen Flachland eingeklemmt lag, der so etwas wie einen Korridor oder eine Pforte bildete, wobei die Stadt selbst ein wichtiges Tor zum dahinter liegenden Gebirge darstellte, außerdem einen Knotenpunkt zwischen Süd und Nord, Ost und West.

Ein einziges Mal waren die friedfertigen Einwohner

von Parisey auf den Gedanken gekommen, sich selber zu beschützen. Anstatt wie sonst die Tore zu öffnen und die Stadt einer marodierenden, ewig hungrigen Besatzung zu überlassen, schleppten sie mit großer Mühe zwei Kanonen in die Türmchen der Abtei und fingen an, von dort oben auf ein schwedisches Heer von zirka 2600 Mann zu schießen, das in den Sümpfen vor der Stadtmauer kampierte und vom Rheingrafen Otto Ludwig befehligt wurde, der bereits das ganze Elsaß erobert hatte. Dies geschah mitten im Dreißigjährigen Krieg, im Februar 1633, und zeigt, daß auch die geduldigste Bevölkerung eines Tages die Nase voll hat. Zum riesigen Erstaunen der Parisons hatte dieses Unternehmen Erfolg. Ein Verwandter des Rheingrafen wurde von der ersten Kugel getroffen und starb; während er noch von seinem Onkel betrauert wurde, fiel ein so gewaltiger Regen, daß das Heer vor den Stadtmauern plötzlich bis zur Brust im Wasser stand und sich gewissermaßen schwimmend entfernte. Die Belagerung wurde aufgehoben, und die dreihundert wehrhaften Parisons, verstärkt durch vierzig Kaiserliche und hundert Schweizer, konnten diesen Sieg selbst kaum fassen. Tatsächlich war die kleine Stadt in neunundneunzig von hundert Fällen auf Unterstützung von außen – oder von oben – angewiesen. Das Wunder von Parisey wiederholte sich nicht mehr, der Dreißigjährige Krieg wütete so heftig, daß die Stadtchronik wenige Jahre später verstummte und wir uns vorstellen können, warum: Parisey war ein Trümmerhaufen, zunächst noch schwelend und glimmend, dann erloschen, von Menschen und Tieren verlassen, ohne Papier, ohne Tinte, ohne Chronisten – eine Ruine.

In späteren Jahrhunderten wurden Städte nicht mehr belagert und erobert, sondern einfach durchquert, zum Beispiel 1870 von den Preußen, die sich besonders für die Weinkeller der Bevölkerung interessierten. Seit diesem Krieg lag Parisey nur mehr dreißig Kilometer von der deutschen Grenze entfernt; das Elsaß war deutsch geworden. Parisey, jetzt fast eine Grenzstadt, versteckte sich hinter Belfort, der berühmten französischen Festung mit dem Löwen, dem Bollwerk, das nie erobert worden war, und hoffte auf dessen Schutz.

Doch der Wahlspruch »Beschütze uns von allen Seiten« zeigte seine Berechtigung im Ersten Weltkrieg. Belfort hielt stand, von Belfort aus eroberten die französischen Soldaten sogar Teile des Elsaß zurück, aber Parisey wurde mehrmals das Ziel deutscher Luftangriffe, und die feindlichen Fliegerbomben fielen mit einer solchen Präzision auf das Militärische Hauptquartier und weitere wichtige Ziele, daß man sofort davon überzeugt war, dies sei das Werk von Agenten, damals sagte man noch Spione, kurzum von Verrätern, die dem Feind die Ziele angegeben hatten. Einhundertundfünfzig Parisons starben in diesem Krieg im Schützengraben oder unter Trümmern, ein fürchterlicher Tribut für eine so kleine Stadt. Die Namen der Gefallenen wurden nach Kriegsende in Porphyr gemeißelt, und die Stadt bekam an einem 14. August feierlich vom Staat das Ehrenkreuz verliehen, mit gekreuzten Schwertern und Zweig am Band, das sie sofort ihrem Stadtwappen hinzufügte. Kaum zwanzig Jahre später war schon wieder nur von Krieg die Rede. Vielleicht war der vorige Krieg noch gar nicht aus und vorbei. *Schütze uns von allen Seiten*, aber wie? Eingedenk der Fliegerbomben erließ man vorsorglich die Richtlinie, die Speicher der Häuser seien von allem brennbaren Material freizuräumen. Auch Verdunkelungen wurden angeordnet. Aus der Luft war Parisey verwundbar, von vorne glaubte man es gut geschützt. Es war von vorne auch gut geschützt. Nur kam der Feind diesmal von hinten.

Der Rest dieser Geschichte ist bekannt. Ist er wirklich bekannt? In groben Zügen vielleicht, aber nicht in feinen. Auch ist zu wenig bekannt, was sich da – fünfhundert Jahre nach der wundersamen Rettung Frankreichs durch die Jungfrau von Orléans – für ein doppeltes Wunder im Jahr 1940 ereignete.

Das erste Wunder war der Waffenstillstand, der viele Menschenleben rettete. Das zweite Wunder war der Widerstand.

Es gab damals, auch in Parisey, nicht wenig Menschen, die mit Grauen an den letzten Krieg dachten und daran, wie er vier Jahre lang Väter, Brüder, Männer und Söhne verschlungen hatte, wie ein riesiger Moloch. Unter denen, die so dachten, war auch ein ausgesprochen prominenter alter Kämpfer, Frankreichs Oberbefehlshaber, der Sieger im Ersten Weltkrieg, Marschall Pétain. Er hatte zwanzig Jahre später den Mut nicht mehr, von seinen Landsleuten dieselben Opfer zu verlangen, und kapitulierte vor der Übermacht – vorzeitig, meinten die einen, rechtzeitig, sagten die anderen. Er ließ den Waffenstillstand verkünden, als die Kämpfe noch im Gang waren. In einem Dorf unweit von Parisey hatten sich die Franzosen in ein paar Brückenhäusern verschanzt und verteidigten ihre Stellung so erfolgreich, daß sie vom Waffenstillstand förmlich überrascht wurden. Der Feind hörte die Nachricht als erster, signalisierte eine Feuerpause und teilte sie den Verteidigern in ihren Verschanzungen mit. Laut Befehl ihres eigenen Marschalls hätten sie jetzt unverzüglich ohne Waffen mit erhobenen Händen und weißer Fahne herauskommen müssen. Der kommandierende französische Leutnant war damit überhaupt nicht einverstanden. Er verwies auf seine Vorteilsposition und ließ ausrichten, daß er sich nicht ergeben werde. Er werde allenfalls mit seinen Waffen und mit der dreifarbigen Fahne abziehen, oder ansonsten weiterkämpfen. Der Feind sah dies unmittelbar ein. Freies Geleit wurde vereinbart. Die hartnäckigen Vaterlandsverteidiger kamen staubverschmiert aus ihren Mauerhöhlen, die Dorfbewohner hatten sich bereits wieder neugierig rechts und links davon versammelt und klatschten zusammen mit dem Feind Beifall. Die Toten, die es bisher gegeben hatte, drei junge Männer und ein Kind, waren vorher schon aus der Schußlinie gezogen worden und ruhten in einem Obstgarten unter Birnbäumen. Für sie kam der Waffenstillstand zu spät. Ein sonderbarer Fall, über den noch viel gesprochen wurde.

Man kann sagen, daß der Marschall für diese Entscheidung vor allem von Frauen und Müttern wie ein Heiliger verehrt wurde. Aber die Verehrung hielt kein Heiligenleben vor, denn sein Handeln führte ja direkt in die Besatzung, in die Sklaverei. Er selbst setzte sich an die Spitze einer Marionettenregierung, die im unbesetzten Süden Frankreichs im Sinne der Besatzer und anstelle der Besatzer für Ruhe und Ordnung sorgte – eine Handlungsweise, für die er nach dem Krieg beinahe zum Tod verurteilt worden wäre. Wie konnte der Löwe von Verdun, der Sieger und Retter Frankreichs, dermaßen absinken und zum Statthalter eines Unmenschen werden? Man hatte überlebt, aber irgendwann stellte sich die Frage: Überleben um jeden Preis – war das alles?

Der zweite Wundertäter stand im Rang deutlich tiefer als der Marschall, er war nur ein General, und begann seine Heldenkarriere mit dem Gegenteil einer heroischen Tat – mit Ungehorsam und Flucht. Er setzte sich mit einigen Getreuen nach London ab, entschlossen, der Tyrannei des Besatzers die Stirn zu bieten, und er brachte dies in einer bewegenden Rundfunkrede auch zum Ausdruck. Er rief zum Widerstand auf, nicht zur Kollaboration. Dies war das zweite Wunder. Denn niemand konnte sich zu diesem Zeitpunkt unter Widerstand etwas vorstellen. Widerstand war neu. Es war nicht einfach, die richtigen Worte dafür zu finden.

Aber der General fand sie, sie wurden gehört, und bereits einen Tag nach dem Waffenstillstand bestand der erste unfreiwillige Widerstandsakt der Nation darin, die Worte der Radioansprache – so flüchtig und doch so mächtig – aus dem Gedächtnis zu reproduzieren, weiterzuerzählen, aufzuschreiben, auszulegen. Was hatte er gesagt? Wer war das überhaupt? Ein General? Ganz frisch ernannt? Also ein Untergebener von Marschall Pétain? Warum geflohen? War er nicht ein Verräter? Mußte man dies nicht aus Vorsicht ignorieren und verschweigen? Was hatte er genau gesagt? Franzosen und Französinnen! Frankreich hat eine Schlacht verloren, aber nicht den

Krieg? Das klang zu schön, um wahr zu sein. – Und dann noch: Dieser Kampf hat Weltdimension, die Welt wird sich einmischen, die Karten werden neu verteilt, Franzosen, gebt euch nicht verloren, gebt nicht auf, dies wäre ein großer Fehler. Es klang gut. Die Schauer rieselten einem den Rücken hinunter beim Klang dieser Worte, und alles, was den Rücken hinunterrieselt, ist gut. Aber was konnte man tun?

In diese Zeit fiel das Gastspiel des berühmten Zauberers Rana. Er kam nur ein einziges Mal nach Parisey, im Frühherbst 1940, und sein Auftritt war unvergeßlich. Man hatte im Haus Pasteur lange darüber diskutiert, ob man hingehen sollte oder nicht, es gab schließlich anderes zu tun, und die gerade angekommene Schwiegertochter war hochschwanger und konnte sich beim Anblick von zersägten Jungfrauen womöglich versehen, aber René kam einfach mit den Karten nach Hause, er wollte sich das Spektakel nicht entgehen lassen, dieser junge Mann war immer zum Feiern aufgelegt, Krieg hin oder her, also ging die ganze Familie an diesem Sommernachmittag in die Arbeiterturnhalle mitten in Parisey, die man extra zu diesem Zweck hergerichtet hatte. Sie war voll, sehr voll. Gerade so, als ob die Leute von einem Zauberer die endgültige Offenbarung über das Leben, über ihren Zustand und die Zukunft erwarteten. Ja, von wem sonst? Von einem Zauberer bestimmt am allermeisten.

Der Zauberer Rana war einer, der im hellen Straßenanzug auftrat, also nicht im Frack, und er zersägte keine Jungfrauen, sondern warf gleich zur Begrüßung seine Lederhandschuhe in die Luft, die sich in zwei Tauben verwandelten und wegflogen. Dieses Kunststück wurde sehr bejubelt. Seine Hauptnummer aber war der Trick mit dem Taschentuch, eine Nummer, die noch nie jemand in Parisey gesehen hatte und von der man auch noch nie etwas gehört hatte. An einem Stöckchen schwenkte Rana zu Beginn ein großes weißes Taschentuch herum, es sah aus wie die Fahne der Kapitulation. Er hielt sie den Leuten in der ersten Reihe unter die Nase. Die mußten lachen. Man rümpfte die Nase. Die Stimmung war angeregt. Anschließend nahm Rana das große Tuch vom Stock, wendete es hin und her, schüttelte es auf komische Weise in alle Himmelsrichtungen aus und machte in aller Seelenruhe einen festen Knoten in einen Zipfel, als wolle er sich an etwas erinnern. Erneutes Herumschwenken, erneutes Vorzeigen. Dann steckte er das Taschentuch in einen schwarzen Kasten mit zwei runden Löchern in der Vorderseite und drehte sich einen Augenblick um, als müsse er etwas vorbereiten. Er wandte dem Kasten den Rücken zu. In diesem Moment steckte das Taschentuch zur freudigen Überraschung der Zuschauer den Kopf aus dem Loch hervor, als wäre es ein lebendiges Wesen. Es beugte sich voller Neugier heraus, schaute nach links, nach rechts, gähnte wahrhaftig, kratzte sich am Kopf und zuckte augenblicklich zurück, als der Zauberer sich umdrehte. Das Publikum fing an zu lachen, der Zauberer wandte sich überrascht ans Publikum – warum lacht ihr? –, das Taschentuch guckte wieder hervor, wurde diesmal vom Zauberer ertappt und zischte schuldbewußt im Inneren des Kastens herum wie eine Sternschnuppe, gut sichtbar durch die beiden großzügig ausgeschnittenen Kreise.

Rana fing an zu schimpfen und schlug mit seinem Stöckchen auf den Kasten. Das Taschentuch hüpfte im Takt dazu. Danach griff Rana in das linke Loch, bis zum Ellenbogen verschwand sein Arm, während das vorwitzige Taschentuch aus dem rechten Loch entkam und wie ein Miniaturschloßgespenst aufrecht über die Bühne schwebte.

Das Publikum jubelte und klatschte, und René flüsterte seiner Braut zu: »Er macht das mit Schnüren, aber man sieht nicht, wie.«

Der erzürnte Rana ging ein paar Schritte vom Kasten weg, und das Taschentuch stellte sich schlauerweise direkt hinter ihm auf, wo er es nicht sehen konnte. Es schien zu salutieren und die Hacken zusammenzuschlagen. Der Effekt war ungeheuer komisch, die Leute lachten. Rana ging wieder ein paar Schritte, das Taschentuch folgte ihm, salutierte wieder lautlos, stand wieder stramm, und der Reaktion der Zuschauer zufolge waren dies Momente der reinsten Lust. Aber Rana merkte natürlich, was hinter ihm vorging. Beim nächsten Mal drehte er sich unerwartet um und trat blitzschnell auf das arme Taschentuch, das Publikum schrie auf, das Taschentuch lag besiegt am Boden, ertappt, wie tot. Aber nicht lange.

Längst hatte sich das Publikum mit dem braven Taschentuch vollständig identifiziert und begleitete dessen Aktionen mit lautem Beifall. Das Taschentuch wurde immer kühner, sprang seinem Herrn auf die Hüfte, dann auf die Schulter und tanzte ihm im buchstäblichen Sinn auf dem Kopf herum. Dann sprang es wieder ab, schien dem Zauberer eine Nase zu drehen, man hörte es förmlich kichern. Ein schäumender, völlig aus dem Konzept gebrachter Rana griff zur Pistole, zielte und schoß. Es war eine silberne kleine Salonpistole, mit der das Taschentuch auf offener Bühne exekutiert wurde, aber sie knallte ziemlich laut. Zur Sicherheit schoß Rana noch ein zweites Mal und noch ein drittes Mal. Sein Quälgeist schien erledigt. Er lag flach und gab Ruhe – endlich.

Bedauernde Ausrufe im Publikum: »Steh auf!«, »Gib nicht auf!« – und siehe, das erschossene Taschentuch rührte sich wieder, es war gar nicht tot, es war noch lebendig, es wackelte mit dem Kopf, es erhob sich, flog wieder herum, und diesmal kam Rana mit einem großen durchsichtigen Weinballon aus den Kulissen, einer großen Flasche aus Glas. Er fing sein Taschentuch ein und fädelte es sorgsam durch den Flaschenhals. Der Kopf wollte nicht recht, wurde mit dem Stöckchen hinuntergedrückt, und plumps, da lag das Taschentuch unten in der Flasche, der Hals wurde verkorkt, hermetisch, der Geist war in der Flasche, und das Publikum dachte: Nun kann es nichts mehr ausrichten. – Aber es konnte doch, das Taschentuch war einfach nicht unterzukriegen, es hob den Kopf und fuhr bald so wild in der bauchigen Flasche herum, daß es den Korken in die Luft sprengte.

Als es die Flasche verließ, schien es größer zu werden, selbstbewußter in jedem Fall. Herr Rana hob die Hände in komischer Verzweiflung an die Ohren und ergriff schließlich vor seinem eigenen Taschentuch die Flucht. Das Taschentuch hatte seinen Herrn aus dem Feld geschlagen und verbeugte sich unter donnerndem Applaus. Aber als Rana wieder auf die Bühne kam, schien er ein anderer zu sein. Er trug ein Automobilistenkostüm mit lederner Kappe. Er winkte zum Abschied, holte die beiden Friedenstauben wieder aus der Luft zurück, verwandelte sie in zwei Lederhandschuhe, die er bedeutsam zweimal in die Innenfläche der linken Hand schlug und dann langsam überstreifte, als wollte er sagen: Ans Werk, liebe Leute. Der Beifall, den er zum Abschluß bekam, war frenetisch.

Die Parisons blieben heftig diskutierend mitten auf der Bahnhofsstraße vor der Turnhalle stehen oder begaben sich in kleinen Gruppen ins Café National. René Pasteur war umgeben von einem halben Dutzend junger Männer mit ihren Verlobten und Freundinnen. Dies hatte etwas mit Widerstand zu tun. Alle waren elektrisiert.

»Das Taschentuch hat's ihm aber gegeben!« sagte beispielsweise einer anerkennend, und seine Freundin echote: »He, es hat ihm ganz schön zugesetzt.«

Ein anderer begann die komischen Sprünge nachzumachen oder wie das Taschentuch im Kasten herumgefahren war. Schließlich überlegten sie, wie das möglich gewesen war. In diesem Augenblick sagte René Pasteur:

»Das Taschentuch war doch nur eine Marionette!« – worauf die anderen im Chor protestierten und laut aufschrien.

Nein, auf das Taschentuch ließen sie nichts kommen.

»Und hast du die Gesichter von den Offizieren gesehen!« sagte einer. »Denen hat das gar nicht gefallen!« – worauf die anderen wieder lachten und herumfuchtelten und dachten: Was das Taschentuch konnte, können wir eventuell auch.

Jemand – wer? – hatte mit Kreide auf eine Hauswand

groß und deutlich die Zahl »1918« geschrieben. Die jungen Leute gingen daran vorbei, und jedem einzelnen von ihnen leuchtete im gleichen Augenblick unmittelbar ein, was damit gemeint war. Rana, der Zauberer mit dem Taschentuch, packte in diesem Moment bereits seine komplizierten Geräte ein und fuhr damit zur nächsten Stadt. Sein Auftritt war vorbei, aber »1918« war eine Möglichkeit – für alle. Es war ein Datum, das die Besatzer ärgern mußte, mehr noch, das ihnen, ohne daß sie sich's eingestehen durften, Angst einjagte. 1918 hatten die Deutschen nach Anfangserfolgen einen Krieg verloren, und diesen hier würden sie auch wieder verlieren. Nadelstiche, gewiß, aber wie schön war es, Nadelstiche auszuteilen, wenn man die richtige Nadel besaß. Die ominöse Jahreszahl war wie eine Mode, eine Sucht. Sie wurde auf allen Hauswänden veröffentlicht und wieder abgewischt, es war ja nur Kreide, aber im Lauf von wenigen Wochen beobachtete man eine deutlich gestiegene Nervosität seitens der Besatzer, Nadelstiche zermürben eben doch, und es war ein erster Triumph, als die zukünftigen Widerständler erfuhren, die Deutschen hätten an allen Schulausgängen Kontrollen angeordnet, um zu verhindern, daß Schulkinder Kreide mit nach Hause nahmen.

Am Abend der Zaubervorführung ging Judith Arm in Arm mit René die Rue St-Sauveur hinunter, schmiegte sich an ihn und schmollte:

»Du sagst immer das Falsche.«

»Warum denn?« fragte René zerstreut.

»Sie waren so enthusiastisch… und dann kommst du mit Marionette!«

»Aber wenn es doch wahr ist?« verteidigte sich René. »Du glaubst doch nicht im Ernst an ein Wunder? Daß ein Taschentuch plötzlich lebendig wird?«

Judith sagte nichts mehr. Sie glaubte an Wunder, hatte immer an Wunder geglaubt. Aber warum einen schönen Abend verderben?

16

Im Haus Pasteur bereitete man sich auf Hochzeit, Geburt und Kindstaufe vor, alles sollte ungefähr zur selben Zeit geschehen. Man hoffte aber, die Hochzeit werde der Übersichtlichkeit halber den Anfang machen. Der Termin im Rathaus und in der Kirche war bestellt.

Am Morgen des bewußten Tages legte man in der Küche zwei hartgekochte Eier bereit, kontrollierte die Tischdecke, die Gläser, das gute Geschirr. Die Suppe brodelte schon im Topf, der Nachtisch stand gut zugedeckt im verschlossenen Keller. Ungefähr zur selben Zeit holten die Ministranten in der Sakristei von Sankt Martin den großen weißen Schleier aus dem hohen Schrank und klopften ihn aus. Es waren Knaben, die am Vormittag schulfrei bekommen hatten, und in Erwartung der begehrten Bonbontüten alberten sie so lange herum, bis Meßwein auf den Schleier fiel, aber nur auf den Rand.

Judith trug ihr weitestes Sommerkleid und darüber eine graue Jacke, und René war sichtlich stolz darauf, mit der schwangersten Braut von Parisey vor den Altar zu treten. Rathaus und Kirche lagen dicht beieinander, worüber Judith sehr dankbar war, weil sie sich schämte. Sie wäre am liebsten durch einen unterirdischen Gang vom Standesamt zur Kirche gekrochen und fühlte sich erst dann geborgen, als sie, vor dem Altar neben René kniend, von dem nach Mottenpulver riechenden Schleier vollständig eingehüllt war und die Gesänge und Gebete nur noch dumpf zu ihr durchdrangen. Dann wurde der Schleier weggezogen, sie sprachen beide laut und deutlich ihr Jawort und steckten sich die Ringe an, und von diesem Augenblick an war alles rechtens und in Ordnung und konnte das Kind ruhig kommen.

René konnte natürlich seinen Mund nicht halten und stellte weithin hörbare Überlegungen zum Schutzpatron der Kirche an.

»Hochwürden…«, sagte er zum Pfarrer, »ein Heiliger, der halbe Mäntel verteilt – wirklich sehr nobel. Aber in diesem Fall? Hätte er meiner Frau den ganzen herausgerückt? Ein halber nützt hier wenig, wie Sie sehen.«

Der Priester hob die Hände zum Himmel und sagte: »Bei diesen Temperaturen hätte Sankt Martin für Abkühlung gesorgt. Und wissen Sie, man wird nicht als Heiliger geboren. Vorher war er Soldat. Er mußte erst auf einen Bettler stoßen, um Heiliger zu werden.«

Judith hatte nervös gekichert, und ihre Schwiegereltern hatten säuerlich gelächelt. So wohlhabend waren sie nun auch wieder nicht. Und was die Schwiegertochter anging – sie besaß ja außer Jugend und Gesundheit und einer Ausbildung zum Stubenmädchen nichts, rein nichts.

Seufzend reichte man dem Priester eine Schachtel mit Pralinen. Unter das Zellophan war ein Geldschein geschoben. Der Pfarrer bedankte sich am Kirchenausgang, und alle gingen nach Hause.

Als René aus dem geschmückten Wagen stieg, reichte man ihm die Eier. Dies war der aufregendste Moment für die Kinder der Straße, aber auch für Erwachsene noch immer voller Spannung. Der Bräutigam mußte die Eier über das Dach des Hauses werfen, was bei den verhältnismäßig niedrigen Bauernhäusern nicht allzu schwierig war, und wenn ihm dies gelang, wenn die Wurfgeschosse also nicht »anstießen« und auf den Dachziegeln zerbarsten, durfte der junge Mann sicher sein, daß er Herr im Haus bleiben würde. Andernfalls war seine Autorität in Gefahr.

René nahm das erste Ei, holte kräftig aus und hielt plötzlich inne. Sein Gesichtsausdruck war so komisch, daß die Umstehenden herzlich zu lachen anfingen. Judith drehte sich um und lachte gleichfalls los. Ach! Der tadellose, fast immer etwas zu schöne René (besonders in Festtagskleidern) hatte sich zu seinem ungeheuren Entsetzen bekleckert! Eigelb tropfte auf die Manschetten, und Eiweiß lief in langen Schnüren am Tuch von Jacke und Hose herunter. Irgend jemand hatte in der Hitze des Gefechts die Eier verwechselt, das falsche Tellerchen genommen, und Renés Mutter eilte schon ins Haus, um die richtigen zu holen.

Sonst verlief alles gut und richtig, man war sich einig, man aß, sprach über das Wetter und die Alltagssorgen, trank auf die Braut und auf den Nachwuchs, erkundigte sich, wer Pate sein sollte, und suchte im Radio nach Musik, um ein wenig zu tanzen.

Zwei Tage nach der Hochzeit kam das Kind, angelockt von Lärm und Festtagsgeräusch, und drei Tage nach dem freudigen Ereignis stand nachmittags um fünf Uhr ein deutscher Soldat vor der Tür. Das hatte allerdings keiner erwartet.

»Was will denn der hier?« fragte Judiths Schwiegermutter hinter der Gardine. Ihr Mann stellte sich hinter sie, schaute ihr über die Schulter und sagte nach einer Weile: »Das ist ein Posten. Er hat uns damals angehalten, als wir aus dem Jura kamen. Ich erinnere mich an seine Brille. Judith!«

Judith ging schon wieder herum, das gähnende und blinzelnde Söhnchen im Arm. Sie erkannte den Soldaten ebenfalls.

»Was will der denn?« fragte sie neugierig. »Er kann mich doch jetzt nicht nach Savoyen zurückschicken, oder?«

Es wurde eine Zeitlang kurz, aber verbissen diskutiert. Schließlich sagte Renés Mutter:

»Wenn wir ihn noch länger draußen stehenlassen, sehen es *alle Nachbarn.*«

Man ließ den Soldaten herein, der die ganze Zeit vor der Tür schon versucht hatte, kein dienstliches, sondern ein privates Gesicht zu machen – so gut er es eben verstand.

Er erkundigte sich höflich nach Judiths Wohlergehen, bemüht, aufkeimenden Verdacht zu zerstreuen. Nein, er wollte nichts kontrollieren, protokollieren, niemanden abholen, keine Papiere sehen. Es war unglaublich, aber ihn hatte die wandernde Hochschwangere vor drei Wochen einfach beeindruckt, und er wollte nur wissen, ob alles gutgegangen sei. Mit einer Geburt war heutzutage nicht zu spaßen. Zufällig hatte er in der Gegend zu tun gehabt, und weil man ihm damals Wohnort und Straße genannt hatte, war er vorbeigekommen. Stolz präsentierte er eine Wurst, eine Salami – als Geschenk für Mutter und Kind.

Die Familie Pasteur war vollkommen erschlagen. Was

jetzt? Dies war so ungefähr das Unerwartetste, was sie je erlebt hatten. Der Besatzer entpuppte sich als gewöhnlicher Mensch und handelte wie ein guter Nachbar, man konnte die Wurst schlecht ablehnen. Gleichzeitig wäre es den alten Pasteurs hundertmal lieber gewesen, dieser Soldat hätte seine mitmenschliche Neugier bezwungen und wäre nie aufgekreuzt. René war nicht da, arbeitete wie üblich auf dem Feld, und Judith, die Ahnungslose, nahm die Sache völlig naiv auf. Sie strahlte. Man schenkte ihrem Kind eine Wurst! Dazu noch eine Dauerwurst, sie konnte sie vielleicht aufheben, bis das Kind selbst etwas davon hatte! Widerstrebend bot der Schwiegervater auf ihr Drängen hin dem sonderbaren Feind einen Schnaps an. Der Feind mußte zum Glück wieder in den Jura zurück, aber jetzt saß er hier und machte keine Anstalten zu gehen. Was tun mit einem Feind mit Wurst?

Fieberhaft sannen die Pasteurs nach, wie sie diesen Gast so schnell wie möglich wieder loswerden konnten. Als Judith mit dem eingeschlafenen Kind aus dem Zimmer ging, erhoben sich die beiden Eltern wie auf Verabredung und bedeuteten dem Soldaten, sie müßten jetzt in den Stall. Sie illustrierten ihren Vorsatz dem plötzlich begriffsstutzig gewordenen Mann mit Zeichen und Geräuschen, sie muhten, melkten, schaufelten Mist und brachten es immerhin so weit, daß der Fremde aufstand, sein Schnapsglas leerte und sich zögernd umwandte. Ah! Nur ein paar Schritte durch den Flur trennten ihn von der Haustür, die man gut hinter ihm zuschließen würde – aber da kam von der anderen Seite durch die Hintertür René, verschwitzt und neugierig, und alles fing wieder von vorne an.

Aus Protest gingen die Eltern Pasteur wirklich in den Stall. René in der Stube erkundigte sich nach allerlei Einzelheiten, zum Beispiel dem Verlauf der Demarkationslinie, wo der Soldat Dienst tat, wie und wann, wie oft er Urlaub hatte, wann Feierabend – und so weiter, und so fort. Umgekehrt wollte der Soldat wissen, was man von der Arbeit der neuen Regierung halte – Arbeit, Familie, Vaterland, Pétains Wahlspruch, das sei doch, was alle Völker wollten, oder nicht? Jeder, der selbst eine Familie gegründet habe, könne dies nachvollziehen.

Das Wechselgespräch ging so lange angeregt hin und her, bis die Eltern Pasteur mit finsterer Miene aus dem Stall zurückkamen und den Gast mit schöner Eindeutigkeit zur Tür begleiteten und aus dem Haus komplimentierten. Sie warteten genau die paar Sekunden, bis er außer Hörweite war, und begannen dann, ihren Sohn anzuschreien.

»Was hast du so lange mit ihm zu besprechen? Bist du verrückt geworden? Was sollen die Nachbarn denken? Hast du nichts Besseres zu tun?«

»Aber ich sammle Informationen!« verteidigte sich René. »Wer weiß, vielleicht muß jemand über die Grenze gebracht werden! Was schadet es, wenn man einen aus dieser Mannschaft kennt?«

»Aber was werden wir den Nachbarn sagen?«

»Daß es der Taufpate war«, meinte René mit seinem untrüglichen Sinn für falsche Witze. Als die Entrüstung sich gelegt hatte, fuhr er vernünftiger fort, man müsse den anderen eben erklären, daß dieser Soldat, ein Posten an der Grenze zwischen besetzter und sogenannter freier Zone, nachträglich habe kontrollieren wollen, ob Judith eine echte Schwangere gewesen war oder eine Schmugglerin, daß er nach allerlei Papieren gefragt und Schikanen angedroht habe im Falle eines erneuten Grenzübertritts – »und so war es ja beinahe auch«, fügte er beruhigend hinzu.

Sein Vater sagte: »Aber die Wurst?«

Judith und ihre Schwiegereltern versuchten sich zu erinnern, wo die Wurst gewesen war, als sie durch die Gardine geschaut hatten: In einer Tasche. Unsichtbar. Sie hing bereits in Stanniolpapier gewickelt in der finsteren Speisekammer, neben anderen Würsten.

»Würste reden nicht«, sagte René.

Das winzige Söhnchen wurde ohne weitere Probleme in Sankt Martin auf den Namen Georges getauft (»Lieber einen Drachentöter als einen Mantelteiler«), die Episode mit dem unerwünschten Paten blieb folgenlos.

Oder doch nicht? Judith dachte später oft darüber nach. Andere wurden schon wegen Geringerem bestraft – das Bauernmädchen, das an einem kalten Wintertag im Bus saß, vom Dorf zur Stadt, und zu ihrer Überraschung von einem Uniformierten mit den Worten: »Oh, Mademoiselle, beaucoup froid!« einen deutschen Soldatenmantel umgehängt bekam, diesen Mantel nicht abzustreifen wagte und wie ein verzagtes Hühnchen darunter sitzenblieb, während immer neue Bekannte aus Nachbardörfern zustiegen und sie erstaunt betrachteten – vielleicht war Renés Tod im Jahr 1944 das Strafgericht für diese Wurst? Aber nein, niemand wußte davon, niemand ahnte davon, der reißende Strom der Ereignisse war längst darüber hinweggegangen.

17

Was wußte man überhaupt in dieser verworrenen Zeit? Tagsüber dröhnte die deutsche Propaganda, nachts behauptete der Sender BBC das Gegenteil, und dazwischen klangen die pathetischen Beschwörungen aus Vichy irgendwie schief und hohl und unangenehm autoritär. Was sollte man glauben? Jeder, der behauptete, etwas ganz sicher zu wissen, fand viele Zuhörer. Man hörte an, was er zu sagen hatte, speicherte es im Gedächtnis, glaubte es, oder auch nicht, drehte es hin und her und erzählte es bei Gelegenheit weiter. Die 1918-Welle war abgelöst worden von einer anderen Mode, dem V-Zeichen. Alle Alleebäume, Litfaßsäulen, Hauswände trugen das englische Zeichen für Sieg, man konnte es mit der Schuhspitze rasch in den Sand ritzen, man konnte die Hand verstohlen zum V formen, es war in Kaffeehäusern Mode geworden, die bezahlten Rechnungen in V-Form einzureißen. Man erzählte sich, daß die Metroschaffner in Paris alle Fahrkarten nur noch in V-Form abrissen. Kinder legten Vs aus Stöckchen und Ästen und rannten dann schnell weg. René Pasteur sah, auf der Terrasse des Café des Vosges sitzend, mit eigenen Augen, wie schräg gegenüber ein wütender Feldwebel zwei Stangen wegkickte, die zufällig in V-Form an der Hausmauer der Feldgendarmerie gelehnt hatten.

Der junge Mann, der in seiner spärlichen Freizeit gern ins Café ging, saß neuerdings immer öfter auf der Terrasse des Café des Vosges. Dort sah man mehr als im Café National. Das Café National lag ungefähr in der Mitte der langen Hauptstraße, wo nichts los war, das Café des Vosges dagegen am oberen Ende, wo sich die Feldgendarmerie in einem hübschen Stadthaus eingenistet hatte. Gleich daneben lag das sogenannte Soldatenheim. Folglich herrschte dort ein ständiges Kommen und Gehen, Anfahren und Abfahren.

Das Café des Vosges hatte immer ein Schattendasein geführt und blühte jetzt auf. Nicht nur Neugierige wie René kamen in Scharen, sondern auch die Objekte dieser Neugier, die deutschen Soldaten selbst. Der Pächter, ein mürrischer dicker Mann Ende fünfzig mit einer Schwester, die für Ende dreißig durchgehen konnte, mußte neue Stühle dazustellen und seinen Vorrat an Bier und Kaffee aufstocken. Bald mußte er auch noch eine Bedienung einstellen, denn seine Schwester übernahm die Honneurs und saß stundenlang am Tisch der Unteroffiziere. Man verständigte sich recht und schlecht. Die Schwester sah gleichmütig und verdrossen drein, aber ein guter Beobachter konnte leicht feststellen, daß sich langsam zarte Bande spannen zwischen ihr und einem dicken Feldwebel, der in kindlicher Naivität aller Welt die Fotos von seiner Frau und seinen Kindern zeigte, während er dabei, über sich selbst gerührt, den Arm um die molligen Schultern der Pächterin legte.

René war an den inneren Vorgängen weniger interessiert als an den äußeren, gegenüber, auf der Straße. Das Soldatenballett faszinierte ihn. Parisey war Garnisonsstadt, was bedeutete, daß ständig Truppen an- und abreisten, die Kaserne immer voll belegt und die Feldgendarmerie am anderen Ende der Stadt damit beschäftigt war, Papiere abzustempeln, Urlaubsscheine auszustellen, zu telefonieren, zu salutieren, Passierscheine und Quartierscheine auszugeben, wieder zu telefonieren, die Landkarte zu betrachten, Delinquenten zu verhören, Probleme mit Lieferanten zu regeln und dergleichen mehr. Eine insgesamt eher unproduktive Tätigkeit, aber hochwichtig, wenn man dazurechnete, daß auch jeder französische Schulausflug genehmigt werden mußte, jeder allgemeinbildende Vortrag, jede Landwirtschaftsveranstaltung, jede Kirmes, jeder Markt, jede Kinovorführung. Darüber hinaus wurden auch noch alle Zeitungen zensiert und Erlasse zweisprachig abgefaßt. Bei Gott, ein gewaltiger Haufen Arbeit, und man wunderte sich, wie es vorher überhaupt ohne die Besatzung hatte gehen können.

René beneidete glühend alle Landsleute, die in diesem Moment in Ämtern und Institutionen saßen und dort insgeheim schon begonnen hatten, jenem riesigen parasitären Verwaltungskreislauf ihrerseits vampirisch Blut abzuzapfen. Als Eingeweihter konnte man das tun. Man konnte Blankopassierscheine entwenden. Man konnte Lebensmittelmarken und die dazugehörigen Informationen klauen, um sie von Fälscherwerkstätten fälschen zu lassen. Man konnte als Eisenbahner die Augen offenhalten und sehen, wann und wie die Munitionszüge fuhren, vor allem, wohin. Man konnte überhaupt Informationen sammeln und sie an die Engländer weitergeben.

Nichts von alledem war für René gedacht. Er saß in keiner Institution und nicht einmal in einer Fabrik, wo man sich nützliche Sabotageakte ausdenken konnte. Er war Bauer. Das war sein Stand, und ein Stand konnte keinen Widerstand leisten. Schließlich konnte er Gemüse und Getreide nicht am Wachstum hindern und die Kuh nicht am Milchgeben. Zwar konnte er die Auflagen bei der Ablieferung irgendwie unterlaufen, natürlich, und beispielsweise jemanden miternähren, der untergetaucht war. Aber die wirklich große Sache war das nicht, dachte er. Die wirklich große Sache hatte mehr mit Detektivspielen zu tun, mit heimlichem Fotografieren von Militäranlagen, mit nächtlichen Funksprüchen, mit Enttarnen von Agenten und Anwerben Gleichgesinnter.

Auch ein anderes Gebiet blieb ihm zu seinem Leidwesen verschlossen, das weite Feld des heimlich Geschriebenen, Gedruckten und Vervielfältigten. Hätte er doch in der Schule besser aufgepaßt! Aber Wörter, Sätze, Rechtschreibung waren ihm immer nebensächlich erschienen, etwas für Frauen, die Wäschelisten und Briefe schreiben mußten, und Etiketten für eingemachtes Obst.

Die ersten Flugblätter wurden tatsächlich von Frauen gedruckt, und zwar mit den Stempeln und Handpressen ihrer lieben Kleinen. *Meine Kinderpost* sorgte auch in Parisey für manches Pamphlet, dessen Spur sich in der Ladenhöhle des griesgrämigen Spielzeug-Muller verlor. »Woher soll ich das wissen?« raunzte er bei einer Befragung, zuckte mit den Achseln und drehte die Handflächen nach oben. »Seit Jahren verkaufe ich zehn Schachteln Kinderpost vor Ostern und zwanzig vor Weihnachten, aber an wen, darüber führe ich doch nicht Buch!« – »Sollten Sie aber tun«, bekam er als Ratschlag zurückgeraunzt. »Bei

Schreibwaren auch?« konterte Spielzeug-Muller. »Nächstens kommen Sie mir mit Schreibwaren! Was ist mit chinesischer Tinte? Anilinstiften? Stempelkissen? Machen Sie mir erst eine Liste von allen Gegenständen, über die ich Buch führen soll.« Und als die Uniformierten wütend sein Geschäft verließen, hatte er ihnen hinterhergerufen: »Und vergessen Sie nicht die Kartoffelstempel.«

Über diesen Witz hatte man im Café gelacht. Er war zwar nur eine Abwandlung des im Département beliebten Kartoffelwitzes, aber was für eine! René erinnerte sich einer entfernten Verwandtschaft mit Spielzeug-Muller, das heißt, mit dessen Frau, einer stattlichen blonden Frau namens Céline. Sie war eine geborene Pasteur, und René hatte vor fünfzehn oder zwanzig Jahren das Privileg gehabt, unter ihrem Ladentisch sitzen zu dürfen.

Céline hatte, während sie Päckchen für die Kundschaft einwickelte, ununterbrochen geredet. Es ist nicht leicht, im Handel tätig zu sein. Redet der Händler nicht, tun es die Kunden und nebeln ihn mit unangenehmen Geschichten ein oder stellen dumme Fragen. Céline zog es daher vor, selber Gesprächsstoff abzuspulen, und René hörte mit einem gewissen Interesse, was sie über eineiige Zwillinge oder Kinder mit einem Knick im oberen Ohrrand oder die Wahrsagerin Madame Soleil oder über Tote alles zu sagen hatte. Er sah sich selbst in einem Erinnerungsblitz unter dem Ladentisch sitzen, in der Hand ein winziges Indianerpüppchen. Céline drehte oben eifrig die achteckige Schubladensäule, ein rumpelndes Geräusch. Ihre Worte schwebten über ihn hinweg und drangen gleichzeitig durchs Holz. »Sie spüren es, doch, glauben Sie mir! Die

Armen, sie spüren, ob man sie besucht oder nicht...« Sie erzählte von zwei alten Tanten in einer anderen Stadt, die ihre Verwandtschaft überlebt hatten und als letzte begraben wurden. Niemand kam an ihre Gräber. »Ganz allein liegen sie da... Tote spüren es! Sagen Sie, was Sie wollen! Das ist der Grund, warum wir an Allerheiligen auf den Friedhof gehen. Sie sind ja so bescheiden. Einmal im Jahr genügt. Das zeigt ihnen, daß wir noch für sie da sind. Soll ich auch eine Schleife darauf machen?«

Sonderbare Erinnerung. Die Püppchen waren auf einem Stück Pappkarton angekommen, mit Bindfaden vernäht. Ein Karree aus lauter Püppchen.

René trank seinen Pastis und dachte an das Spielzeuggeschäft. Das stand ja eigentlich noch genau so da wie früher. Er konnte vorbeigehen und eintreten und die Ladenglocke anschlagen hören.

Céline hatte inzwischen weiße Haare bekommen, sie sahen sich manchmal bei Familienfeiern. Ob sie noch im Laden stand, wußte er nicht. Neben ihrem Geschäft führte eine gepflasterte Einfahrt in einen Hinterhof, der voller Gerümpel gewesen war. Dort hatte er als Kind auch gespielt. Die Hinterhöfe verschiedener Straßen hingen oft durch schmale Mauerwege zusammen, das reinste Labyrinth. René erinnerte sich plötzlich an die gedrungene Steinfigur in der Nische über dem Torbogen. Es war eine Königin mit Krone auf dem Kopf, sie stellte Justitia dar, mit Waage und Schwert. Er beschloß, auf dem Heimweg daran vorbeizuradeln und nachzusehen, ob sie dort noch thronte.

»He, was glotzt du so blöd?« fragte jemand hinter ihm.

René sah auf und entdeckte den Pächter, der kassieren wollte. Im Café des Vosges wurden die Rechnungen natürlich nicht V-förmig eingerissen. »Was starrst du meine Schwester an?« wollte der Pächter wissen. »Hat sie vielleicht zwei Köpfe?«

René folgte seinem Blick. Tatsächlich. Eine Frau mit zwei Köpfen. Der eine trug einen Schnurrbart und gehörte dem Feldwebel, der andere ihr selbst.

»Jetzt, wo du es sagst«, antwortete René. »He... du könntest auf dem Jahrmarkt Geld dafür bekommen. Aber es ging mir nur um eine Erinnerung.«

Der Pächter schaute ihm wenig freundlich nach.

Im zweiten Jahr der Besatzung kam Lorain und wollte ein Stück Land kaufen.

René betrat das Haus wie üblich durch die Hintertür und sah in der Stube einen kleinen kräftigen Herrn sitzen, der unnatürlich ruhig wirkte. Unnatürliche Ruhe, fand René, war oft Zeichen eines starken Temperaments, das durch einen noch stärkeren Willen beherrscht wurde. Der Besucher schien ihm interessant. Er war mindestens zehn Jahre älter als René. Die Eltern hatten offenbar schon längere Zeit mit ihm gesprochen, aber sie faßten für ihn alles noch einmal zusammen.

»Sie wohnen in Lataine«, sagte Renés Vater kurz. »Herr Lorain ist bei der Elektrizitätsgesellschaft angestellt. Seine Frau hat ein Fuhrunternehmen.«

»Bei der Elektrizitätsgesellschaft?«

»Ich kontrolliere die Hochspannungsanlagen«, sagte Lorain freundlich.

Ah! Immer dasselbe. Die jungen Leute waren von dieser Mitteilung förmlich elektrisiert.

Renés Augen glitzerten. »Dann könnten Sie also den Strom abschalten?« fragte er sofort.

»Herr Lorain möchte hinten ein Stück Land kaufen«, fuhr Renés Vater fort. Was für dumme Fragen sein Sohn stellte.

»Warum gerade hier?« wunderte sich René.

»Die Schwester von Herrn Lorain wohnt weiter oben in der Straße. Du kennst sie – Mademoiselle Lorain, die Lehrerin.«

»Ja, vom Sehen«, sagte René. Die Lehrerin hatte vor Jahren einen großen Streifen Obstbaumwiese gekauft und ein schönes Haus darauf gebaut. Es mußten vermögende Leute sein, die Lorains.

»Und zwar wie folgt«, sagte der alte Pasteur, drehte einen Suppenlöffel um und fing an, auf das Holz zu kritzeln.

Das Grundstück der Pasteurs lag der Länge nach wie ein breites Handtuch zwischen Straße und dem Mont Chaste. Lorain wollte nicht bloß am oberen Ende – in der Nähe seiner Schwester – einen Querstreifen abschneiden, gewissermaßen den Saum mit Fransen, nein, er wollte im rechten Winkel dazu auch noch einen Längsstreifen haben, der hinten am Berg über die ganze Länge des Grundstücks laufen sollte, insgesamt ein großes L. Etwas, das dem alten Pasteur sehr gelegen kam, denn der Längsstreifen am Berg hinten war schattig und feucht.

»Wozu denn dieser lange Arm?« wollte René wissen.

Lorain erläuterte, daß er dort die drei Lastwagen seiner

Frau einstellen wollte, zunächst unter ein Behelfsdach, später einmal in einer Garage. Sein Wohnhaus wollte er im Schnittpunkt des L bauen – also an dem Punkt, der vom Bauernhaus der Pasteurs am weitesten entfernt war.

»Sie werden nichts davon merken«, beteuerte er.

»Aber der hintere Streifen ist ganz sumpfig«, wandte René ein.

»Wir würden ihn für die Lastwagen trockenlegen und mit Kies aufschütten.«

Der alte Pasteur und der Besucher redeten eine Weile über den Kaufpreis. Anschließend fuhr Lorain wieder ab. René bewunderte draußen vor dem Haus den schwarzen Voisin.

»Schönes Auto, das Sie da haben!«

»Lassen Sie sich ruhig Zeit«, sagte Lorain beim Einsteigen. »Es eilt ja nicht. Besprechen Sie es in Ruhe mit Ihrer Familie.«

Aus der ruhigen Besprechung wurde ein wochenlanger Streit. Der alte Pasteur wollte gern verkaufen, seine Frau nicht. René schloß sich eher dem Vater an, Judith ihrer Schwiegermutter. Frauen! Sie mögen keine Veränderungen, sind ängstlich, rückschrittlich. Der alte Pasteur redete auf sie ein wie auf zwei lahme Gäule.

»Versteht ihr denn nicht? Wir könnten selbst sofort anfangen zu bauen! Das kleine weiße Haus! Das Terrain vermissen wir gar nicht! Es ist ohnehin das schlechteste!«

»Aber dann bekommen wir noch einen Nachbarn!«

»Na und? Die ganze Welt besteht aus Nachbarn! Hast du je etwas von der Lehrerin bemerkt? Von seiner Schwester?«

»Aber er rückt uns ja viel dichter auf den Pelz! Noch dazu mit drei Lastwagen!«

»Aber das ist doch nur von Vorteil! Vielleicht überläßt er sie uns mal!«

»Der?! Er ist bestimmt geizig. Ich kenne solche Leute. Wieso, meinst du, hat er es so weit gebracht? Doch nur durch Geiz! Seine Frau haut wahrscheinlich die Leute übers Ohr. Ich will keine Nachbarn.«

René mischte sich ein. »Ich finde es wichtig, solche Leute zu kennen. Er ist bestimmt politisch.«

»Ein Grund mehr!« rief seine Mutter entsetzt. »Ich will nichts mit ihm zu tun haben!«

Judith sagte nichts, denn sie wurde nicht gefragt. Ihre Meinung schwankte. Sie fand Nachbarn lästig, aber das kleine weiße Haus schien ihr nützlich, denn sie erwartete ihr zweites Kind.

18

In Renés Erinnerung sprangen manchmal die Zeiten durcheinander. Da war der Aushub für Lorains Haus, aber auch der Gang zur Wahrsagerin, und der war deutlich früher. Seine Mutter hatte sich die ganze Zeit gegen den Grundstücksverkauf gesperrt und endlich beschlossen, *die Frau im Wald* aufzusuchen – eine Seherin. Die Frau im Wald genoß in Parisey und Umgebung höchstes Ansehen, allerdings nur bei Frauen, und sie wurde nur im äußersten Notfall befragt, denn die Anreise war mühsam. Zu Fuß ging man fast einen halben Tag durch den Wald, mit dem Fahrrad zwei Stunden, aber der Hinweg stieg steil an.

Renés Mutter hatte ursprünglich allein losgehen wollen und niemandem gesagt, wohin. Im letzten Moment kamen ihr Bedenken. Die Wälder waren nicht mehr sicher, die Straßen auch nicht. Sie nahm René mit und außerdem ein Säckchen Mehl und einen Klumpen Butter. Sie fuhren mit dem Fahrrad an den stillen Kanälen entlang, deren Wasser fast über die Ufer lief. Es war schwarz und blank, und wo die Bäume sich darin spiegelten, bunt. Die beiden Pasteurs, Mutter und Sohn, waren für die Schönheit dieser Natur absolut unempfänglich, vielleicht nicht grundsätzlich, aber in diesem Moment. Große Ahornblätter schwammen auf dem dunklen Wasser. Sie fuhren an stillgelegten Minen und Salinen vorbei. Eichen und Buchen säumten die Waldwege.

»Was sagen wir, wenn wir in eine Kontrolle fahren?«

»Die Wahrheit.«

»Daß wir zu einer Wahrsagerin gehen?«

»Daß wir eine einsame alte Frau besuchen.«

Ein vierundzwanzigjähriger Mann und seine Mutter radelten die weißlichen Waldwege entlang, im hellen, ja heiteren Laubwald. Der kreidige Boden ließ zu allen Jahreszeiten die herrlichsten Blumen blühen, Orchideen, Fingerhut, Glockenblumen, und die beiden Menschen hatten Angst. Sie waren unterwegs zu einer verrückten alten Frau, die in einer Kapelle hauste, um ihr eine ganz private Frage zu stellen, aber sie mußten fürchten, angehalten zu werden. Von einer nervösen Militärstreife im Kübelwagen, die bei allem, was Wald anging, schon äußerst gereizt reagierte. Wofür das Mehl? Wofür die Butter? Fuhr man vielleicht zu einem männlichen Verwandten, der sich im Wald versteckte? Weil er ein entflohener Kriegsgefangener war? Oder einer dieser Terroristen? Wollte der junge Mann vielleicht selbst auf Nimmerwiedersehen in den Wäldern verschwinden?

Lästige Fragen. Die beiden fuhren schweigend. Es war schlimm, daß das Land besetzt war. Die Angst legte sich über die Menschen wie ein Vergrößerungsglas.

Nach einer Weile sagte Renés Mutter: »Hier müssen wir abbiegen. Hier, oder die nächste.«

Der Kanal entfernte sich. Das dunkle Wasser stand höher als die grasbewachsenen Ufer und wurde von rostigen Eisenplatten festgehalten, die in den Boden gerammt waren. Mit einem Schiff würde das Wasser leise überschwappen, glucksend und still, wie die Landschaft hier.

Das Seitental, in das die beiden Pasteurs hineinfuhren, war wie ein breiter grüner Trog, dichte grüne Weide oder Waldwiese, unterbrochen von Baumgruppen, ein schöner Landschaftspark. Es war das Revier der Glashütten und kleinen Glasfabriken. Die Abholzung war fortgeschritten, aber die Fabriken lagen längst still. Keine fünfundzwanzig Jahre früher hatte man noch angefangen, Arbeitersiedlungen auf die Lichtungen im Wald zu bauen. Das fertige Glas wurde mit der Seilbahn zum Kanal gebracht, aber umgekehrt schien die Versorgung schwierig. Die Siedlungen wurden wieder aufgegeben, die Arbeiter zogen lieber in die Dörfer und fuhren dafür längere Wege. Dann änderten sich die Verfahren in der Glaserzeugung, die Herstellungsweise wurde unrentabel, und heute war alles verlassen und still. Kühe grasten im Sommer auf den Wiesen, und die Hütekinder suchten wahrscheinlich noch immer nach dem Erdspiegel, der vom bösen Venediger irgendwo versteckt worden war. Mit diesem Zauberspiegel konnte man die Bodenschätze erkennen, die im weiten Umkreis in der Erde versteckt lagen. Es war außerordentlich schwierig, sich des Spiegels zu bemächtigen, ohne vom Fluch des Venedigers getroffen zu werden, der sein Eigentum auf diese Art gesichert hatte.

Madame Pasteur mußte lächeln, als sie daran dachte, wie sie sich früher, selber Kühe hütend, den Venediger vorgestellt hatte. Ein finsterer Mann mit geschnürtem Räuberhut und Umhang und Dolch. Fand man seinen Erdspiegel und rührte ihn an, stand er plötzlich hinter einem. Sein Gesicht im Oval auftauchen zu sehen war schieres Entsetzen. Dann zeigte einem der unheimliche Mann den elterlichen Hof im Spiegel, klein wie Spielzeug, aber wunderbar komplett, das Herz wurde einem warm beim vertrauten Bild, hier die Eltern, die Geschwister, der Hofhund, die Katze – bis das Ungeheuer mit seinem Finger auf eines der kleinen Geschöpfe deutete, das, wie man wußte, sofort erkrankte oder tot umfiel.

Der Venediger war ihr im ganzen Leben nicht erschienen. Madame Pasteur dachte, daß er wahrscheinlich harmloser war als die vielen Soldaten, die heute in Feldgrau herumgingen, denn er begnügte sich mit einem Hund oder einer Katze, wie im Märchen. Die Soldaten gaben es wohl nicht so billig, vorausgesetzt, man hatte ihren Spiegel berührt, sei es mit Absicht oder aus Versehen.

Das Tal stieg leicht an, und René fragte in Gedanken: »Und wenn sie dort oben wirklich Menschen bei sich versteckt, was meinst du? Niemand könnte die finden.«

»Möglich. Aber wer soll sie versorgen?«

»Wie versorgt sie sich denn selber?«

»Sie holt Milch und Brot bei den Bauern.«

»Und kommt nie in die Stadt?«

»Nein. Sie ist zu alt und zu dick. Sie ging damals schon am Stock.«

»Damals?« fragte René. »Wann warst du denn das letzte Mal bei ihr?«

»Das ist lange her. Sehr lange.«

»Vor meiner Geburt?«

»Nein, so lange nicht.«

»Maman, sag schon, warum warst du bei ihr?«

Madame Pasteur betrachtete die Landschaft. »Ich erzähle es dir später.«

»Nein, jetzt!«

»Mein Gott, bist du neugierig. Ich war nur ein einziges Mal mal bei ihr. Nicht daß du denkst, ich würde dort alle Nase lang hinlaufen. Es war, als es uns so schlecht ging. Vor zehn Jahren, als dein Vater lauter rätselhafte Unfälle hatte.«

»Und was wolltest du von ihr wissen?«

Madame Pasteur zögerte. René ließ nicht locker: »Sag schon – was hat sie gesagt?«

»Sie sagt nie etwas. Sie gibt einem einen Zettel mit, und da steht es drauf.«

»*Was* stand drauf?«

Renés Mutter schwieg.

»Schreibt sie einen ganzen Satz? Oder ein Horoskop? Oder was?«

»Mein Gott! Du warst als Kind immer schon so neugierig. Es war sehr schwierig, dich abzuwimmeln.«

»Warum willst du mich denn abwimmeln? Sag es mir einfach, und du bist mich los.«

»Also gut«, sagte Renés Mutter und stieg vom Fahrrad. »Also gut, aber ich fange von vorne an. Tatsächlich hat es auch etwas mit Nachbarn zu tun. Das merke ich jetzt erst. Wie komisch.«

»Wie – mit unserem Nachbarn, dem Steinmetz?«

»Ja.«

»Aber wir leben doch in gutem Einvernehmen?«

Sie schoben die Räder nebeneinander her. Der Weg stieg sanft gegen den Wald an.

»O ja. Ja. Aber… vor ungefähr zehn Jahren… da fing dein Vater eine Pechsträhne ein. Es begann mit einer kleinen Entzündung. Er bekam Fieber, war benommen und hackte sich mit der Axt ins Bein. Kaum war er davon leidlich erholt, rannte eine Kuh ins Kleefeld und starb. Es war noch mehr, was ich nicht mehr im einzelnen weiß, aber zum Schluß... also, zum Schluß war er impotent geworden... na ja.«

René schüttelte den Kopf. Dies konnte ebensogut Verwunderung wie Unglauben bedeuten.

»Wir gingen zum Arzt und dann zur Wahrsagerin, Madame Soleil. Es wurde nicht besser. Es sprach sich schon langsam herum.«

»Und dann?«

»Madame Soleil resignierte und sagte: ›Da steckt doch jemand dahinter. Wenn ihr mir nicht sagt, wer es ist, kann ich euch nicht weiterhelfen.‹ – Na ja, sie sieht eben nur in die Zukunft, nicht in die Vergangenheit. Aber Madame Alida kann beides. Also ging ich auf den Berg, um ganz sicher zu sein, wer es war.«

René fing an zu lachen. Er stützte sich auf sein Fahrrad und blieb stehen. »Was! Ihr habt damals wirklich gedacht, ihr wärt verhext?«

Madame Pasteur sagte eine Weile nichts. Endlich blieb sie ebenfalls stehen und sah sich um.

»Du hast gut lachen. Es ist nicht schwer, ein aufgeklärter Mensch zu sein, wenn alles gutgeht. Aber neulich, als die kleine schwarze Katze tot vor der Tür lag, die du so gerne mochtest, hast du auch gesagt: Wer hat uns das angetan! Ich hab das wohl gehört.«

Der Weg stieg steil an. Sogar das Schieben wurde jetzt beschwerlich.

»Bei Tieren«, keuchte René, »ist es was anderes. Wie oft werden die nicht wirklich von Menschen umgebracht. Das ist doch keine Hexerei. Aber daß Menschen Menschen verhexen, wer glaubt denn noch an so was!«

»Also, wir dachten – und man gab uns darin recht –, daß jemand uns verhext hätte, und wir wollten wissen, wer es war. Wenn man weiß, wer es ist, kann ein Entzauberer den bösen Blick auf den Hexer zurücklenken.«

Sie kamen oben am Waldrand an und verschnauften. Unter ihnen lag das Hügelland wie von einem Aussichtspunkt betrachtet. Man sah genau die Stelle, wo der Kanal in der Ferne in einem Berg verschwand. Eine Wasserstraße durch einen Tunnel.

René schwieg, denn nun bekam er Sachen zu hören, die er nie gehört hatte.

»Das Problem mit den guten Entzauberern ist, daß sie nicht wissen, wer die Ursache des Übels ist. Sie können den Bann lösen, aber nur, wenn sie erfahren, wer es war. Man darf sich dabei auf keinen Fall täuschen. Ach, Gott! Und wir hatten nur einen vagen Verdacht. – Du weißt, daß wir bisher nur einen Nachbarn haben, den Grabsteinmetz. Und der ist auch noch über dem Weg drüben. Natürlich verdächtigt man immer den Nachbarn, nicht? Der Nachbar ist der, der am schnellsten neidisch wird, wenn es dir gutgeht. Es ging uns gut, und dem Steinmetz ging es zu dieser Zeit besonders schlecht. Du erinnerst dich vielleicht: dieser heiße Sommer vor zehn oder elf Jahren. Sein Sohn hatte einen Unfall. Es war ein elendes Jahr für ihn. Seine älteste Tochter bekam ein Kind mit einer verkrüppelten Hand. Es waren noch andere Sachen, an die ich mich nicht mehr erinnere, nur an die mit dem Fuchs. Eine junge Füchsin grub sich am frühen Morgen unter der Stalltür durch und biß ihm fünf Hühner und einen Hahn tot. Unsere Hühner verschmähte sie, obwohl die nebenan schon frei auf der Wiese herumliefen. – Als unser eigenes Elend kurze Zeit später anfing, dachten wir natürlich, er hätte uns aus Kummer und Rache verhext. Das lag ja nahe, oder nicht? Jedenfalls wollte ich am liebsten den Zettel von der Frau vom Wald aufmachen und darin den Namen G. finden. Dann hätten wir es hundertprozentig sicher gewußt. Dann hätte der Entzauberer uns erlösen können, und G. wäre für seine Bosheit bestraft worden. Aber auf dem Zettel stand kein Name.«

»Was stand statt dessen darauf?«

»›Der Verhexte ist kein Hexer.‹«

René dachte nach. Leicht war das nicht. Das Ganze schien ihm von durch und durch weiblicher Logik zu sein. Endlich sagte er vorsichtig: »Also... der unglückliche G. – ich meine, Grand, warum kürzt du ihn ab? – war offenbar selber verhext. Oder? Grand hatte auch eine gewaltige Pechsträhne. Daher konnte er nicht euer Hexer sein.«

»Ja, genau. Aber es bedeutete noch mehr. Dein Vater und ich saßen am Tisch und dachten über diesen Spruch nach. Plötzlich sagte dein Vater: ›Wenn Grand selber verhext ist, dann glaubt er vielleicht die ganze Zeit, *wir* hätten ihn verhext?‹ Wir schauten uns bestürzt an. Das war ein furchtbarer Gedanke. Er war uns während des ganzen Unglücks von unserem Nachbarn gar nicht gekommen. Das heißt, im Hinterkopf hat man immer so ein kleines Schuldgefühl, wenn es dem anderen schlechtgeht, und das ist vielleicht dieser Gedanke, aber verhüllt. – Dein Vater schaute mich an und sagte: ›Weißt du, das habe ich die ganze Zeit schon gespürt. Deshalb habe ich mich offenbar benommen, als wäre ich auch verhext! Um ihm zu zeigen, daß ich in keinem Fall sein Hexer sein kann!‹ – Es fiel uns wie Schuppen von den Augen.«

»Und dann?«

»Dann war der Spuk vorbei. Es ging uns wieder gut. Dem Nachbarn auch. Dein Vater hackte sich nicht mehr ständig mit der Axt ins Bein. Er wurde wieder ganz gesund, das Vieh rannte nicht mehr ins Kleefeld. Wir haben nie wieder jemanden verdächtigt.«

René murmelte diesen Satz halblaut vor sich hin. »Der Verhexte ist kein Hexer. Also, solche Sprüche schreibt sie auf. Aber diesmal geht es doch nur um ein klares Ja oder Nein? Sollen wir verkaufen, ja oder nein?«

Sie schoben die Räder in den Wald hinein. Der Höhenrücken war bald erreicht. Sie verschnauften noch einmal und stiegen wieder auf. Der Weg wand sich jetzt auf ebenem Niveau durch den Wald. Die Einsamkeit ringsum war vollkommen. In der Ferne lag ein Weiler auf einer Lichtung, bestehend aus zwei oder drei Gehöften, die sich seit der Revolution kaum verändert hatten. Köhler hatten in diesem riesigen Wald gehaust, angeblich wohnten noch immer einige hier. Der Weg senkte sich langsam ab, und urplötzlich standen sie vor einer Kapelle, die durch den Überraschungseffekt zwischen all den Stämmen riesenhaft hervortrat, wie eine mittlere Stadtkirche. Sie war wirklich sehr groß, ein mattgelbes Monster der Frömmigkeit. Im Stil der siebziger Jahre gebaut, ersetzte sie eine frühere kleine Kapelle und war vollkommen vernachlässigt. Das Dach war morsch. Die Kapelle stand auf einem halbrunden Vorsprung, der mit tiefgrünem Gras bewachsen war. Schon vor hundertundfünfzig Jahren hatte sich die damalige Staatsforstverwaltung einen Spaß erlaubt und auf dieser Felsnase Sequoias und Eiben und Araukarien angepflanzt. Sie waren ins Riesenhafte entwachsen.

Ein windschiefes kleines Tor schwang sich knarrend ins Gebüsch. Sie versteckten ihre Fahrräder unter Sträuchern und gingen um die Apsis der Kapelle herum. René trat mit seiner Mutter an den Rand des Plateaus. Hundert Meter tiefer lag ein runder Waldsee, der von oben sehr blau aussah. Wie ein Auge. Vielleicht liest sie darin, dachte Madame Pasteur plötzlich. Auch ein Spiegel.

»Wie kriegt sie nur die Kirche im Winter warm?«

»Das wirst du sehen.«

Der Eingang wurde von einer Sequoia beschattet, die doppelt so hoch war wie die Kirche. Man betrat einen dunklen Raum unter der Empore. Holzwände unterteilten ihn. Man sah Gerümpel und verstaubte Gerätschaften. Die Steinfliesen waren schmutzverkrustet. Plötzlich öffnete sich ein weiter, heller Raum mit runden Bögen und einer Kuppel. In der Ferne glühten die Glasfenster der Apsis tiefrot und violett. Mitten im leeren, staubdurchwirbelten Schiff stand ein meterhoher Ofen aus tausend rostigen Eisenbrüsten. Daneben ein Sessel, ein Tisch, Schrank. Der Sessel lebte und bewegte sich. René erkannte eine Fleischmasse mit einem Schildkrötenkopf. Die Frau vom Wald hatte hellblaue schmale Augen, die heftig anfingen zu zwinkern, als René an sie herantrat.

»Wen haben wir denn da«, sagte sie. »Einen schönen jungen Mann. Hübsch und brav. Ein Herrchen.«

Madame Pasteur spürte ein gewisses Unbehagen, als sie der Alten die Hand drückte. Sie mochte nicht, wenn man ihren Sohn schön oder hübsch nannte. Die meisten Menschen sind nicht etwa stolz, wenn man ihre Brut hübsch, herzig und süß nennt, sondern fühlen sich dadurch bedroht. Die Götter hören mit und könnten versucht sein, sich das Schöne, Hübsche und Süße zu nehmen. Jemand wie Madame Alida sollte dies eigentlich wissen.

Madame Pasteur legte Mehl und Butter auf den Tisch und zeigte René, wo er Stühle holen konnte. Sie standen aufeinandergestapelt an der Seitenwand.

»Wie geht es?« fragte sie laut.

Madame Alida nickte listig. »Es geht wie immer und doch besser«, sagte sie. »Warum, brauche ich euch nicht zu sagen.«

»Warum denn?« fragte René.

»Reden wir von etwas anderem.« Madame Alida fixierte Madame Pasteur und drehte dann ihre Augen nach unten, als schaute sie in ein Gesangbuch auf ihrem Schoß.

René stand auf und umrundete den Ofen mit den rostigen Brüsten. Sie waren nach einem bestimmten Muster angeordnet. Ein wärmespendender Schrotthaufen. René hatte noch nie etwas Derartiges gesehen.

Madame Pasteur beugte sich vor und fragte leise, aber sehr deutlich: »Was passiert, wenn wir verkaufen? Nur ein Stück von unserem Land. Etwa ein Zehntel.«

Die dicke Alida schloß die Augen und sah aus wie ein Schuppentier.

»Wer will das Land?«

»Jemand aus Lataine. Für sein Wohnhaus. Und seinen Fuhrbetrieb.«

»Verwandt?«

»Nein.«

»Hmm.«

Gichterchen liefen über die runzlige Haut der Alten, wie bei einem neugeborenen Kind. Sie dachte nach.

»Auch nicht versippt?«

»Nein.«

René setzte sich wieder auf seinen Stuhl.

Die Alte wurde unruhig. Ohne die Augen zu öffnen, runzelte sie die Brauen. Dann schlug sie nach einer Fliege. Der Sessel ächzte. Madame Pasteur wagte nicht zu atmen. Nach einer Weile beruhigte sich der Fettkloß wieder. Nun versank Madame Alida anscheinend in einen tiefen Schlaf.

René wollte etwas sagen, aber seine Mutter schaute ihn zornig an. Hab ich dir nicht gesagt, du sollst still sein, hieß das.

Wie lange dieser sonderbare Trancezustand dauerte, wußte niemand mehr zu sagen. Madame Alida erwachte jedenfalls mit einem Knurren, riß ihre hellblauen Augen auf und schaute höchst erstaunt in die Runde. Beflissen, fast devot reichte Madame Pasteur ihr einen Zettel und einen Anilinstift.

Knurrend kritzelte sie etwas und rollte den Zettel zusammen.

»Weg, weg«, sagte sie.

Renés Blick fiel auf die beiden enormen Krücken am

Sesselrand. Sie ist verrückt, dachte er. Aber wenigstens geht die Heimfahrt bergab.

Draußen vor der Kirche war alles still und grün. Der Wind spielte hoch oben in den Bäumen. Ab und zu fiel ein Sonnenstrahl schräg auf ein Moospolster oder ein Büschel Farn. Die Fahrräder im Gebüsch waren naß geworden, die Sättel verfärbten sich dunkel.

»Welcher Verrückte baut so eine Kirche in den Wald«, murmelte René. Sie schlossen das kleine Törchen hinter sich und schoben die Räder ein paar Meter bergan. Bei der nächsten Biegung sagte René zu seiner Mutter: »Mach auf, laß sehen!«

»Was meinst du? Den Zettel? Nein. Erst unten. Zu Hause.«

»Maman, wir sind nicht mehr in der guten alten Zeit vor zehn Jahren«, sagte René ernst. »Wenn wir in eine Streife fahren, und sie nehmen ihn uns ab, erfahren wir nie, was drinsteht. Und sie halten es womöglich für eine kodierte Nachricht.«

Das leuchtete seiner Mutter unmittelbar ein. Sie blieb stehen und entrollte den Zettel.

»Was habe ich denn gefragt?« wollte sie wissen.

»Du hast gefragt: Was passiert, wenn wir verkaufen. Wieso, was steht drauf?«

Madame Pasteur gab ihrem Sohn den Zettel, äußerst verwirrt. Es fand sich kein Ja oder Nein. Auf dem Zettel stand: *Neugier wird töten.*

»He, vielleicht ist sie nicht mehr ganz dicht«, sagte René achselzuckend. »Was machen wir damit? Vergraben.«

Mit der Schuhspitze bohrte er ein Loch in die Böschung, schob den Zettel hinein und scharrte es wieder zu.

Dann lachte er und sagte: »Jetzt sind wir genauso schlau wie zuvor. Aber sag mir eins: Der Steinmetz – nimm an, er glaubte, er wäre verhext?«

»Das dachte er, ja.«

»Er glaubte auch, daß ihr es wart?«

»Wahrscheinlich.«

»Nimm an, er hat einem Entzauberer euren Namen genannt, und der hat den bösen Blick auf euch zurückgelenkt. Könnte das nicht der Grund gewesen sein für Papas Pechsträhne?«

»Oh, nein«, sagte Madame Pasteur entsetzt. »Du verstehst ja gar nichts davon. Damit ist nicht zu spaßen. Wenn er nämlich den falschen Namen nennt, kann der Blick nicht zurückgeworfen werden. Er prallt ab, und alles wird noch schlimmer. Wir hatten ihn nicht verhext. Wenn er versucht hätte, sich mit uns zu entzaubern, wäre es für ihn noch schlimmer geworden.«

»Und für euch auch, wenn ihr dem Entzauberer seinen Namen genannt hättet.«

»Ja.«

»Also hatte die Alte ganz recht mit ihrem Spruch, damals.«

»Ja.«

»Oder was heißt Spruch – Orakel müßte es heißen. Und dann hat sie vielleicht heute auch recht.«

»Natürlich hat sie recht«, sagte Madame Pasteur aufgeregt. »*Neugier wird töten*. Nur – was hat dies mit unserem Grundstücksverkauf zu tun?«

»Weiß ich es? Das wissen die Götter.«

19

Diesmal ließ sich René bei der Geburt nicht mehr von der Hebamme wegschicken wie bei seinem ersten Kind. Er blieb einfach hinter der Tür stehen, kam nach einer Weile wieder hervor und faßte Judiths Hand. Die Hebamme warf zunächst giftige Blicke. Das gehörte sich nicht. Aber das zweite Kind kam unerwartet schnell und befand sich auch sofort auf Renés Arm, obwohl das gar nicht vorgesehen war. Und als es einmal dort lag, gab er es nicht mehr her. Er ging mit dem kleinen Wesen auf und ab, es schaute ihn unverwandt an, ein Mädchen, mit neugierigen dunklen Augen und gespitztem Mündchen, und er redete ihm lauter interessante und angenehme Sachen vor, wie einem Fräulein. Nach einer halben Stunde sagte die Hebamme, es müsse jetzt trinken und dann schlafen, und René ging weiter wie im Traum herum, ganz bezaubert. Es war sein Kind. Ein Magnet im Haus.

Mittlerweile war das Land an Lorain verkauft worden. Als Bedingung hatte man eine Mauer ausgehandelt, mit der der neue Besitzer sein Land abgrenzen sollte, teils gegen den bösen Blick, teils wegen der Auffüllung des Sumpfgeländes. Madame Pasteur hoffte, daß sie mindestens zwei Meter hoch würde, um alle Neugier abzuhalten. *Neugier wird töten*, darüber lachte man in der Küche, und der alte Pasteur sagte: »Ihr habt den ganzen Weg auf den Berg umsonst gemacht.«

Tatsächlich erschienen bald zwei Maurer aus Lataine und begannen mit einer Ziegelmauer. Gut dreihundert Meter wurde sie lang, ungefähr einen Meter hoch. Danach rührte sich nichts mehr. Dem neuen Nachbarn war vielleicht jetzt schon das Geld ausgegangen?

Um so besser. Man hatte eigene Sorgen. Das Landwirtschaftsministerium verfaßte ein Rundschreiben zur Bekämpfung der Kartoffelkäfer. »Graben Sie ein tiefes Loch, werfen Sie die Schädlinge hinein und zerstampfen Sie sie mit einem Mörser. Die Larven bekämpft man mit einer schwachen Arsenlösung. Sie können die Grube aber auch mit trockenem Holz füllen und die Käfer verbrennen.«

René ging nicht mehr ins Café des Vosges. Zu viel Arbeit. Mitte Mai waren die Kartoffelpflanzen schön herausgekommen, aber unter jedem Blatt saß eine dunkelrote Larve. Im Hof zu Hause stolperte sein Söhnchen Georges herum und machte erste Schritte, weil er versuchte, eine Katze zu fangen, während Julie, seine Schwester, zufrieden in ihrem Stubenwagen herumzappelte. Kohlenwasserstoff stand nicht mehr zur Verfügung, und vom Hantieren mit der schwach arsenhaltigen Lösung bekam René rote Backen. »Du siehst so gesund aus«, wunderten sich die Leute.

An einem warmen Nachmittag gingen René und Judith mit dem Kinderwagen spazieren wie richtige Städter. Sie schoben ihn auf der Platanenallee entlang, die zur Kaserne führte, dann über die Brücke stadtauswärts durch die Felder. René sah noch immer sehr gesund aus, ein Bild von einem jungen Mann. Judith hing verliebt an seinem Arm.

»Stimmt es, daß in der Kaserne Russen stationiert sind?« fragte sie.

»Es sind Kosaken«, antwortete René zerstreut. »Hilfstruppen. Sie sollen uns überwachen.«

»Aber die Deutschen kämpfen doch gegen die Russen.«

»Es sind Überläufer. Eben Kosaken.«

In der Ferne näherte sich eine Gestalt im schwarzen Paletot.

»Oh, für den da ist es noch Winter«, sagte Judith. »Wie kann man sich so warm anziehen. Bei diesem Südwind.«

René kniff die Augen zusammen.

»Das ist Madame Schlotterer«, sagte er, »meine alte Lehrerin. Oder jemand, der ihr sehr ähnlich sieht.«

Das Baby erwachte und sah mit Verwunderung eine Welt, die aus seinen Eltern und fliehendem Himmel dahinter bestand.

»Sie geht spazieren«, sagte René. »Hat sie keine Schule? Heute ist doch nicht Donnerstag.«

Die Gestalt im schwarzen Paletot kam näher und lächelte.

»Sieh an«, sagte sie im Vorbeigehen. »René Pasteur. Wie lange ist das jetzt her.«

»Oh, Madame«, sagte René eifrig. »Erst zehn Jahre oder so. Dies hier ist meine Frau Judith und meine Tochter Julie.«

Die Lehrerin gab den jungen Leuten die Hand und beugte sich über den Kinderwagen.

»Wie kommt es, daß Sie keine Schule haben?«

»Ach«, sagte Madame Schlotterer, »es sind Kartoffelkäferferien. Alle Schulklassen haben frei. Was für ein entzückendes Kind.«

Sie war eine stämmige Frau mit grauen Locken. Warum sie sich in ihr Winterpaletot gehüllt hatte, blieb ein Geheimnis. Sie redeten noch eine Weile, wobei sie feststellten, daß das Baby auf René herauskam, dieselben dunklen Augen, das Grübchen im Kinn, daß René und Judith noch ein Kind wollten, daß Mädchen so klug und frühreif waren, daß die Kartoffelkäfer dieses Jahr schlimmer waren als je zuvor, auch die Maikäfer, alles kam immer zusammen, alle ägyptischen Plagen auf einmal, daß man aber den Mut nicht sinken lassen durfte.

Als sie sich verabschiedeten, machte Judith geistesabwesend einen Knicks. Wie in der ersten Klasse. Darüber mußten sie lachen.

»Sie erinnert mich an meine Lehrerin«, sagte sie, als Madame Schlotterer außer Hörweite war.

Madame Schlotterer erinnerte an alle Lehrerinnen. Es stellte sich heraus, daß René kaum etwas über sie wußte. Sie war ungefähr fünfzig. Der Name ihres Mannes war mit Goldbuchstaben auf dem Kriegerdenkmal am Weiher eingemeißelt, Leutnant Schlotterer, gefallen 1918 fürs Vaterland.

»Sie hat einen Sohn in meinem Alter«, sagte René. »Aber ich weiß nicht, wo er jetzt ist.«

Sie kehrten durch die Felder heim und kamen auf Umwegen an Renés alter Schule vorbei. Der Unterricht war aus, die Schüler rannten in alle Richtungen nach Hause.

»Habt ihr denn keine Kartoffelkäferferien?« fragte René einen Jungen aus derselben Straße. Der schüttelte den Kopf. »Wir sammeln donnerstags, und am Wochenende.«

»Wann kommt ihr mal und sammelt bei mir?«

»Wenn die Patronne Kuchen backt!«

»Ist Madame Schlotterer nicht mehr an eurer Schule?«

»Nein!« sagte der Junge. »Schon länger nicht mehr. Sie ist doch enthoben. Sie ist eine geborene Bloch.«

René war starr. Natürlich, diesen Erlaß hatte er gelesen. Es hatte ihn auf dem Papier wenig bekümmert, auch die Freimaurer waren ihrer Ämter enthoben worden, aber er kannte keinen.

»Sie kommt nicht mehr?«

»Nein.«

René wußte nicht, was er sagen sollte, zuckte mit den Achseln und drehte sich um. Nachdenklich schoben sie den Kinderwagen nach Hause.

Im nächsten Augenblick war alles wieder vergessen. Die Arbeit ging wie eine Walze über die beiden hinweg, jemand hatte Kohl vom Feld geklaut, die Kirschen mußten eingemacht werden, der Stall, die Rüben, die Wäsche, der Garten. Madame Schlotterer ging den ganzen Sommer über in ihrem Winterpaletot spazieren. Irgendwann erfuhr man den Grund. Es war das einzige Kleidungsstück, mit dem sie die neue Vorschrift – Judenstern vorne auf der Brust aufgenäht, nicht durch Schal oder Halstuch verdeckt – befolgen und ihn gleichzeitig zwischen Schichten und Falten verschwinden lassen konnte.

Im August hatte René das Bedürfnis, ihr einen Brief zu schreiben. Er ging eine Zeitlang finster herum. Schließlich sagte er:

»Judith, meine Rechtschreibung ist so schlecht. Könntest du für mich schreiben?«

»Wenn du mir diktierst, vielleicht. Was soll ich denn schreiben?«

»Ungefähr so: Ich kenne mich mit Gesetzen nicht aus, aber was man über Sie und Ihren Beruf beschlossen hat, scheint mir ein Unrecht. – Herrgott, sie war unsere Lehrerin! Wir waren froh, daß uns jemand überhaupt etwas beibrachte. Und jetzt soll sie es plötzlich nicht mehr sein. Das ist doch widersinnig. Und dann der alberne Stern.«

René sah, daß Judith nicht nachkam und sagte:

»Weißt du was? Ich besuche sie einfach.«

Von diesem Besuch kam er strahlend zurück. Endlich hatte er, was er wollte. Madame Schlotterer hatte ihm erzählt, daß ihr Sohn in einem der riesigen Wälder nördlich von Parisey »untergetaucht« war. Sie hatte ihn betrachtet und dann gesagt: »René, ich weiß nicht, ob ich Ihnen vertrauen kann. Das weiß heute niemand vom andern. Aber ich habe gar keine Wahl! Mein Sohn ist untergetaucht, und ich billige das. Was mit mir selbst geschieht, ist mir egal, und ich sage das, weil ich es wirklich so empfinde. Aber ich habe keine Lebensmittelkarten mehr, die ich ihm abgeben könnte. Wissen Sie, daß überall in den Wäldern eine geheime Armee entsteht? Es ist ein mühsamer Prozeß, alles muß im verborgenen geschehen, aber es geschieht. Die Engländer werfen Funker an Fallschirmen ab, auch die Funkgeräte. Waffen werden folgen. Mein Sohn war immer Kommunist, er hat sich einem Maquis angeschlossen, das aus kommunistischen Partisanen besteht. Wollen Sie etwas für ihn tun? Lebensmittel hinbringen, wenn Sie können? Sie müßten unendlich vorsichtig vorgehen. Denn wenn Sie einfach nur stillhalten, würde Ihnen gar nichts geschehen, Sie sind nicht gefährdet und würden diesen Krieg überleben.«

René war glücklich. Er hatte eine Mission, eine Aufgabe. Nachdem er Hilfe zugesagt hatte, nannte sie ihm Namen und Ort: Fontevelle, am Rand des Gemeindewalds von Parisey. René erzählte es niemandem weiter, nicht einmal seinen Eltern, nicht einmal Judith. Ab und zu verschwand er, ohne daß es auffiel. Es fiel etwas anderes auf. René war plötzlich ein Wissender. Er konnte unterscheiden, was wahr und was falsch war, und war sich dessen absolut sicher. Er wußte plötzlich von allen Ereignissen als erster. Wenn die anderen davon erfuhren, hatte er schon darüber nachgedacht und Schlüsse gezogen. Er wußte plötzlich manches aus der Vergangenheit, was den anderen entgangen war. Madame Pasteur beobachtete ihn mit Sorge, aber auch wieder nicht. Es gingen Dinge vor, die unheimlich waren. Aber es ließ sich nicht leugnen: René war erwachsen geworden.

Er war auf unerwartete Art nicht mehr neugierig.

20

Im Frühjahr fingen sie wie auf Verabredung beide zu bauen an – erst Lorain, dann René.

Die Trennmauer wurde von Lorain in Abständen von anderthalb Metern mit Lochpfeilern aufgestockt (nicht ganz das, was sich Madame Pasteur vorgestellt hatte), durch die er Elektrokabel ziehen ließ, was die Nachbarn nur so lange befremdete, bis sie merkten, daß Lorain diese Kabel verwendete, weil er sie umsonst bekam. Es ging kein Strom durch. Er versenkte zum Beispiel auch der Länge nach jene Betonpfosten im Sumpf, die eigentlich Strommasten waren, und füllte die Zwischenräume mit Kies auf.

Die beiden Bauherren sahen sich selten, grüßten sich nur von weitem. Lorain baute im äußersten Südwesten. Im Februar ließ er ausschachten, die Grube ausmauern, das Fundament legen. Dicke Steinmauern wurden hochgezogen, behauener Sandstein, solid, teuer, wie für die Ewigkeit. René und seine Eltern waren bescheidener. Sie mauerten ein Ziegelhäuschen im äußersten Nordosten ihres Grundstücks, ohne Keller. Nicht wegen Hochwasser, die letzte Überschwemmung in Parisey lag lange zurück, aber man hatte bereits einen geräumigen Keller im Bauernhaus und konnte sich einen zweiten sparen.

Eines Morgens wurden die Pasteurs von Motorenlärm geweckt. Drei Lastwagen fuhren über die gekieste Trasse, beladen mit Wellblech. Sie fuhren mit Holzvergaser. Ein Dach auf Stelzen entstand, der Unterstand, von dem Lorain gesprochen hatte.

Das Frühjahr 1943 brachte viel Gutes. Lorain und René wußten dies jeweils aus verschiedenen Quellen, aber der Inhalt deckte sich. Alle geheimen französischen Kampfgruppen hatten sich Ende Januar zusammengeschlossen, wenige Tage vor der deutschen Kapitulation bei Stalingrad. Diese Kapitulation war die zweite gute Nachricht, und sie erschien so unglaubwürdig wie die erste. Wie – die bisher siegreichen Besatzer hatten eine bedeutende Schlacht verloren? Was – Kommunisten und Katholiken wollten in Frankreich künftig zusammenarbeiten?

Es dauerte seine Zeit, bis man daran glaubte.

Die deutsche Niederlage hatte zur Folge, daß immer mehr junge Franzosen zum Zwangsarbeitsdienst nach Deutschland aufgerufen wurden. Dieser Aufruf wiederum hatte zur Folge, daß immer mehr junge Männer nicht nach Deutschland gingen, sondern untertauchten und sich beim nächstgelegenen Maquis meldeten. Inzwischen war ganz Frankreich von den Deutschen besetzt. Amerika war in den Krieg eingetreten und schon in Nordafrika gelandet. Auf den Zusammenschluß der Résistance reagierte die Regierung in Vichy (es gab sie immer noch) mit der Schaffung einer Miliz. Aus französischen Polizisten wurden Soldaten, die man gegen die eigenen Landsleute einsetzen konnte.

Aber wo waren eigentlich die deutschen Truppen? Man sah sie immer weniger. Sie wurden offenbar anderswo gebraucht, an den europäischen Küsten, im Osten. Man sah statt dessen Ukrainer, Kosaken, Georgier. Parisey und Umgebung wurde von Kosaken bewacht, abenteuerliche Gestalten auf kleinen Pferdchen, die in ruhigeren Zeiten durch die Gegend ritten, um Hühner zu fangen.

Lorains Haus wuchs lang und schlank in die Höhe, es war ein geschmackvolles Haus, Jugendstil im Hochformat. Renés Haus war klein und querköpfig, aber darum nicht weniger proportioniert und voller Charme.

Die Rohbauten standen schon, als an einem sonnigen Vormittag eine motorisierte Patrouille durch die Rue St-Sauveur raste. Etwas war geschehen. Die deutschen Uniformierten sprangen vor jedem fünften Haus aus dem Auto, Kosaken flankierten die Eskorte, aus den Häusern wurden Männer herausgeschleppt, zu verdutzt, um sich zu wehren. Überrascht stolperten sie mit und wurden in einen Lastwagen mit Verdeck und Bänken gestoßen.

Was um Gottes willen war geschehen? Die bleichen Anwohner flüsterten sich Vermutungen zu, eine davon war, daß ein deutscher Motorradfahrer tot im Straßengraben der Rue St-Sauveur gefunden worden sei, bei Tagesanbruch.

Die Patrouille raste weiter, das Haus des Steinmetzen neben der Familie Pasteur war wieder ein fünftes, die Soldaten gingen hinein und brachten den Gesellen heraus, einen Verwandten des Meisters, der fassungslos hinterherlief. Renés Haus wurde übersprungen, auch das von Lorain, von den Eltern Pasteur, die Soldaten zählten weiter und kamen beim Haus von Mademoiselle Lorain heraus. Ein Haus ohne Männer. Sie durchsuchten das nächste, ein Mann fehlte ihnen noch, daher wollten sie den vierzigjährigen Rouget abführen, den Vater des späteren Bürgermeisters, damals ein kleiner Junge von acht. Es wäre ihnen auch fast gelungen, aber der Großvater schob sich vor seinen Sohn und sagte kalt: »Ich bin noch immer der Hausbesitzer hier. Wenn jemand geht, dann ich«, und die Uniformierten hatten keine andere Wahl. Inzwischen war es Mittagszeit, die Menschen saßen schon beim Essen. Der alte Rouget griff nach seiner Jacke, die über dem Stuhl hing, und ging hinaus, ohne sich noch einmal umzusehen.

Aus dem gegenüberliegenden Haus kam Delmont gelaufen, gefolgt von seiner Frau.

»Was ist hier los?« versuchte er zu verhandeln.

Er sah, wie der alte Mann in den Lastwagen befördert wurde und daß er nicht der einzige war. Der Geselle des Steinmetzen, ein halbes Kind, hatte Tränen in den Augen. Seine Mutter kam, von den Verwandten alarmiert, und wollte ihn noch einmal umarmen. Ein deutscher Soldat stieß sie zurück und sagte brüsk: »Die Mutter von unserem Kameraden hat ihren Sohn auch nicht mehr umarmen können« und gab dem Fahrer ein Zeichen.

Der Konvoi fuhr ab.

Die Pasteurs saßen kreideweiß am Tisch und aßen nichts.

»Das war knapp«, sagte der alte Pasteur, und René murmelte vor sich hin: »Es muß aufhören.«

Judith und ihre Schwiegermutter sahen sich an.

»Und wenn der Motorradfahrer einen Unfall hatte?«

Sie hingen eine Weile diesem Gedanken nach. Wie leicht fuhr ein Motorradfahrer in den Graben und brach sich das Genick, ohne daß Sabotage im Spiel war.

René sagte: »Überall werde ich verschont. Zum Militär mußte ich nicht, deshalb nicht in Kriegsgefangenschaft. Für den Arbeitsdienst bin ich gerade ein Jahr zu alt. Und jetzt wieder... Mir tun sie nichts, es ist geradezu unerträglich...«

Judith protestierte laut. »Wie kannst du so etwas sagen... denken...«

Frau Pasteur sah ihren Sohn an und fragte dann: »Wie lange wird es noch dauern?«

»Ich weiß es nicht«, sagte René. Nach einer Weile: »Ein Jahr oder zwei. Höchstens.«

Der Sommer war schlimmer als der Frühling. Man hörte in eingeweihten Kreisen, daß wichtige Mitglieder der Résistance verhaftet worden waren. Offenbar war es der Abwehr gelungen, in deren Reihen einzudringen. Die Gestapo folterte, um Namen zu hören, aber das Netz war gut geknüpft, es hielt.

An einem Augusttag, als René auf dem Mont Chaste Holz machte, sah er zu seiner unaussprechlichen Freude, daß sein Nachbar ein Zeichen in sein Treppenhausfenster hatte einsetzen lassen. Die Nachmittagssonne beschien ein glitzerndes Lothringer Kreuz in den Farben Blau, Mattweiß und Rot. René hielt einen Augenblick inne und wischte sich ungläubig die Stirn. Doch, da war es. Was für ein Mut gehörte dazu! René hatte Lorain seit dem ersten Verkaufsgespräch in der Küche nur noch von weitem gesehen. Aber es war klar, daß dieser Mann etwas Besonderes darstellte. Irgend etwas umschwebte ihn, eine ungewöhnliche Autorität. Was er riskierte, machte anderen Mut. Noch wohnte er mit seiner Familie in Lataine. Aber

René nahm sich vor, vertraulich mit ihm zu reden, sobald er hier eingezogen wäre. Er dachte: Wie schön muß dieses Fenster erst von innen aussehen! Vielleicht ist die Tür offen. Ich gehe mal hinein. Er ließ sein Stangenholz liegen, verließ den Wald und ging um das Haus herum.

Wohlerzogen klopfte er an die schwere Haustür.

Jemand sagte innen: »Entrez!«

Lorain war da.

René trat einigermaßen verlegen in den Hausflur, er war nur im Unterhemd. Lorain trug ein frischgestärktes kurzärmeliges Sommerhemd und hielt einen Zollstock in der Hand.

»Ich... ich bin der Nachbar«, sagte René. »René Pasteur, ich wollte gern Ihr Kreuz sehen, von innen, meine ich.«

Lorain streckte ihm verwundert die Hand entgegen. »Natürlich, wir kennen uns doch! Aber ein Kreuz, und von innen? Was ist das?«

René lächelte. »Ich hab's vom Wäldchen aus gesehen, von draußen.« Lorain traute ihm offenbar nicht. »Ich finde es wunderschön.«

Lorain guckte verwundert.

»Hier im Haus ist irgendwo ein Kreuz? Wo denn?«

»Na da, im Treppenhausfenster!«

René trat einen Schritt näher und zeigte darauf.

Das Fenster glühte im roten Abendlicht. Besonders das blaue Doppelkreuz. Aber auch die Rosetten.

Lorain trat neben ihn.

»Tatsächlich... das hab ich... Ich meine, ich habe dem Glaser eine Skizze gemacht. Aber daran... Sonderbar.«

Lorain schüttelte den Kopf.

»Du meinst, man könnte es... dafür halten?«

»Ich hab es gleich gesehen. Auch die Farben.«

»Und siehst du, ich hab mir nichts Besonderes dabei gedacht. Für mich war es einfach ein Muster. Symmetrisch. – Was macht das eigene Haus?«

»Oh, dem geht's gut.«

Als René am Abend dieses Tages zum verabredeten Treffpunkt kam, um Lebensmittel für das Maquis von Fontevelle abzuliefern, erzählte ihm der Sohn von Madame Schlotterer voller Stolz, das nationale Komitee für die Befreiung Frankreichs habe angekündigt, jeden Kollaborateur oder Verräter zu bestrafen – jetzt oder später, wann man ihn eben erwische.

»Das wird sie doch lehren, uns zu verpfeifen«, sagte der Junge.

René unterdrückte eine Frage. Er fuhr durch den Wald nach Hause und sah, daß die ersten Blätter gelb wurden. Es war sehr trocken. Der September verging, der Oktober verging. Renés Haus war fertig und bekam grüne Fensterläden. Lorains Haus war auch fertig. Es fehlten nur noch die Gardinen. Lorain zog aber nicht ein, niemand von seiner Familie. Erst als das Haus beschlagnahmt worden war und die deutschen Offiziere darin einquartiert, hörte man von seiner Schwester, daß er mit der ganzen Familie untergetaucht war. In den Wäldern.

Die Pasteurs duckten sich. Sie hatten einen Streifen Land an einen Landsmann verkauft und bekamen Soldaten als Nachbarn. Alle dachten an das Orakel. *Neugier wird töten*. Sorgfältig vermieden sie jeden Kontakt. René und Judith zogen mit ihren Kindern in das neue kleine Haus. Die alten Pasteurs schlossen die Fensterläden am Bauernhaus, die auf Lorains Seite hinübergingen. Mehr konnten sie nicht tun.

III. Teil

21

Der alte Lorain erwachte am 14. Juni 1986 mit starkem Durst und Heißhunger nach Süßigkeiten. Er stand auf, ging hinunter in die Küche und holte sich ein großes Glas Eiswasser. Das war erlaubt. Danach stellte er sich oben wieder ans Fenster und schaute auf die Berge. Wie würde das Wetter werden? Heute war sein Fest. Kinder wollen immer, daß ihr Schulfest oder ihr Wandertag von der Sonne beschienen wird. Lorain wünschte sich das auch.

Es war ein ganz besonders schöner 14. Juni. Vierundzwanzig Jahre waren schon wieder vergangen, seit General de Gaulle den Weg nach Parisey gefunden hatte, aber auch nach Lataine-les-Bains. Das heißt, zuerst nach Lataine-les-Bains, denn dort war er auf dem kleinen Militärflugplatz gelandet. Aber da Lorain selber aus Lataine stammte, konnte ihn das nicht ärgern. Nach kurzem Aufenthalt dort war de Gaulle ganz bescheiden mit einem einzigen schwarzen Auto in Parisey eingerollt, man sah dies auf dem Videofilm, und Lorain überlegte, ob er eigentlich gar keine Eskorte gehabt hatte. Doch. Zwei Motorradfahrer rollten im Film durch sein Gedächtnis. Ach, wie bescheiden damals alles gewesen war, zu Beginn der sechziger Jahre. Dann der Empfang im Rathaus. Zum ersten Mal hatte Lorain seinem Idol gegenübergestanden. Auge in Auge. Er hatte ihm Dienstgrad und Sektion genannt, und de Gaulle hatte ihm tief in die Augen geblickt. Anerkennend und dankbar. Dann ihm die Hand geschüttelt. Lorain meinte, sich an ein leichtes Kopfneigen beim großen Mann zu erinnern. Es war wie eine Auszeichnung.

Die Sonne war noch immer nicht aufgegangen, die Berge lagen blau in der Morgenluft. Lorain liebte die Landschaft bei diesem Licht. Heute war es auch seine Landschaft. Er zog den Rolladen ganz hoch, ausnahmsweise bis zum Anschlag. Der Blick aus dem Schlafzimmer konservierte seine Geschichte in Stein und Wolken und Pflanzen. Hinter dem durchsichtigen Morgenhimmel entfalteten sich am Horizont die Hochvogesen wie eine Fata Morgana. Zarte blaue Wellen und Kämme bildeten die oberste Schicht, ein kühles Stein- und Wolkenreich. Lorain redete sich gern ein, daß er die ganze Zeit dort oben verbracht hätte, in seinem Mustermaquis, luftig, diszipliniert, motiviert. Seine Gedanken schweiften zurück, lange zurück, bis zu dem Augenblick, als er sein fertiges Haus hier Hals über Kopf hatte verlassen müssen.

Da stand es! Weiß und schlank. Erkennbar nur, weil es hoch aufragte und frisch gestrichen war. Er sah es wieder einen Augenblick lang von dort oben, saß wieder unter Tannen, schaute vom Berg hinunter mit dem Fernglas auf sich selbst, suchte die feine weiße Nadel im dunstigen Stadtflecken, die wahrscheinlich sein Haus war.

Die ersten Möbel waren schon drinnen gewesen, als Delmont urplötzlich verhaftet worden war. Jemand aus Parisey war mit dem Fahrrad zu ihm nach Lataine-les-Bains gekommen, um ihn zu warnen. Delmont abgeholt? Warum? Wer hatte ihn verraten? Wußte der Verräter von der Zusammenarbeit mit ihm, Lorain? Würden sie Delmont foltern? Lorain wunderte sich später, wie rasch und zielsicher man im Augenblick der Gefahr analysierte und Schlüsse zog. Klarblickend und hellseherisch. Innerhalb von fünf Minuten war entschieden, daß er, Lorain, verschwinden mußte. Der Verräter hatte aber mit Sicherheit keinen weiteren Einblick in die Struktur des Widerstands, sonst wäre Lorain gleichzeitig verhaftet worden. Für irgendeinen Möchtegern aus Parisey hatte es genügt, zwei und zwei zusammenzuzählen: Delmont war Drucker, nachts hörte man manchmal Lärm aus der Werkstatt, also kamen die Flugblätter aus seiner Offizin – und das Unglück war passiert. Nun konnte es aber sein, daß Delmont unter der Folter redete oder daß sie bei ihm etwas fanden. Ein Indiz würde genügen, um ihn ebenfalls zu verhaften. Klar war auch, daß seiner Familie zunächst nichts geschehen würde, denn Beschuldigung und Vergehen waren insgesamt zu unbedeutend für Repressalien gegen Frau und Kinder. Im allgemeinen waren die Besatzer recht berechenbar, sie hielten sich meist an ihre eigenen Spielregeln. Lorain hatte sofort angefangen zu packen, das heißt, seine Winterkleidung voll mit wichtigen Sachen zu stopfen. Auf in den Wald.

In das schöne neue Haus nicht einzuziehen hatte ihn keine Überwindung gekostet. Ja, warum nicht? Es stand einfach nicht zur Debatte. Aber da war mehr. Er war sogar erleichtert, entlastet. Das Leben war so mühsam geworden, so grau. Er hätte sich geschämt, in ein sonniges, nach Bohnerwachs und Eichenparkett duftendes Märchenschloß einzuziehen (so kam es ihm damals vor) und seinen Freund Delmont gleichzeitig im Elend zu wissen. Regelmäßig bekam er Nachricht aus Parisey. Man ließ Delmonts Frau und das Baby in Ruhe. Delmont lebte, aber er war in Dachau. Die Wehrmacht hatte Lorains Haus in Parisey beschlagnahmt und Offiziere einquartiert. In das Haus mit einem Fenstermuster, das klar und deutlich das Lothringer Kreuz zeigte! Lorain war nach Renés Besuch sofort davon überzeugt gewesen, daß er im Unterbewußtsein absichtlich das bedeutsame Zeichen skizziert und für den Glaser entworfen hatte. Er hatte es nur an der Oberfläche verdrängt. Einfach nicht daran gedacht. Aber nun quälte ihn der Gedanke: Sahen es die deutschen Offiziere? Was für Schlüsse zogen sie daraus?

In Parisey blieb alles ruhig. Auch seine eigene Familie ließ man in Ruhe – seine Frau mit Sylvie und Christophe. Alles war überhaupt so ruhig, und Lorain stellte sich damals vor, unter Tannen auf dem Mont de Terny sitzend und mit dem Fernglas auf den Knien, wie die fremden Offiziere tagaus, tagein am großen Treppenhausfenster mit dem Lothringer Kreuz vorbeigingen – treppauf, treppab. Das wuchs sich fast zur Zwangsvorstellung aus.

Er hörte Stiefel auf der Treppe knarren. Auf – ab, auf – ab. So logisch er sonst denken konnte, das Verhältnis seiner Feinde zum Lothringer Kreuz blieb ihm unklar. Warum zerschlugen sie das Fenster nicht? Etwa aus Respekt? Oder Verachtung? Weil sie es nicht erkannten? Aus schierer Gleichgültigkeit? Sympathie würde es doch wohl kaum sein.

Es war gefährlich, sich in solchen Spekulationen zu verlieren. Damit stellte er, wenn auch nur für einen Moment, die beiden streitenden Parteien auf eine Ebene. Die Besatzung war eine Tatsache. Seit vielen hundert Jahren besatzten sich die Nachbarn gegenseitig und ertrugen die wechselseitige Besatzung immer genau so lange, bis sie sie wieder abschütteln konnten, aber diesmal war etwas Entscheidendes anders. Dieses Etwas hatte einen Namen und ein unheimliches Gesicht, es war totalitär, grausam, bestialisch, wie nur Menschen sein konnten, die beschlossen haben, daß Menschen nichts wert sind.

Lorain schauderte immer, wenn er daran dachte.

Seine Familie traf er nur noch selten und an einem dritten Ort. Jedesmal sagte ihm seine Frau, daß sie auch am liebsten untertauchen wolle.

»Es ist nur eine Frage der Zeit, bis sie kommen und mich abholen! Bitte versteh das doch endlich! Ich möchte weg, sonst verrate ich dich beim Verhör. Jedesmal, wenn ein Auto durch unsere Straße fährt, habe ich Todesangst. Neulich hielt eines vor unserer Wohnung. Ich ertrage das nicht. Sylvie ist schon ein großes Mädchen, und Christophe ist kerngesund. Such uns ein Quartier. Möglichst bald.«

Zwar neigte seine Frau Renée noch immer zu ihrem erquickenden und charmanten Gebrüll, aber es blieb ihr immer öfter im Hals stecken. Nicht lange nach seinem Untertauchen berichtete man ihm, seine Frau hätte ihre

Sachen gepackt und wäre mit den Kindern zunächst bei Verwandten in einem Bergdorf untergekommen. Vorausgegangen war der Besuch zweier Herren mit Hut, die einem schwarzen Adler entstiegen waren und sich nach seinem, Lorains, Aufenthaltsort erkundigt hatten. Sie hatten versprochen wiederzukommen, obwohl niemand sie darum gebeten hatte.

Lorain atmete die kühle Frühsommerluft am Fenster ein. Sie weckte in ihm eine Erinnerung an den Winter. Den ersten Winter im Maquis. Atemwölkchen standen damals vor allen Mündern. Zweige knackten. Die meisten Männer hatten keine warmen Kleider. Er hatte eine Aktion organisiert, hatte in einer besonders kalten Nacht mehrere Ballen Tuch aus einer Fabrik in den Bergen beschlagnahmt – damals arbeiteten die kleinen Spinnereien und Textilfabriken dort oben noch mit billigem Vogesenstrom – unter Hinterlassung einer Quittung. Es war seine erste größere Aktion gewesen, außer der täglichen Nahrungsbeschaffung. Die Frauen und die untergetauchten Schneider begannen, Jacken zu nähen.

Er war gar nicht mehr ins Tal gekommen. Der Schnee mit seinen Spuren verursachte Probleme, später die aufgeweichte Erde und das glucksende Wasser, das überall aus dem Boden strömte. Er hatte seine Leute auf verschiedene Bergdörfer und Weiler verteilt, und wenn sie sich trafen, dann nur in den wenigen Nadelgehölzen, die den winterlich kahlen Laubwald mit ihren dunklen Inseln durchsetzten. Lorain hatte einen Lieblingsplatz auf dem Mont de Terny. Es war der höchste Paß, ein weiches, grasbewachsenes Sitzkissen für Riesen. Dahinter ragten kahl und majestätisch die Steingärten der großen Ballons auf, ein paar verwilderte Weiden mit Farnkraut und Torfpflanzen zogen sich kreuz und quer, ein dichter Nadelwald schützte die Flanke. Der Ausblick ging weit ins Land, über tausend flache Kuppen im Unterland, eine wahre Kuppensee, die sich im Frühjahr langsam violett färbte. Dort saß Lorain und suchte mit dem Fernglas tief unten sein Haus, wenn er nicht mit den anderen Sektionschefs unterwegs war.

Sie mußten lange suchen, bis sie zwei halbwegs geeignete Abwurfplätze gefunden hatten. Die Engländer verlangten eine minutiöse topographische Beschreibung der Plätze, sie mußten in jeder Beziehung zum nächtlichen Überfliegen geeignet sein, ohne Felsen und Kanten, hoch im Gebirge, weit weg von der nächsten feindlichen Basis, sie mußten bis auf die Bogensekunde bestimmt werden, von London aus bestätigt und schließlich verschlüsselt. Lorain bot zusammen mit zwei anderen Sektionschefs zwei Plätze an, der eine hieß Hundert-Sous, der andere Hochtann. Hochtann erschien der Heeresleitung in London geeignet. Lorain erhielt als Codesatz für Hochtann den Vers: »Rauscht, ihr Blätter, wachst, ihr Binsen, ich bin Prinz Heckenrose.«

Jede Nacht lauschten sie dem Funksalat aus dem Äther. Würde der Satz vor Mitternacht fallen, mußte Lorain mit ungefähr sechs Leuten sofort aufbrechen. Sie konnten gegen zwei Uhr am Platz sein und hatten dann in der Dunkelheit zu warten. Mondnächte schieden aus. Näherte sich Motorbrummen, mußten sie zu einer bestimmten Zeit auf eigenes Risiko ihre drei Positionslampen anschalten – das

Flugzeug konnte auch ein deutsches sein, Feuermachen auf Hügeln war bei Todesstrafe verboten, aber das würden sie dann ja merken – und auf diese Weise würde auf der Lichtung des Hochtann ein Dreieck entstehen, in das die Fallschirme aus dem Flugzeug mit ihren Containern niedersinken würden, falls alles gutging.

Lorain fühlte sich in dieser Zeit den Göttern näher. Er dachte nur noch *daran*. Wie in England am Abend eine Maschine startete. Wie sie die Flugabwehr unterlief. Sich den Vogesen näherte, voll mit kostbarer Fracht. Die Nächte im Frühjahr waren lang und kühl. Wolken zogen zur Pforte ein und aus und hüllten alles ein. Aus dem Himmel kamen Stimmen. Ein Gewitter von Sätzen und Versen ging über Frankreich nieder, krächzte aus allen Empfängern, niemals war Dichtung so persönlich, so erwartet und erwünscht wie in diesen Nächten. Es schien, als hätten alle Dichter nur für diese Nächte gedichtet, hätten ihre Phantasie nur für diesen Fall spielen lassen wie Sportler die Muskeln, bevor sie sie im Wettkampf einsetzten.

Die Botschaft kam in der Nacht zum 1. Mai 1944. »Rauscht, ihr Blätter ...«, hörte Lorain. Der Rest war unverständlich. War es das?

Zu siebt gingen sie los, die schweren Lampen in Rucksäcken. Der Aufstieg durch den Wald war dutzendfach geübt. Lorain schien es, als ob sie einem Signal aus London folgten, aber auch einer alten Prophezeiung, als ob sie einer Erwartung hinterherliefen, die sie seit Ewigkeiten in sich trugen. Auf der Lichtung angekommen, brachten sie die Lampen in Stellung, um dann festzustellen, daß zwei von dreien nicht funktionierten. Die Batterien waren überprüft worden. Warum funktionierten sie nicht? Mit größter Ruhe befahl Lorain, Holz und Farnkraut aufzuschichten. Benzin trugen sie in Feldflaschen mit sich. Die Nacht war so feucht, daß die einzige funktionierende Lampe eine neblige Lichtsäule in die Höhe schickte, wie die körperlosen, scharf konturierten Leuchtfinger der Flak. Sie war weithin zu sehen. Vielleicht war es besser so. Lorain löschte sie wieder und sorgte für drei Scheiterhaufen. Von nun an waren sie der Gnade des Himmels ausgeliefert. Sie horchten angestrengt. Das Brummen der deutschen Flugzeuge kannten sie zur Genüge. Die englischen Flieger sollten angeblich anders klingen, aber wie? Das war schwer zu beschreiben. Meist kam das Ersehnte zwischen drei und vier Uhr nachts. Niemand schlief.

Endlich, gegen drei Uhr, hörten sie ein schwaches Geräusch in den hinteren Himmeln. Es kam näher. Lorain stand auf und horchte. Drei Leute schraubten an ihren Feldflaschen, drei öffneten ihre Streichholzschachteln. Lorain fand, der Motorenlärm klinge *eleganter* als sonst. Die Engländer. Er gab das Zeichen, die Scheiterhaufen flackerten auf, Qualm wölkte sich in die feuchte Luft, die ihn ungern aufnahm, ein verwackeltes Leuchtdreieck, der Schall wurde lauter, wie ein plumpes Fuhrwerk schoß der Flieger über die Lichtung, und als er vorüber war, war er nicht wirklich vorbei. Er hatte etwas hinterlassen. In der Luft schwebte es, tauchte aufreizend dumm irgendwo am Waldrand ins flackernde Licht, ein langer zylinderförmiger Container aus Stahl, gegliedert wie ein gestrecktes

Kunstbein, unten ein Fuß oder Schuh, eine längliche Wade darüber und darüber der Schenkel. Scharniere und Verschlüsse ließen es kriegerisch aussehen.

Zwei stürzten sich auf den Schuh, den sie an den Schnappverschlüssen abmontierten. Er enthielt Schuhe und Schokolade, wie sich später herausstellte, und Sommeruniformjacken. Während die anderen die Feuer ausschlugen, verschwanden sie im Wald und versteckten ihn in einer Grube. Jemand klinkte den Fallschirm aus und rollte ihn ein. Je drei schleiften die beiden schweren Containerteile ins Gebüsch. Gewehre waren in der Wade, Sprengstoff im Schenkel. Alles rasch in Gräben oder Gruben, Waldmist drüber, bange Stille. Lorain seufzte, als er an diese Nacht dachte. Alles war gelungen. Niemand kam. Mission ausgeführt. Nun hatten sie Gewehre, sogar zwei Sten-Maschinengewehre. Augenblicklich trat er in Verhandlungen mit London. Er wollte mehr, wollte diese Nacht wiederholen. Aber der ersehnte Satz fiel nicht mehr. Die Invasion kam. Ende Juni wurden die Nächte zu kurz für den langen Flug. Ungefähr so wie jetzt.

Widerstrebend kehrte Lorain in die Gegenwart zurück und beobachtete, wie die Sonne hinter den Häusern und Bäumen im Osten hervorkam, die sie bisher verdeckt hatten. Vor den edlen blauen Bergen – »seinen« Bergen – hob sich jetzt kräftig der niedrige Mühlenrücken ab. An seine Flanke gekuschelt lag das preisgekrönte Blumendorf St-Sauveur, behäbig, wie ein paar Eier im Nest. Die Dächer glitzerten mit ersten Lichtreflexen. Nein, heute mußte er ausnahmsweise einmal nicht an Gibet denken – Gibet kam niemals zur Feier des 14. Juni nach Parisey. Er haßte de Gaulle, noch posthum.

Lorain dachte trotzdem an Gibet. Er dachte aber auch an sich selbst. Nach über vierzig Jahren war reichlich Luft aus den Illusionen gewichen, sie lagen wie kleine verschrumpelte Gummiballons auf dem Tisch – was zur Folge hatte, daß man den Aufdruck besonders gut lesen konnte, messerscharf stach die verkleinerte Schrift vom Untergrund ab, auf seinem Luftballon stand, gut lesbar jetzt, das Etikett *Theoretiker.* Er war tatsächlich kein Praktiker gewesen. Zu logistisch, zu abgehoben, der typische Planungsingenieur. Auf dem Reißbrett hatte er die Vogesen elektrifiziert, auf dem Reißbrett wollte er sie nun befreien.

Es trieb ihm eine leichte Röte ins Gesicht, wenn er daran dachte, was er nach dem Fallschirmabwurf alles getan oder – noch schlimmer – nicht getan hatte. Sofort hatte er sich in eine hitzige Diskussion mit dem Himmel verstrickt. Aus dem Abstand der Jahre konnte er sehen, wie er wütend immer wieder in die Höhe gesprungen war, er, der kleine Lorain, er wollte hoch hinaus, wollte durchaus in den Olymp. Er hatte zuerst ein hohes Haus gebaut und anschließend die wohltuend hohen Berggipfel erklettert. Danach hätte er am liebsten die Tragfläche des Flugzeugs gepackt – das nicht mehr kam – und sich daran nach London geschwungen. In London saß die Oberste Heeresleitung und machte alles falsch. *Sahen* sie denn nicht, daß er für sein Maquis viel mehr Waffen brauchte? Täglich mußte er junge Leute vertrösten, die dann enttäuscht nach Hause gingen und sich zu anderen Einheiten schlugen –

womöglich zu den Kommunisten. Der ärgste Hader entstand in der Nacht der Invasion. Lorain erinnerte sich genau an den Freudentaumel in der guten Stube der »befreundeten Ferme«, als der Radioempfänger die Botschaft ausstrahlte, die Alliierten hätten mit der Landung begonnen. Sie lagen sich in den Armen, nur um anschließend zu hören, daß ihre Sektion zu absolutem Stillhalten verurteilt wurde. Bittere Enttäuschung! Die anderen in Süd- und Nordfrankreich waren es, die Brücken und Gleise sprengten und Straßen aufrissen und den Feind siebzehn Tage lang daran hinderten, in die Normandie zu eilen. Die Südvogesen waren ein strategisch wertloser Punkt, Lorains Maquis nichts weiter als eine Art Bärennationalpark. Mit allgemeiner Duldung saßen ein paar Maquisards in einem Reservat, durften aber nichts tun. Die unerwünschten Besucher nicht beißen, vor allem, und auch nichts kaputtmachen. Er kam sich lächerlich vor, unterschätzt, mißachtet. In dem Maß, wie die Verbündeten vorrückten, schöpfte er wieder Hoffnung. Sahen denn die Oberen in London nicht, daß man die Pforte zwischen Frankreich und Deutschland ganz einfach zumachen konnte? Man brauchte nur etwas mehr Waffen, um die feindliche Rückflut (die bald einsetzen mußte) ungefähr auf der Höhe von Parisey zum Stillstand zu bringen. Eine riesige Einkesselung war möglich, aber dazu brauchte er weitere Container mit schweren Waffen. Er trat wieder in Verhandlung mit dem Londoner Himmel, General Koenig saß dort am anderen Ende, aber der war für einen Zwergenfürsten aus der Provinz nie zu sprechen.

Allmählich begriff Lorain das Unfaßbare. Das heißt, er

begriff es nicht, er nahm zur Kenntnis. Man hatte ihm und seiner Abteilung nichts weiter zugedacht als die Funktion von gut geölten Türangeln. Die Pforte blieb weit offen, der Feind sollte dort förmlich hinausgesogen werden, er durfte ungehindert nach Hause, warum? Nur um sich dort in seinen heimatlichen Boden zu krallen und den Krieg zu verlängern? Lorain faßte es nicht. Das quälendste war, daß ihn die Londoner Zentrale, ohne ihn überhaupt zu informieren, aus dem Sektor C herausgenommen und dem Sektor D in der Ebene zugeschlagen hatte, der zum völligen Stillstand verurteilt war. Die Südspitze der Berge wurde förmlich kaltgestellt. Weiter oben in den Bergen bekamen die Chefs durchaus noch Waffen, trotz der kurzen Nächte fiel das Manna dort nur so vom Himmel, denn man mußte immerhin mit der Möglichkeit rechnen, daß der Feind sich auf dem Rückzug in den höheren Bergen festsetzen wollte.

Gibet war nichts weiter als ein Praktiker. Er kam am Tag nach der Invasion und begann unmittelbar mit der Ausbildung. Seine Fähigkeit, Gewehre mit verbundenen Augen auseinanderzunehmen und wieder zusammenzusetzen, hatte etwas außerordentlich Beruhigendes. Seine derben Witze auch. Er sagte zum Beispiel freundlich grinsend: »Bis gestern war ich gegen euch. Ab heute bin ich für euch«, und niemand nahm es ihm übel. Seine Ortskenntnis war phänomenal. Er stammte aus einer kinderreichen Familie von der Vogelmühle hinter St-Sauveur. Nein, keiner zerbrach sich den Kopf, was Gibet vorher alles getrieben hatte. Er war Frontkämpfer gewesen, danach Polizist, danach Milizionär. Ein Fachmann eben. Ein Aktivist.

Lorain hatte ihm zuerst die Ausbildung des großen Maquis am Mont de Terny überlassen, danach mehr und mehr dessen Führung. Er selbst zog sich in die Berge zurück. Dort spielte er theoretisch Krieg. Mit anderen Sektionschefs stritt er noch immer um Waffenlieferungen. Die hundertundsechs jungen Leute, die er zurückließ, waren dank Gibets Drill bald ebenfalls in der Lage, ein Gewehr mit verbundenen Augen auseinanderzunehmen und wieder zusammenzusetzen, nahmen es aber mit der Disziplin in anderen Dingen nicht mehr so genau. Aus seinem Mustermaquis wurde ein fröhliches Maquis. Man feierte das Vorrücken der Alliierten, verlobte sich unentwegt, trank, hißte die Trikolore auf einer Eiche, obwohl die Wehrmacht noch regelmäßig über die Wälder flog, vergaß oder vernachlässigte die wichtigste aller Vorschriften, das Wachestehen, organisierte dafür immer öfter kleine Ausflüge in die Ebene und sabotierte dort in sportlicher Weise und nicht ohne Erfolg ein paar Güterzüge.

Sieben Wochen lang nahm die Besatzungsmacht dies hin. Bis es in der Nacht zum 3. August zu einer angekündigten Katastrophe kam. Er war in dieser Nacht nicht auf dem Mont de Terny gewesen. Die Tragödie war, wie sich anschließend herausstellte, der Auftakt zu weiteren Tragödien. Was hatte er getan, um dies zu verhindern? Nicht viel. Seit Gibet aufgetaucht war, war alles schiefgegangen. Gibet war ein Draufgänger. Obwohl Lorain sich Gibet unendlich überlegen gefühlt hatte, war er dagegen nicht angekommen. Das war die Wahrheit. Es hatte über vierzig Jahre gedauert, bis er sich dies eingestand.

Es hatte Renées Besuch gebraucht, um ihm dies klarzumachen.

Renée war gekommen, atemlos wie immer, wenn er sie unterwegs sah, mit Blumen, mit ihrer überwältigenden Freundlichkeit, die ihn unendlich rührte. Sie hatte sich ans Fenster gestellt und gesagt: »Von hier aus sieht unser Haus aber gar nicht gut aus!«

Danach hatte sie ein Loblied auf Gibet gesungen, ihren Arbeitgeber, wie sie ihn nannte. »Er hat doch dem ganzen Dorf seinen Stempel aufgedrückt. Diese touristischen Straßenschilder, die Blumen, das Kreuz im Kirchturm – aber Sie kennen es ja. Er ist grob und raffiniert, das ist wahr, aber irgendwie schöpferisch. Das ist es, was ich an ihm schätze.«

Lorain hatte ihr insgeheim zugestimmt. Seine eigene schöpferische Nachkriegsleistung hatte sich auf die Gestaltung des regionalen Stromtarifs beschränkt. Nicht mal die Leitungen hier in seinem eigenen Haus waren erneuert. Sie stammten aus dem Jahr der Erbauung und waren stoffumwickelt. Renée war unruhig an den Fenstern des Salons hin und her gehüpft. »So habe ich unser Haus ja noch gar nicht gesehen«, erklärte sie immer wieder. »Es müßte dringend mal verputzt werden. Es sieht ja richtig ärmlich aus, dabei war ich immer so stolz auf die Fassade.«

Um sie zu trösten, sagte er: »Nur ich sehe das Haus so.« Sie drehte sich um, sah ihn mit ihren großen, durchdringenden Augen an und sagte: »Das genügt ja.«

Er hatte sich die Geschichte schön zurechtgelegt gehabt. Verwilderung eines Maquis, Gibet als dämonischer Demiurg, die Zeitumstände, nahender Sieg, jahrelang angestaute Rachegelüste, der aussichtslose Kampf des Guten gegen das Stärkere – statt dessen sagte er etwas, das er zwar verschiedentlich aufgeschrieben hatte, aber in vierzig Jahren nicht einmal in der Beichte geäußert hatte, obwohl es nahegelegen hätte. Er sagte:

»Mein erstes Todesurteil habe ich am 30. Juni 1944 unterschrieben. Es war ein Familienvater aus Lataine. Ein Plünderer.«

Renée wandte sich endlich von ihrem Haus und dem verwilderten Garten ab und schaute ihn an.

»Ein Plünderer? Kein Verräter?«

»Nein. Oder doch. Er gab sich als Maquisard aus und erpreßte Leute im Namen der Résistance.«

»Plünderer werden erschossen, heißt es immer in Bürgerkriegen.«

»Wir haben ihn nicht auf frischer Tat ertappt. Damals hatten wir es noch nicht eilig. Er war fast vierzehn Tage unser Gefangener. Dann bekam er einen Prozeß. Die Zeugenaussagen waren erdrückend.«

»Und dann wurde er erschossen.«

»Ja. Als nächstes kam dieses Mädchen. Eine Dorfprostituierte. Ihren Vornamen weiß ich nicht mehr.«

»Sie beleidigte die Franzosen, indem sie mit dem Feind schlief.«

»Viel schlimmer. Sie bot ihre Dienste beiden Seiten an. Auch in den Wäldern. Sie machte gar keinen Unterschied. Das war gefährlich.«

»Und wann kam der erste richtige Verräter?«

»Zur selben Zeit. Am Tag, als das Mädchen hingerichtet wurde, griffen motorisierte deutsche Einheiten ein kleines Maquis neben dem Mont de Terny an. Es umfaßte nur zwanzig Mann. Ihr Wachtposten konnte rechtzeitig Bescheid geben. Das Maquis verlagerte sich lautlos und beizeiten ins Hinterland. Aber in den Autos der Deutschen wurden zwei Franzosen erkannt. Sie hatten ihnen den Weg gezeigt.«

»Saßen sie denn freiwillig drin?«

»Ich denke schon. Es gelang uns, beide zu verhaften. Der eine floh unterwegs, meine Leute verfolgten ihn, schossen ihn an; er floh ein zweites Mal und wurde unterwegs erschossen. Wir haben seine Leiche in den Luftschacht des alten Fort Lambert geworfen. Der andere wurde zum Tode verurteilt. Nach ordnungsgemäßem Kriegsrat.«

Lorain strich sich über die Augenbrauen. »Wir wurden für das, was wir im Namen Frankreichs getan haben, amnestiert. Aber gebeichtet habe ich es noch nie.«

Renée wollte mehr hören.

»Und dann?« fragte sie. »Wann kam mein Vater dran?«

Lorain nickte mit dem Kopf.

»Warte noch«, sagte er. »Ich muß dazu etwas bemerken. Diese Todesurteile sind mir immer als vollkommen richtig erschienen. Als logische Folge der äußeren Umstände. Aber jetzt denke ich manchmal... Wie merkwürdig, daß es gerade ein Plünderer und eine Prostituierte waren. Wie Symbole. Für männliche, für weibliche Ausschweifung. Es geschah, nachdem Gibet in unser Maquis gekommen war. Ich hatte vielleicht Angst vor ihm und seiner Art. Vielleicht habe ich es getan, um die Moral hochzuhalten. Um die Disziplin in den Mittelpunkt zu stellen.«

»Und dazu haben Sie diese beiden armen Asozialen benützt«, sagte Renée. Sie ertappte sich dabei, daß sie beinahe gesagt hätte: Schwererziehbaren.

Lorain nickte wieder. Je schärfer sie die Sache ausdrückte, desto besser.

»Ja... ein Versuch, meine angeschlagene Autorität wiederherzustellen. Wie langsam das alles ging. Nach der Invasion dauerte es volle acht Wochen, bis der Prozeß der Säuberung bei uns in Gang kam. Aber bei uns war ja alles viel ruhiger als anderswo. Parisey und Umgebung war die sogenannte Verbotene Zone. Wir waren in den Plänen der Nationalsozialisten zum Anschluß vorgesehen und wurden sogenannt ›geschont‹. Ein zweites Elsaß sollten wir werden. Ein Elsaß hinter dem Elsaß. Mit Namen ›Burgund‹. Himmler sprach in einer Rede davon, welch schönen SS-Staat er aus ›Burgund‹ machen wolle, er träumte von einem SS-Kulturstaat, in dem die nationalsozialistische Partei verboten sein sollte, denn man würde sie gar nicht brauchen. Aber auch Göring war scharf auf unser kleines Kartoffeldépartement. Er hatte eher dynastische Absichten und sah sich schon als Hermann der Erste, Herzog von Burgund. Ich weiß nicht, warum unser armes Ländchen überall immer solche Gier erregte.«

Renée hatte sich das alles angehört. Höflich hatte sie geschwiegen, aber man sah ihr an, daß sie dachte: Ich will die Geschichte meines Vaters wissen.

»Dann, Anfang August, wenige Wochen vor der Befreiung, geschah etwas, das die Wut steigen ließ. Die Wehrmacht hatte bereits versucht, das kleine Maquis anzugreifen. In der Nacht zum 3. August griffen sie auch das große an, unser Hauptmaquis. Die Schlacht vom Mont de Terny. Gibet feiert diesen Jahrestag immer oben auf dem Berg. Du kennst ja den Ausgang.«

Renée nickte.

»Danach war die Jagd auf Verräter offen. Wir fingen einen, für den fällt mir noch heute keine andere Bezeichnung ein als das *verkörperte Böse*. Er war offizieller Agent und Folterknecht der Gestapo. Er stammte nicht von hier, sondern aus Südfrankreich. Er wohnte im Hotel und war außerordentlich effizient. Ich weiß nicht mehr, wie es uns gelungen war, ihn abzufangen, jedenfalls hatten wir ihn, er saß einsam im Wald und wußte, daß nichts und niemand ihm mehr helfen konnte. Unsere Wut war so groß, daß wir ihm am liebsten tagelang jeden Knochen einzeln gebrochen hätten. Heute denke ich, wir hätten in diesem einen Fall den Übeltäter ohne Verhör und Kriegsrat einfach beseitigen müssen, wie jemanden mit einer gefährlich ansteckenden Krankheit. Aber das war nicht so. Leider.«

Renée sah ihn mit großen Augen an.

»Er hieß Malafoi«, fuhr Lorain hastig fort, »und war *der* Fang überhaupt. Dutzende von unseren Leuten hatte er auf dem Gewissen. Alle Sektionschefs waren gekommen, mit sämtlichen Adjutanten und Souschefs. Es war das Fest des Verräters, wenn du so willst. Die Wilden feiern tagelang ein Fest, wenn sie einen Gefangenen haben, den sie zu verspeisen gedenken, und lassen ihn dabei mitspielen. Ich habe später von ihren Ritualen gelesen und mich sofort an Malafoi erinnert.«

Lorain unterbrach sich einen Augenblick und sagte dann: »Ich will es kurz machen. Malafoi spielte sehr schön mit. Um seine Haut zu retten, bot er uns eine Liste von allen Kollaborateuren der gesamten Region an. Er habe nur zum Schein bei der Gestapo mitgemacht. In Wirklichkeit sei er von London beauftragt, auszuspionieren, wer alles mit den Deutschen kollaboriere. – Bei dieser unglaublichen Verdrehung der Tatsachen applaudierten ihm die, die im Kreis um ihn herumstanden, spöttisch. Jemand sagte: ›He, diese Liste hast du bestimmt in deinem Koffer im Hotel. Wir können sie ja holen.‹ Darauf Malafoi, ganz ernst: ›Nein. Sie existiert nur hier drin.‹ Dabei tippte er sich an die Stirn. ›Damit sie nicht in falsche Hände fällt.‹ – Er reizte unsere Neugier auf primitivste Art. Und weißt du, Renée, die primitive Art funktioniert immer. Gerade in dieser Situation. ›Na, dann spuck mal aus‹, sagte jemand und gab ihm einen Tritt. – Es war bei Gott nichts Ungewöhnliches, daß Leute beim Verhör Namen nannten. Die meisten zögerten aber und nannten so wenig wie möglich. Wenn man vier oder sechs Namen aus jemandem herausbekam, war das schon viel. Was wir bei Malafoi erlebten, spottete jeder Erfahrung, jeder Beschreibung. Er behauptete, seine Liste umfasse einhundertundzwanzig Namen! Zum Beweis begann er sie aufzusagen. Nicht alphabetisch, nein, da hätte er ja das Adreßbuch auswendig lernen können – er mußte sie unter bestimmten anderen Gesichtspunkten gruppiert haben. Jedenfalls war seine Gedächtnisleistung ganz erstaunlich. Er hatte sich förmlich mit Namen vollgesogen und mit Namen gepanzert, um nicht geschlagen zu werden. Natürlich schlug man ihn doch. Es wäre besser gewesen, diesen Elenden sofort umzubringen.«

»Malafoi nannte meinen Vater«, sagte Renée mit spröder Stimme.

Lorain hatte damals reichlich Eiswasser getrunken, wie heute. Trotzdem war seine Stimme trocken und heiser gewesen, quälend der Durst.

»Malafoi nannte halb Parisey«, sagte er, immer mit trockener Kehle. »Das wäre so schlimm nicht gewesen. Das allein war es nicht. Wir hörten seine Litanei mit unbewegten Gesichtern an. Dabei versuchten wir, hinter sein Ordnungsprinzip zu kommen. Ich hatte den Eindruck, er hätte die Namen – das heißt natürlich die Personen – nach Schauplätzen gruppiert. Er nannte zum Beispiel alle Besucher des Café des Vosges. Dann Leute aus dem Hôtel de France. Dann die Handwerker und Lieferanten der Deutschen, und so weiter und so fort. Plötzlich fiel, für mich unmotiviert, der Name deines Vaters, René Pasteur. Ich hatte mich für einen winzigen Augenblick nicht unter Kontrolle, den berühmten Bruchteil einer Sekunde, und fuhr hoch. Ich unterbrach ihn und zeigte Reaktion. ›Was? René Pasteur? Mein Nachbar in Parisey?‹ – Ich glaube, daß ich so etwas Ähnliches sagte. Eigentlich mehr, um die Unmöglichkeit dieser Beschuldigung anzudeuten. Darauf hatte Malafoi nur gewartet. ›Ja!‹ rief er. ›René Pasteur! Der sogar besonders!‹«

»Er ergriff seine Chance«, sagte Renée.

»Ich wollte ihm das Wort abschneiden. Ich wußte, ich brauchte nur zu sagen ›Weiter! Wer noch?‹ – aber irgend etwas in mir bohrte und bohrte, und deshalb fragte ich: ›René Pasteur? Wieso?‹ Es war nichts weiter… als ein Phänomen der Aufmerksamkeit.«

»Was ist das?«

»Sehr oft der Beginn der Liebe. Ach, nur eine Stelle bei Ortega. Im gewöhnlichen Leben, sagt er, gleitet unsere Aufmerksamkeit unterschiedslos über eine Reihe von Männern und Frauen. Eines Tages tritt aus dieser Reihe einer hervor, oft nur durch ein winziges Detail, und unser schweifender Blick bleibt hängen. Das ist der Beginn der Liebe.«

»Der Liebe?« fragte Renée schockiert. »Ortega? Wer ist das? Doch nicht dieser alte spanische Knacker, dieser... Philosoph?«

»Unterschätze ihn nicht«, hatte er gesagt.

Nach einiger Zeit hatte er seinen Bericht fortgesetzt: »Malafoi begann zu plappern. Anders kann ich das nicht ausdrücken. Mitten im Wald begann er zu plappern. René Pasteur war angeblich Stammgast im Café des Vosges. Von der Schwester des Pächters bekam er Informationen. Er ging so oft in die gegenüberliegende Feldgendarmerie, um zu denunzieren, daß selbst die Deutschen sich angeekelt von diesem Subjekt abwandten und ihn regelmäßig hinauswarfen. Aber er kam immer wieder.«

Renée schrie auf und sagte dann: »Pardon. Aber das ist wirklich zu schlimm.«

»Es ist gar nicht so absurd, wenn man nur einmal kapiert hat, daß Malafoi in diesem Augenblick seine eigene Geschichte erzählte. Geschichten erfindet ja keiner. Man findet sie und überträgt sie.«

»War Ihnen das damals schon klar?«

»Nein. Natürlich hielt ich Malafois Fabel für absolut unwahr. Ich wollte nun definitiv abbrechen, aber andere waren aufmerksam geworden und fragten an meiner Stelle weiter. ›Wie oft, sagst du, ging dieser Pasteur in die Feldgendarmerie?‹ Malafoi zuckte die Achseln und sagte: ›So an die zwanzigmal. Vielleicht auch öfter.‹ Jemand stellte die Frage, die uns alle auf den Nägeln brannte. ›Hat Pasteur auch ein Maquis verraten?‹ Malafoi nickte eifrig mit dem Kopf. ›So? Welches denn?‹ Malafoi dachte nach – er war schon ganz grün und blau geschlagen. Es fiel ihm keines ein! Man kennt das wohl vom Quiz. Wenn man direkt gefragt wird, weiß man die Antwort nicht. Deshalb lenkte er rasch ab und sagte: ›Er hat auch einen ehemaligen Gendarmen ans Messer geliefert.‹ Ich stand da und sah, wie es bei Gibet förmlich *klick!* machte. Gibet war auch ein ehemaliger Gendarm. – Irgendwie gelang es mir dann, das Verhör fortzusetzen, und Malafoi spulte weiter Namen um Namen ab. Nach sechzig Namen wußte er nicht mehr weiter und gab auf. Sechzig giftige Köder.«

Renée hatte dagesessen, ganz asymmetrisch nach oben verzogen wie jemand, der horcht und horcht... Sie hatte ihm leid getan.

»Von anderer Seite ist dein Vater niemals beschuldigt worden – soviel ich weiß. Vielleicht ist das ein schwacher Trost für dich. Ich war damals schon der Ansicht, die Anschuldigung sei völlig haltlos. Deshalb habe ich in dieser Sache auch nichts unternommen. *Mein* letztes Todesurteil war Malafoi. Es war fürchterlich. Als wir ihn den Baum hochzogen, war er schon tot. Aber dann wurde Gibet tätig! Es war Ende August, Paris war schon befreit, die Befreiung unseres Département zog sich hin. Die Deutschen schlugen blindwütend um sich. Gibet hatte sich mit ungefähr dreißig Leuten selbständig gemacht. Ich könnte es mir jetzt leichtmachen und sagen: Die Ermordung deines Vaters geht klar und deutlich allein auf Gibets Konto. Wie diese vielen anderen Fälle von ›Säuberungen‹, die er eigenmächtig und aus Eigennutz begangen hat. Aber ausgerechnet im Fall deines Vaters muß ich, nach allem, was ich dir erzählt habe, eine moralische Mitschuld auf mich nehmen.«

Renée hatte ihn unverwandt angeschaut. »Wie… nur wegen dieser Nachfrage? Wegen Ortega?«

»Natürlich ist Gibet der… Töter«, hatte er gesagt. »Es war meine Absicht, dir dies klarzumachen. Aber ist es nicht auch Schuld, wenn man seine Neugier nicht bezwingen kann? Ich bin fest davon überzeugt, meine Frage hat ihn getötet.«

Als es neun Uhr schlug, stand Lorain noch immer am Fenster, regungslos. Die Erinnerung an das Gespräch mit Renée schmerzte, mehr als das Gespräch selbst. Er fand, daß er jetzt lange genug auf Gibets preisgekröntes Blumendorf gestarrt hatte, und ließ den Rolladen bis auf einen schmalen Spalt hinuntersacken. Renées verwilderter Hintergarten blieb nun noch übrig, mit den Kaninchenställen ihrer Mutter im Schatten des Kirschbaums und einem Stückchen Mauer.

Es war kurz nach neun, als er auf seine Weckuhr sah. Zeit zum Anziehen. In einer halben Stunde kam Madame Grosmougin, in einer Stunde mußte er weg. Er begann, mit kleinen Schritten zwischen Bad und Schlafzimmer hin- und herzugehen. Das tat gut. Bewegung. Er duschte vorsichtig, zog sich an. Dann knöpfte er das weiße Hemd zu und stellte sich wieder ans Fenster. Ein kleines rotes Püppchen lief unten durchs Gras. Renée im Trainingsanzug. Lorain lächelte. Sie hatte versprochen wiederzukommen. Sie wollte alles wissen. Ein zweites Püppchen in einer beigen Kittelschürze kam langsam und ziemlich schwerfällig dazu. Das war Judith, mit ihren abgemessenen Bewegungen. Dann erschien ein älterer Mann mit grauem Kugelkopf, den er schon öfter dort gesehen hatte. Er trug Holzschuhe und einen blauen Arbeitsanzug. Vielleicht ein Verwandter. Für die dort unten war heute kein Feiertag. Nein. Offenbar nicht. Sie standen da und diskutierten. Judith nahm ihre Sense vom Baum und fing an, sie zu schärfen. Renée schoß hastig herum, von einer Ecke zur anderen. Der ältere Herr ging zum Hasenstall, öffnete ein Türchen und griff hinein. Dann zog er ein großes graues Tier an den Ohren heraus, trat ein wenig zur Seite und schlug es mit einer unglaublich eleganten, ekelhaften Bewegung tot. Lorain hörte ein Quietschen, sah das Tier zappeln. Noch ein Schlag, und alles war wieder still. Renée rannte planlos im Garten herum. Der ältere Verwandte hängte das aufgeschnittene Tier in aller Gemütsruhe an die Wäscheleine.

Lorain starrte durch den Spalt. Dann schloß er den Rolladen. Er nahm eine flache schwarze Schachtel aus der Wäschekommode und stellte sie vor sich auf den Nachttisch. Er öffnete sie, nahm seine Orden heraus und steckte sie nacheinander ans Revers. Unten drehte sich ein Schlüssel im Schloß.

Er ging aus dem Zimmer, um Madame Grosmougin zu

begrüßen, kehrte noch einmal um und kontrollierte, ob er den Rolladen geschlossen hatte. Es fiel ihm plötzlich ein, daß er in den ersten beiden Jahren nach dem Krieg sein Arbeitszimmer hier gehabt hatte und von seinem Schreibtisch aus dem Fenster geblickt hatte. Die erste Version des Kriegstagebuchs war hier entstanden. Bis er plötzlich den Blick nicht mehr aushielt und sein Arbeitszimmer mit dem Schlafzimmer auf der anderen Hausseite vertauschte.

Merkwürdig, dachte Lorain, als er im Treppenhaus an seinem Lothringer Kreuz vorbeiging. Merkwürdig, daß sich die Maßstäbe für unser Handeln mit der Zeit ständig rückwirkend verschieben.

Oder geht das nur mir so?

Gibet – Gibet hatte dieses Problem natürlich nicht. Der nicht. Das stand für ihn fest.

22

Als der alte Lorain an diesem 14. Juni mit seinem 2 CV durch Parisey fuhr, war er vom Aufschwung der Stadt nicht angetan. Unbegreifliche Fröhlichkeit rieselte wie immer samstags aus kleinen Kästchen längs der Hauptstraße. Der Mittelstand verbreitete Radiomusik.

Vor dem Hauptpostamt lag eine begrünte Verkehrsinsel, auf der sich die Stadtgärtner seit einigen Jahren an Blumenskulpturen versuchten. Dagegen war nichts einzuwenden, auch wenn es die Gemeindesteuern in die Höhe trieb. Letztes Jahr blühte dort ein schöner, fast zwei Meter hoher Schwan. Dieses Jahr sei es eine Micky-Maus-Figur, erzählte man sich – ganz aus Stiefmütterchen und Moos. Leider konnte man sie vom Auto aus nicht sehen. An drei Seiten war die Verkehrsinsel neuerdings mit den Schilderbündeln zugestellt, die für ein fröhliches, bisher ungekanntes Chaos in der Innenstadt sorgten. Lorain hatte Lust auszusteigen, um die Skulptur einmal durch eine Lücke zu betrachten. Aber er verschob dieses Vorhaben. Er war ohnehin spät dran.

Er bog in die Bahnhofsstraße ab. Hier wurden soeben Biertische und Bänke von einem Lastwagen abgeladen. Wieder ein Fest. Ausgerechnet heute. Er fuhr am ehemaligen Zollhäuschen vorbei und sah, daß man dabei war, eine Bühne aufzuschlagen – wahrscheinlich für Rockmusik. Die großen Verstärkerkästen standen schon an der

Seite. All diese Vorbereitungen tauchten ihn in trübe Stimmung. Früher feierte man Feste ganz anders. Parisey war auf dem besten Weg, ein elektronisches Pappdorf zu werden. Der Mittelstand – oh, er hatte Sympathie für die hart kämpfenden Einzelhändler – dachte sich unentwegt Neues aus. Seit vier Jahren konnte man auf der Hauptstraße keinen Schritt mehr tun, ohne gegen lebensgroße Soldaten aus Sperrholz und Pappe zu stoßen, die mit ausgestrecktem Arm gebieterisch in die Eingänge der hundert wichtigsten Geschäfte wiesen. Dieser vervielfachte Pappkamerad stellte den Sapeur Camember dar, einen vertrottelten Grenadier mit Bärenfellmütze, blauem Wams und roter Hose, eine der ersten gezeichneten Comicfiguren überhaupt. Vor über hundert Jahren schon hatte man angelegentlich über ihn gelacht. Sein Erfinder war – wie konnte es anders sein – ein berühmter Sohn der Stadt, der Journalist und Zeichner Christophe.

Sapeur Camember schien als Maskottchen deshalb so geeignet, weil Parisey Garnisonsstadt war und von modernen kleinen Camembers nur so wimmelte. Einen wurmstichigen Columban, dem Parisey immerhin die Christianisierung verdankte, hatte man aus seiner angestammten Nische im Zentrum herausgeholt und statt dessen den Sapeur Camember hineingestellt. Ein Denkmal aus Bronze. Die Statue war völlig mißlungen und so schwarz wie eine wundertätige Madonna. Da sie öffentliche Gelder gekostet hatte und außerdem von einer liebenswerten stadtbekannten Künstlerin gefertigt worden war, zementierte man sie trotz künstlerischer Bedenken in die Nische ein, wo sie die Jugend zur Bemalung reizte.

Abwechselnd Rot, Grün oder Lila leuchteten jetzt gewisse Teile der Camemberschen Uniformhose und bildeten einen seltsamen Kontrast zur Bärenfellmütze. Das Ganze glich einer heimlichen Verschwörung gegen soldatische Werte, fand Lorain. Es konnte ihn an manchen Tagen sehr ärgern, besonders, wenn noch etwas anderes vorlag.

Lorain parkte sein Auto an der Gefängnismauer unter einer Platane. Er atmete auf. Das lärmende Stadtzentrum blieb hinter ihm zurück. Er sah die Straße zum Weiher hinunter, bereit, seinen Seelenfrieden wiederzufinden, wie immer, wenn er an dem stillen Wasser spazierenging. Es war sonderbar, wie beruhigend und zugleich rätselhaft der dunkle Teich aufs Gemüt wirkte, vor allem bei schönem Wetter wie heute, wenn Wolken über die prächtige Unterpräfektur segelten und sich im Wasser unter den Schwänen spiegelten.

Lorain schloß nichtsahnend sein Auto ab und stand zwei Minuten später vor einer ihm neuen Scheußlichkeit. Direkt ans Ufer war ein doppelter Schilderwald montiert. Er zeigte links zu *Feuerwehr, Handwerkskammer, Unterpräfektur, Finanzamt* und *Abendschule*, rechts wies er den Weg zu *Rathaus, Gericht, St. Martin, Zentralapotheke* und *Bumerangmuseum.* Manche Schilder waren weiß, andere blau, das Bumerangmuseum wie immer schokoladenbraun, mit weißer Schrift.

Lorain schüttelte ein paarmal den Kopf. Darüber mußte er mit dem Bürgermeister reden, den er heute treffen würde. Das ging nicht an. Madame Grosmougin hatte ihm erzählt, daß die Stadt sogar ein Bündel Hinweisschilder auf Geschäfte und Restaurants quer über den breiten Bürgersteig der Hauptstraße einzementiert hatte – für Autofahrer sehr gut leserlich –, aber so, daß kein Kinderwagen und kein Rollstuhl mehr durch die Lücke schlüpfen konnte. Die Schilder verdeckten außerdem die Sicht auf eine sehr befahrene Nebenstraße. Ein Sturm der Entrüstung hatte sich erhoben, das Telefon im Rathaus stand nicht mehr still. Gemeindearbeiter rissen die Schilder gleich am nächsten Tag wieder heraus und lehnten sie provisorisch erst einmal an den Zaun. Das Komische an dem Ganzen war, daß nicht wenige der ausgeschilderten Geschäfte zum Zeitpunkt der Aufstellung schon wieder pleite gemacht hatten oder mindestens umgezogen waren. Die Anmeldung für die Beschilderung lag jeweils ein halbes Jahr zurück. Da konnte viel passieren.

Lorain ging zwischen dem dunklen Waschhaus und der Trauerweide hindurch. An der Unterpräfektur wehte die Trikolore. Er erkannte im Grüppchen der Versammelten den örtlichen Dichter Jean Claude Fabrique, den Vorsitzenden der *Vereinigung schreibender Frontkämpfer*. Die Stadt verdankte ihm ein schönes Gedicht über den Quellsee. Dieses Gedicht hob die landschaftlichen Reize der Gegend hervor, die bukolische Atmosphäre des Quellsees und der Unterpräfektur, erwähnte Zwerge, die kichernd auf dem Seegrund tanzten, und schloß mit der Pointe, daß Horaz ungläubig den Kopf geschüttelt hätte, wenn man ihm mitgeteilt hätte, dieses Wunder liege nicht in Italien, sondern nur »im schlichten Parisey«. Lorains Laune hob sich schlagartig. Er beschloß, eine Bemerkung über die typisch italienische Handbewegung zu machen, mit der Horaz wahrscheinlich die neu aufgestellten Hinweisschilder kommentiert hätte. Das mußte Fabrique, einen ehemaligen Offizier und Mathematiklehrer, erheitern.

Ein wenig war die Feier vom 14. Juni immer wie Nachhausekommen. Alle alten Bekannten waren da. Lorain entdeckte den vollzählig versammelten Gesangsverein, die Archäologische Gesellschaft, den Verein für Ethnische Fragen. Gerade kletterten auch zwölf forsch behelmte Feuerwehrleute in ihren dunkelblauen Uniformen aus einem Kleinbus.

Der junge Gustave Klein machte sich am Denkmal zu schaffen. Er war inzwischen auch schon zweiundsechzig Jahre alt, aber damals, 1944, war er zwanzig gewesen, Lorains Lehrling oder Schützling im Maquis. Später hatte sich Klein vehement für das Denkmal des Generals eingesetzt, hatte es persönlich entworfen, Geld gesammelt, um es etappenweise zu verwirklichen (es war noch immer nicht ganz fertig, auf dem Fußboden rund um die Marmorsäule fehlten noch die Bildplatten mit den wichtigsten Lebensstationen des großen Mannes), und nun betreute Klein Jahr für Jahr die Feier mit einem wahren Feuereifer: den Blumenschmuck, die Absperrung, den Ablauf der Feierlichkeiten. Im Zivilberuf war Klein Militär gewesen, wie er humoristisch bemerkte, wobei er immer ernsthaft hinzufügte: »Für junge Leute ist es schrecklich, mitten im Krieg aufzuwachsen.« Klein hatte Lorain am Telefon erzählt, für die diesjährige Feier habe er eine Überraschung, und Lorain war neugierig, was das sein konnte.

Die beiden rivalisierenden Dichter Jean Claude Fabrique und Madame Plüsch saßen diesmal gemeinsam an einem Resopaltisch. Auch das war neu. Fabrique vertrat die Schreibenden Frontkämpfer, während Madame Plüsch die *Kulturelle Vereinigung der Freunde von Literatur und Kunst im Oberen Tal des Ragnon* ins Leben gerufen hatte, eine Vereinigung kunstliebender Frauen. Im allgemeinen standen sich die beiden sehr reserviert gegenüber, aber nachdem sie sich nun schon jahrelang immer wieder bei denselben Veranstaltungen trafen, hatten sie offenbar Burgfrieden geschlossen. Lorain trat näher und begrüßte die beiden.

»Ah, Madame Plüsch«, sagte er und reichte ihr die Hand. Désirée Plüsch war an die siebzig. Sie trug eine Strickjacke über der weißen Bluse und hatte die Haare achtlos und künstlerisch nach oben gesteckt. Ihr ganzes Leben lang hatte sie als Verwaltungsangestellte bei der Eisenbahn nicht eine einzige Zeile gedichtet. Kaum war sie in Pension gegangen, war es, »als ob ein Schloß aufgesprungen wäre«, wie sie einem Journalisten einmal anvertraut hatte, und es entströmten ihr durchsichtige Verse über ein sozial wertvolleres Früher, als man die Küchen noch heizte, unter bereiftem Mond das Silvesterschießen abwartete und die Wäsche mit Kernseife wusch. Ein hilfreicher Verwandter hatte diese lyrischen Ausbrüche mit seinem Computer auf Mitte gerückt, so daß ihre Gedichte die Konturen von Pokalen, Vasen, Räucherweibchen und Kerzenständern annahmen. »Weil man sie so drängte«, ließ sie ihre geheimnisvollen Verse sepiabraun auf Büttenpapier drucken, und dieses Bändchen lag zusammen mit einem Zeitungsausschnitt plus Foto vor ihr auf dem Tisch.

Jean Claude Fabrique neben ihr verwaltete sechs Stapel

selbstverfaßter Broschüren. Kriegserinnerungen, Gedichte (»Regenbogen«), einen Mathematikroman und sein Hauptwerk, die Geschichte von Julius dem Bataver, dem tapferen niederländischen Feldherrn.

»Was wäre Parisey ohne seine Dichter«, murmelte Lorain und drückte auch ihm die Hand. Dabei überlegte er, was die beiden wohl voneinander dachten. Der eine schrieb mehr, die andere schrieb schöner. Sie war siebzig, er fünfundsiebzig. Beides junge Leute im Vergleich zu ihm. Lorain lenkte das Gespräch auf Horaz.

Die vorbereitende Geschäftigkeit erreichte einen ersten Höhepunkt, als kurz vor halb elf eine Salve von röhrendem Gebrüll die Stille zerriß. Am Zollhaus hatte man probeweise den Verstärker eingeschaltet. Die Leute am Weiher zuckten zusammen, drehten die Köpfe und erstarrten. Madame Plüsch sagte: »Das scheußliche Konzert fängt erst am Nachmittag an«, und versicherte, sie habe sich informiert. Um siebzehn Uhr, keinesfalls früher. Der Feuerwehrchef setzte sich trotzdem in Bewegung. Der Bürgermeister war noch nicht da. Lorain bekam heftige Zeichen von Gustave Klein, verabschiedete sich von den Dichtern und ging zu seinem ehemaligen Lehrling.

»Fällt dir gar nichts auf?« fragte Gustave und wies auf das Denkmal.

Lorain suchte am Boden nach den Bildplatten, sah aber nur Kies.

»Nein, hier hinten!« drängte Gustave.

Hinter dem General erhob sich eine ganz neue weiße Fahnenstange.

»Ah!« sagte Lorain, ohne zu begreifen.

»Ich habe sie nähen lassen«, sagte Klein glücklich. »Nähen und kleben.«

»Nähen und kleben?« wiederholte Lorain.

»Ja, und es blieb noch genug übrig für zwei Wimpel.«

»Wimpel?«

»Deshalb habe ich rechts und links zwei kleinere Stangen setzen lassen.«

Endlich ging Lorain ein Licht auf. »Du hast eine Fahne nähen lassen!«

»Und was für eine! Glaubst du, du könntest die Rolle halten, wenn ich sie hochziehe?«

»Natürlich, ich bin doch kein Greis. Obwohl...«

Klein befestigte den Karabiner an der Fahnenstange und legte Lorain die Tuchrolle in die offenen Hände.

»Jetzt paß mal auf!«

Langsam ging die Fahne in die Höhe. Sie war weißgrundig, aus einem abwaschbaren Stoff, der Lorain an die Babylätzchen seines Enkels erinnerte, aber das war lange her. Allmählich entrollte sich auf der weißbeschichteten Leinwand ein großes rotes Lothringer Kreuz aus Stoff und Bordüre, mit kleeblattähnlichen Auswüchsen an den Balkenenden. Es sah sehr vornehm aus. Die Einfassung dieser Prachtfahne war blau.

»Mein Gott, das erinnert mich...«, sagte Lorain und zupfte unten den Saum glatt, »...an die Beratende Versammlung damals in Algier. Der General stand vor so einer Fahne, allerdings waren oben noch die Buchstaben RF aufgenäht...«

»Ja, ich habe in alten Büchern der Marine nachgesehen«, sagte Gustave Klein. »Das Kreuz war zuerst deren Emblem. Es sieht sehr würdig aus. Hilf mir bei den Wimpeln.«

Bürgermeister Rouget erschien und grüßte nach allen Seiten. Es wurde Zeit. Er betrat die kleine Rednerbühne, um traditionell die Feier zu eröffnen. Er machte seine Sache immer sehr gut, fand Lorain. Auch diesmal fand er die passenden Worte, und sie wurden wie immer dankbar belacht.

»Daß heute dasselbe Wetter wie vor vierundzwanzig Jahren ist«, rief er, »habe ich schon heute morgen beim Blick aus dem Fenster gesehen. Vierundzwanzig Jahre sind seit dem hohen Besuch vergangen. Nicht immer war das Wetter so gut. Wir können auch nicht behaupten, daß die allgemeinen Probleme sich inzwischen auf ein Vierundzwanzigstel reduziert hätten! O nein! Ganz und gar nicht! Und doch wage ich zu behaupten, daß uns der Besuch des hohen Gastes damals Glück gebracht hat – uns und der Stadt Parisey, die, wie wir alle sehen und hören, prächtig gedeiht! Sowohl wirtschaftlich wie kulturell. Alle, die wir heute versammelt sind, wollen unseren Mitbürgern, die aktiv dazu beigetragen haben, ein herzliches Dankeschön zurufen.«

Er machte eine kleine Pause und schaute gutgelaunt auf die Uhr.

»Bevor ich nun das Wort – oder sollte ich besser sagen, den Ton? – unserem verehrten Gesangsverein erteile, der sich schon die ganze Zeit räuspert und darauf brennt, loszulegen, möchte ich erklären, warum ich heute nicht so lange bleiben kann, wie ich es sonst immer gerne getan habe. Es hängt mit dem Florieren unserer Stadt zusammen, in der sich die Ereignisse in letzter Zeit, man könnte sagen: jagen! Es ist uns gelungen, ein wichtiges Sommerfestival in das Oval unseres Stadions zu holen. Berühmte Namen, heiße Spiele – es wird Sie, verehrte Gäste, vielleicht wundern zu hören, daß die nächsten drei Tage ganz im Zeichen des Weltklasse-Fußballs stehen und daß Sie zu einem rein symbolischen Eintrittspreis in den nächsten Tagen hier in Parisey die Spiele von Grashoppers Zürich gegen Feyenoord Rotterdam, Inter Mailand gegen Juventus Turin, Werder Bremen gegen Ajax Amsterdam sowie Manchester United gegen Olympic Marseille verfolgen können – falls Sie nur rechtzeitig Ihre Plätze dort einnehmen.«

Ein Raunen ging durch die versammelten Vierzig- bis Sechzigjährigen, ein Raunen, das der Bürgermeister erwartet hatte wie der Schauspieler das Stichwort der Souffleuse.

»Sie staunen, verehrte Damen und Herren. Aber staunen Sie auch wieder nicht zu sehr. Es handelt sich bei den genannten Vereinen jeweils um die Kindermannschaften, denn die erwachsenen Vereine sind in diesen Tagen sämtlich anderweitig ausgebucht. Nein, der Magistrat unserer Stadt hatte die glückliche Eingebung, die sogenannten Kükenabteilungen der großen Vereine einzuladen, die gerne zu uns gekommen sind. Sie sind schon hier in der Stadt, und ich stehe nicht an zu sagen, daß dies durchaus im Sinne unseres damaligen hohen Besuchs gewesen wäre – Völkerverständigung, Prosperität, Fair Play. Lassen Sie mich mit diesen Worten schließen und das Wort an Berufene weitergeben.«

Die Versammelten klatschten. Lorain drehte sich zu Gustave Klein um und sagte: »Kükenfußball, aha.«

»Heutzutage ist eben fast alles wichtiger«, sagte Klein.

»Es ist ja auch schon vierundzwanzig Jahre her«, sagte Fabrique, der sich zu den beiden gesellt hatte.

Der Gesangsverein sang, dann war Fabrique dran – im Namen der Schreibenden Frontkämpfer. Dann erschien der junge Mann, der es dieses Jahr übernommen hatte, die Ansprache zu rezitieren. Alles verlief ohne Störung, wenn auch ein wenig lustlos, denn man hatte Rouget durchaus davonschleichen sehen, und als der junge Rezitator die historischen Schlußworte ausrief: »Es lebe Parisey! Es lebe die Republik!« – rollte eine schwarze Limousine mit Fahrer und Fahrgast um den See, zwischen Trauerweide und Waschhaus hindurch, hielt praktisch vor der Unterpräfektur, um gleich danach wieder zurückzustoßen, nachdem der Fahrgast ausgestiegen war. Lorain erkannte zu seiner Überraschung Gibet. Gibet im leichten dunklen Sommermantel. Er schlenderte mit seinem Pokerface, das Lorain so gut kannte, auf die Versammlung zu, grüßte ab und zu, winkte herablassend und gab sich keine Mühe, seine leichte Verachtung für dieses Spektakel zu verbergen.

Er blieb scheinbar absichtslos neben Lorain stehen, schaute gewissermaßen mit ihm auf Denkmal und Fahne und Rezitator und sagte abschätzig:

»Also, das ist kein Meisterwerk.«

Lorain wippte auf seinen Fußspitzen.

»Ich weiß zwar nicht, was du meinst«, antwortete er nachsichtig, »aber ich könnte mir vorstellen, daß die Meinungen darüber auseinandergehen.«

»Wieviel Leute sind das hier?« wollte Gibet wissen. »Sechzig? Siebzig?«

»Warum zählst du sie nicht?«

»Ach…«, sagte Gibet und machte eine wegwerfende Handbewegung. »Weißt du… ich kam ganz zufällig hier vorbei. Ich hatte das Datum völlig vergessen. Aber wo ich schon mal hier bin… Sag mal, was ich dich schon länger fragen wollte – ich höre, man schreibt an Ministerien?«

Lorain begann heftig zu klatschen, denn mittlerweile hatte Gustave Klein die Tribüne bestiegen.

»He«, sagte er und stieß Gibet vertraulich in die Rippen, »du kennst Klein doch noch? Ich meine, von früher.«

»Nein«, sagte Gibet verdrießlich. »Kenne ich nicht.«

»Von ihm stammt die Fahne.«

»Ah, das Meisterwerk.«

»Na, hör mal, das mußt gerade du sagen. Du und dein dickes Lothringer Kreuz auf dem Kirchturm. Welches Ministerium meinst du übrigens?«

»Ich meine das Ministerium, an das du deine Protestbriefchen richtest. Ja, jetzt wunderst du dich und überlegst, wo die undichte Stelle sitzt!«

»Bei undichten Stellen wende ich mich an den Dachdecker«, sagte Lorain gelangweilt. »Oder an meinen Installateur. Warum, was für Protestbriefchen?« Er dachte: Gleich explodiert er. Ich kenne doch Gibet.

Gibet blieb vollkommen ruhig.

»Denk nur nicht, daß es irgend etwas nützt«, sagte er friedlich, fast gönnerhaft.

»Was denn? Was für ein Meisterwerk meinst du diesmal?«

»Es nützt nämlich gar nichts. Im Gegenteil. General Kroepf war von deiner Handlungsweise – na ja, schokkiert. Er sagte wörtlich zum Minister – Moment, wie war doch gleich der Wortlaut?«

Gibet schaute in die Luft und tat, als ob er nachdächte.

»Wie«, sagte Lorain, »auf so hoher Ebene beschäftigt man sich mit uns? Mit unserem braven kleinen Parisey? Übrigens, bevor ich es vergesse, heute ist Kükenfußball. Wolltest du dort vielleicht hin?«

»Er sagte: Sehen Sie, Exzellenz, es hat immer seinen Grund, wenn jemand bis zu seinem Siebzigsten noch nicht für das Kreuz der Ehrenlegion vorgeschlagen wurde. Das sagte Kroepf zum Minister. Und der Minister sagte zu Kroepf, es sei ihm besonders lieb zu wissen, daß Kroepf mir den Orden persönlich in sechs Wochen überreichen wird. Wenn die Abordnung aus Paris kommt.«

In sieben Wochen, dachte Lorain. Noch sieben Wochen und ein Tag.

Laut sagte er: »Aber wenn du heute keine Zeit hast, dieser Kükenfußball läuft anscheinend noch die ganze Woche. Ein Lieblingskind von Rouget. Du warst doch immer ein begeisterter Fußballer, nicht wahr? Mittelstürmer, glaube ich. Damals bei den Milizionären. Davon hast du oft erzählt.«

Es war seltsam. Gibet platzte nicht. Gibet wurde nicht einmal ärgerlich. Also hatte er noch etwas in der Hinterhand. Lorain mußte weiterbohren, um zu erfahren, was es war. Er dachte eine Weile nach. Dann fiel ihm etwas ein. Natürlich! Es lag ja direkt auf der Hand.

»Hör mal, Gibet«, begann er, »wirst du denn zur Einweihung des neuen Kulturzentrums kommen? Das Zentrum Bloch-Schlotterer? Sie haben es nach der Lehrerin benannt. Du kanntest sie ja. Du hast sie doch damals im Februar '44 abgeholt und deportiert, nicht wahr?«

Gibet zuckte zusammen. Endlich! Er war eben auch nur ein Mensch.

»Deportiert?« wiederholte er, wobei er langsam rot anlief. »Gewarnt habe ich sie! Zweimal! Aber sie wollte ja nicht gehen!«

»Wohin hätte sie auch gehen sollen«, murmelte Lorain.

»Jetzt hör mir mal zu«, sagte Gibet. »Dieser Schuß kann leicht nach hinten losgehen. Genau wie bei dieser Niquet. Wenn sie nämlich nicht aufpaßt, was sie sagt oder schreibt, kann es sein, daß sie von mir eine Verleumdungsklage an den Hals bekommt.«

»Ach, was«, sagte Lorain tief erstaunt. »Ich hatte gehört, sie wollte dich verklagen, also gerade umgekehrt, nicht wahr?«

»Ja, das wollte sie auch gern. Und vielleicht steckst du sogar auch hinter dieser Sache? Aber ihre Klage wurde abgewiesen, mein Lieber. Wegen Nichtigkeit. Und jetzt kommt sie selber dran. Na, vielleicht warte ich noch ein Weilchen. Vielleicht fällt ja noch mehr an, hier in Parisey? Was meinst du? Ihr beide dort drüben im Justizpalast, in der Bank der Beklagten – auch ein nettes Bild. Das wollte ich dir bei Gelegenheit mitteilen.«

»Sonst nichts?« fragte Lorain kühl.

»Nein, im Moment nichts.«

Der plötzliche Beifall irritierte die beiden. Klein war mit seiner Rede fertig und kam strahlend auf Lorain zu.

»Na, wie war ich?«

Neben Gibet tauchte plötzlich Madame Plüsch auf.

»Herr Bürgermeister!« sagte sie mit warmen Schwingungen in der Stimme. »St-Sauveur ist so ungefähr der einzige Ort im Tal des Oberen Ragnon, wo man uns noch niemals kostenlos einen Saal zur Verfügung gestellt hat. Ich wollte Ihnen schon lange meine Karte überreichen...«

Lorain schüttelte Klein die Hand. »Wunderbar, alter Junge«, sagte er aufrichtig. »Du hast mir aus dem Herzen gesprochen. Wirklich, ich kann nur wiederholen...«

Der Gesangsverein summte sich ein für ein letztes Lied.

»Dieses Jahr war es trotz allem wieder sehr feierlich«, sagte Klein in seiner humorvollen Art. »Nächstes Jahr sind es dann fünfundzwanzig Jahre. Da müssen wir uns unbedingt etwas Besonderes einfallen lassen. Wieso ist übrigens Gibet gekommen? Gibet war doch noch nie dabei!«

»Ja«, sagte Lorain, »wer weiß? Vielleicht sucht er Anregung für seine eigene Feier? In dieser Beziehung lernt man nie aus.«

»Nein«, sagte Klein. »Aber meine Fahne kriegt er nicht.«

»Die kriegt er nicht«, sagte Lorain.

23

Es war Ende Juni. Die beiden Damen Pasteur saßen in Judiths Küche, früh am Morgen, Renée sonntäglich gekleidet, Judith in ihrer Kittelschürze. Auf dem Tisch standen zwei Schalen mit Kaffee. Allerlei Papiere lagen herum, auch der *Republikanische Osten*, Judith hatte ihre Lesebrille auf, aber sie las nicht. Sie guckte kritisch. Störrisch, nannte es ihre Tochter.

»Hör mal... Er hat dich extra mit eingeladen. Wirklich! Komm doch mit.«

Judith sah weiterhin störrisch vor sich hin. Renée kannte diesen Blick, er hieß Nein.

»Verdammt noch mal, du könntest Lorain manches viel besser fragen als ich... Pardon.«

Sie griff zur Zeitung.

Vermischtes. Im Städtchen L. machten Handwerker bei Grabungen einen grausigen Fund: die Skelette von einem Mann und einer Frau. Sie alarmierten sofort die Polizei, konnten aber nicht verhindern, daß Passanten ihren Vermutungen freien Lauf ließen. Angeblich handelte es sich um zwei Säuberungsopfer aus dem Zweiten Weltkrieg. Innerhalb von wenigen Stunden brachen zahlreiche Fehden wieder auf, Verlobungen gingen in die Brüche, Kredite wurden gekündigt, bis die ersten Ergebnisse der Laboruntersuchungen bekannt wurden. Bei den Mordopfern handelte es sich in der Tat um zwei Einheimische, aber aus dem frühen Mittelalter. Die spezielle Bodenbeschaffenheit hatte die Knochen so gut konserviert, daß man ihr Alter auf fünfzig Jahre geschätzt hatte statt auf fünfhundert.

»Komisch, was?« fragte sie, nachdem sie Judith die Geschichte vorgelesen hatte.

»Komisch? Was denn?«

»Daß sie in anderen Städten auch sofort an die Säuberung denken! Man findet zwei Tote, und jeder denkt an August 1944.«

»Das finde ich überhaupt nicht komisch. Ich denke jeden Tag dran.«

Judith nahm ihre Lesebrille ab. Sie mußte nur die Augen schließen, um in die Wälder der vierziger Jahre zu tauchen. In den Hügeln ringsum lagen die Erschlagenen. Sie waren oft so hastig eingegraben worden, daß langes Haar über die Waldwege wehte. Man grub die Verräter aus, und plötzlich waren keine Särge da, um sie zu bestatten. Judith dachte an eine Freundin. Sie war auf der Suche nach ihrem Mann. An der Vogelmühle hatte man Leichen gefunden, halbverwest. Die Freundin wurde gerufen, um ihren Mann zu identifizieren. Man gab ihr einen langen Stock, sie versuchte, die Zungen anzuheben...

»Nein, ich will nicht«, sagte Judith, stand auf und begann die Kaffeeschalen zu spülen. »Ich gehe nicht dorthin. Ich war mein ganzes Leben lang nicht in diesem Haus.«

Renée dachte flüchtig an Lorains Beerdigung, zu der ihre Mutter auch nicht hingehen würde.

»Hör mal, Maman, es sind nur dreihundert Meter Luftlinie«, sagte sie. »Ihr seid Nachbarn. Du solltest das Haus mal sehen! Es ist sehr hübsch eingerichtet. Er hat ein Archiv! Willst du denn nicht wissen, wie... wie alles...«

Renée zögerte.

»Das will ich schon wissen«, sagte Judith. »Aber nicht von ihm.«

»Und außerdem«, trumpfte Renée auf, »würdest du ganz anders drüber denken, wenn du jemanden in der Familie hättest, der von den Deutschen erschossen wurde. Oder von den Kollaborateuren.«

Judith schien an ihrem Spülstein über diesen Punkt ernstlich nachzudenken. Endlich trocknete sie sich die Hände ab und trat wieder an den Tisch.

»Also... wer ist es nun wirklich gewesen?« fragte sie kriegerisch. »Lorain oder Gibet? Lorain sagt, er ist schuld daran? Aber er schiebt es doch auf Gibet? Wer von beiden?«

Sie sah so unternehmungslustig aus, daß Renée lachen mußte. Dann seufzte sie.

»Mein Gott! Du mit deinen schrecklichen Vereinfachungen! Es ist nicht immer alles so eindeutig, wie du gern denkst.«

»Weißt du, was ich manchmal glaube?« sagte Judith unvermittelt. »Daß er irgendwo in der Nähe von Lorains Haus verscharrt liegt.«

Renée erschrak. Das hatte sie auch schon gedacht. In der Zeit, als Lorains Haus an den Kanal angeschlossen und ein siebzig Meter langer Graben durch den Vorgarten gefräst wurde, hatte sie immer wieder das Bedürfnis verspürt, nachzusehen, ob Knochen gefunden wurden. Oder ein Topf mit Gold.

»Unsinn, Maman, das ist paranoid«, sagte sie.

»He«, sagte Judith listig. »Du mußt ihn unbedingt etwas fragen.«

»Was denn?«

»Das mit der Säule. Warum die Blumen obendrauf immer blühen. Er gießt sie nie.«

»Woher weißt du das?«

»Ich sehe ihn nie. Er müßte zum Gießen auf eine Leiter steigen. Und *sie* – Madame Lorain meine ich – hat sie auch nie gegossen.«

»Ja, du siehst aber auch nicht alles. Vielleicht spritzt er mit dem Gartenschlauch heimlich hinauf.«

»Nein, dann hätte man die Wasserspuren an der Säule gesehen.«

»Oder er gießt sie nachts. Wo liegt das Problem? Warum interessiert dich das so?«

»Es interessiert mich eben. Weißt du, jahrelang beobachte ich das. Die Blumenschale dort oben wird nie gegossen. Ich schwöre es dir. Trotzdem sind die Pflanzen darin bei größter Hitze immer frisch. Neulich hat es vierzehn Tage nicht geregnet. Keiner hat gegossen, alles war frisch. Irgendein Trick ist dabei. Siehst du, das will ich von ihm wissen. Das ist, was gute Nachbarn voneinander wissen wollen. Mehr nicht.«

»Also, ich frage ihn: Wie machen Sie das denn mit der Säule, kriegen die Blumen regelmäßig Wasser – oder so?«

»Genau.«

»Meine Mutter hat Sie noch nie gießen sehen.«

»Nein! Sag einfach: Das fiel mir auf, die Geranien blühen immer so schön.«

»Hoffentlich vergesse ich es nicht. Eigentlich will ich gar nicht hin.«

»Seit einer Woche brennst du darauf, und jetzt plötzlich nicht mehr?«

»Ja«, sagte Renée hilflos, »zuerst war es so, als ob ich Informationen über ein lang vermißtes Paket bekommen würde. Wo wurde es irrtümlich hingeschickt und so weiter. Und jetzt mißfällt mir das. Daß über ihn wie über ein Paket gesprochen wird. Gleichzeitig habe ich Angst, daß ich die Gelassenheit verliere, die ich bei einem Paket ja hätte.«

Judith sagte: »Hältst du es für möglich, daß er ein langes Rohr von seinem Fenster im ersten Stock direkt in die Blumenschale steckt und das Wasser da durchlaufen läßt?«

»Das hättest du doch bestimmt auch schon gesehen.«

»Ja. Außerdem steht sie zu weit weg von seinem Fenster.«

Warum will er mir alles erzählen, überlegte Renée zum wiederholten Mal, als sie sich auf dem Kiesweg gewohnheitsmäßig nach dem hochaufgeschossenen Unkraut mit den flachen Wurzeln bückte. Warum will er es mir *jetzt* erzählen? – Von seiner Ehrlichkeit war sie überzeugt. Aber dann dachte sie wieder: Er tut es nur, um Gibet anzuschwärzen.

Andererseits: Was für ein Motiv sollte er haben, um Gibet jetzt anzuschwärzen?

Als Renée bei Lorain in den Hausflur trat, fiel ihr etwas auf.

»Diesmal habe ich Ihnen gar nichts mitgebracht«, sagte sie traurig.

»Aber ich bitte dich«, antwortete Lorain ganz verwirrt, »im Gegenteil, ich müßte dir etwas mitbringen.«

»Gehen wir nicht in den Salon?« fragte Renée, als er sie in die Küche bat.

Renée wurde ins Arbeitszimmer geführt. Sie sah sich um. Hier war sie noch nie gewesen. Auf den ersten Blick wirkte es wie ein geordneter Mehrzweckraum zwischen Büro, Sakristei und Fernsehzimmer.

»Darf ich trotzdem mal kurz in den Salon?«

»Natürlich...«

Lorain war verwundert. Renée kam zurück und sagte stolz: »Ich habe den ganzen Rasen gemäht. Das sieht schon bedeutend besser aus. Oh... wer hat denn hier eingebrochen?«

Lorain folgte ihrem Blick und sah den Safe. »Ach, nur ich selbst. Ich konnte den Schlüssel nicht mehr finden. Wie alte Leute so sind.«

Der Blick aus dem seitlichen Fenster ging auf ein paar hochstämmige Rosen, die seit vielen Jahren nicht mehr geschnitten worden waren und sich absurd weit oben im Luftzug wiegten. Lorain nannte sie »unsere Hochparterre-Anfertigung«.

»Was ist das auf dieser Seite? Ein Irrgarten?«

Lorain trat hinter sie. »Ein Ausläufer vom Garten meiner Schwester. Ihr Haus ist von hier aus kaum zu sehen.«

»Aber ja! Mademoiselle Lorain. Sie war doch meine Lehrerin! Und das da in der Mitte? Ein Rondell aus Thuja?«

»Hier saß Monsieur Pisarro immer mit seiner Frau. Zuerst gingen sie im Garten spazieren, dann setzten sie sich in die Laube. Madame Pisarro strickte, und die Hecke wuchs langsam zu. Reizende Leute. Sie haben das Haus meiner Schwester gekauft. Ich sehe sie aber sonst nie.«

»Der Rasen ist wirklich grün und saftig«, murmelte Renée.

Ihre Vorliebe für englischen Rasen lockte ein Lächeln auf Lorains faltiges weiches Altmännergesicht.

»Bitte nimm doch Platz. Da, auf dem Sofa. Dort saß meine Frau immer so gerne. Ja, ich glaube, nach meiner Pensionierung war ich ziemlich einsam. Das war 1970. Im selben Jahr starb meine Schwester. Seit dieser Zeit recherchiere ich.«

Lorain ging zu dem Safe mit dem Loch und öffnete die Tür, die leise quietschte. Als würde sie sich schämen dafür, daß sie nicht mehr schloß. In den Fächern lagen Stapel Papier.

»Fünfzehn Jahre Recherche«, sagte er stolz.

»Und heute?«

»Heute weiß ich noch immer nicht alles.«

Renée schaute ihn zweifelnd an. »Und im Fall meines Vaters? Was wissen Sie noch Konkretes? Wer hat ihn verhaftet?«

»Zwei Maquisards von Gibet.«

»Kennt man ihre Namen?«

»Ja. Sie haben sogar ausgesagt. Genau wie ich damals, im Rentenprozeß. Es waren nicht die Allerschlausten. Zwei ziemlich blöde junge Burschen. Gibet schickte sie zu deinem Vater. Sie trafen ihn beim Heuen und fragten ihn, ob er kurz mit ihnen mitkäme.«

»Haben Sie diese Dinge irgendwo aufgeschrieben?« fragte Renée mißtrauisch. Sie machte eine Bewegung zum Safe.

Lorain hob die Hände. »Ich gebe dir alles, was ich habe. – Dein Vater sagte zu seinem Gehilfen, er müsse kurz weg, und zu dritt fuhren sie mit den Fahrrädern quer durch die Stadt zu einem gemeinsamen Bekannten.«

»Ah! Zu wem?«

»Zum Friedhofsblumenhändler.«

Renée dachte nach. »Zum Blumenhändler draußen am Friedhof?«

»Ja.«

»Also nicht zum Blumenhändler hier an der Hauptstraße?«

»Nein.«

»Das ist irgendwie kein gutes Zeichen«, sagte sie und schüttelte sich. »Ich meine... schon Friedhof...«

Lorain lächelte. »Der Friedhofsblumenhändler war einer unsrer Kontaktmänner hier in der Stadt. Er war kein Aktiver. Widerstand in Parisey selbst war viel zu gefährlich geworden. Gut. Im Haus des Friedhofsblumenhändlers wurde dein Vater befragt. Anschließend blieb er die ganze Nacht dort, im Keller.«

»Freiwillig?«

»Das glaube ich nicht. – Am andern Morgen fuhren die drei auf ihren Fahrrädern quer durch Parisey zurück in Richtung St-Sauveur. In das Maquis von Gibet. – Von all dem hatte ich keine Ahnung.«

»Er konnte also noch Fahrrad fahren«, sagte Renée.

»Ein paar Tage später wurde mir von Gibet folgender Bericht zugeschickt.«

Lorain stand auf und holte ein paar handbeschriebene vergilbte Blätter aus einer Schreibtischschublade. Er reichte ihr das oberste Blatt. Renée erkannte die Kanzleischönschrift von Gibet. Sie sagte: »Das ist ja aus einem Heft gerissen.«

»Aus einem Aufgabenheft.«

»›Rapport‹«, las sie. »›Heute 25. August. *Pasteur René* ist gerade hierhergeschafft worden. Das ist also der famose Pasteur, der beauftragt war, mich zu verhaften – oder Hinweise auf meine Aktivitäten zu geben. Ich habe ihn eine Erklärung unterschreiben lassen. Darin kommen mehrere Namen vor. Ich schicke Ihnen diese Erklärung zusammen mit dem ganzen Dossier. – Ich habe auch die anderen Maquis gewarnt, die Pasteur verpfiffen hat und die demnächst angegriffen werden sollen. Gibet.‹«

Renée betrachtete Lorain mit einer gewissen Ratlosigkeit. »Da steht viel drin«, sagte sie. Schließlich fragte sie: »War dies das letzte, was Sie von ihm gehört haben?«

»Ja.«

Es blieb eine Weile still.

Lorain sagte: »Erklärung und Dossier hat er mir nie zugeschickt. Deshalb weiß ich nichts über … Ort und Zeitpunkt.«

Renée schaute eine Zeitlang zum Fenster hinaus, auf die Rosen vor der Thujahecke.

»Was hat er mit meinem Vater gemacht?« fragte sie.

»Ich weiß es nicht«, sagte Lorain.

Nach einer Weile erwachte Renée aus ihrer Erstarrung und sagte halblaut: »Sie haben natürlich niemals mit Gibet darüber gesprochen.«

»Nein. Nie.«

Lorain war ehrlich.

»Gibt es noch mehr Material?«

»Ja. Laß mich vorausschicken: Ich glaube nicht, daß dein Vater ein Verräter war. Gut, er saß manchmal im Café des Vosges. Er soll auch manchmal im Hôtel de France gewesen sein, wo eine sehr gemischte Gesellschaft ihre Feste feierte. Aber den Kern des Vorwurfs kann ich entkräften. Ich kann die Dinge an ihre Quelle zurückverfolgen. Die Quelle, die sich selber speist.«

Lorain ging in die Küche und holte sich ein Glas Wasser.

»Malafoi war die Quelle. Er saß da im Wald und sprudelte die Namen heraus. Ich selbst habe ihn leider... Er sagte dann, René Pasteur habe einen Ex-Gendarmen verraten. Das bezog Gibet irgendwie auf sich! Ich konnte förmlich sehen, wie es bei ihm einrastete. Und sein Rapport spiegelt es wider. ›Das also ist der famose Pasteur, der beauftragt war, mich zu verraten.‹ – *Verraten* schrieb er zuerst, siehst du? Dann strich er *verraten* durch und ersetzte es durch *verhaften*. Warum?«

Renée hob fasziniert die Schultern. »Keine Ahnung. Vielleicht wollte er eigene Akzente setzen. Nicht einfach nur nachplappern.«

»Nein! Weil er seinen logischen Fehler bemerkte. Verrat begeht man, oder eben nicht. Ein *Auftrag* zum Verrat, was soll das sein? Wenn Pasteur damit nur beauftragt war, dann hatte er ihn noch gar nicht verraten? Dann existierte vielleicht alles nur in Gibets Phantasie? – Gibet strich das verräterische Wort durch und suchte nach etwas Handfesterem. Womit konnte man wirklich beauftragt sein? Richtig! Mit einer Verhaftung. Das war, was Gibet selbst in diesen Tagen ununterbrochen tat. ›Der beauftragt war, mich zu verhaften.‹ Klang schon besser. Es klang sogar gefährlich. Aber auch wieder komisch. Denn gerade hatte er ihn selbst verhaften lassen. Vom Feld geholt. Deshalb setzte er vorsichtshalber noch allgemein hinzu: › – oder Hinweise auf meine Aktivitäten zu geben‹. – Wie ein Blinder beim Topfschlagen. Etwas davon würde schon richtig sein. Nun noch der Vorwurf mit den verratenen Maquis, und die Sache war rund. – Aber ich kann diesem Rapport heute ansehen, daß die Sache nicht stimmte. Gibet war in seinen Verhörmethoden nicht zimperlich. Er prügelte aus allen heraus, was er haben wollte. Schweigen nahm er grundsätzlich als Eingeständnis.«

»Und wenn er das, was er haben wollte, hatte?«

»Dann beauftragte er jemanden aus seiner Truppe… er tötete nicht selbst, wenn du das meinst. Es gab ja die Exekutionsabteilungen.«

»Ohne Sie vorher zu fragen?«

Lorain zögerte einen Augenblick. »Er hat mich nicht gefragt.«

Renée saß ganz still auf dem Sofa und befühlte Gibets Rapport. Flaschenpost aus der Vergangenheit.

»Ich finde, es klingt fast ein bißchen enttäuscht«, sagte sie. »›Dieses Bürschchen soll der famose Pasteur sein?‹ –

so, als hätte er etwas viel Schlimmeres erwartet. War mein Vater denn so harmlos?«

»Ich erinnere mich noch gut an deine Großeltern«, sagte Lorain. »Besonders an deine Großmutter. Sie wollte mir das Land erst nicht verkaufen. An deinen Vater hab ich nur flüchtige Erinnerungen. Er war jung. Und blond. Mehr weiß ich von ihm nicht mehr.«

»Und das andere Material? Das Sie erwähnt haben?«

»Wir alle wurden Jahre nach dem Krieg in diesem Rentenprozeß befragt. Ja, das wollte ich dir sagen. Die meisten – auch ich – haben ausgesagt, daß uns nichts bekannt ist, was darauf hindeutet, daß René Pasteur wirklich ein Verräter war. Nur Gibet blieb bei seiner Version. Und die beiden Burschen, die ihn abgeholt haben. Und dann der Friedhofsblumenhändler Grand.«

»Was sagte Gibet?« fragte Renée neugierig.

»Ach, Renée... willst du das wirklich wissen? Es ist nicht sehr erhellend.«

»Bitte! Vielleicht steckt noch ein Krümelchen Information drin!«

»Ich habe seine Aussage von vorn nach hinten durchgekämmt und mit der Lupe betrachtet. Sie stammt doch aus der Nachkriegszeit! Gibet war schon viel zu sehr Politiker, um noch irgend etwas zu sagen.«

»Wo liegen diese Aussagen? Hier im Safe?«

»Einer der Burschen, die deinen Vater abholten, sagte zum Beipiel: ›Ja, wir fragten Pasteur damals, ob er ein Maquis verraten habe, und Pasteur sagte Ja.‹«

»Oh!«

»Der andere gab zu Protokoll: ›Wir fragten ihn, warum

er das getan habe, und Pasteur sagte: Um ein Auto zu kaufen‹«, fuhr Lorain in leierndem Tonfall fort.

»Was?!« Renée sprang fast vom Sofa.

»Du siehst, wie absurd es ist! Dein Vater machte vermutlich einen Witz. Kommen da zwei grüne Bürschchen daher und stellen ihm eine dumme Frage. Maquis verraten – ja oder nein? Er muß Sinn für Humor gehabt haben. Wahrscheinlich hat er todernst gesagt: ›Klar! Ich wollte mir schon lange ein Auto kaufen!‹«

»Aber wieso ein Auto?«

»Weil es so absurd ist! Ende August 1944 fuhren überhaupt keine Autos mehr. Außer Militärfahrzeugen.«

»Irgendwas stimmt an diesem Witz nicht…«, sagte Renée nachdenklich.

»Aber ich finde ihn sehr gut! An diese beiden war er natürlich verschwendet. Sie haben ihn nicht verstanden. – Gibets Zeugenaussage konnte nichts mehr beitragen zu diesem Fall. In meinen Augen ist sie völlig wertlos. Er präzisierte nichts, er beschuldigte deinen Vater ganz pauschal.«

»Ach bitte, sagen Sie mir den Wortlaut«, bat Renée flehentlich.

»›Pasteur war ein Agent der *boches* und wurde von ihnen bezahlt. Dieses traurige Subjekt hat sein Vaterland in übelster Art und Weise verraten. Es war kein Irrtum, daß wir ihn gepackt und liquidiert haben. Er wurde nach geltendem Kriegsrecht verurteilt und hat selbst alles eingestanden, was ihm zur Last gelegt wurde.‹ – Merkwürdig. Jetzt, wo ich mich das so sagen höre: Die Beschreibung paßt viel eher… auf Malafoi.«

Renée dachte eine Weile nach und sagte: »Dann beißt sich die Katze wirklich in den Schwanz. Malafoi beschuldigte meinen Vater – und in meinem Vater beschuldigte man noch einmal den schrecklichen Malafoi.«

»Was für ein Zirkelschluß«, sagte Lorain.

»Eine belastende Aussage fehlt aber noch.«

»Richtig. Der Friedhofsblumenhändler Grand. Er drückte sich sehr vage und vorsichtig aus und sagte, *gerüchteweise* habe er gehört, daß es sich bei Pasteur um einen Agenten der Gestapo gehandelt haben soll.«

»Nachdem er ihn eine Nacht in seinem Keller hat schmoren lassen!«

»Wenigstens hat Grand nicht gelogen. Es war ein Gerücht.«

»Er hieß Grand? Wie unser Nachbar auf der anderen Seite?«

»Ja. Es war ein Bruder, glaube ich.«

»Vom alten Grabsteinmetz?«

»Ja.«

»Also ... mein Vater wurde praktisch von seinen beiden Nachbarn in die Zange genommen?«

»Nein, so kann man das nicht sagen. Ich, ich habe eine große Mitschuld. Aber der Bruder von eurem andern Nachbarn war nur zufällig darin verwickelt. Er war unser Kontaktmann. Der hatte öfter Leute in seinem Keller sitzen. Glaube mir, ich hätte mir nach meiner Frage am liebsten die Zunge abgebissen.«

»Aber Sie konnten das, was in Gang kam, nicht mehr aufhalten.«

»Nein. Wie?«

Renée drehte sich auf dem Sofa zum Fenster um, weil sie Schritte auf dem Kies knirschen hörte.

»Da kommt Ihr Sohn«, sagte sie. »Und seine Frau. Könnte ich vielleicht... gibt es hier noch einen Ausgang? Ich möchte jetzt nicht... Ich bin ganz durcheinander.«

»Das kann ich verstehen.«

Renée stand schon in der Halle. Lorain kam langsam nach.

»Die bleiben nicht lang. Hier, nach oben!«

Leise gingen die beiden die Holztreppe hinauf.

»Ich könnte mich unter Ihr Bett legen«, sagte Renée mit einem Versuch zu scherzen.

»Nein, da ist es schon voll«, sagte Lorain, und Renée kicherte.

Lorain öffnete eine Tür zum obersten Stockwerk. »Da oben, der Speicher.« Unmittelbar hinter ihr machte er die über den Teppich schabende Tür wieder zu.

Renée betrat die knarrende Treppe auf Zehenspitzen. Sie öffnete oben eine Tür und stand im Speicher. Es war warm und roch nach altem Staub. Sie horchte eine Weile, dann schloß sie die Tür. Erstaunlich hell war es. Licht fiel durch Ritzen und durch ein großes Dachfenster. Vor kunstvoll aufgeschichteten Möbeln stand ein Bild im Goldrahmen. Renées Blick sank hinein, unter Wasser atmeten zwei Menschen gleichmäßig. Es war kein bäuerliches Paar mit schwarzem Putz und Festhut, die nebeneinander in die Kamera starrten, nein, es war etwas vollkommen anderes. Fremd und doch vertraut. Wie auf Gedenkmünzen, fiel ihr ein. Ein Paar im Profil. Sie hatte Lust, dem rätselhaften Blick der beiden in die Ferne zu folgen, aber der Blick endete – hier oben – ziemlich abrupt unter den Dachsparren.

Wer war das? Lorain und seine Frau in den dreißiger Jahren? Die Ränder der Fotografie waren unscharf, wie ein Halo. Es war kein Hochzeitsfoto. Eher das Dokument eines Zustands. Lorain und seine Frau hatten offenbar eine bürgerliche Existenz geführt, mit Krawattennadel und Perlenkette, bevor sie irgendwann in die Wälder abgetaucht waren. Danach waren sie nicht mehr gewesen wie vorher. Nichts war gewesen wie vorher.

Renée horchte. Aber der Speicher hielt dicht. Aus dem Haus war kein Geräusch zu hören. Vorsichtig ging sie auf der rechten Seite des kuriosen Möbelschiffs, das man unter dem Dachfirst aufgetürmt hatte, über die Planken, um einen Blick aus dem Fenster zu werfen.

Dieser Blick war überwältigend. Durch Höhenluft fiel die Kapelle fast zum Dachfenster hinein. Zehn Kilometer Luftlinie mindestens, und doch so nah. Die Berge waren überwältigend hell und blau. Ein Sommertag ohne klare Jahreszeit lag über dem Land. Renée sah ihr Bauernhaus zum ersten Mal von oben. Wie ein Luftbild. Nur die Vorderseite fehlte. Ihr Grasland ging formlos in den Garten ihrer Mutter über. Der Rasen war gemäht. Der Kirschbaum sehr schattig und hoch. Der Kaninchenstall an seinem Stamm klein und wohlversorgt. Niemand konnte ihm etwas anhaben.

Renée hörte den leisen Knall der Haustür. Was? Schon wieder fort? Sie trat ein bißchen vom Fenster zurück, um sich gleich darauf wieder vorzubeugen. Da ging Christophe. Er ging nicht, er schlurfte. Wie ein müder alter

Mann. Graublond, mit Bart. Er stiefelte mit hängenden Schultern, aber sonst vergnügt an der langen niedrigen Mauer entlang zu seinem Schuppen. Yvonne war offenbar noch im Haus. Ach so, die Spritze! Dafür war sie überhaupt gekommen. Renée hatte nicht gemerkt, wie die Zeit verging. Wieviel Uhr war es? An ihren freien Wochenenden ließ sie ihre Uhr immer auf dem Nachttisch liegen.

Christophe hatte sich inzwischen gebückt und einen langen dünnen Stecken aufgelesen. Damit fuhr er jetzt an der Mauer entlang. Renée mußte lächeln, voller Abweisung und Sympathie. Christophe wäre nichts für sie gewesen. Sie hätte wahrscheinlich alle fünf Minuten einen Wutanfall bekommen und ihn angeschrien: »Geh schneller! Denk schneller! Sprich schneller! Sprich lauter!« und so weiter.

Plötzlich bekam sie große Sehnsucht nach André. Verdammt! Wenn sie doch alles früher gewußt hätte. Sie hätte die Kraft gehabt, ihn hierzubehalten. Sie hätte all die sonderbaren Bräuche und Gepflogenheiten von Parisey und Umgebung auf sich genommen. Sie hätten geheiratet, vor zehn Jahren schon, und ihr eigener Bruder Georges hätte mit seinen Freunden unter viel Gelächter den hölzernen Galgen auf das Auto des Bräutigams montiert. Ohne diesen Galgen war ein Hochzeitsauto nichts wert, denn er symbolisierte in aller Harmlosigkeit, der lose Vogel sei *enfin pendu*.

Aber all das war ihr seinerzeit vollkommen unmöglich erschienen. Im Hause des Gehängten spricht man nicht vom Strick. Es wäre besser, dachte Renée hoch oben im Dachstock, man spräche in allen Häusern möglichst viel davon. Sie wollte wieder herunter, merkte, wie sie ungeduldig wurde. Lorain schuldete ihr noch eine Geschichte. Das Geheimnis der Blumensäule.

Endlich hörte sie die Haustür noch einmal knallen. Nun kam Yvonne um die Ecke und ging mit ruhigen Schritten denselben Weg wie vorhin Christophe. Sie holt ihn ab, dachte Renée. Christophe hatte einmal erzählt, daß er an seine Kindheit im Wald keinerlei Erinnerungen habe. Er sei damals schon vier Jahre alt gewesen, aber er erinnere sich an nichts, nicht mal an eine Tannennadel oder ein Stück Holz. Merkwürdig, dachte Renée, was muß da vorgefallen sein, damit jede Erinnerung gelöscht wird?

Vorsichtig alle Türen schließend, schlich sie sich wieder hinunter.

24

Der 14. Juli war gekommen, das Fest aller Franzosen. Madame Grosmougin sah, als sie am frühen Nachmittag an der Einfahrt vorbeiging, daß Lorain wie jedes Jahr die Trikolore gehißt hatte. Eigentlich gesteckt, denn am Geländer seiner Terrasse befand sich für diesen Zweck ein doppelter silberner Fahnenhalter. An einem Lochmetallband mit Dorn. Sieht sie nicht prächtig aus!, dachte die kleine Dame auf ihrem Weg zu Judith. Schöne Fahne! Das tut er nun jedes Jahr. Sie billigte diesen Akt des Patriotismus, obwohl sie sich beim Geländerputzen in schöner Regelmäßigkeit ihre Fingerknöchel aufriß.

Von Judith wurde sie gegen die sonstige Gewohnheit in den Salon gebeten.

»Georges ist auch gekommen«, sagte Judith zufrieden. Sie war stolz auf ihren einzigen Sohn. Madame Grosmougin konnte dies verstehen, aber nicht nachvollziehen.

Sie wäre viel lieber in Judiths Küche gesessen. Aber sie sah ein, daß der Anlaß den *Ofen* erforderte, wie man in Parisey die gute Stube nannte, vielleicht, weil man darin meist so schmorte.

Judiths Ofen lag nicht hinter der Küche, wie in den alten Bauernhäusern, sondern auf der andern Seite des schmalen Hausflurs. Ein einsames stickiges Zimmer. Hier war es sehr still. Die Polstermöbel stießen auf engem Raum aneinander und waren mit weißen Laken verhängt.

Ein schwarzes Vertiko mit gedrehten Säulen stand an der Wand. Selbst heute, wo der Ofen gut besetzt und die Laken teilweise weggezogen waren, wirkte das Zimmer irgendwie unbelebt. Madame Grosmougin vermutete, daß es mit dem Vertiko zusammenhing. Dort stand nichts, was auf einen männlichen Bewohner hingedeutet hätte. Oder auf die damit verbundene weibliche Putzsucht. Keine Pokale, Aschenbecher, Fotos der Enkel auf Spitzendeckchen. Wurde dieser Raum je benutzt, außer am 14. Juli?

Die Unterhaltung war laut. Renée redete auf Georges ein, Georges auf Judith. So jedenfalls lief der kleine Film weiter, nachdem er beim Eintritt des Gastes einen Augenblick lang gerissen war. Es dauerte nicht lang, und Madame Grosmougin wurde von zwei Seiten eindringlich beschwatzt.

»Er hört mir überhaupt nicht zu«, beschwerte sich Renée und wies auf Georges, während Judith den Kopf schüttelte und sagte: »Sie hat sich von Lorain ganz schön einwickeln lassen.«

»Was hat sie denn herausgefunden?« wollte Madame Grosmougin wissen.

»Gar nichts«, sagte Georges und näherte sein Gesicht bis auf wenige Zentimeter dem der Fragestellerin. »Alle waren es und keiner, und mein Vater wollte sich ein Auto kaufen.«

Madame Grosmougin drehte unbehaglich den Kopf. »Ich verstehe überhaupt nichts«, sagte sie.

»Das Schlimme ist«, rief Renée empört, »daß alle aus meiner Erzählung nur herauslesen, was sie ohnehin schon glaubten. Für meine Mutter ist weiterhin Lorain der Böse, Georges sieht in allem nur eine große Verschwörung, wie in seinem eigenen Leben.«

»Und du?« fragte Georges ironisch.

»Ich?« Renée wurde plötzlich unsicher. »Was ich selber für Schlüsse ziehe?«

Nach einiger Zeit sagte sie zögernd: »Das weiß ich noch nicht. Aber mir fehlt ja noch ein Stück. Wir haben den ganzen Ablauf rekonstruiert, Lorain und ich, nur die letzten achtundvierzig Stunden nicht. Die bekomme ich aber noch zu hören. Lorain fühlte sich nicht mehr gut. Wir haben viele Stunden miteinander geredet, dann kam Yvonne und gab ihm seine Spritze.«

»Aber – er hat ihr das Geheimnis der Säule verraten«, triumphierte Judith. »Wenigstens das wissen wir jetzt.«

»Soso«, sagte Madame Grosmougin angenehm berührt.

»Ja, beinahe hätte er es selber nie erfahren«, rief Renée, »denn seine Frau nahm es mit ins Grab, wie er sagte. Und dann fiel eines Tages die Blumenschale bei einem starken Sturm ins Gras...«

»Wieso, ist sie nicht auf der Säule festzementiert?«

»Nein, und man konnte jetzt sehen, daß sie unten ein Loch hatte. Na gut, ein Loch unten ist normal, jeder Blumentopf hat unten ein Loch. Aber als er an der Säule hochkletterte, auf einer Trittleiter, da sah er, daß der Säulenschaft in der Mitte ebenfalls ein Loch hatte, ein tiefes, rundes. Ein korrespondierendes Loch. Und was steckte darin – ratet!«

»Ein Schlauch?«

»Nein, ein Schwamm!«

»Was, ein Schwamm?«

»Ein bemooster alter Haushaltsschwamm. Er stand sogar ein bißchen über.«

»Ach, genial! Bei Regen saugt er sich voll, bei Sonne gibt er wieder ab.«

»Ein uralter Gärtnertrick«, sagte Georges abfällig.

»Man muß ihn aber erst kennen«, erwiderte Renée.

»Streitet euch nicht«, sagte Judith.

»Wo ist eigentlich Julie?« lenkte Madame Grosmougin ab. »Kommt sie auch noch?«

»Nein, sie ist schon mit den Kindern ans Meer gefahren.«

La Soupe war abgetragen, die Glasschüssel mit dem Obst leerte sich, und Madame Grosmougin wurde endlich ihre Neuigkeit los.

»Habt ihr schon gehört? Gibet ist furchtbar wütend. Er will einen Prozeß anstrengen.«

»Warum denn? Gegen wen?«

»Ja, wißt ihr denn gar nichts? Es sind doch Flugblätter aufgetaucht!«

»Flugblätter?« wunderte sich Renée.

»Aber«, sagte Judith, »es war doch anders... Madame Niquet wollte einen Prozeß gegen Gibet führen! Oder so... das hast du mir doch erzählt, Renée!«

Madame Grosmougin sah deutlich, daß die anderen umfassender Aufklärung bedurften.

»Also, erstens: Madame Niquet hat schon geklagt. Und ihre Klage wurde abgewiesen.«

»Warum? Wieso?«

»Ja, wegen... wie heißt das, Nichtigkeit. Nicht-Wichtigkeit. Dabei hatte sie das ganze Material von Lorain bekommen!«

»Ach, was!« rief Georges und spitzte die Lippen unter seiner Raubvogelnase. Die Bombe lag im Ofen.

»Was?« rief Renée eifersüchtig. »Sie auch?«

»Ich wußte doch, daß etwas faul war!« sagte Judith und sah ihre Tochter bedeutsam an. »Aber was?«

»Zweitens: Vor wenigen Tagen steckte dieses Flugblatt hier in allen Briefkästen von St-Sauveur«, sagte Madame Grosmougin und griff in die Tasche.

Mit einer Gebärde, als sei hiermit endgültig alles erklärt, zog sie einen Zettel heraus, der auf den ersten Blick aussah wie eine Einladung zu einem Dorffest, mit Aufzählung sämtlicher Attraktionen inklusive Tombola.

»Wer hat denn das gemacht?« fragte Judith neugierig.

»Wenn man das nur wüßte!«

Renée übersprang vor Ungeduld die Hälfte.

»›Einwohner von St-Sauveur... wie ihr alle wißt... jährt sich... Feier am 3. August... Unser Herr Bürgermeister, typischer *Résistant de la dernière minute*‹ – aua, das ist hart – ›niemals zimperlich gewesen... unsere Eltern, Söhne, Brüder ermordet... Säuberungen gewiß notwendig... Wer aber wie er aus persönlichem Interesse... soll der aus der Hand eines alten Soldaten‹ – wer ist das? – ›feierlich das Kreuz der Ehrenlegion empfangen?‹ – Wie bitte? Gibet soll die Ehrenlegion bekommen? ›Dagegen wollen wir an zuständiger Stelle protestieren! Protestiert massenhaft! Komitee für Ethische Fragen.‹ Hab ich noch nie gehört. Also anonym.«

»Es gibt einen Verein für Ethnische Fragen«, sagte Georges. »Aber das ist nicht dasselbe.«

»Und? Hat man protestiert?« fragte Renée. »Was ist das überhaupt für eine Anspielung – alter Soldat?«

»Unser guter alter General Kroepf. Der wollte Gibet den Orden überreichen. Aber dann sind diese Flugblätter aufgetaucht, und Kroepf hat wissen lassen, daß er es vorziehe, den Orden nicht bei einer großen öffentlichen Feier zu verleihen, sondern lieber privat in einem Gasthaus.«

Judith fing an zu strahlen wie eine Sonne. Ihre Nase wurde vor Vergnügen ganz runzlig. »Ein Skandal! Endlich ein Skandal!«

»Gibet soll wie ein wütender Stier überall herumgerannt sein. Das mit dem Gasthaus hat er nicht akzeptiert. Entweder auf dem Berg oder gar nicht! Dann ist er zum Staatsanwalt hier in Parisey gegangen und hat Anzeige gegen Unbekannt erstattet. Das ließe er nicht auf sich sitzen, hat er gesagt. Dort versuchen sie nun herauszubekommen, in welcher Druckerei das Blatt gedruckt ist. Aber heutzutage gibt es so viele kleine Klitschen, nie wird man das ermitteln können. Am meisten wundert mich, daß du noch nichts davon weißt, Renée.«

»Ich hatte Schicht und seit drei Tagen frei.«

Das Ereignis wurde hin und her gewendet.

»Also, liebe Schwester«, sagte Georges, wobei er Madame Grosmougin zuzwinkerte, »Lorain hat versucht, euch beide auf Gibet zu hetzen. Madame Niquet und dich.«

»Das ist nicht wahr! Mir hat er niemals geraten, Gibet zu verklagen.«

»Weil er gemerkt hat, daß es nicht funktioniert.«

»Meinst du, er steckt auch hinter den Flugblättern?«

»Ich weiß es nicht...«

»Eigentlich...«, sagte Judith träumerisch, »...ist es ganz egal, wer wen verklagt. Es wird zu einem Prozeß kommen, man wird Zeugen hören... Jeder kann die Sache so darstellen, wie er sie sieht... Madame Niquet kann vor Gericht endlich sagen, was sie auf dem Herzen hat. Lorain könnte als Zeuge auftreten, oder nicht?«

»He, du bist ja eine Strategin«, lobte Georges seine Mutter. Und Madame Grosmougin dachte: Was hat dieser junge Mann doch für eine unangenehme Art. Sie erzeugt ständig unangenehme Gefühle – obwohl er gar nichts Böses sagt. Aber er kriecht immer irgendwie in einen hinein.

»Es ist einfach Unsinn zu behaupten, daß Lorain mich bloß manipulieren wollte«, schimpfte Renée, noch immer empört. »So kurz vor dem Fest! Außerdem, er sagt mir alles nur aus Freundschaft. Er wollte, daß Judith es erfährt! Ja, er hat sie ausdrücklich eingeladen. Es geht ihm um etwas anderes, da bin ich sicher.«

Judith strahlte. Dies war der großartigste 14. Juli, den sie sich vorstellen konnte.

»Vielleicht wollte er sie manipulieren, aber mit Renée geht das so schlecht«, wandte sie ein.

Man kam wieder auf die Details der eigentlichen Geschichte zurück, die Madame Grosmougin noch nicht kannte.

»Er hat also die Nacht beim Friedhofsblumenhändler

verbracht?« fragte sie. »Aber dann muß er ja am andern Morgen mit seinen Bewachern hier vorbeigefahren sein! Wer vom Friedhof in Richtung St-Sauveur fährt, kommt hier durch.«

Einen Augenblick schien die Zeit stillzustehen in Judiths Salon. Alle horchten. Wie ein normaler Passant war René am Morgen vor seiner Hinrichtung durch die Straße geradelt, an seinem eigenen Haus vorbei, in dem sich seine Angehörigen schon um ihn ängstigten und quälten, während sie betont normal die Kinder und das Vieh versorgten.

Hätte einer von ihnen noch etwas ändern können?

Hätte René sich selbst irgendwie retten können?

Georges räusperte sich nach einer Weile und sagte zu seiner Schwester: »Weißt du, es ist ja schön, daß du dich mit unserem Nachbarn angefreundet hast. Aber zwei Dinge wissen wir immer noch nicht: Wer hat ihn eigentlich umgebracht – und wo ist sein Grab?«

Es blieb still. Die beiden älteren Frauen schwiegen und gaben ihm unbedingt recht. Renée fühlte sich ungerecht behandelt. Sie hatte so viel Wichtiges herausgefunden! Sie opferte ihre freie Zeit und ging zu Lorain. Lorain seinerseits hatte wichtige Recherchen geleistet. Es war gar nicht so einfach, die Vergangenheit auszugraben! Lorain tat es auf eine Weise, die ihr sehr imponierte – frei von kleinlichem Prestige- und Sicherheitsdenken. Georges hatte alles, was ans Tageslicht gekommen war, noch gar nicht richtig gewürdigt, und schon verdächtigte er sie der Kumpanei. Renée merkte plötzlich, daß sie von Lorain tatsächlich angezogen wurde wie von einem Magnet. Seit ihrer

Flucht auf den Speicher hatten ihre Besuche den Charakter heimlicher Rendezvous angenommen. Sie wußte nur nicht, wem ihre Sehnsucht eigentlich galt. Der Vergangenheit? Dem Vater? Dem Nachbarn?

Am Tisch drehte sich die Unterhaltung schon wieder weiter.

»Also, das muß ich sagen«, Madame Grosmougin schüttelte den Kopf, »eure Nachbarn scheinen alle an Renés Verhaftung mitgearbeitet zu haben – warum?«

»Es war eine Verschwörung«, sagte Georges.

»Nein«, sagte Judith. »Es ging uns zu gut, und ihnen zu schlecht. Das hat meine Schwiegermutter auch gesagt.«

»Unsinn. Allen ging es gleich schlecht, in dieser Zeit.«

»Aber wir – wir waren gesund, vollzählig, immer beieinander, wir hatten Lebensmittel. Wir saßen im eigenen Haus, waren nicht in Lebensgefahr. Ich will nur sagen, früher, *vor* dem Unglück, hab ich manchmal gedacht: Uns geht es zu gut. Lorain zum Beispiel – er war aus seinem Haus vertrieben, von seiner Familie getrennt, ständig in Lebensgefahr. Der Steinmetz hatte das Unglück mit seinem Gesellen, der erschossen wurde. War es nicht sogar ein Neffe? Ich hätte das besser nicht denken sollen, es hat unser Unglück herbeigelockt.«

»Da war noch diese Prophezeiung«, sagte Georges. »Neugier wird töten, oder so ähnlich.«

»Ja! Siehst du, die alte Alida hatte recht! Wir dachten immer, *wir* dürften nicht neugierig sein oder unsere Neugier zeigen. Aber es war Lorains Neugier, die ihn getötet hat«, sagte Judith.

»Und Madame Lorain hat uns nach dem Krieg bei der Milchabrechnung beschissen, wißt ihr noch?«

»Sie klaute auch Orangen und Bananen, das hat mir der Obsthändler selbst erzählt!«

»Ja, und als der Ast vom Gemeindewald auf ihren Zaun fiel, verlangte sie, daß die Gemeinde den ganzen Zaun erneuern sollte – auf zweihundert Metern Länge!«

Es wurde laut und warm in der Stube. Madame Lorain und ihre vermeintlichen Defekte wirkten auch nach ihrem Tod noch äußerst belebend.

»Und dann *schrie* sie immer so! Weißt du noch?«

»Übrigens – ihre Autos fuhren den ganzen Krieg hindurch! Hat der arme René wirklich diesen Witz mit dem Auto gemacht?«

»Was für einen Witz?«

»Er soll gesagt haben: Ich habe ein Maquis verraten, um ein Auto zu kaufen.«

»Gab es nicht sogar ein Auto namens Voisin? Ein Luxusauto? Es fuhr bis in die vierziger Jahre. Vielleicht hat René gesagt: Um einen Voisin zu kaufen – er sah das Wortspiel und konnte nicht widerstehen. Machte er gern Wortspiele, Maman?«

»Ja. Er machte immer Witze.«

Renée sah, daß Judith unruhig wurde, und stand auf.

»Zeit für den Kaffee«, sagte sie.

Die beiden gingen in die Küche.

Georges zündete sich eine Zigarette an und wandte sich an Madame Grosmougin.

»Und? Wie geht es Ihrem werten Gatten?«

»Danke der Nachfrage«, sagte sie spitz und rückte unwillkürlich von ihm ab. Jede Frage, die dieser Mensch stellt, dachte sie kopfschüttelnd, ist irgendwie schleimig. Oder finde nur ich das? – Warum es so ist, könnte ich nicht mal sagen. Es sind an sich normale Fragen. Aber wie er sie stellt! Und er rückt immer viel zu dicht auf! Ja! Das war es. Er respektierte den Gesprächsabstand nicht. Zum Beispiel konnte er beim Zeitungshändler einem unversehens über die Schulter schauen und auf seine typische Art – halb unterwürfig, halb verschlagen – fragen: »So? Geht es bald in die Ferien?«, so daß man ihn als Reaktion am liebsten ermordet hätte.

Madame Grosmougin wußte vom Foto, daß Georges seinem Vater überhaupt nicht ähnlich sah. Aber wenn er von seiner Art nun etwas hat?, fing sie an zu grübeln. Nicht, daß man einen Menschen wegen solcher Eigenart auch nur im geringsten einfach totschlagen darf, dachte die friedfertige kleine Dame. Man durfte das natürlich nicht. Aber man konnte von dieser Art bis aufs Blut gepeinigt sein. Ein Akt der Notwehr dann also. – Schade, daß sie Judiths Mann nie persönlich kennengelernt hatte. Dieser sonderbare Verdacht, der sie manchmal beschlich, wäre ihr dann erspart geblieben.

Renée kam und fing an, das Obstgeschirr in die Küche zu räumen. Es roch nach starkem Kaffee. Sie wurde ebenfalls von Zweifeln geplagt. Ihr Bruder hatte festgestellt, daß noch immer keiner wußte, wer ihren Vater ermordet hatte und wo er lag. Das war richtig. Aber Renée dachte außerdem: Wissen wir jetzt eigentlich sicher, daß er kein Verräter war? – Lorain, der einen so guten Überblick hatte, glaubte es nicht. Aber wußte Lorain alles? Eigentlich wußte er weniger als ein normaler Nachbar, denn er war damals weit weg in den Bergen. Wußten Judith und die Großeltern alles, die kaum je aus dem Haus gingen? Gab es nicht für einen jungen Mann verschiedene Möglichkeiten, zum Verräter zu werden? Aus Freundschaft, Trotz, Abenteuerlust? Aus Arglosigkeit, Überschläue? Aus Motiven, die wir gar nicht kennen?

Renée brachte den Kaffee in den Salon, trank ihren hastig aus und sagte: »Ich muß an die frische Luft. Ich gehe in den Garten.«

»Ich komme mit«, sagte Madame Grosmougin sofort.

Die beiden setzten sich auf Renées Terrasse unter den Sonnenschirm.

»Warum soll man bei dem schönen Wetter im Ofen schmoren«, sagte Renée, und Madame Grosmougin meinte, für die nächsten Tage sei große Hitze angesagt.

Die Rolläden an Lorains Haus waren alle bis auf kleine Spalte geschlossen. Nur das quadratische Speicherfenster unter dem Dach hatte gar keine Läden. Dort oben war ich, dachte Renée. Sonderbar, daß ich jetzt beide Seiten kenne. Das Möbelschiff erschien vor ihr, das sich unter dem Dach verbarg, und das Bild mit dem Ehepaar Lorain. Dann das Luftbild von ihrem eigenen Haus.

Wo er heute wohl zu Mittag ißt? überlegte sie. Geht er zu Christophe und Yvonne?

Aber Madame Grosmougin wandelte gedanklich auf ihren eigenen Pfaden und fragte seufzend: »Wer von euch sieht eigentlich eurem Vater am ähnlichsten? Du? Oder deine Schwester Julie?«

»Meine Mutter sagt immer, daß Julies ältester Sohn Jérôme am meisten auf ihn herauskommt. Er ist jetzt sechzehn, vielleicht verliert sich das noch.«

»Oh, nein«, widersprach Madame Grosmougin erfreut. »Jérôme ist ein netter Junge. Ich erinnere mich, wie er in den Ferien immer von seinem Fahrrad abstieg, um mir eine *bise* zu geben. Da war er bestimmt schon dreizehn. – Geht ihr heute abend zum Volksfest?«

»Es wäre eine Abwechslung«, sagte Renée. »Daran habe ich gar nicht mehr gedacht.«

Georges war Lehrer in Parisey und wurde auf dem Festplatz unentwegt gegrüßt. Immer wieder mußte er stehenbleiben und sich mit Schülern und Eltern unterhalten. Renée ihrerseits traf Gruppen von Schwererziehbaren und ging auf eigene Faust weiter.

Das Gedränge war groß. In der Mitte des langgezogenen Platzes, auf dem sonst Markt und Kirmes stattfanden, standen sich die beiden konkurrierenden Getränkehändler gegenüber und bildeten mit ihren überdachten Ständen ein Nadelöhr. Unter den Bäumen auf der Nordseite wurde getanzt, auf der Südseite war eine Bühne aufgeschlagen. Dort drängten sich die Menschen vor irgendeiner Attraktion. Ein paar Plastikstühle waren aufgestellt, die meisten Leute dahinter standen. Der Abend war warm, die Luft vibrierte, der Aufenthalt auf dem Festplatz barg manche Tücke. Zwölfjährige Knaben warfen Knallfrösche unter die Passanten und freuten sich, wenn die erschreckt in die Höhe sprangen. Die *pétards* hüpften nur so herum – feurige kleine Köter, die die Leute ansprangen, um sie in die Wade zu beißen. Familienväter trugen Sportwagen mit ihren Babys in Hüfthöhe durch die Menge. Die knallenden Jugendlichen fühlten sich groß und mächtig, Hunde zitterten, kniffen die Schwänze ein und mußten weggebracht werden.

Was für ein Geschiebe!, dachte Renée. Sie wurde langsam, aber sicher an die Bühne herangespült, auf der ein Moderator seine Begeisterung teils dem Publikum, teils dem Bühnenhintergrund mitteilte. Aus dem Hintergrund lösten sich daraufhin ein paar altmodische Silhouetten mit Holzschuhen und weißen Häubchen. Eine schwedische Volkstanzgruppe. Renée betrachtete fasziniert, wie die Paare zu den Klängen einer Fidel zunächst vollkommen parallel hin und her hüpften, mit verschränkten Armen und Händen, auf und ab, vor und zurück, eine Art Abschiedstanz für Auswanderer, um sich dann zu komplizierteren Gruppen zusammenzustellen. Schließlich tanzten sie alle in einem großen Kreis, klatschten, stampften – ausgelassen, aber steif.

Nach den Schweden kamen die Polen. Angesichts der jungen Mädchen war Renée ganz entzückt. Sie sahen aus wie weißrote Bräute, ihre Tänzer wie Husaren. Die Musik war so martialisch, daß ihr ohne weiteres die Tränen der Rührung in die Augen traten. Das fand sie lästig, aber diese Rührung war beim Hören von Marschmusik – auch beim Anblick niedlicher kleiner Säuglinge – offenbar unvermeidlich. Während ein Mädchen mit einer ungeheuren Krone vorne in der Bühnenmitte solistisch hervorgehoben wurde, drängten sich die unbeschäftigten Paare seitlich am Bühnengeländer zusammen und schwatzten. Renée fing den Blick eines Mädchens auf, das höchstens sechzehn war. Dieser Blick spiegelte ein so unverhülltes Fernweh, ungeachtet der Tatsache, daß sich die Truppe bereits auf einer Auslandsreise befand, daß Renée angst und bange wurde. Noch weiter weg? Oder gerade wieder zurück? Die Paare zeigten durch Schwatzen, Kopfschütteln und Füßescharren, wie wenig es ihnen ausmachte, während des Solos unbeschäftigt zu bleiben. Das Solo dauerte ziemlich lange. Während dieser ganzen Zeit bohrte sich der Fernwehblick des Mädchens ungehindert durch Zeit und Raum, und Renée beschloß, weiterzugehen. Vielleicht nach Hause. Sie war müde. Plötzlich fiel ihr ein, daß sie nur noch zwei Wochen Schule hatte und danach Ferien. Welche Wohltat!

Als sie schließlich ging, rasten blaugelb gekleidete Mädchen barfuß über die Bretter. Sie hielten sich an den Händen. Augen glitzerten, Haare flogen: die Volkstanzgruppe aus Israel.

25

Renées Direktor schien irgendwie enttäuscht und leicht verstimmt, als er bei einem Blick auf den Kalender feststellte, »daß Sie uns heute schon verlassen«. Freitag, der 1. August, war ihr unwiderruflich letzter Arbeitstag, auch wenn sie erst am vierten offiziell Urlaub hatte.

»Und das Fest?« wollte er wissen.

»Das übernimmt der Kollege«, sagte Renée.

»Haben Sie von den Schwierigkeiten gehört?«

»Nein... was für Schwierigkeiten?«

»Merkwürdige Situation...« Der Direktor drehte sich um und sah zum Fenster hinaus in den Park. »Für Herrn Gibet, meine ich. *Zuerkannt* ist ihm der Orden. Aber solange ihm der Orden nicht überreicht wurde, kann er ihn nicht anstecken. Normalerweise überreicht ihn der, der die Patenschaft übernommen hat. Aber der will nicht mehr. Komische Situation.«

»Ja, ich habe so was gehört«, sagte Renée. »Aber sollte ihm der Orden nicht in einem Gasthaus überreicht werden? In einem Hinterzimmer?«

Der Direktor nickte.

»Sehr richtig. Das war der Stand der Dinge vor einer Woche. Aber Gibet wollte das Gasthaus nicht, und nun will der Pate überhaupt nicht mehr.«

»Ach!« sagte Renée. »Das ist interessant. Heißt das, die Kommission erkennt ihm den Orden wieder ab?«

»Nein… Aberkannt wird nie. Aber er kann auf seinen Briefbogen nicht schreiben: Träger des Kreuzes der Ehrenlegion. Er kann es niemals tragen.«

»Das sind sehr interessante Nuancen«, stellte Renée fest. »Er bekommt es also auch nicht zugeschickt?«

»Nein.«

»Oder holt es sich selber ab?«

»Nein!«

»Wird er dann überhaupt zu dieser Feier kommen?«

»Warum nicht?«

An dieses Gespräch mußte Renée denken, als sie mit ihrem roten Auto zwei Tage später vor Lorains Haus wartete. Sie hatte mit ihm ausgemacht, daß sie zusammen hinfahren würden, Renée ganz privat, Lorain ganz privat. Nur als Zuschauer. Sie konnten jederzeit zusammen wieder wegfahren. Der Direktor würde staunen, wenn er sie beide nebeneinander entdeckte. Die Frage war, ob Gibet zu »seiner« Feier kommen würde, nach allem, was passiert war.

Oben in der Haustür erschien Lorain, lächelte ihr zu und schloß die Tür sorgfältig ab. Unmittelbar darauf schloß er sie wieder auf und verschwand im Hausinneren. Es war ein schöner Tag, drei Wochen hielt dieses Hoch schon an, trockene Hitze, Wüstenwind, seit dem 14. Juli. Viele Nachbarn waren in den Ferien, hatten die Fensterläden geschlossen, die Gartentore verriegelt und die Müllsäcke am Straßenrand aufgetürmt.

Nun kam Lorain aus der Garagentür. Er schloß sie ebenso sorgfältig ab wie vorhin die Haustür. Er trug ein weißes Hemd und eine graue Windjacke. Prüfend warf er einen Blick zum Himmel. Nichts, aber auch gar nichts deutete auf Regen oder Gewitter hin.

»Komisches Gefühl, wenn man sich nicht am Steuer festhalten kann«, sagte er beim Einsteigen, und nach einer Pause: »Es ist fast so, als ob man sein gutes Pferd im Stall stehen ließe.«

»Seine zwei Pferde«, sagte Renée verständnisvoll. »Sicher haben Sie Ihr Auto beim Herausgehen noch gestreichelt.«

»Nein, nicht gestreichelt«, widersprach Lorain, »aber ich habe ihm einen Klaps aufs Dach gegeben.«

»Und die Haustür wieder abgeschlossen?« fragte Renée streng.

»Ja, von innen.«

»Also, gut.«

Sie wendete und fuhr auf dem knirschenden Kies langsam die Einfahrt hinunter. Als sie an der Straße angekommen war, folgte sie einem merkwürdigen Impuls. Sie bog nicht rechts ab, sondern links, und preschte die Rue St-Sauveur mit steigender Geschwindigkeit gegen die Einbahn entlang.

Lorain stützte sich völlig überrascht am Armaturenbrett ab.

»Was machst du denn da?« rief er. »Willst du uns umbringen?«

»Es ist doch ganz leer«, antwortete Renée, die sich diese plötzliche Eingebung nicht erklären konnte. Außer – aber diese Assoziation war ziemlich absurd – daß sie so fahren wollte, wie ihr Vater damals gefahren war, Richtung Maquis. Zum Glück war die Straße wirklich leer. Renée seufzte.

»Ich wollte es mal probieren«, sagte sie entschuldigend, als sie den Marktplatz von St-Sauveur erreichten und eine Passantin ihnen verwundert nachschaute.

»Ich habe uns im Geist schon mit Halskrausen gesehen«, sagte Lorain, »diese weißen steifen Dinger, die man mit Klettverschluß um den Hals schließt.«

»Ich hatte letztes Jahr so eine«, sagte Renée. »Da war mir einer hinten drauf gefahren. Unfälle passieren immer, wenn man vorschriftsmäßig fährt.«

»Ich muß dir sagen, mir zittern die Knie. Mehr als sonst«, sagte Lorain und lachte. »Aber wenn wir schon hier sind... fahr bitte dort vorne links weiter. Nicht auf der Hauptstraße, meine ich.«

»Über die Vogelmühle?«

»Ja. Es ist zwar nur eine Nebenstraße, aber um so idyllischer.«

Renée war diese Straße noch nie gefahren oder erinnerte sich wenigstens nicht daran. Sie führte aus dem Dorf heraus über eine schmale Brücke, folgte dem hohen Ufer des Ragnon und erreichte einen lichten Wald. Das dünne Asphaltband lief mitten hindurch, wie ein Scheitel.

»Wie schön!« rief Renée. »Ein richtiger Zauberwald.«

»Ja, sonderbar«, sagte Lorain. »Haare haben etwas Bestrickendes, aber dies hier auch.«

Es gibt Wälder, die beim Durchqueren aus einer Baumwand rechts und einer Baumwand links bestehen. Dieser hier war transparent. Bäume, Büsche und Wiesengras wirkten wie ein Schleier. Rechts und links sah man hauchzarte Landschaft. Kleine Wiesen, Bachbiegungen, Felder mit Geröll und Steinblöcken, zwischen denen Glockenblumen blühten. Alte und junge Baumgruppen wechselten miteinander ab, auf einem Acker in der Ferne lag ein großer Findling. Plötzlich wurde der Untergrund moorig. Birken standen zwischen Binsen, der Boden hauchte Kühle aus.

»Das ist ein Wald voller Abwechslungen«, sagte Renée. »Wer hier durchfährt, muß guter Laune werden. Besonders auf dem Fahrrad. Oder nicht?«

Lorain sagte nichts.

»Wo kommt man eigentlich heraus?«

»Im Tal von Terny. Man überquert den Fluß bei der kleinen weißen Fabrik und kommt wieder zurück auf die Hauptstraße. Aber zuerst kommt die Vogelmühle.«

Die schnurgerade Straße senkte sich ab und beschrieb eine Kurve. An der Biegung stand ein verwunschenes Wohnhaus hinter einem Staketenzaun. Der Wald hörte auf. Eine Zeitlang fuhr man um eine Bergnase herum mit Blick ins Tal. Dann schob sich die urtümliche Flanke des Mühlenrückens aus dem Gebirge vor wie ein schlafender Elefant. Der Wald wurde dunkler und dichter.

»Wenn mein Vater durch diesen Zauberwald gefahren ist, fand er vielleicht alles gar nicht so schlimm«, begann Renée. »Dann hatte er vielleicht gute Gefühle. Es gibt doch so etwas wie den Trost der Natur, oder nicht?«

»Nur für die, die schon getröstet sind«, widersprach Lorain. »Wenn man einsam ist, nützt die Natur nichts. Im Gegenteil. Sie macht alles nur schlimmer.«

»Aber er war nicht allein. Er wurde begleitet.«

»Treibst du die Versöhnlichkeit nicht ein bißchen weit?«

»Ich weiß nicht. Es sind nur Vermutungen.«

Instinktiv bremste Renée bei einer Abzweigung, die in den Wald führte, und hielt schließlich an.

»Hier geht es zur Vogelmühle. Oder nicht?«

Lorain nickte.

»Irgendwie unheimlich. Wohnt dort noch jemand?«

»Wohnte, ja. Schweizer, oder Deutsche, glaube ich. Sie deckten das Dach neu und zogen einen Zaun um das Wohnhaus. Eines Tages ließen sie das Gartentor unverschlossen, und eines ihrer kleinen Kinder fiel in den Fischteich und ertrank. Das hat mir der Makler erzählt. Jetzt steht die Mühle leer.«

»Und hier hat man die vielen Toten ausgegraben, in den fünfziger Jahren?«

»Ja. Weiter oben am Berg.«

»Aber dann ist die Gegend ja verrufen... Das hat der Makler seinen Kunden bestimmt nicht erzählt.«

»Wahrscheinlich nicht.«

»Und mein Vater? Liegt er hier irgendwo? Vielleicht auch in einem Fischteich?«

Lorain schwieg wieder. »Ich weiß nicht einmal, ob Gibet das weiß«, sagte er ausweichend.

»Angenommen, ich ginge zu Gibet... wie damals schon meine Mutter... Würde er es mir sagen?«

»Mit Sicherheit nicht.«

»Auch nicht bei einem Prozeß?«

»Da schon gar nicht.«

»Würde er alles leugnen?«

»Nein, durchaus nicht. Er ist ja noch immer stolz auf seine Arbeit. Er würde wahrscheinlich sagen, daß er auf meinen Befehl gehandelt hat. Ferner, daß er bei dieser Exekution nicht dabei war – dabei würde er durchschimmern lassen, daß er loyal ist, seine Leute deckt und gar nicht daran denkt, sie zu verraten – und daß er deshalb nicht weiß, wann und wo.«

»Aber... wer waren seine Helfershelfer? Wissen Sie etwas darüber? Als Chef müssen Sie etwas wissen.«

Lorain schwieg wieder. Endlich sagte er: »Ich habe da nur Vermutungen. Es wäre unverantwortlich, Namen zu nennen.«

Renée machte große Augen. »Also – Sie kennen die Mörder und sagen nichts?«

»Nein«, rief Lorain. »Du mußt dir das so vorstellen: Ich kenne zehn Personen, die vielleicht dafür in Frage kämen. Das heißt, soviel wie keinen! Denn von den zehn sind es acht oder sieben mit Bestimmtheit nicht gewesen. Aber wer? Nein, die Verantwortung kann ich nicht übernehmen. Und vielleicht war es überhaupt keiner von den zehn, sondern jemand ganz anderes, auf den ich nicht komme, weil ich ihn nicht kenne. Es ist unmöglich.«

»Na ja«, sagte Renée, »Sie decken Ihre Leute eben auch. Genau wie Gibet.«

»Nein«, widersprach Lorain energisch, »so ist das nicht. Gibet weiß ganz genau, wem er die Exekution aufgetragen hat, aber er sagt es nicht. Ich wiederum kann nur Mutmaßungen anstellen, will aber um Gottes willen nicht die Falschen beschuldigen.«

»Gut«, sagte Renée geduldig. »Ich sehe ein, daß ein Unterschied besteht. Ich muß sogar sagen, daß ich Gibets Schweigen gerechtfertigt finde. Aber wenn Sie Ihre Vermutungen äußern würden – nur so als Vermutung –, könnte ich wie ein guter Detektiv mich wenigstens dem Ort nähern, wo mein Vater begraben liegt. Der oder die Täter interessieren mich nicht einmal so sehr.«

»Das denkst du jetzt, mein Kind«, sagte Lorain traurig. »Aber dann käme die Exhumierung, die Untersuchung der sterblichen Überreste…«

»Sie meinen…«

»Ja.«

»Und ich würde wissen wollen, wer ihn so zugerichtet hat?«

»Ja.«

Renée blieb eine Weile sitzen, den Kopf auf das Lenkrad gelegt. Endlich hob sie ihn.

»Sie wissen doch etwas«, sagte sie mißtrauisch. »Was heißt *zugerichtet*? Wurden alle Opfer automatisch gefoltert? Oder verstümmelt? Wie kommen Sie auf diese Idee?«

»Gibets Gruppe war in diesen Tagen unberechenbar geworden. Das zeigen die anderen Opfer, die man aus der fraglichen Zeit gefunden hat. Ich will nicht ins Detail gehen. Aber es genügt, den kriminalpolizeilichen Bericht zum Beispiel über das Ehepaar Niquet zu lesen, oder über den jungen Michelet.«

»Wissen Sie, was ich glaube?« sagte Renée. »Jemand hat Ihnen etwas erzählt.«

Lorain sah eine Weile starr vor sich hin. Dann fing er zu ihrer Überraschung lautlos an zu weinen. Die Tränen überschwemmten seine Augen und bildeten für einen winzigen Moment einen blinkenden Teich im Augenwinkel.

Renée öffnete das Handschuhfach und holte eine Packung Papiertaschentücher heraus.

»Armes Kind«, sagte Lorain heiser. »Was werden sie ihm angetan haben... vorher.«

»Jaja«, sagte Renée kaltblütig. »Was denn?«

»Manchmal kamen die Bauern von den Einödhöfen und erzählten, was sie gehört hatten. Die ganze Nacht lang Schreien, wie von einem unbekannten Tier. Der Sommer war unerträglich heiß. Mörderisch heiß. Heißer noch als dieser. Manchmal sahen die Bauern durch Zufall etwas, oder ihre herumstreifenden Kinder. Die spielten immer Soldaten. Die Büsche hatten Augen und Ohren.«

Lorain schneuzte sich und sagte: »Die Szene, die beobachtet wurde, war diese: Jemand, auf den die Beschreibung deines Vaters zutrifft, lag unter einem Baum, die Arme ausgebreitet und am Boden angepflockt. Ein anderer junger Mann, braunhaarig, kauerte auf dem untersten Ast einer Eiche und sprang. Er sprang auf den Brustkorb des Liegenden. Das wiederholte sich ein paarmal. Der Braunhaarige kletterte zwei-, dreimal zurück auf seinen Ast und sprang. Dann kamen zwei weitere Männer dazu, die den am Boden Liegenden losbanden und wegschleppten.«

»Wo?«

»Das war nicht herauszufinden. Die es beobachteten, waren Kinder.«

»Wer war der Braunhaarige?«

»Wahrscheinlich einer von den dreißig Leuten, die Gibet damals befehligte.«

»Hat mein Vater geschrieen?«

»Die Kinder sahen, wie er den Mund öffnete. Als die beiden anderen ihn wegschleppten, muß er schon ohnmächtig gewesen sein. Oder tot.«

»Fotos! Hat man den Kindern Fotos von Gibets Leuten gezeigt?«

»Renée… Glaub mir, ich habe versucht, den Personenkreis einzuengen. Ich habe alle ausgeschlossen, die schwarzhaarig waren oder blond. Und die, die an diesem Wochenende nachweislich woanders waren. Mehr als zehn Braunhaarige blieben übrig… Und dann noch… wie gut kann man eine Haarfarbe beschreiben, die man vor Jahrzehnten als Achtjährige gesehen hat? Vergiß nicht – das Mädchen hat damals kein *Foto* gesehen, kein Paßbild in Schwarzweiß, sondern eine reale Gestalt, die wie eine Spinne auf einem Ast kauerte und durch die Luft flog und sprang.«

»Das Mädchen?« fragte Renée erstaunt. »Etwa Sylvie, Ihre Tochter? Wann hat sie es Ihnen erzählt?«

»Vor ein paar Jahren. Es war eine Art Blitzlicht der Erinnerung. Ganz sicher war sie nicht. Es konnte auch ein Traum gewesen sein. Oder ein Déjà-vu, sagte sie. All das ist ohne jede Beweiskraft, verstehst du? Aber… unmöglich ist es leider nicht… Nachdem ich sehe, wie sehr du suchst, wie sehr du wissen und erkennen willst, fand ich, daß ich dir diese Möglichkeit sagen muß.«

Schweigend fuhren sie durch den heiteren Morgen. Die Landschaft wurde weniger unheimlich, der Blick aufs Tal weitete sich. In der Ferne schimmerten die Giebelzacken der kleinen Fabrik blendend weiß, wie ein Haifischgebiß.

Lorain glaubte, Renées Gedanken zu erraten.

»Sylvie war mit ihrer Mutter oft auf Lebensmittelsuchtour. Sie kamen dabei ziemlich weit herum. Viele Plätze, an die sie sich erinnnert, kann sie überhaupt nicht mehr orten. Sie liegen wie Inseln im Meer der Vergangenheit. Das wolltest du doch fragen, oder nicht?«

»Nein«, sagte Renée einsilbig. »Aber danke.«

Sie fuhren durch Terny. Der Ort sah aus wie ein verlassenes Westernstädtchen. Das Tal war nur noch ein breiter Trog zwischen grobgeschnittenen Bergen. Die Bauernhäuser, aus blassen Feldsteinen gebaut, zeigten demonstrativ ihre geschlossenen Tore mit der holzgeschnitzten Sonne. Manche hatten runde Türmchen. Die Äcker dahinter waren steinig. Kurz hinter Terny stand ein wohlbekanntes schokoladenbraunes Schild mit weißen Buchstaben am Straßenrand und wies nach rechts in die Berge. *Souvenir français* stand darauf.

Renée bremste im letzten Augenblick.

»Fast hätte ich es verschlafen«, murmelte sie.

Die Straße war sehr schmal, fast nebensächlich. Ohne das Schild hätte man sie für die Zufahrt zu den letzten beiden Häusern des Dorfes gehalten. In Wirklichkeit war sie der Einstieg in den Mont de Terny, der wie ein halb verschütteter Würfel von Riesen zwischen den anderen Bergen eingegraben lag.

»Übrigens«, sagte Renée mit dem großmütigen Versuch zu witzeln, wobei sie den Innenspiegel zurechtrückte, »keine schwarze Limousine zu sehen.«

Lorain lächelte und sagte: »Ich gebe zu, es ist mir mit der Ente immer ziemlich schwergefallen, hochzukommen. Hier noch nicht, aber weiter oben.«

In die schräg geneigte Oberfläche des Würfels hatte der Bergbach eine tiefe Schlucht gegraben, genau in der Mitte. Parallel zu dieser Schlucht verlief die Straße. Sie stieg steil an, kam aber ohne Serpentinen aus – gerade noch so eben. Ab und zu drehte sie ein paar Schleifen durch den dunklen Wald. Auf halber Höhe war schon alles ganz alpin. Felsbrocken, Flechtenbärte an den Tannen, ein mannshoher Ameisenhaufen. Ab und zu ein einzelnes Gehöft. Manchmal führte die Straße mitten hindurch, zwischen Wohnhaus und Scheune. Aus einer Garage verbellte ein dreibeiniger Schäferhund das fremde rote Auto. Renée überlegte, wie der Briefträger wohl hier heraufkam. Nicht mit dem Fahrrad.

Der Wald wollte kein Ende nehmen. Sie fuhren auf der Schattenseite, die Bäume verfinsterten die Straße vollends. Handbreite Wasserläufe blitzten ab und zu im Waldboden auf. Schnurgerade, wie mit dem Lineal gezogen, liefen sie kreuz und quer über die Abhänge, ein Netz von winzigen Kanälen. Sie schienen aus dem Nichts zu kommen und im Nichts zu enden. Dann lichtete sich das Dunkel, rechts und links schimmerten erste Weideflächen durch die Bäume, schließlich waren sie aus dem Wald heraus und sahen den breiten Streifen der Hochweiden, der sich wie eine Sessellehne über die Kuppen des Mont de Terny spannte. Die Sonne schien auf den Parkplatz und auf das Gewimmel winzig kleiner Menschen, denen auch die Entfernung das Attribut »festlich gekleidete Menge« nicht nehmen konnte.

Renée fuhr instinktiv an den Straßenrand und hielt an. Sie beugte sich vor und suchte mit zusammengekniffenen Augen den Parkplatz ab.

»Gibet ist nicht da«, sagte sie. »Oder noch nicht da.« Sie warf einen Seitenblick auf Lorain und sagte: »Wollen wir wirklich zu der Feier?«

Lorain sagte eine Zeitlang gar nichts. Dann vorsichtig: »Dreißig Jahre bin ich dort hingegangen. Seit wir angefangen haben, diesen unglückseligen Tag zu feiern. Zuerst als Sieger. So fühlten wir uns. Wir hatten alles richtig gemacht. Dann als Verlierer. Ich begriff allmählich, daß Gibet mich noch nachträglich übertrumpft hatte. Seine politischen Freunde drängten mich ins Abseits. Die nächsten Jahre ging ich als Zivilist hin – schon, um ein gewisses Gegengewicht zum politischen Festgedröhn zu bilden. Erinnerst du dich an die Säule, die dort oben hinter dem Altar steht?«

Renée nickte.

»Es ist die gleiche wie in meinem Garten. Porphyr. Ergußgestein. Schließlich bin ich nur noch wegen der Toten hingegangen.«

Nach einer Weile sagte er: »Aber die können wir auch woanders besuchen. Komm, fahren wir dort hinüber. Zum ehemaligen Dorf. Zum Quartier des Maquis.«

»Das ist doch zerstört«, sagte Renée. »Ich habe immer gehört, es sei nichts davon übrig.«

»Das ist richtig, aber es bleibt immer etwas übrig«, sagte Lorain. »Der Geist. Die Dämonen.«

Hundert Meter nach der Abzweigung hörte die Asphaltstraße plötzlich auf. Den Festplatz im Rücken, holperten sie eine Lehmpiste entlang. Sie stieg nicht mehr an, sondern führte auf gleicher Höhe von einer Bergseite zur anderen – innen herum. Am tiefsten Punkt der Schlucht sprang der Bergbach in einem Rohr unter dem Weg durch, der immer schmaler wurde. Bald konnte man nicht mehr unterscheiden, welches der Hauptweg war und welches Nebenwege. Ständig zweigten neue Wege ab und führten zu Weiden oder entlegenen Gehöften, zu kleinen Wäldern oder – vielleicht – zum ehemaligen Dorf. Lorain schwitzte.

»Vor vierzig Jahren wußte ich das natürlich genau«, sagte er. »Langsam! Langsam bitte! Ich glaube, hier müssen wir noch geradeaus. Ja, man konnte sich wirklich sicher fühlen in dem Dorf. Es hieß merkwürdigerweise Berg, *Le Mont*, ganz lapidar. Das Dorf *Berg*. Aber als die Deutschen und die Kosaken anrückten, holten sie unten in Terny mit vorgehaltenen Gewehren zwei Männer aus den Häusern und zwangen sie, die ganze Abteilung völlig lautlos in der Nacht zu uns heraufzuführen. Davon abgesehen hatten sie vortrefflich gezeichnete Karten. Unser Versteck war natürlich nicht geheim geblieben.«

»Eine Karte ohne Ortskenntnis nützt wenig.«

»Nicht in diesem Urwald, da hast du recht. Aber auf dieser Karte war doch bemerkenswert viel eingetragen. Sogar die Stellungen, wo wir im allgemeinen unsere Wachtposten aufstellten.«

»Wo muß ich jetzt hin?«

»Wenn ich das noch wüßte. Im Zweifelsfall geradeaus.«

»Warum findet die Gedenkfeier eigentlich nicht in dem zerstörten Dorf statt, wo es passiert ist?« fragte Renée plötzlich.

Lorain seufzte. »Es war... wie soll ich sagen... es war zu traurig. Keiner von uns wollte je dorthin zurück.«

»Die Dorfbewohner auch nicht«, sagte Renée.

»Wir haben die Säule aus dem Schulhaus auf den Gipfel hinübertransportieren lassen und die Inschrift draufgesetzt.«

»Das Dorf Berg hatte eine Schule?«

»Na ja, von Frühjahr bis Herbst lebten dort siebzig, achtzig Menschen. Es waren etwa zehn Höfe. Auf ihre Schule waren sie sehr stolz. Die hatte natürlich nur eine Klasse. Aber ins Portal waren diese Säulen eingelassen, eine rechts und eine links. Mein Großvater hat als junger Mann in dieser Schule unterrichtet. Deshalb hab ich später die andere Säule mitgenommen. Zu mir nach Hause. Beide lagen unversehrt unter all dem Schutt.«

Renée schwieg und verlangsamte vor einer Weggabelung. Sie schaute Lorain fragend an und fuhr dann, einer Eingebung folgend, rechts hinauf.

Zu Fuß gingen sie auf der grünen Weide herum. Die Grundmauern ragten hie und da aus der Wiese und waren vollständig mit Unkraut überwachsen. Auf einer Mauer mit dicken trockenen Moospolstern ließen sie sich nieder, den Blick auf die andere Bergseite gerichtet, auf den Wald, durch den sie hergekommen waren.

»Man hat Gibet oft vorgeworfen, daß er ausgerechnet in dieser Nacht keine Wachtposten aufgestellt hatte«, sagte Lorain. »Aber da die Deutschen die Postenstellen so genau kannten, hätten sie die Burschen einfach überwältigt. Alles wäre genau so gekommen. Nachträglich gesehen ist es sogar gut, daß sie niemanden vom Maquis schnappen konnten. – Die ganze Abteilung Deutsche und Kosaken wälzte sich lautlos hier herauf. Früh um vier Uhr erreichten sie den Waldsaum unterhalb vom Dorf. Diesen Halbkreis da. Dort blieben sie in der Deckung der Bäume stehen. Im Dorf schlief alles. Die Maquisards, über hundert junge Leute, schliefen hinter dem Dorf in den Scheunen. Sie waren ahnungslos.«

»Ich selber«, fuhr er nach einer Weile fort, »war in dieser Zeit weiter oben in den Bergen, in einem kleineren Maquis. Die Richtlinien, die ich hinterlassen hatte, waren absolut eindeutig. Wir rechneten ja mit solchen Angriffen. Die Rückzugslinie verlief dort oben, durch den Wald, über die kleine Paßhöhe im Nordwesten, dann nach allen Richtungen in die Nachbartäler. Unter Mitnahme der leichten Waffen. Die schweren blieben in ihren Verstecken. Solange ein Rückzug möglich war, war jede Gegenwehr strikt untersagt. Du wirst gleich hören, warum. Aber in der Wirklichkeit geht eben alles nur annähernd nach dem Lehrbuch.«

Er machte wieder eine Pause. »Hier im Dorf hatten sie am Abend zuvor eine Verlobung gefeiert. Vielleicht schliefen sie deshalb so fest. Das Vieh in den Ställen wurde schon langsam unruhig. Da kamen von hinten, von den Scheunen, fröhlich pfeifend zwei Maquisards mit geschultertem Gewehr die kleine Straße hinunter. Offenbar wollten sie jetzt ihre Wachtposten unten im Wald beziehen. Der eine stutzt, hält den anderen am Arm zurück, und richtig – in der Morgendämmerung erkennen sie Uniformen zwischen den Stämmen. Sie bleiben unschlüssig stehen. Die Soldaten sind entdeckt. Plötzlich fällt ein Schuß. Der eine Maquisard spürt einen Schlag an der Schulter, greift hin. Der andere nimmt sein Gewehr und feuert reflexartig zwischen die Baumstämme. Zwei-, dreimal. Was willst du – er hatte das ja schon so lange geübt. Dann fangen die Maquisards an zu rennen, zurück zu den Scheunen. Durch die hallenden Schüsse sind alle wach. Hundert Mann fahren in die Schuhe, packen ihr Gewehr, und der gleichfalls lang und breit geübte Rückzugsplan läuft an. Sie haben großes Glück. Die Deutschen vermuten einen Teil von ihnen in den Dorfhäusern und verlieren Zeit mit der Durchsuchung. Alle hundert, auch der eine Verwundete, erreichen den Waldsaum dort oben, dann die Paßhöhe und verschwinden hinter dem Berg.«

Renée murmelte etwas.

»Wie bitte?«

»Ach, nichts. Oder doch. Es war ein Vorwurf, den ich gehört habe. *Die Maquisards sind gerannt wie die Hasen.* Aber sie mußten das tun.«

»Ja. Sie mußten es so tun. Sonst hätte es ein allgemeines Gemetzel gegeben.«

»Und dann? Was geschah dann?«

»Ein Problem war da, mit dem in der allgemeinen Aufregung niemand mehr gerechnet hatte… Der Maquisard hatte mit seinen Schüssen einen Kosaken verwundet.

Noch während die Deutschen die Höfe und Ställe durchsuchten, starb er. Weißt du, was das bedeutete? Er starb.«

»Als Soldat muß er doch mit seinem Tod rechnen, bei einer solchen Mission.«

»Ja. Und wenn du meine ehrliche Meinung hören willst: Ein solcher Tod, umgeben von Kameraden, und auch noch unter Bäumen, ist leicht. Aber nun hatten sie einen Toten, und das berechtigte sie zur Erschießung von fünf Männern der Gegenseite.«

Renée schrie auf. »Natürlich, das wußte ich ja«, sagte sie. »Also, so war der Ablauf. In einem so kleinen Dorf.«

»Es war furchtbar. Ich kam am Tag nach der Schlacht dort an, gegen Abend. Da lagen die Leichen noch immer auf dem blanken Erdboden. Drei erschossen, zwei mit aufgeschlitzten Bäuchen. Diese zwei hatten noch versucht zu fliehen. Das Mädchen, kurz zuvor noch glückliche Braut, hatte in fünf Minuten ihren Vater und ihren Bräutigam verloren. In ihrer Wut darüber, daß die Maquisards entkommen waren, hatten die Deutschen erst alle Höfe geplündert und dann anzünden lassen. Wein, Vieh, Silber und Leinzeug wurde von den Kosaken hinunter ins Tal geschafft. Die Hinterbliebenen irrten wie Schatten durch die rauchenden Trümmer. Sie hatten nichts mehr, keine Tücher, um ihre Toten zu begraben.«

Renée sah in Lorains Augenwinkeln den verdächtig glitzernden Teich. Sie zerkrümelte das trockene schwarze Moos zwischen den Fingern. Sie räusperte sich und sagte: »Und danach haben Sie das Maquis vom Mont de Terny aufgeteilt.«

»Was blieb uns übrig? Gibet ging mit dreißig Mann

hinunter zu seiner Vogelmühle. – Wir hatten die Toten gut gekannt. Es waren Familienväter, Bauern. Das erklärt vielleicht – entschuldigt nicht – die Mordlust, mit der nach dem 3. August auf vermeintliche Verräter eingedroschen wurde.«

Renée schaute auf ihre Schuhspitzen. »Jetzt ist dies ein wüster Ort.«

»Ja. Es kamen auch Vorwürfe von den Angehörigen, wir – die Maquisards – hätten nach der Katastrophe nicht geholfen. *Wir haben euch wochenlang beherbergt, und ihr habt uns nicht einmal ein Essen gebracht.* Das ist richtig. Aber wir hatten die Aufgabe, die Leute nach der Beerdigung so schnell wie möglich wegzubringen. Es ging das Gerücht, die Deutschen hätten noch einen Verwundeten. Er konnte sterben. Sie konnten zurückkommen und noch einmal fünf Männer erschießen. Inzwischen kannten sie ja den Weg.«

Renée schauderte. »Diese Vorwürfe habe ich alle gehört«, sagte sie. »Aber nicht die Erklärung dafür.«

»Man versuchte immer, uns Leichtsinn und Roheit zu unterstellen«, sagte Lorain. »Es ist bitter, mit solchen Vorwürfen zu leben, wenn man nur das Beste für sein Land gewollt hat. Daher das Auftrumpfen. Der Gedenktagskult. Gibet ließ als Inschrift auf die Porphyrsäule setzen: ›Wanderer, wißt, daß die Widerstandskämpfer hier in der Nacht zum 3. August tapfer ihre soldatische Pflicht erfüllt haben.‹ Der zweite Abschnitt ist von mir: ›Denkt mit Rührung an die zivilen Opfer, die ein feiger Feind in ohnmächtiger Raserei hingemordet hat.‹ – Und meine Frau bepflanzte die Blumenschale auf der Säule.«

»Wer diese Inschrift heute liest«, wandte Renée ein, »denkt aber, daß die Widerstandskämpfer so große Verluste hatten, daß sie die Namen auf der Säule gar nicht unterbrachten! Daß sie deshalb höflich nur die fünf Zivilisten genannt hätten. Jedenfalls ich dachte das lange. Und andere auch.«

»Aber Kind, so *war* es doch auch fast überall. Wir, wir waren ja nur ein Mini-Maquis, nachträglich kann ich das zugeben. Und nachträglich bin ich auch dem lieben Gott und General Koenig dankbar, daß wir einfach keine Waffen mehr bekommen haben. Denk an das Vercors! Dort schwebten um diese Zeit achthundert Waffencontainer ins Maquis – achthundert Container mit Waffen und Sprengstoff! Wie gern hätte ich damals ein paar davon gehabt! Ich hätte meine Seele dafür verkauft! Ich bildete mir doch auch ein, ich könnte die ganze deutsche Armee zur Kapitulation zwingen, hier, vor dieser engen Pforte! Ich habe nachts davon geträumt, wie die Kapitulation in *meinem* Salon unterzeichnet würde, in meinem Haus, in dem noch immer deutsche Offiziere saßen, vor dem Wäldchen Mont Chaste. Wie damals im Wald von Compiègne. – Hätte ich so viele Waffen bekommen, hätten die Deutschen das natürlich erfahren, und es wäre hier ein furchtbares Gemetzel entstanden, mit Hunderten von Toten, Hunderten von ermordeten Zivilisten, wie in Oradour, wie im Vercors. Es ist schwer, damit zu leben. Man braucht sehr große Museen. Und noch mehr Gedenktage.«

»Haben Sie das alles wegen Gibet getan?« wollte Renée wissen. »Die ganzen Recherchen? Damit er sein Kreuz nicht bekommt?«

»Ich will nicht, daß er dieses Kreuz bekommt«, sagte Lorain in tiefer Ehrlichkeit. »Er hat es nicht verdient. Aber das Nachdenken geschieht mir zuliebe.«

Die Sonne war hochgestiegen und brannte heiß. Das Dorf erinnerte Renée an das Römerlager, in dem sie André getroffen hatte. Ein Römerlager ohne Schatten. Die Wiesen waren vom Vieh zertrampelt, Hufabdrücke standen im trockenen Lehm versteinert. Der stille Platz war ihr angenehm.

Plötzlich sah sie die Schweißperlen auf Lorains Stirn. Er ist ja krank, fiel ihr ein. Den Hut hatte er sicher heute morgen im Flur liegenlassen. Sie kannte seinen altmodischen strohgeflochtenen Sommerhut.

»Ich bringe Sie nach Hause«, sagte sie. »Oder wollen Sie noch hinauf zur Feier?«

»Nein«, sagte er und lächelte ihr zu. »Dieses Jahr nicht mehr.«

26

Gleich weit entfernt von Justizpalast und Quelltopf befand sich in der Bahnhofsstraße der Zeitungsladen von Parisey, die angesehene *Maison de la Presse*. Jeden Morgen um halb acht versammelte sich dort eine illustre Gesellschaft von Zeitungslesern und -käufern.

Es handelte sich hierbei um einen pensionierten Lebensmittelchemiker mit schlohweißem Haar, um einen praktischen Arzt mit einem heiter stimmenden gezwirbelten Schnurrbart, um einen Bankangestellten mit viel Sinn für Humor, um Madame Plüsch (von den schreibenden Frauen) sowie ihre Freundin Mademoiselle Laskur, eine polnische Musiklehrerin.

Sie kamen sämtlich, um vor Arbeitsbeginn ihre Zeitung zu kaufen. Aber bevor sie das taten, lasen sie erst alle anderen in Ruhe durch. Unauffällig stand jeder in seinem Eckchen. Man hörte nichts als das Rascheln der Blätter und das Quieken der Drehständer. Ein normaler Kunde ahnte nicht einmal, daß hier ein Leseclub dabei war, in konzentrierter Form seine Tageslektüre aufzunehmen. Ab und zu fiel ein Kommentar. Aber nie, wenn andere Kunden anwesend waren. Die Chefin spitzte die Ohren. Es waren Kommentare von Fachleuten, die sie später am Tag weiterreichen konnte.

Die lokale Presse hatte ihr Interesse für Gibet bereits im Vorfeld der Feier entdeckt und ihre Reporter entsandt.

Gibet war ein alter Hase im Interviewgeben und dachte gar nicht daran, sie fortzuschicken. Im Gegenteil. Bereitwillig ging er auf alle Fragen ein, auch auf die allerheikelsten. Der Leseclub las mit Interesse, daß Gibet der Ansicht war, der Orden werde ihm wie vorgesehen bei der Feier verliehen, »dort oben auf dem Berg, jawohl – an jener Stelle, wo ich mich seinerzeit ausgezeichnet habe. Und alle meine Männer werden auch dabeisein. Sie haben schließlich zum Sieg beigetragen. Die Flugblätter, das ist eine Sache von Neidern.«

Auf die Frage, von wem die Flugblätter seiner Ansicht nach stammten, erwiderte er: »Von einem Feigling. Einem, der gern im Hintergrund operiert und sich schon immer gern zurückgezogen hat. Unwichtig.«

Schließlich konfrontierten ihn die Reporter mit den Vorwürfen, die sein eigener Vorgesetzter Lorain gegen ihn erhoben hatte. »Dazu kann ich wenig sagen«, grinste Gibet, »außer vielleicht, daß er, Lorain, das Kreuz der Ehrenlegion *nicht* bekommen hat.«

Ein strahlender Sieger präsentierte sich da – nur wenige Tage vor dem 3. August. Madame Plüsch, die ihm für die Überlassung des Gemeindesaals zu danken hatte, murmelte hinter dem Ständer mit Reiselektüre: »Er zeigt Haltung.«

Um so größer die Überraschung, als die Zeitungen dann meldeten, Bürgermeister Gibet sei am 3. August nicht erschienen und habe seine zahlreichen Anhänger enttäuscht und verwaist dort oben stehenlassen. Einige der Notabeln, die ihr Erscheinen fest zugesagt hatten, seien im letzten Moment ebenfalls nicht erschienen. Nun, das war klar, ohne die feierliche Ordensverleihung hatte das Ganze an Attraktivität verloren. Warum aber – rätselte man – war auch Lorain nicht erschienen, der die Feier zu seinem persönlichen Triumph hätte machen können?

Ja, Lorain war doch der eigentliche Sieger? Warum seine Scheu?

»Vielleicht er argwöhnte, daß Rivale *doch* kommt«, hörte man die lakonische Stimme von Mademoiselle Laskur. »Vielleicht er hatte Angst vor Prügel.«

Ähnlich wie im Fall des zahmen Wildschweins Gnognotte dauerte es nicht lange, bis die nationale Presse etwas Hübsches für ihre letzten Seiten witterte. – Ein Diadochenkampf zwischen zwei alten Rivalen? Ein Kampf bis aufs Messer? Wegen eines Ordens?

Es war Sommer. Die Gerichtsferien waren zu Ende, der Prozeß begann. Gibet gegen Unbekannt in Sachen Rufmord. Die Zeitungsleser in der Maison de la Presse sahen sich plötzlich mit einer Flut von Berichten und Kommentaren konfrontiert. Sie konnten das, was sich wenige Meter von ihnen entfernt im Justizpalast am Vortag abgespielt hatte, gleich in einem halben Dutzend Zeitungen nachlesen. Parisey war wieder wichtig. Es war nur eine Frage der Zeit, wann die Illustrierten mit Farbreportagen nachziehen würden.

Mademoiselle Laskur schnurrte vor Behagen, wenn sie die Pariser Zeitungen aufschlug. Sie war eine großräumig denkende Person, sie liebte Flächenbrände, auch wenn ihr Ururgroßvater, ein polnischer Major in russischen Diensten, die Stadt Parisey einstmals gerade vor einem Flächenbrand bewahrt hatte.

»Wird *über*springen«, hörte man sie hinten bei den Postkarten frohlocken, »wird generelles Chaos überall.«

»Aber, Mademoiselle Laskur!« wurde sie vom Lebensmittelchemiker ermahnt. »Warum doch diese Schadenfreude?«

»Weil verabscheue Heuchler!« sagte sie laut.

»Gibet ist kein Heuchler«, nahm Madame Plüsch ihn sofort in Schutz. »Man kann über ihn sagen, was man will, aber ein Heuchler ist er nicht. Und ich finde es gemein, daß man ihm nun vorwirft, aus kinderreicher Familie zu stammen!«

Das war in der Tat ein böser Scherz, den sich ein Pariser Boulevardblatt erlaubt hatte. »Sie leben allein in abgelegenen Häusern oder Mühlen«, hieß es. »Sie haben zwölf oder mehr Geschwister. Sie machen ihre Gesetze selbst. In der Provinz kennt und fürchtet man solche Familien. Selbst in Provinzen, wo Kinderreichtum nichts Ungewöhnliches ist.«

»Und daß man Lorain praktisch zum Hauptzeugen macht«, sagte der Bankangestellte kopfschüttelnd. »Ich habe viel Sinn für Humor, aber das heißt doch, den Bock zum Gärtner machen!«

»Nein, er war sein Vorgesetzter. Man muß ihn doch fragen«, sagte der praktische Arzt.

»Aber er läßt kein gutes Haar an ihm! Hier... *Gibet kam am Tag nach der Invasion zu uns. Andere kamen bedeutend früher.* Genausogut hätte er doch sagen können: Andere kamen noch später.«

Mademoiselle Laskur riskierte eine Voraussage. »Nur Geduld. Kommt der Tag, wird Gärtner wieder zu Bock.«

Am zweiten Prozeßtag konfrontierte man Lorain mit seinem eigenen Kriegstagebuch. Der Staatsanwalt hielt das broschierte Bändchen in die Höhe und sagte: »Hierin äußern Sie sich sehr lobend über Ihren früheren Untergebenen. Sie geben ihm sogar eine Vollmacht. *Ich bevollmächtige Gibet*, heißt es am 23. August 1944, *die Strafmaßnahmen gegen Verräter in dringenden Fällen auch ohne meinen ausdrücklichen Befehl fortzusetzen.* Ein Beweis des Vertrauens, oder nicht? Man könnte sogar sagen, ein Freibrief!«

Lorain, gut vorbereitet, parierte: »Was Sie in Händen halten, ist die erste Fassung meines Kriegstagebuches. Sie wurde unter großem Zeitdruck geschrieben und enthält noch all die militärischen Heldenmärchen und Legenden, die man sich damals erzählte... Sie ist ungenau und voller Lücken. Ich darf hier den richtiggestellten Eintrag aus der zweiten Fassung nachtragen: *Eines ist sicher: Hätte ich damals die Mordlust, den Blutdurst meines Untergebenen auch nur im geringsten geahnt, ich hätte ihn augenblicklich aller Funktionen enthoben.*«

In den entstehenden Tumult hinein fragte der Staatsanwalt ironisch: »Dürfen wir noch mit einer dritten Fassung rechnen?«

»Natürlich«, sagte Lorain. »Darin kümmere ich mich um die Toten. Ich meine, die auf unser Konto gehen. Ich glaube, daß nur wenige von sich sagen können, daß sie auf Kosten ihrer persönlichen Eitelkeit sich um Gerechtigkeit bemüht haben.«

Madame Plüsch war hiermit gewonnen. Nicht so Mademoiselle Laskur. »Das ist ja allergrößte Eitelkeit«, hörte man sie schimpfen, während ihre Freundin entzückt ausrief: »Mir gefällt das. Gute Schriftsteller schreiben auch dreimal um. Mindestens.«

Unversehens wurde die Presse farbig. Die Illustrierten erschienen. Überall spiegelte sich plötzlich die Unterpräfektur im Wasser, und ein weißer Schwan zog von rechts nach links durch das Bild. Geheimnisvoll stand das vergessene Zentrum von Parisey im Mittelpunkt. Unauslotbare Tiefe. Das Herz Frankreichs schlägt in der Provinz. So ähnlich lauteten die Überschriften. Man hob das Doppelgesicht der Landschaft hervor – so unschuldig grün und doch so finster, voller Falltüren. Auch die Menschen hier waren geheimnisvolle Doppelwesen. Einerseits freundlich bis zur Einfältigkeit. Andererseits von verschlagener Kälte. *Wo man sich wegen eines Louisdor umbringt,* hieß eine Schlagzeile. Und der Untertitel: *... den Großtantchen damals ungerecht verteilte.*

Es war für die Einwohner von Parisey ausgesprochen faszinierend, plötzlich im Mittelpunkt des allgemeinen Interesses zu stehen. Endlich erfuhr man etwas über sich selbst und sah sich selbst in neuem Licht. Man erfuhr, daß man noch immer seine guten alten Holzschuhe trug, wenn man das Heu mit dem *faneur* wendete, einem doppelzinkigen Rechen – romantisch soviel wie ›Verbleicher‹ –, der in den Bergen noch stets von Hand geschnitzt wurde. Er besaß »einen gespaltenen Stiel und einen eleganten asymmetrischen Gesamtschwung, den man morbide nennen müßte, wenn nicht die Arbeitsergonomie der Grund wäre« – ach, so war es, so war es ganz genau! Tatsächlich liebte man in Parisey den Verbleicher, weil er so schön doppelzinkig und asymmetrisch war, und es gab wenige, die ihr Wiesenheu nicht mit ihm wendeten, denn tatsächlich war er besonders ergonomisch. Dies alles fand man in einem einzigen Journalistensatz gültig ausgedrückt und bekam als Prämie noch etwas dazu: die Morbidezza.

Es war wundervoll. Dies waren Glücksmomente für Parisey. Der einzige Nachteil für den Leseclub bestand darin, daß nun ganz Parisey sich im Zeitungsladen drängte und sich die Illustrierten aus der Hand riß. Die Reporter hatten das Département in alle Himmelsrichtungen nach besonderen Geschichten durchsucht. Da war die eigentlich sonderbare Vorliebe für Militärmedaillen. Hunderte von Menschen hielten jährlich in Parisey und anderen, noch kleineren Städtchen einen *Militärmedaillenkongreß* ab. War das nicht komisch? Außerdem trug man seine Medaillen, sooft man nur konnte. Man setzte sie auf Briefbögen und auf Visitenkarten. – Aber sind wir in Paris eigentlich besser?, fragte der Schreiber sich selbstkritisch. Das ganze vaterländische Getue – sind wir Franzosen dafür nicht besonders anfällig?

Während sich die einen mit Rührung über die ferne Provinz beugten, suchten die anderen verstärkt nach Beweisen für den Doppelcharakter, jenes Gegensatzpaar mörderisch/freundlich, das Parisey und Umgebung angeblich so prägte. Und siehe, sie fanden die Geschichte vom polnischen Major Laskur und seinem Sohn Stanislaus.

»Mademoiselle, Sie sind in der Zeitung!«

»Was, ich?!«

»Nein, Ihre Urgroßväter!«

»Ach, wundert mich kein bißchen!«

Mademoiselle Laskur errötete vor Freude.

Major Laskur war seinerzeit, nach Napoleons Niederlage 1814, mit den Russen, Preußen und Österreichern in Parisey eingerückt. Als alliierter Stadtkommandant. Die Parisons konnten es aber nicht lassen. Sie zeigten ihren mörderischen Doppelcharakter und brachten unvorsichtigerweise einen österreichischen General um. Ach! Das hatten sie nun davon. Nun sollte Parisey an allen vier Ecken angezündet und dem Erdboden gleichgemacht werden. Dem widersetzte sich aber Kommandant Laskur. Er besänftigte seine eigenen Verbündeten (mit welchen Argumenten, blieb unbekannt), und Parisey wurde verschont. – Genau fünfzig Jahre später mußte sein Sohn Stanislaus nach dem gescheiterten Aufstand aus Polen fliehen. Er suchte Zuflucht – wo? – in Parisey. Die Parisons zeigten ihr Doppelgesicht und bereiteten dem Sohn ihres Retters einen ungeheuer gastfreundlichen Empfang. So gastfreundlich war der, daß Laskur beschloß, ein Buch darüber zu schreiben, sobald er wieder in Polen wäre, was er, wie man hörte, auch getan hat. Parisey sei auf diese Weise zum klassischen Zufluchtsort für verfolgte Polen im allgemeinen und für die Familie Laskur im besonderen geworden. Österreicher suche man in Parisey vergeblich.

Mademoiselle Laskur schnaubte vor Rührung bei der Lektüre dieses Artikels und wurde von allen Seiten beglückwünscht.

Schließlich sagte sie, scharfsinnig wie immer: »Aber

Doppelgesicht ist Blödsinn. Wer mordet schon Sohn von Retter!«

Renée Pasteurs Auftritt nach dem Wochenende geriet zu einem wahren Triumph. Sie gehörte zum Kreis der Personen, die verdächtig waren, an der Flugblattkampagne beteiligt zu sein oder etwas darüber zu wissen. Wie Lorain wurde auch sie als Zeugin vernommen.

Bereits ihre Erscheinung erregte Aufsehen. Flatternde Haare, nervöser Hals, Größe im Blick – hier schien es sich um eine antike Gestalt zu handeln. Eine, die den Tod ihres Vaters rächen wollte. Der Auftritt der hübschen Mänade (jemand anders schrieb »zierliche Erinnye«) wurde mit Spannung erwartet.

Aber die äußere Unruhe täuschte. Renée Pasteur wandte sich mit schlichten Worten direkt an Gibet und lobte ihn als überaus fähigen Dienstherrn, als jovial, gutmütig, als hervorragenden Politiker, nein, Flugblätter wären ihr niemals in den Sinn gekommen. Auch hätte sie erst seit kurzer Zeit Kenntnis von all den Vorgängen und wage noch nicht, sich ein Bild davon zu machen. Alles Hinterrückse – so drückte sie sich aus – liege ihr von Natur aus wirklich fern, und so ergreife sie gern die Gelegenheit, ihn hier – in aller Offenheit und Bescheidenheit – nach dem Grab ihres Vaters zu fragen.

An dieser Stelle ging ein Aufschrei durch das vollbesetzte Auditorium. Ah! Jeder konnte diese demütige Bitte verstehen. Nur der Herr Staatsanwalt nicht. Er versuchte, die Abschweifung mit Hinweis auf den Gegenstand der Verhandlung zu unterdrücken, aber vergebens.

»Ich möchte eine Blume auf sein Grab legen!« rief Mademoiselle Pasteur mit einer Stimme, deren Schwingung unmittelbar Rührung hervorrief. »Das möchte ich, seit ich ein kleines Mädchen bin.«

Der Bürgermeister von St-Sauveur machte eine ärgerliche Bewegung. Er war weit davon entfernt, seine beste Schwererziehbarenkraft auch nur im Ansatz zu unterschätzen. Sie war gut. Sie war sogar Klasse. Sie war sicher anders als ihr Vater, an den er kaum Erinnerungen hatte, weil ihn nichts Persönliches mit ihm verband. Undeutlich erinnerte er sich an einen blonden jungen Mann, der ihm seinerzeit als Verräter überstellt worden war und sich anschließend irgendwie als weich erwiesen hatte. Aber wie hier diese Furie zum Stillstand bringen?

Da redete sie schon weiter. Krähenschießen! Plötzlich erinnerte er sich an diese Diskussion. Ihre Argumentation war nicht ungeschickt.

»Herr Bürgermeister! Sie als Chef des Maquis hatten doch die Lizenz zum Töten!« hörte er sie sagen. Es klang geradezu einschmeichelnd. »Die rechtliche Lage ist doch ganz klar, ich meine, ich bin darüber belehrt worden! Sie haben damals getötet, um Schaden von unserem Volk abzuwenden. Sie haben das Recht dazu nachträglich ausdrücklich erhalten. Wenn das also so ist – und wenn sich weiter nichts dahinter verbirgt…«

»Mademoiselle Pasteur!« rief der Staatsanwalt.

Gibet wedelte mit der Hand und zeigte an, daß er sprechen wollte.

»Verehrtes Fräulein!« begann er. »Ich kann Ihren Kummer – und auch den Kummer Ihrer Angehörigen – vollkommen verstehen. Es ist nicht einfach, mit dieser Bürde zu leben, daß der nächste Angehörige, ja der engste Verwandte, ein *schlechter Franzose* gewesen ist – in Zeiten der Not, als unser Vaterland am Boden lag und unserer Hilfe bedurfte. Ich kann das, wie gesagt, bis zu einem gewissen Grad verstehen, aber ich möchte – nein, ich möchte auf gar keinen Fall mit Ihnen tauschen. – Nun, ich persönlich bin in einer völlig anderen Situation. Ich habe seinerzeit einen Auftrag erfüllt, der mir zur Ehre gereicht, und im Gegensatz zu manch wankelmütigem Element bin ich auch heute noch stolz darauf. Daher lasse ich nicht zu, daß man die Ehre der Résistance nachträglich durch üble Nachrede und haltlose Spekulationen befleckt. Zu diesem Zweck sind wir ja heute da! Und ich möchte Sie, geschätztes Fräulein, auf diesen Punkt noch einmal in aller Freundschaft aufmerksam machen.«

Es war wie beim Tennis. Die Köpfe der Zuschauer gingen hin und her. Gut gekontert, fanden die meisten. Ehre! Ehre war ebenso gut wie Blume. Was würde sie darauf antworten?

»Wir sind drei«, begann Renée Pasteur wieder mit rührender, durchaus nicht scharfer Stimme. »Drei Geschwister. Wir haben unseren Vater nicht gekannt. Als er starb, machte ich gerade meine ersten Schritte... im Bauch meiner Mutter! Stellen Sie sich den Kummer einer dreifachen jungen Mutter vor, die erfahren muß, daß der Vater, die Stütze ihres Lebens – und ihre Freude –, in den letzten Kriegstagen auf einen bloßen Verdacht hin, aus Neid, aber vielleicht auch nur durch ein Mißverständnis hingemordet... eh, weggerissen wird. Ein Kummer, der sich jedes

Jahr im Herbst aufs grausamste erneuert, wenn Sie, Herr Bürgermeister, beladen mit vielen Marmortäfelchen, Sie wissen schon, die mit den Goldbuchstaben und den Kokarden, an denen die Friedhofsblumenhändler so schön verdienen, zu den Gräbern Ihrer alten Kameraden pilgern. Nichts gegen die alten Kämpfer, die nach einem langen Leben ihre ewige Ruhe gefunden haben und posthum Jahr für Jahr von den verschiedenen Vereinigungen, die unser Leben bestimmen, mit so viel Pomp geehrt werden. Nichts dagegen! Ich würde auch nicht so weit gehen wie die Familie des armen jungen Michelet, die das zweifelhafte Glück hatte, die Leiche des Zwanzigjährigen kurz nach Kriegsende zu finden, und die auf ihr Familiengrab in St-Sauveur meißeln ließ: ›Hier ruht zur letzten Ruhe Jean-Marie Michelet, verstümmelt und abgeschlachtet‹ – nein, nein, Herr Staatsanwalt! Eine unbestreitbare Tatsache! Sie finden diese Inschrift...(und hier nannte sie laut und deutlich Abschnitt und Reihe des Micheletschen Grabes auf dem kleinen Friedhof in St-Sauveur, was im Publikum heftige Unruhe verursachte, als wolle es der Sache gleich nachgehen). Und ich sage ja, so weit würde ich nicht gehen! Alles, was ich – was meine Familie – will, ist, ihn begraben! Ich verlange kein Marmortäfelchen und keine Inschrift, ich erbitte von Ihnen nur das Recht auf eine Blume – wo auch immer es sei, im Wald oder an einem Bach.«

Spiel, Satz und Sieg. Das Publikum schaute betreten nach unten und verweigerte dergestalt einen erneuten Ballwechsel. Blume contra Ehre? Blume hatte gewonnen. Haushoch. Aber Blume sorgte auch dafür, daß sich der

Prozeß zu einer gewaltigen, allen Anforderungen des nationalen Journalismus vollauf genügenden Schlammschlacht auswuchs. Weitere Zeugen waren nun die Familie Michelet – vielleicht kamen die Flugblätter ja von ihnen? –, diese berief sich natürlich auf den ähnlich gelagerten Fall Niquet, also mußte auch die Lehrerin vorgeladen werden (deren Verfahren man ursprünglich abgetrennt hatte).

Der Prozeß zog sich in die Länge. Alle Arten von Scheußlichkeiten kamen auf den Tisch. Die Reporter zogen durch das Land und fotografierten Waschhäuser (typisch für die Region mit den Pilastern), Grabstätten oder vielmehr Gedenkstätten im Wald, wo man Leichen gefunden hatte und die noch heute auf rührende Art mit Ästen und Blumensträußen geschmückt wurden. Gibet bestätigte kühlen Blutes, daß er tatsächlich Befehl gehabt habe, die ganze Familie Niquet zu verhaften und zu töten, also auch die Tochter, die damals achtzehn Jahre alt war. »Sie ist uns entwischt«, sagte er. »Sie hat sich abgesetzt.« Er bestritt, nach dem Krieg vor ihren Ohren jemals den Ausspruch getan zu haben: »Wir haben schon Hübschere als dich ins Jenseits befördert« – obwohl dieser Satz strenggenommen nicht einmal den Tatbestand der Drohung erfülle.

In Parisey und speziell in der Maison de la Presse sank die Stimmung langsam. Dies war entschieden zuviel der schmutzigen Wäsche. Ein ganzer Clan rückte an (von dem das Flugblatt aber auch nicht stammte), eine Art Anti-Vogelmühlenclan, der in ferner Nachbarschaft zu Gibet in einem alten Kapellhof hauste und behauptete, Gibet habe im Krieg drei der männlichen Clanmitglieder »abgemurkst«. Die Beweise waren dürftig und wiesen eher auf eine andere Widerstandsgruppe hin. Langsam bekam man den Eindruck, damals habe jeder jeden »abgemurkst«. Die Sache drohte, aus dem Ruder zu laufen.

Endlich gewann Gibet zur allgemeinen Erleichterung seinen Monsterprozeß in erster Instanz. Bei Androhung einer hohen Geldstrafe durfte ihn niemand mehr einen »Résistant de la dernière minute« nennen, geschweige denn einen Mörder. Man fand allgemein, daß er die Ehre der Résistance standhaft verteidigt hatte. Er war vielleicht etwas derb und handfest, aber er war derjenige, der keine Winkelzüge und Verrenkungen gemacht hatte. Durch den Entzug des blinkenden Ordens, der nun unerreichbar hoch vor seiner Nase baumelte wie die Wurst vor dem Karrenhund, war er gestraft genug, fand man. Wenn es denn einer Strafe bedurfte.

Wer die Flugblätter verfaßt hatte, kam ebensowenig heraus wie der Ort, an dem der Vater von Renée Pasteur seine letzte Ruhe gefunden hatte. Renée wurde aufrichtig bedauert und bewundert. Man verglich sie in den Zeitungen mit Antigone – zu ihrem eigenen Erstaunen. Wieso denn?, dachte sie und stellte sich zu Hause im Bad vor den Spiegel. Ich wollte doch ursprünglich nur wissen, ob mein Vater ein Verräter war. Sie drehte den Kopf hin und her und konnte nichts Antikes finden. Beim besten Willen nicht. Aber da, in einer Sonntagszeitung, stand es schon wieder: Renée Pasteur, die uns erschien wie eine Mischung aus Gassenjunge und Antigone…

Das gefiel ihr schon besser. Obwohl – warum Gassenjunge? Sie krauste die Nase im Spiegel. Es ging rapide bergab mit der klassischen Bildung. Nicht bei den Schwererziehbaren, nein, bei den Gebildeten selbst! Antigone – das war doch etwas anderes, dachte sie, und bewegte sich damit, ohne es zu wissen, parallel zu den Analysen des Fräulein Laskur.

Diese hatte ihren Leseclub folgendermaßen belehrt:

»Antigone *hat* gerochen Leichnam verwesenden von Anverwandten. Mademoiselle Pasteur will nur. Antigone *hat* bestattet. Mademoiselle Pasteur will nur. Dafür wurde lebendig bestattet, selber. Was Mademoiselle Pasteur wahrscheinlich will nicht. Denke ich.«

27

Anfang Oktober 1986 hatte Renée Pasteur Geburtstag. Zweiundvierzig Jahre wurde sie alt. Durch den Prozeß war sie eine berühmte Persönlichkeit geworden, fanden ihre Schüler und beschlossen, sie gebührend zu feiern. Sie beschafften sich ein Feuerwehrsprungtuch, bildeten einen Kreis, setzten die Lehrerin in die Mitte, und einer gab den Einsatz. Daraufhin stimmten vierzehn Schwererziehbare frohgemut *Joyeux Anniversaire* an, wobei sie das Tuch mühsam auf und ab bewegten. Die Sache kam langsam in Schwung. Renée flog ein paarmal an die Decke und amüsierte sich sehr.

Noch atemlos, lobte sie ihre Schüler für so viel Einsatz.

»Wo habt ihr denn das schöne Sprungtuch her?«

»Von der Feuerwehr St-Sauveur.«

»Habt ihr es euch ausgeliehen?«

»Ja, ausgeliehen, klar.«

»Und den Zuständigen um Erlaubnis gefragt?«

»Na, logisch. Aber er war gerade nicht da.«

»Sehr schön. Camille, Edouard, Jérôme – rollt das Ding wieder in seine Hülle. Ich bringe es zurück.«

Von Lorain bekam sie Rosen. Er hatte alle Rosen, die noch in seinem Garten blühten, abgeschnitten, auch die Hochparterre-Anfertigungen. »Meiner lieben Nachbarin« stand auf einem Kärtchen.

André hatte ihr aus Havanna geschrieben. Er gratulierte zu den »Entwicklungen«. Dann: »Weißt du… jetzt, wo mein Vater tot ist, merke ich plötzlich, daß ich manchmal Heimweh habe. Ich könnte mir ein Leben in Frankreich allmählich wieder vorstellen. Aber nicht in Parisey. Höchstens in Paris.«

»Und du?« hieß es weiter. »Wie geht es dir? Ich finde, der Gerichtszeichner hat euch alle sehr gut getroffen. Du und Lorain in der Zeugenbank seht aus wie ein Liebespaar. Gibet hatte ich nicht so dick in Erinnerung. Liegt unser Treffen in Parisey wirklich erst ein halbes Jahr zurück? Das kann ich kaum glauben. Es geschieht hier so viel…«

Mitte Oktober fuhr sie ziellos durch die Wälder. Sie fuhr an der Vogelmühle vorbei und überzeugte sich, daß dort niemand mehr wohnte. Das alte Gemäuer mit dem brandneuen Dach machte einen unheimlichen Eindruck. Der Mühlbach floß nur noch als dünnes Rinnsal, nachdem man ihn vor einem halben Jahrhundert für die Fischteiche aufgestaut hatte. Lag ihr Vater hier irgendwo?

Sie ging an den Fischteichen entlang und wartete auf eine Eingebung, die nicht kam. Dann fuhr sie wieder weiter. Einmal kam ihr auf einer Nebenstraße Gibets Limousine entgegen.

Sie dachte über Andrés Brief nach. Was sollte sie darauf antworten? Madame Grosmougin hatte ihr kürzlich erzählt, ihr ältester Sohn habe sich für eine Gruppenreise nach Kuba angemeldet. Zwei Wochen Havanna. Über Silvester. Warum Renée nicht auch einmal hinfliege?

Was für ein Gedanke! Was für ein Ansinnen!

»Nein, nein«, hatte sie sofort gesagt. »Ich habe kein Geld. Das blöde Auto kostet mich schon zu viel.«

Danach ließ es ihr keine Ruhe mehr. Warum eigentlich nicht? André alles zu erzählen war eine verlockende Vorstellung.

Dann wieder schreckte sie der Gedanke, dort womöglich in Hochzeitsvorbereitungen hineinzuplatzen. Obwohl – er schrieb nichts darüber. Keine Silbe. Im Gegenteil, er schrieb ja von Paris. Vielleicht würde er bald wieder in Paris wohnen, und Renée stellte sich vor, wie er sie am Gare de L'Est abholte.

Wie konnte allerdings ein Mensch auf Dauer in der Großstadt wohnen, wenn er diese herbstliche Landschaft vor der Tür hatte? Sie entwarf Briefe an André. »Denkst du eigentlich manchmal an die Bäume, an die Wiesen, die Pappeln in der Ebene hier?« Sofort strich sie diesen Satz wieder. Unsinn. Bäume, Wiesen und Pappeln gab es auch in Paris. Bin ich denn schon gänzlich eingemauert? Es sah fast so aus.

Renée merkte plötzlich, daß die riesigen dichten Laubwälder ihre Mauern wurden, und hörte mit dem Herumfahren auf. Vor Allerheiligen finde ich ihn doch nicht mehr, dachte sie. Und bis zum nächsten Jahr um diese Zeit ist es noch lang hin. Wer weiß? Gibet bereut plötzlich, bekommt Schuldgefühle, kramt in seinem Gedächtnis… Er wäre nicht der erste.

Allerheiligen kam. Es tat Renée gut zu sehen, daß ihre Mutter diesmal mit hocherhobenem Haupt auf den Friedhof ging – wie man früher gesagt hätte. Von allen Seiten wurde sie angesprochen, auf ihre Tochter, auf den Prozeß, auf die Ernte, die dieses Jahr so phänomenal gewesen war. – Waren Ihre Äpfel auch so groß? Und die Kürbisse! Ja, die Kürbisse – geradezu riesenhaft. Dabei kam die Strahlenwolke doch gar nicht bis zu uns. Und haben Sie die Nüsse gesehen! Ja, die Nüsse hatten überall sehr schön angesetzt.

Allerheiligen 1986 wurde auf diese Weise zu einem gesellschaftlichen Ereignis ersten Ranges, und Judith kam zufrieden nach Hause.

Lorain schrieb den ganzen Winter über Listen. Er schrieb an Ministerien und an das Kriegsarchiv.

»Weißt du«, sagte er zu Renée, »ich fühle mich manchmal nachts gar nicht gut. Die Erinnerungen kommen und verfolgen mich. Ich fühle mich so schuldig, als hätte ich all das getan, was Gibet und die anderen getan haben.«

Es wurde Frühling. In Lorains Garten blühten die Primeln in dicken Büscheln wie sonderbare bleiche Augen. Manchmal schaute Lorain in Mondnächten aus dem Fenster seines Arbeitszimmers. Die Primeln waren die ersten Blumen jedes Jahr, sie bedeuteten ihm einen großen Trost.

Es wurde wärmer, fast heiß, die Nadelbäume blühten, ihre Pollen wirbelten wieder durch die Luft. An einem Apriltag im Jahr 1987 starb der alte Lorain, ein Jahr nach seinem Freund Delmont, fast am selben Tag. Yvonne und Christophe fanden ihn in seinem Arbeitszimmer sitzend, friedlich zurückgelehnt auf dem Sofa. Yvonne erschrak. So, wie man erschrickt, wenn man alles schon weiß.

»Er ist... bestimmt wieder im Koma«, sagte sie zu Christophe, »komm, hilf mir, es ist gut, daß wir mit dem

Auto gekommen sind. Wir fahren ihn sofort ins Krankenhaus.«

Zu zweit nahmen sie ihn unter den Achseln und trugen ihn halb die Treppe herunter. Lorain ließ sich willig auf den Beifahrersitz setzen und festgurten. Yvonne dachte einen winzigen Augenblick: Es ist doch noch Leben in ihm. Dann lief sie die Treppe wieder hinauf und holte seinen Hut.

So fuhren sie die Rue St-Sauveur hinunter ins Krankenhaus.

Als sich die Nachricht von Lorains Tod verbreitete, war dies der Punkt, der die Gemüter außerordentlich bewegte. »Als sie ihn ins Auto gesetzt haben, war er schon tot!« raunte man sich zu. »Und sie hat ihm noch den Hut aufgesetzt! Warum?«

Ja, warum? Allgemein war man der Ansicht, Lorain sei zu früh gestorben.

»Er war noch so rüstig«, sagten die Leute, die ihn nicht näher kannten, oder nur am Steuer seines 2 CV.

»Er war schwer krank«, widersprach Madame Grosmougin. »Aber es stimmt, er starb zu früh. Er war mit der ganzen Sache noch nicht fertig.«

»Meinen Sie, er hätte... noch irgendwas ausgepackt?« wurde die Pflegerin öfter gefragt. Sie sah dabei in eine Menge glitzernder Augenpaare.

»Nein, doch nicht so!« wehrte sie ab. »Er war nur dabei, der ganzen Sache eine andere Bewertung zu geben!« Und damit schwieg sie und gab den Leuten Rätsel auf.

Die Beerdigung nahte, und Renée wurde in ihrem Kummer von der Überlegung abgelenkt, wie sie ihr gutes altes Maultier, also ihre Mutter, dazu bringen konnte, an dieser Feier teilzunehmen. Wie mach ich das nur, dachte sie. Vielleicht sollte ich mich hinter Madame Grosmougin stecken? Wir nehmen sie einfach in die Mitte. Sie überlegte sich möglichst gefühlvolle Wendungen. Aber zu ihrer Überraschung schien Judith nicht einmal abgeneigt, ihrem Nachbarn die letzte Ehre zu erweisen. Sie wirkte fast reuevoll, und produzierte jene gefühlvollen Wendungen, an denen Renée herumstümperte, selbst.

»Zu seinen Lebzeiten hab ich versäumt, ihn zu besuchen«, sagte sie. »Obwohl er mich dringend eingeladen hatte…«

Oder: »Es ist immer traurig, wenn der nächste Nachbar stirbt. Aber es ist Schicksal.«

Sollte sie sich wirklich besonnen haben?, dachte Renée.

Es sah ganz danach aus. Judith fuhr selbst mit dem Fahrrad in die Stadt, um ihre Trauerkleider reinigen zu lassen, und holte sie zwei Tage später wieder ab.

»Weißt du, was ich am besten finde?« fragte sie ihre Tochter friedsam. »Daß Gibet diesmal nicht die Rede hält. Oder glaubst du, er kommt doch?«

Renée dachte nach.

»Das kann ich mir kaum vorstellen«, sagte sie.

»Wer wird es aber dann tun?«

»Bestimmt Rouget.«

Soweit war alles geklärt. »Wie viele Leute werden kommen?« fragte Judith am Mittag des bewußten Tages. »Wie früh müssen wir losgehen?«

Renée zählte auf, wer ihr einfiel. »Yvonne, Christophe, Daniel. Dann natürlich Sylvie aus Paris mit ihrem Mann. Bürgermeister Rouget. Gustave Klein. Der wird sehr traurig sein. Madame Plüsch. Monsieur Fabrique. Der Staatsanwalt und seine Frau. Monsieur Pisarro. Der Grabsteinmetz. Alice Niquet, vielleicht, und natürlich Madame Grosmougin. Du siehst, lauter nette Leute. Ich denke, es reicht, wenn wir um halb zwei losfahren.«

Um ein Uhr zehn ging Judith hinaus in den Garten, um noch ganz schnell Gras für die Hasen zu machen. Sie packte die Sense, holte schwungvoll aus und senste sich ins linke Bein. Ziemlich tief.

Renée war fassungslos.

»Wieso denn Gras für die Hasen – *jetzt*?«

Schuldbewußt sagte Judith: »Du mußt mich nur am Krankenhaus absetzen. Ich komme allein wieder zurück, irgendwie. Nein, ich würde mir Vorwürfe machen, wenn du meinetwegen das Begräbnis versäumtest.«

Renée war verwirrt. Ihr ganzer Zeitplan kam ins Wanken.

»Weißt du, was?« sagte Judith und drückte ein Handtuch auf die Wunde. »Nimm von meinen Osterglocken mit.«

So geschah es. Renée legte allgemein beachtet »eine Blume auf das Grab ihres Nachbarn«. Das stand anderntags im *Republikanischen Osten.* Ein Foto war auch dabei.

»Hast du allen erzählt, warum ich nicht kommen konnte?« fragte Judith zum wiederholten Mal. »So was ist nämlich höhere Gewalt, weißt du?«

»Es ist überhaupt nicht höhere Gewalt«, ärgerte sich Renée. »Es war deine Sense, plus deine eigene Sturheit. Vielleicht ist es ja besser so. Wenn ich dich ansehe, kann ich eigentlich nur feststellen: Du siehst zufrieden aus.«

Gustave Klein kümmerte sich um Lorains Nachlaß. Das war so ausgemacht. Er übernahm ein wohlgeordnetes Privatarchiv und transportierte es an einem Dienstag morgen nach Besançon ins Widerstandsarchiv. Christophe und Sylvie entschlossen sich zum Verkauf des Hauses. Christophe fand in einer Schublade ein farbiges Luftbild und gab es dem Makler. Auf diese Weise kam Lorains Haus im Maklerkatalog neben dem Haus seines Freundes Delmont zu stehen.

Gibet schmollte. Er zog sich langsam aus all seinen Aktivitäten zurück.

Rouget hatte im Gegenteil viel Anregung für sein kulturelles Streben gewonnen. Was Fremden so wichtig war, daß sie es in der Zeitung brachten, durfte den Einheimischen nicht gleichgültig sein. Und so erschien bald, ausgehend vom Quelltopf und dem Waschhaus, eine »Straße der säulengetragenen Waschhäuser«, die (schokoladenbraun ausgeschildert) kreuz und quer über die Dörfer führte.

Parisey selbst bekam ein neues Denkmal, Zierde und Mittelpunkt eines kleinen grünen Parks. Auf einem steinernen Pfeiler ruht ganz naturalistisch ein bronzenes

Buch – aufgeschlagen, wie zum Blättern. Die Inschrift erinnert an jenen polnischen Laskur, der in seinem Buch Gutes über Parisey zu berichten wußte.

Sibylle Mulot

Liebeserklärungen

Roman

Nur eines ist schöner als die Liebe: die Geschichten über die Liebe. Zu dieser Erkenntnis kommt eine junge Frau, als sie eine Reihe von Verliebten befragt, die alle irgendwie miteinander in Beziehung stehen. Die Erzählerin läßt sich berichten, was es mit dem schönen Wahn auf sich hat. Da gibt es die Männerjägerin, den Mädchensammler, aber auch die heroisch Liebende, die einer unerwiderten Liebe hartnäckig die Treue hält. Es gibt die schwermütig Leidenden, die sich schwören »nie wieder« – bis zum nächsten Mal. Jeder Leser begegnet irgendwann in diesem Kaleidoskop der Liebe dem eigenen Spiegelbild.

»An Milan Kundera erinnert *Liebeserklärungen* des öfteren – an seine Urbanität, an seine aufgeklärte Skepsis, an seine umtriebige und zugleich distanzierende Neugierde auf die Menschen, an die welterfahrenen Melancholien seiner Erotik.
Und doch ist der Unterschied zu Kundera beträchtlich. Denn Sibylle Mulot schreibt als Frau. Sie verfügt nicht nur über die weibliche Erfahrung von heute; ihr steht auch, anders als Kundera, eine besondere Art von diskretem Humor zu Gebote, ein Fluidum von eleganter Selbstverspottung, von wissender Heiterkeit.« *Sigrid Löffler/Die Woche, Hamburg*

»Sibylle Mulot findet eine ungewöhnliche Sprache, bildhaft, gelegentlich das Frivole streifend, aber eigentlich nie frivol oder vordergründig.«
Sächsische Zeitung/Dresden

Viktorija Tokarjewa im Diogenes Verlag

»Ihre Geschichten sind seit jeher von großer Anmut, allesamt Kunst-Stückchen, die einem die Vorstellung von Leichthändigkeit suggerieren. Nicht jedoch von Leichtgewichtigkeit. Wenn sie uns ein Schmunzeln entlocken, dann liegt das daran, daß Viktorija Tokarjewa über einen ausgeprägten Humor verfügt und diese Gabe durchweg einsetzt. Es ist kein Humor der satirischen Art, eher eine sanfte Ironie, gewürzt mit einer Prise Traurigkeit und einem vollen Maß an mitmenschlichem Erbarmen.«
Frankfurter Allgemeine Zeitung

Zickzack der Liebe
Erzählungen. Aus dem Russischen von Monika Tantzscher

Mara
Erzählung
Deutsch von Angelika Schneider

Happy-End
Erzählung
Deutsch von Angelika Schneider

Lebenskünstler
und andere Erzählungen. Deutsch von Ingrid Gloede

Sag ich's oder sag ich's nicht?
Erzählungen. Deutsch von Angelika Schneider, Monika Tantzscher und Elsbeth Wolffheim

Sentimentale Reise
Erzählungen. Deutsch von Angelika Schneider

Andrea De Carlo im Diogenes Verlag

»Der ironische Blick, der den Kern einer Situation erfaßt, ist De Carlos herausragende Qualität, und war es seit je. Das bedeutet nicht, daß er ein literarischer Clown ist. Ohne tiefschürfende Introspektion rückt er psychologisch äußerst komplexe Zusammenhänge ins Licht, indem er sie an ihren sichtbaren Zeichen erkennt.« *Neue Zürcher Zeitung*

»Ein Italiener macht deutschen Romanciers Tempovorgaben.« *Szene Hamburg*

»Bemerkenswert ist nicht nur die Präzision, sondern auch die Wertfreiheit seiner Beschreibungen. Der Verzicht auf die Attitüden eines schöngeistigen Antiamerikanismus versetzt De Carlo in die Lage, ohne Zorn und Eifer bestimmte zeitgenössische Phänomene zu registrieren, die ihren Ursprung auf der anderen Seite des Atlantik gehabt haben mögen, aber nicht auf Amerika beschränkt geblieben sind.«
Frankfurter Allgemeine Zeitung

Vögel in Käfigen und Volieren
Roman. Aus dem Italienischen von Burkhart Kroeber

Creamtrain
Roman. Deutsch von Burkhart Kroeber

Macno
Roman. Deutsch von Renate Heimbucher

Yucatan
Roman. Deutsch von Jürgen Bauer

Zwei von zwei
Roman. Deutsch von Renate Heimbucher

Techniken der Verführung
Roman. Deutsch von Renate Heimbucher

Doris Dörrie im Diogenes Verlag

»Doris Dörrie ist als Erzählerin Spezialistin in diffizilen Angelegenheiten der kleinen Rache und gezielten Ohrfeigen zum Zwecke der Unterstützung des eigenen Selbstwertgefühles. Sie ist eine sehr gute Kurzgeschichten-Schreiberin mit der erforderlichen Prise Selbstironie und mit stilistischer Eleganz.«
Annemarie Stoltenberg/Die Zeit, Hamburg

»Es ist vollkommen gleichgültig, ob Sie Doris Dörrie in der Badewanne, im Intercity-Großraumwagen, im Lehnstuhl oder in der Straßenbahn lesen, nur: Lesen Sie sie!« *Deutschlandfunk, Köln*

Liebe, Schmerz und das ganze verdammte Zeug
Vier Geschichten

»Was wollen Sie von mir?«
und 15 andere Geschichten

Der Mann meiner Träume
Erzählung

Für immer und ewig
Eine Art Reigen

Love in Germany
Deutsche Paare im Gespräch mit Doris Dörrie
Unter Mitarbeit von Volker Wach

Bin ich schön?
Erzählungen